KB264893

셜록 홈즈 전집
9

셜록 홈즈 전집 **9**
Sherlock Holmes

셜록 홈즈의 사건집
The Casebook of Sherlock Holmes

아서 코난 도일

백영미 옮김

황금가지

차례

서문 —————————————— 7

거물급 의뢰인 —————————— 13

탈색된 병사 ——————————— 62

마자랭의 다이아몬드 ——————— 98

세 박공 집 ——————————— 130

서섹스의 흡혈귀 ————————— 163

세 명의 개리뎁 ————————— 195

토르교 사건 ——————————— 226

기어 다니는 남자 ———————— 273

사자의 갈기 ——————————— 311

베일 쓴 하숙인 ————————— 345

쇼스콤관(館) —————————— 367

은퇴한 물감 제조업자 —————— 401

작품 발표명 표기 ———————— 431

옮긴이의 말 ——————————— 436

셜록 홈즈 전집의 한국어판은 미국의 Bantam Books에서 출간된 『*Sherlock Holmes: The Complete Novels and Stories*』를 저본으로 삼았습니다.

나는 셜록 홈즈가 자신의 시대를 뛰어넘는 생명력을 얻어 아직도 환호하는 청중들 앞에 나와 고별 인사를 되풀이하라는 유혹을 받고 있는 인기 절정의 테너 가수처럼 될 것 같아 걱정이다. 작별은 끝나야 하고, 홈즈는 물질이든 허구든 모든 육체가 갈 길을 마땅히 가야만 한다. 사람들은 상상력에서 태어난 자식들을 위한 어떤 기이한 중간계가 있는 것처럼 생각한다. 즉 필딩의 멋쟁이 사내들이 리처드슨의 미녀들과 아직도 사랑을 나누고, 스콧의 영웅들이 여전히 으스대며 활보하고, 디킨스의 유쾌한 런던 토박이들이 웃음을 터뜨리고, 새커리의 속물들이 욕을 먹어도 싼 직업에 계속 종사하는, 믿어지지 않는 이상야릇한 공간이 있다고 상상하는 것이다. 셜록과 그의 친구 왓슨은, 기민한 탐정이 약간 모자라는 동지와 함께 자신들이 비워놓은 무대 위로 오르는 동안(당시 홈즈 이야기는 연극 무대에서 상연되고 있었다 ─ 옮긴이), 잠시 그런 발할라(북유럽 신화에서 죽은 전사들의 저택 ─ 옮긴이)의 말석을 차지하고 있을 것이다.

약간 과장을 섞어 말하면 홈즈는 장구한 세월 동안 탐정으로 활약해 왔다. 늙수그레한 신사들이 내게 다가와, 자신들이 소년 시절부터 홈즈 이야기의 애독자였다고 말해도 나는 그들이 기대하는 것만큼의 반응을 보여주지 않는다. 사람들은 자신의 개인적인 추억이 그렇게 무뚝뚝하게 취급받는 걸 좋아하지 않는 법이다. 사실 홈즈가 최초로 데뷔한 것은 1887년과 1889년에 나온 두 권의 얇은 책 『주홍색 연구』와 『네 사람의 서명』을 통해서였다. 긴 단편 시리즈 가운데 첫 작품은 1891년에 잡지 《스트랜드》에 발표된 「보헤미아 왕국 스캔들」이었다. 독자들의 호의적인 반응에 힘입어 39년 전 그날부터 띄엄띄엄 발표한 단편들이 현재는 무려 56편에 이르게 되었고, 그것은 『셜록 홈즈의 모험』, 『셜록 홈즈의 회상록』, 『셜록 홈즈의 귀환』, 『홈즈의 마지막 인사』라는 제목으로 묶여 나왔다. 지난 몇 년 사이에 발표된 나머지 열두 편의 단편들은 『셜록 홈즈의 사건집』이라는 제목으로 여기 내놓는다. 홈즈는 빅토리아 후기에 활동을 시작해서 너무도 짧았던 에드워드 왕정(1901-1910)을 거쳐 요즘과 같이 열에 들뜬 시절에도 용케 사람들 사이에 자리 잡았다. 그러니 소년 시절에 홈즈 이야기를 읽었던 사람들이 자라서 자식을 낳고, 그 자식들이 커서 똑같은 잡지에 실린 똑같은 소설을 읽는 일들이 실제로 벌어지는 것이다. 이것은 영국인의 끈기와 충실함을 드러내는 놀라운 사례이다.

나는 나의 문학적 에너지를 지나치게 한쪽으로 쏟아붓고 있다는 느낌 때문에 『셜록 홈즈의 회상록』 말미에서 홈즈를 죽이기로 결심했다. 윤곽이 뚜렷한 창백한 얼굴에 민첩한 인물이 나의 상상력을 과도하게 차지하고 있었던 것이다. 나는 결심을 실행에 옮겼지만 다행히 시신을 확인한 검시관이 없었기 때문에, 세월이 한참 지난 뒤에 독자들의 열화 같은 성원과 나의 경솔한 조치를 취소하라는 요구에 어렵지 않게 부응할 수 있었다. 나는 홈즈를 살려낸 것을 한 번도 후회한 적이 없는데, 왜냐하면 경험을 통해 이런 가벼운 작품이 역사로서의 문학, 시, 역사 소설, 심령 연구, 희곡과 같은 다양한 분야에서 내가 재능을 발휘하는 데 방해하지는 않는다는 사실을 알았기 때문이다. 홈즈가 존재하지 않았다고 해서 내가 더 많은 일을 할 수는 없었을 것이다. 물론 좀 더 진지한 나의 문학 작품이 홈즈의 그늘에 가려 주목받지 못하는 경향이 있는 것은 사실이지만.

그러니 독자들이여, 이제 셜록 홈즈에게 작별을 고하자! 나는 여러분의 한결같은 성원에 감사드리며, 홈즈의 귀환이 근심스러운 인생사를 잊는다든가 아니면 생각을 전환하여 삶에 활력을 얻는다든가 하는, 낭만이라는 요정들의 왕국에서나 가능한 형태로 이루어졌기를 바랄 뿐이다.

—아서 코난 도일

셜록 홈즈의 사건집

The Casebook of Sherlock Holmes

거물급 의뢰인

"이제는 괜찮을 것 같군."

내가 그 사건을 공표하게 해달라고 10년 동안 열 번째로 졸랐을 때, 셜록 홈즈는 이렇게 말했다. 드디어 나는 내 친구의 이력에서 절정을 이루었던 순간을 기록해도 좋다는 허락을 얻어낸 것이다.

홈즈와 나는 터키탕이라면 사족을 못 썼다. 그것은 쾌적하고 나른한 휴게실에서 담배를 피우는 맛 때문이었는데, 내 친구는 그곳에서만큼은 비교적 말수도 많아지고 인간미도 풍겼다. 노섬버랜드가 터키탕 2층의 외진 구석 자리에는 침상 두 개가 나란히 놓여 있는데, 내 이야기가 시작되는 1902년 9월 3일에 우리는 바로 이 자리에 누워 있었다. 나는 친구에게 무슨 재미있는 일이 없느냐고 물었는데, 그는 대답 대신 몸을 감싼 홑이불 속에서 길고 마르고 섬세한 손을 꺼내 옆에 걸린 웃옷 안주머니에서 봉투 하나를 끄집어냈다.

"아무것도 아닌 걸 가지고 법석을 떠는 바보일 수도 있지만, 생사가 걸린 문제일 수도 있네."

그는 내게 편지를 건네주며 말했다.

"내가 아는 건 거기 쓰여 있는 내용뿐일세."

그것은 칼튼 클럽(런던에 있는 영국 보수당 본부 ─ 옮긴이)에서 온 편지였고 전날 저녁 소인이 찍혀 있었다. 편지는 다음과 같았다.

제임스 데머리 경은 셜록 홈즈 선생에게 안부를 전하며, 내일 네시 반 정각에 선생을 찾아뵙고자 합니다. 제임스 경이 홈즈 선생에게 의뢰하고자 하는 문제는 대단히 미묘하고 또 대단히 중요하다는 점을 말씀드립니다. 그러니 가급적 이 면담 요청을 수락해 주시기 바라며 칼튼 클럽으로 전화해서 답해 주시기 바랍니다.

"왓슨, 나는 당연히 오라고 했네."

내가 편지를 돌려주자 홈즈가 말했다.

"자네 이 데머리라는 사람에 대해서 뭐 아는 거 있나?"

"사교계에서 유명한 인물이라는 것밖에는."

"흠, 나는 그보다는 더 알고 있지. 데머리 경은 신문에 나면 안 되는 미묘한 사건들을 처리하는 분야에서 명성이 높다네. 자네도 해머퍼드 유언 사건 때 데머리 경이 조지 루이스 경과 협상했던 일을 기억하고 있을 걸세. 세상 물정에 밝고 외교적인 수완을 타고난 사람일세. 따라서 그 편지는 허풍이 아니라 정말 우리 도움이 절실한 문제가 있다고 봐야 하지."

"우리?"

"응. 자네만 좋다면."

"나야 영광이지."

"그러면 시간은 알고 있지? 네시 반 정각. 그때까지는 그 문제에 대해선 생각하지 않아도 되네."

나는 그 당시에 퀸앤가에 따로 방을 얻어 살고 있었는데, 약속 시간 전에 미리 베이커가로 갔다. 30분 정각이 되자 제임스 데머리 경 대령이 도착했다. 경에 대해 구구히 설명할 필요는 없을 것이다. 많은 이들이 기억하고 있겠지만, 데머리 경은 깨끗이 면도한 큼직한 얼굴에 성격이 화통하고 솔직하고 정직했으며 무엇보다 목소리가 부드럽고 듣기 좋았다. 아일랜드인 특유의 회색 눈에선 솔직함이 빛났고 표정이 풍부한 웃음 띤 입가에는 유머가 넘쳤다. 반짝거

리는 중산모, 짙은 색깔의 프록코트, 검은 공단 넥타이에 꽂힌 진주
핀, 광을 낸 구두 위로 흘러내린 연보랏빛 각반, 어느 모로 보나 옷
차림에 세심하게 신경 쓰는 유명한 멋쟁이다웠다. 권위 넘치는 거
구의 귀족은 작은 방을 압도했다.

"물론 나는 왓슨 박사가 계실 줄 알았습니다."

데머리 대령은 정중하게 인사하며 말했다.

"홈즈 선생, 이번에는 박사의 협조가 꼭 필요할 겁니다. 왜냐하면
우린 밥 먹듯이 폭력을 일삼고 말 그대로 못 하는 짓이 없는 사내를
상대하고 있으니까요. 유럽에서 그보다 더 위험한 인간은 없을 겁
니다."

"저한테는 그런 찬사가 어울리는 적수가 몇 명 있었습니다."

홈즈가 빙그레 웃으며 말했다.

"담배 피우시겠습니까? 그럼 실례를 무릅쓰고 제 파이프에 불을
붙여야겠군요. 만약 그자가 고 모리어티 교수보다, 아니면 살아생전
의 세바스천 모런 대령보다 더 위험하다면 정말 대적할 만한 가치
가 있는 겁니다. 그의 이름을 물어봐도 될까요?"

"그루너 남작이라고 들어보셨습니까?"

"오스트리아의 살인자 말씀입니까?"

데머리 대령은 껄껄 웃으며 염소 가죽 장갑을 낀 두 손을 번쩍 들
었다.

"홈즈 선생! 선생의 시야를 벗어나는 건 불가능하군요. 정말 훌륭
하십니다! 그러면 선생은 벌써 그자를 살인자로 점찍으신 겁니까?"

"유럽 대륙에서 벌어지는 범죄를 추적하는 게 제 일입니다. 프라하에서 벌어진 사건의 기사를 읽은 사람치고 그게 그루너 남작의 소행이라는 걸 의심하는 사람은 없을 겁니다! 그자가 목숨을 구한 것은 순전히 법리적인 문제와 증인의 의문의 죽음 때문입니다. 나는 그자가 스플루겐 고개에서 이른바 '사고'를 가장해서 아내를 죽였다는 것을 내 눈으로 본 것과 다름없이 똑똑히 알고 있습니다. 나는 또 그자가 영국에 건너왔다는 사실도 알고 있고, 조만간 내게 일거리를 제공해 줄 거라는 육감을 갖고 있었지요. 그런데 그루너 남작이 무슨 짓을 했습니까? 과거의 그 사건이 다시 문제 됐을 리는 없을 텐데요?"

"아니요. 그보다 더 심각한 사건입니다. 범죄자를 처벌하는 것도 중요하지만 범행을 예방하는 건 더 중요합니다. 홈즈 선생, 무서운 사건, 잔인한 상황이 눈앞에서 벌어지려 하고 있고, 그것이 어떤 방향으로 전개될지도 뻔히 보입니다. 하지만 끔찍스럽게도 그것을 피할 도리가 없습니다. 인간에게 이보다 더 견디기 힘든 시련이 있을까요?"

"아마 없겠지요."

"그렇다면 선생은 나를 대리인으로 내세운 의뢰인의 마음을 충분히 이해하시겠군요."

"저는 대령께서 단순한 대리인인 줄은 몰랐습니다. 그럼 당사자는 누굽니까?"

"홈즈 선생, 그것만은 묻지 말아달라고 부탁드려야 되겠군요. 나는 그분의 존함이 어떤 식으로든 사건의 표면에 드러나지 않는다는 걸 보증할 수 있어야 합니다. 그분은 정말 고귀하고 너그러운 마음에서 나서기는 하셨지만 이름이 알려지는 것은 원치 않으십니다. 물론 보수는 당연히 드릴 거고 자유롭게 조사할 수 있도록 전권을 위임하겠습니다. 의뢰인의 이름이 그렇게 중요한 것은 아니겠지요?"

"죄송합니다. 저는 수수께끼가 하나인 사건에 익숙해져 있습니다. 그런데 한 사건에서 수수께끼가 둘이나 되면 너무 혼란스럽습니다. 제임스 경, 저는 사건 의뢰를 받아들일 수 없습니다."

손님은 당황한 기색을 숨기지 못했다. 크고 민감한 얼굴이 강렬한 감정과 실망으로 어두워졌다.

"홈즈 선생, 선생은 그런 결정이 어떤 결과를 초래하는지 잘 모르고 계십니다. 정말 진퇴양난이군요. 내가 사실을 얘기하면 선생은 이 일을 맡는 걸 자랑스럽게 생각하실 테지만, 이미 약속했기 때문에 나는 사실을 전부 밝힐 수가 없습니다. 하지만 적어도 내가 할 수 있는 얘기는 해도 되겠지요?"

"물론입니다. 제가 아무것도 약속하지 않았다는 점만 양해된다면야."

"알겠습니다. 선생은 드 머빌 장군에 대한 얘기는 들어보셨지요?"

"카이베르에서 명성을 떨친 드 머빌 장군? 예, 압니다."

"장군에게는 딸이 있습니다. 바이올렛 드 머빌이라고, 젊고 부유하고 아름답고 교양 있고 어디 한 곳 흠잡을 데 없는 여성이지요. 우리가 악마의 손아귀에서 구해 내려고 하는 여성이 바로 그 사랑스럽고 순진한 아가씨, 장군의 따님입니다."

"그렇다면 그루너 남작이 그 아가씨를 사로잡은 겁니까?"

"여성을 사로잡는 가장 강한 끈은 사랑의 끈입니다. 알고 계신지 모르겠지만 그자는 보기 드문 미남이지요. 매력적인 태도에 부드러운 목소리, 게다가 여자들이 좋아하는 낭만적이고 신비스러운 분위기를 갖추고 있습니다. 그자한테는 여자들을 휘어잡는 능력이 있는데, 그걸 아주 잘 써먹고 있다고 하더군요.”

“그런데 그런 자가 어떻게 바이올렛 드 머빌 양과 같은 신분의 숙녀를 만나게 됐습니까?”

“두 사람은 지중해 요트 여행에서 만났습니다. 그때 배에 탄 일행은 상류층이었지만, 여행 경비를 각자 부담했다고 합니다. 주최 측에서는 그루너 남작의 정체를 나중에 알게 되었지만 때는 이미 늦었지요. 그 악당은 숙녀에게 접근해서 타고난 능력으로 드 머빌 양의 마음을 빼앗았습니다. 아가씨가 그를 사랑한다고 말하는 것으로는 부족합니다. 아가씨는 그에게 홀딱 빠졌습니다. 강박적으로 그자에게 매달리고 있지요. 눈에 보이는 사람은 오직 그자뿐입니다. 그자를 비난하는 말은 아예 듣지 않으려고 합니다. 아가씨의 광기를 고치려고 갖은 수를 썼지만 허사였습니다. 결국 아가씨는 다음 달에 그자와 결혼하기로 했습니다. 드 머빌 양은 성년이 됐고 고집불통이기 때문에 어떻게 말릴 방법이 없습니다.”

“아가씨는 오스트리아에서 있었던 사건을 알고 있습니까?”

“그 교활한 악마는 과거의 불미스러운 스캔들을 몽땅 털어놓았습니다. 하지만 항상 죄 없는 순교자인 척하는 걸 잊지 않았지요. 아가씨는 그자의 말만 믿고 다른 사람의 말은 귀담아들으려고 하지 않습니다.”

“허허! 그런데 경은 부주의하게 의뢰인의 이름을 밝히셨군요. 드 머빌 장군이 맞지요?”

손님은 어쩔 줄 몰라 했다.

"홈즈 선생, 그렇다고 말해서 선생을 속일 수도 있지만, 그것은 사실이 아닙니다. 드 머빌 장군은 폐인이 됐지요. 강한 군인이 이번 사건 때문에 완전히 기가 꺾였습니다. 전장에서도 눈 한 번 깜빡이지 않던 기백은 사라지고, 부들부들 떠는 쇠약한 노인이 돼서, 그 오스트리아 출신 남작처럼 머리 좋고 힘이 넘치는 악당과 맞설 수 있는 형편이 아닙니다. 하지만 내게 일을 의뢰하신 분은, 장군과 오랫동안 가깝게 지내셨을 뿐 아니라 아버지 같은 관심을 갖고 어린 아가씨를 코흘리개 시절부터 지켜봐온 분이지요. 그분은 이런 비극이 벌어지는 걸 수수방관하실 수는 없었습니다. 하지만 이건 런던 경찰국에서 손을 댈 만한 사건은 아닙니다. 그분은 선생에게 일을 맡기자는 아이디어를 냈지만, 앞서 말한 대로 당신의 존함이 표면에 드러나선 안 된다는 명확한 단서를 달았지요. 홈즈 선생, 선생만 한 분이라면 나를 통해 의뢰인이 누군지 쉽게 추적할 수 있을 겁니다. 하지만 제발 부탁이니, 내 얼굴을 봐서라도 그분의 존함을 밝혀내는 일만은 하지 말아주시기 바랍니다."

홈즈는 묘한 미소를 지었다.

"그런 일은 없을 거라고 분명히 약속드리겠습니다. 덧붙여 말하면, 대단히 흥미로운 사건이니 조사해 보고 싶은 마음이 듭니다. 앞으로 어디로 연락할까요?"

"나를 찾으려면 칼튼 클럽으로 연락하시면 됩니다. 하지만 급할 때는 우리 집 전화 'XX.31'을 이용하십시오."

홈즈는 전화번호를 받아 적은 다음 수첩을 무릎 위에 펼쳐놓고 여전히 빙글거렸다.

"남작의 현주소는?"

"킹스턴 부근, 버논 저택입니다. 큰 집이지요. 그자는 수상쩍은 투기를 통해 한몫 잡고 큰 부자가 되었습니다. 그래서 한층 더 위험천만한 상대가 되었지요."

"지금 집에 있습니까?"

"예."

"이미 한 얘기 말고 남작에 대한 정보가 더 있으면 말씀해 주시기 바랍니다."

"그자는 사치스러운 취향을 갖고 있습니다. 말을 무척 좋아하지요. 헐링엄에서 잠시 폴로 선수로 뛰었지만, 프라하 사건에 대한 소문이 퍼지면서 그만두어야 했습니다. 책과 그림을 수집하기도 합니다. 예술적인 기질이 상당한 사람이지요. 중국 도자기에 관해선 권위를 인정받고 있고, 그쪽 분야에 대해 책을 낸 적도 있을 겁니다."

"복잡한 정신세계의 소유자로군요."

홈즈는 말했다.

"거물급 범죄자들은 다 그렇습니다. 저의 옛 친구 찰리 피스는 바이올린의 거장이었습니다. 웨인라이트는 범상한 화가가 아니었지요. 예를 들자면 많습니다. 제임스 경, 일을 의뢰하신 분께 제가 이제부터 그루너 남작에게 관심을 갖겠다고 말씀드리십시오. 그 이상은 말할 수 없습니다. 저한테도 나름대로의 정보통이 있으니, 아마 무슨 방법을 찾아낼 수 있을 겁니다."

손님이 떠난 뒤 홈즈는 자리에 앉아서 오랫동안 깊은 생각에 잠겼다. 나는 친구가 나의 존재를 잊어버린 줄 알았지만 마침내 그는 기운차게 현실로 돌아왔다.

"자, 왓슨, 자네 생각은 어떤가?"

홈즈가 물었다.

"자네가 그 아가씨를 만나보는 게 좋을 것 같구먼."

"왓슨, 상심한 늙은 아버지도 딸의 마음을 움직이지 못하는데, 남이 어떻게 아가씨를 설득하겠나? 하지만 다른 방법이 전부 실패로 돌아가면 아가씨를 직접 만나는 방법도 고려해 볼 수 있겠지. 나는 우리가 다른 각도에서 시작해야 한다고 보네. 내 생각엔 신웰 존슨이 도움이 될 것 같으이."

나는 그동안 신웰 존슨에 대해 언급할 기회가 없었는데, 그것은 내가 친구의 후기 활동에서 사건을 고른 일이 드물었기 때문이다. 신웰 존슨은 금세기 초에 홈즈에게 귀중한 협력자가 되었다. 애석하게도 처음에는 극히 위험한 악당으로 이름을 날리고 파크허스트에서 두 차례나 복역했다. 그러나 결국 참회하고 홈즈와 손을 잡은 뒤 런던 범죄자들의 거대한 지하 세계에서 정보원 노릇을 했는데, 그가 물어다 준 정보는 지극히 중요한 것들이 많았다. 신웰 존슨이 경찰의 끄나풀이었다면 금세 노출되었을 테지만, 아예 법정으로 넘어가지도 않은 사건들을 취급했기 때문에 동료들은 그의 활약상을 까맣게 모르고 있었다. 그는 두 번이나 감옥에 다녀온 후광에 힘입어 런던 시내의 모든 나이트클럽, 싸구려 여인숙, 도박장을 제집처럼 드나들 수 있었고, 게다가 날카로운 관찰력과 비상한 두뇌를 겸한 덕분에 정보 수집에는 이상적인 요원이었다. 지금 셜록 홈즈가 도움을 청하겠다고 한 사람이 바로 그 신웰 존슨이었다.

나는 급한 환자 때문에 당장 친구를 따라나설 수 있는 형편이 아니었으므로, 그날 저녁에 심슨 식당에서 그와 만나기로 약속했다. 약속 장소에 나가보니 홈즈는 창가의 작은 탁자에 앉아 인파가 북적이는 스트랜드가를 내려다보고 있었다. 그는 그동안 한 일에 대해 말해 주었다.

"존슨이 돌아다니고 있네. 지하 세계의 어두운 귀퉁이에서 뭔가를 건져 올릴 수 있을 걸세. 우리는 범죄의 검은 뿌리를 따라 저 아래쪽에서 그자의 비밀을 캐내야 하네."

"하지만 드 머빌 양이 누구나 다 아는 사실도 인정하지 않으려고 하는데, 자네가 발굴한 새로운 사건에 대한 얘기를 듣고 마음을 돌이킬 리 있을까?"

"왓슨, 그것은 아무도 모르는 일이네. 남자에게 여자의 마음은 풀 수 없는 수수께끼와 같지. 남자가 살인을 저지른 건 용서받거나 이해될 수 있어도, 그보다 사소한 잘못이 여자의 마음에 대못을 박을 수 있거든. 그루너 남작을 만나 얘기를 들어보니……."

"그자를 만나 얘기를 들었다고!"

"오, 저런! 자네한테 내 계획을 말하지 않았구먼. 흠, 여보게, 나는 적수를 제대로 파악하는 걸 좋아한다네. 상대를 대면하고 그자가 어떻게 생겨먹은 인간인지 직접 파악하고 싶은 걸세. 나는 신웰 존슨에게 지시한 다음 마차를 잡아타고 킹스턴으로 갔네. 남작은 아주 부드럽게 맞아주더군."

"자네가 누군지 알아보던가?"

"나를 알아보는 건 전혀 어려운 일이 아니었지, 내 명함을 들여보냈으니까 말이야. 그자는 정말 만만한 상대가 아니라네. 얼음처럼 차가우면서도, 자네 같은 일류 의사들처럼 나긋나긋한 목소리에 부드러운 태도, 하지만 코브라처럼 독을 품은 인간일세. 소질을 타고난, 범죄 세계의 진정한 귀족이라 할 만하지. 겉으로는 차를 권하면서 잔인한 기질을 완벽하게 감추고 있더군. 그래, 나는 애들버트 그루너 남작을 상대하게 된 것이 무척 기쁘다네."

"그런데 그자가 부드러웠다고?"

"만만한 생쥐를 발견하고 가르랑거리는 고양이 같았네. 그런 자들이 부드럽게 나오는 건 거친 사내들이 폭력을 휘두르는 것보다 더 무섭거든. 그자의 인사말이 아주 인상적이더군. '홈즈 선생, 그렇지 않아도 금명간 뵐 거라고 생각하고 있었습니다.' 그자가 한 말일세. '드 머빌 장군의 의뢰를 받아서, 소생이 그분의 따님 바이올렛과 결혼하는 걸 막으려고 오셨군요. 그렇지 않습니까?'

나는 순순히 인정했네. 그가 말했지.

'홈즈 선생, 선생이 공들여 쌓아온 명성만 망치게 될 겁니다. 이건 선생이 성공할 수 있는 일이 아니니까요. 별다른 성과도 거둘 수 없을뿐더러 신변에 위험을 초래하게 될 겁니다. 나는 선생께 당장 발을 빼시라고 간곡하게 충고합니다.'

'참 흥미로운 말이오.' 나는 대답했네. '하지만 그건 바로 내가 당신한테 해주고 싶은 충고요. 남작, 나는 당신의 두뇌를 높이 평가하오. 당신의 인간성을 조금 엿보았지만 그렇다고 해서 당신의 두뇌에 대한 평가를 달리하진 않겠소. 남자 대 남자로 말하리다. 당신의 과거사를 들춰내서 당신을 부당하게 불편하게 만들고 싶어 하는 사람은 아무도 없소. 과거는 지나갔고 당신은 지금 아무 문제 없소이다. 하지만 당신이 그런 결혼을 고집한다면, 수많은 사람을 적으로 돌리게 되고, 그러면 영국 땅에서 배겨나지 못할 거외다. 그런 모험을 할 만한 가치가 있소? 숙녀를 그냥 내버려두는 게 현명할 거요. 숙녀가 당신 과거를 알게 되면, 결코 기분 좋지 않은 일들이 생길 거요.'

남작은 숱이 적은 코밑수염을 밀랍으로 굳혀놓았는데, 꼭 곤충의 짧은 더듬이처럼 보였다네. 그런데 내가 말하는 동안 그 콧수염이 기분 좋게 흔들리더니, 마침내 그는 상냥하게 웃음을 터뜨리더군.

'홈즈 선생, 웃어서 미안합니다. 하지만 선생께서 손에 쥔 것도 별로 없이 게임을 하려고 덤비는 걸 보니 우습기 짝이 없군요. 물론 그런 연기를 선생보다 더 잘할 수 있는 사람은 없겠지만, 그래도 보기가 좀 딱합니다. 홈즈 선생, 선생의 수중에는 이렇다 할 패가 없습니다. 그저 하찮은 것 중에서도 가장 하찮은 패가 있을 뿐이지요.'

'그렇게 생각하시오?'

'나는 그렇게 알고 있습니다. 그 점을 분명히 알려드리지요. 나는 최상의 패를 쥐고 있으니 마음 놓고 보여드릴 수 있습니다. 나는 드

머빌 양의 사랑을 한 몸에 받고 있는 행운아입니다. 숙녀에게 과거에 있었던 불행한 사건 일체를 털어놓았지만, 그것은 장애가 되지 않았습니다. 나는 또 악의적이고 음모적인 사람들이 ─ 선생도 그렇다는 걸 순순히 인정하시기 바랍니다. ─ 찾아와서 그런 얘기를 할 거라고 말해 주었고, 그런 사람들을 어떻게 대해야 하는지도 가르쳐주었습니다. 홈즈 선생, 최면 후 암시 효과에 대해 들어본 적 있으십니까? 선생은 그게 어떤 건지 알게 될 겁니다. 나만 한 인격자는 천박한 손짓이나 어릿광대 짓을 하지 않고도 상대에게 최면을 걸 수 있으니까요. 그렇게 숙녀는 단단히 준비되어 있고, 틀림없이 선생을 만나줄 겁니다. 사소한 일 하나만 제외하면 부친의 뜻을 거스르지 않으려고 하니까요.'

왓슨, 나는 더 이상 할 말이 없는 것 같아서 되도록 냉정과 품위를 잃지 않으려고 애쓰며 자리에서 일어났네. 그런데 방문 손잡이를 잡는 순간 그자가 말을 건네더군.

'그런데, 홈즈 선생, 프랑스 탐정 르 브룅을 아십니까?'

'그렇소.' 나는 말했네.

'그 사람이 무슨 일을 겪었는지 아십니까?'

'그가 몽마르트르의 깡패한테 습격당해서 불구가 되었다는 얘기를 들었소.'

'그렇습니다. 그런데 공교롭게도 그는 피습당하기 일주일 전부터 제 사건을 조사하고 있었지요. 홈즈 선생, 그런 짓은 하지 마십시오. 과히 행운을 가져다줄 만한 일은 아니니까요. 벌써 여러 사람이 쓴 맛을 보았습니다. 내가 선생한테 마지막으로 하고 싶은 말은 각자 자기 길을 가자는 겁니다. 그럼 안녕히 가십시오!'

왓슨, 여기까지일세. 지금까지 일이 이렇게 됐다네."

"위험천만한 인간 같구먼."

"위험하고말고. 나는 공갈치는 인간은 무시하지만, 그자는 자신의 의도를 오히려 줄여서 말하는 부류거든."

"자네가 꼭 개입해야 하나? 그자가 장군의 따님과 결혼하는 게 정말 그렇게 큰 문제가 될까?"

"그자가 전처를 살해한 사실을 감안하면, 대단히 큰 문제라고 볼 수밖에 없네. 게다가 의뢰인을 생각해 보게! 아니야, 그 부분에 대해선 말할 필요가 없지. 그 커피 다 마시고 나랑 같이 우리 집으로 가세. 언제 봐도 즐거운 신웰이 보고하러 올 테니까."

신웰 존슨은 거칠고 불그레한 얼굴이 꼭 괴혈병 환자 같은 거구의 사내였는데, 내면의 빈틈없는 정신은 오직 유난히 반짝이는 검은 눈을 통해서만 드러났다. 그는 자신의 괴이한 왕국에 깊숙이 들어갔다 나온 듯했고, 그 증거로 늘씬하고 정열적인 젊은 여자를 건져 와 옆에 앉혀두고 있었다. 그녀는 창백하고 격정적인 얼굴에 아직 젊었지만, 죄악과 불행에 찌든 자취가 역력하여 그동안의 끔찍한 세월을 능히 짐작할 수 있었다.

"이쪽은 키티 윈터 양입니다."

신웰 존슨은 두툼한 손으로 여자를 가리키며 말했다.

"이 아가씨가 모르는 것은……, 아, 아닙니다, 아가씨한테 직접 들기로 하지요. 홈즈 선생님, 선생님 말씀을 듣고 한 시간 안에 이 아가씨를 찾아냈습니다."

"나는 찾기 쉬워요."

젊은 여자가 말했다.

"항상 런던의 지옥에 처박혀 있으니까. 뚱보 신웰하고 나는 같은 곳에서 살아요. 우린 오랜 친구 사이예요. 뚱보, 당신하고 나 말이야. 하지만, 빌어먹을! 세상에 정의라는 게 있다면 우리보다 더 지독한 지옥으로 떨어져야 할 인간이 있어! 홈즈 선생님, 당신이 쫓고 있는 인간이 바로 그 인간이에요."

홈즈는 빙그레 웃었다.

"윈터 양, 우리가 아가씨의 호의를 얻은 모양입니다."

"그자를 지옥에 처넣는 일을 거들 수 있다면 난 뭐든지 할 테예요."

여자는 격한 어조로 말했다. 결연한 표정의 흰 얼굴과 타오르는 눈 속에는 깊은 증오심이 담겨 있었는데, 그것은 남자한테는 물론 불가능하고 여자들도 좀체 간직하기 힘든 그런 증오였다.

"홈즈 선생님, 저의 과거를 조사하실 필요는 없어요. 그건 문제 삼을 일조차 못 되니까요. 하지만 나를 이렇게 만든 건 애들버트 그루너예요. 내 손으로 그 인간을 끌어내릴 수만 있다면!"

여자는 미친 듯이 허공에서 두 손을 움켜쥐며 말했다.

"오, 그 인간이 그렇게 수많은 사람들을 밀어넣은 구덩이 속으로 끌어내릴 수만 있다면!"

"지금 어떤 상황인지 알고 계십니까?"

"뚱보 신웰한테 들었어요. 그 인간이 어느 불쌍한 바보를 쫓아다 니다가 이번에는 결혼하려고 한다고요. 당신들은 그런 일을 막으려 고 하고요. 그래요, 당신들도 그 악마에 대해 알 만큼 아니까, 정신 멀쩡한 상류층 여자가 그 인간과 혼인하는 걸 막으려고 하는 거겠 지요."

"그 아가씬 정신 멀쩡하지 않습니다. 사랑에 빠져 제정신이 아니 지요. 그자에 대한 얘기도 다 들었지만 눈곱만큼도 신경 쓰지 않습 니다."

"살인 사건에 대한 얘기도 했나요?"

"예."

"하느님 맙소사, 굉장히 용감한 여자로군요!"

"그 아가씨는 그런 얘기를 다 중상모략으로 치부합니다."

"그 멍청한 여자의 눈앞에 증거를 들이대지 그랬어요?"

"그럼, 그렇게 하는 걸 도와주실 수 있습니까?"

"내가 바로 증거잖아요? 내가 직접 가서 그 인간이 나를 어떻게 이용했는지 말해 주면……."

"그렇게 해주시겠습니까?"

"내가요? 좋아요!"

"흠, 한번 해볼 만한 가치는 있을 겁니다. 하지만 그자는 자기가 지은 죄를 대부분 아가씨에게 털어놓았고 용서를 받았습니다. 그래 서 그 아가씨는 아마 그 문제를 다시 거론하려고 들지 않을 겁니다."

"내 장담하는데, 그 인간은 모든 얘기를 다 하지 않았을 거예요."

윈터 양은 말했다.

"나는 그런 소동을 일으킨 사건 말고도 한두 건의 살인 사건을 더 눈치챘어요. 그 인간은 누군가에 대해 간지러운 말투로 얘기하다가 내 눈을 똑바로 쳐다보며 말했지요. '그자는 한 달 안에 죽을 거야.' 별로 화가 나서 한 얘기도 아니었어요. 그래서 나는 신경 쓰지 않았지요. 예, 그 당시엔 그 인간한테 푹 빠져 있었으니까요. 나는 그 인간이 무슨 짓을 하든 괜찮았어요. 그 불쌍한 바보처럼 말예요. 나한테 충격을 준 사건은 단 하나뿐이었지요. 그래요, 빌어먹을! 그 인간이 거짓말을 일삼는 독기 어린 혀로 나를 구워삶고 어르지만 않았다면, 나는 바로 그날 밤에 그 인간 곁을 떠났을 거예요. 그건 그의 책 때문이었어요. 갈색 가죽 장정에, 자물쇠가 달리고 표지에 금박으로 그의 문장을 새겨 넣은 책이었지요. 난 그날 밤에 그 인간이 약간 취해 있었다고 생각해요. 그렇지 않다면 나한테 그런 걸 보여 줬을 리 없으니까요."

"그런데 그게 무엇이었습니까?"

"홈즈 선생님, 사실을 말씀드리면, 그 인간은 여자들을 수집하고, 자신의 수집품을 무척 자랑스러워한답니다. 다른 남자들이 나방이나 나비를 수집하는 것처럼 말예요. 그 책에 모든 게 다 들어 있어요. 여자들의 사진, 이름, 신상 명세, 모든 게 다요. 정말 추잡한 책이었어요. 그 인간이 빈민굴 출신이었다고 해도 도저히 만들 수 없는, 그런 책이에요. 그래도 애들버트 그루너의 책임에는 틀림없지요. 그 인간이 그럴 생각만 있었다면 표지에 '내가 망친 여자들'이라는 제목을 붙일 수도 있었을 거예요. 하지만 그 얘기는 그만할래요. 그 책이 당신들한테 도움이 되지도 않을 거고, 도움이 된다고 해도 손에 넣을 수 없을 테니까요."

"그게 어디 있습니까?"

"그게 지금 어디 있는지 내가 어떻게 알겠어요? 내가 그 인간 곁을 떠난 게 1년이 넘었는데 말예요. 그 당시에는 어디에 보관되어 있었는지 알고 있어요. 그는 고양이처럼 정확하고 깔끔한 인간이니까, 아직도 서재 내실의 오래된 책상의 서류함 속에 들어 있을지도 모르지요. 그의 집에 대해서 알고 계세요?"

"나는 그 집 서재에 가봤습니다."

홈즈가 말했다.

"벌써요? 겨우 오늘 아침에 일을 시작했는데 그 정도면 일이 느린 편은 아니군요. 그놈의 인간이 이번에 임자를 만났는지도 모르겠네요. 창문 사이의 큰 유리 진열장 속에 중국산 도자기를 보관해 놓은 방이 서재예요. 서재 책상 뒤에 문이 있는데, 그게 바로 내실로 통하는 문이지요. 내실에 서류와 여러 가지 물건을 보관해 놓고 있어요."

"도둑 걱정은 안 합니까?"

"애들버트는 겁쟁이는 아니에요. 그 인간하고 아무리 불구대천의 원수라고 해도 그런 말은 못 할 거예요. 그 인간은 자기 몸을 건사할 능력은 있어요. 밤에는 방범 경보 장치가 작동하고요. 게다가 그 멋진 도자기들을 몽땅 가져가지도 못할 텐데 도둑이 뭐하러 그 집에 들어가겠어요?"

"그건 소용없는 짓이지요."

신웰 존슨이 전문가답게 단호하게 말했다.

"어느 장물아비가 녹이지도 못하고 팔지도 못할 그런 물건을 받아주겠습니까."

"그렇군."

홈즈가 말했다.

"좋습니다, 그럼 윈터 양, 내일 저녁 다섯시에 여기로 와주시면 내가 그사이에 숙녀를 직접 만날 수 있는지 알아보겠습니다. 아가씨의 협조에 정말 감사드립니다. 물론 의뢰인께서는 보수를 넉넉하게……."

"홈즈 선생님, 그런 말씀 마세요."

젊은 여인이 소리쳤다.

"난 돈 때문에 이러는 게 아녜요. 그 인간이 진흙탕에 뒹구는 꼴을 보게 해주세요. 내가 한 일에 대한 보상은 그것으로 충분해요. 진흙탕에 나가떨어진 그 인간의 가증스러운 얼굴에 발을 올려놓겠어요. 내게는 그게 보상이에요. 당신이 그 인간의 뒤를 쫓는 한 내일이든 언제든 같이 가겠어요. 여기 있는 뚱보한테 말하면 언제든지 나를 찾을 수 있을 거예요."

나는 다음 날 저녁, 스트랜드가의 식당에서 홈즈를 만날 때까지 그를 다시 보지 못했다. 저녁 식사를 하며 오늘 드 머빌 양을 만난 일은 잘됐느냐고 묻자 그는 어깨를 들썩했다. 그리고 자초지종을 말해 주었는데 그것은 다음과 같다. 친구의 딱딱하고 건조한 말투는 약간의 수정을 거쳐 실생활의 말들로 순화시켰다.

"만날 약속을 정하는 건 과히 어렵지 않았네. 왜냐하면 아가씨가 약혼 문제에서 지독하게 고집 부린 걸 보상하기 위해 다른 사소한 문제에서는 아버지 말에 다소곳이 순종하고 있으니까 말일세. 장군께서는 만날 약속이 됐다고 전화해 주셨고, 불같은 여자 윈터 양이 약속 시간에 맞춰 나타났네. 우린 마차를 타고 다섯시 반에 버클리 광장 104번지에서 내렸지. 노병(老兵)의 집은 교회 건물마저 그 옆에서는 무색해 보일 런던의 장엄한 회색 성채들 중에 하나라네. 시종의 안내를 받아 노란 커튼이 드리워진 커다란 응접실에 들어갔는데, 거기선 새침하고 창백하고 말수가 적은 숙녀가 미리 와서 기다리고 있더군. 숙녀는 산꼭대기에 쌓인 눈처럼 차갑고 싸늘해 보였네.

왓슨, 장군의 따님에 대해 어떻게 설명해야 할지 모르겠군. 이 사건이 끝나기 전에 자네도 그 아가씰 한번 보게 될지 모르겠는데, 그때 가서 자네의 타고난 말재주를 발휘해 보게. 장군의 따님은 아름답긴 하네. 하지만 오로지 높은 곳만을 우러러보는 광신자처럼 딴 세상에서 온 것 같은 미묘한 아름다움을 풍기지. 중세 거장들의 그림에서 볼 수 있는 그런 얼굴일세. 야수 같은 사내가 어떻게 그런 천상의 존재에게 더러운 손을 올려놓을 수 있었는지 모르겠더군. 하지만 자네도 아는지 모르겠지만 극과 극은 통하게 마련이거든. 영적인 존재는 짐승과, 동굴 인간은 천사와 통하지. 그래도 이보다 더 지독한 결합은 없을 걸세.

드 머빌 양은 물론 우리가 찾아온 목적을 알고 있었네. 그 악당이 때맞춰 우리에 대한 나쁜 인상을 아가씨의 머릿속에 심어놓았던 거지. 아가씨는 윈터 양이 들어오는 걸 보고 좀 놀란 눈치였지만, 문둥병에 걸린 걸인을 맞아들이는 성스러운 수녀원장처럼 의자를 가리키더군. 여보게, 혹시 자네 마음속에 자만심이 생기는 것 같거들랑 바이올렛 드 머빌 양을 한번 만나보게. 그럼 그런 마음이 쏙 들어갈 걸세.

드 머빌 양은 빙산에서 불어오는 바람처럼 싸늘하게 말했네. '홈즈 선생님, 성함은 들어서 알고 있습니다. 제 약혼자 그루너 남작에 대해 험담을 하러 오신 걸로 알고 있습니다만. 제가 선생을 만나기로 한 것은 오로지 아버지의 부탁 때문입니다. 미리 경고하는데 선생이 무슨 말씀을 하든 제 마음은 눈곱만큼도 달라지시 않을 겁니다.'

왓슨, 나는 처녀가 안쓰럽게 느껴졌네. 그리고 그 순간만큼은 그 아가씨가 친딸처럼 생각됐지. 나는 달변은 아니라네. 또 가슴이 아니라 머리를 쓰지. 하지만 나는 머릿속에서 짜낼 수 있는 부드러운 말을 총동원해서 처녀에게 호소했네. 나는 결혼한 뒤에야 남자의 본성을 깨닫게 된 여자가 얼마나 끔찍한 처지에 놓이게 되는지, 피 묻은 손과 호색의 입술이 다가올 때 다소곳이 순종해야 하는 여자의 운명이 어떤 건지를 조곤조곤 말해 주었네. 그 모든 치욕과 공포, 고통, 절망에 대해 낱낱이 얘기해 주었지. 나는 열변을 토했지만 그 상아 같은 뺨에는 핏기 한 번 오른 적이 없고, 그 아득한 눈은 무표정하기 짝이 없었네. 그 악당이 최면 후 효과에 대해 한 말이 떠오르더군. 그 처녀는 몸은 지상에 있어도 마음은 황홀한 꿈속을 헤매고 있는지도 몰랐네. 하지만 대답 하나는 똑 부러지게 하더군.

'홈즈 선생님, 저는 인내심을 가지고 선생 말씀에 귀 기울였습니다.' 처녀는 말했지. '제 마음은 아까 말한 그대로입니다. 저는 약혼자 애들버트가 파란만장한 인생을 살아오면서, 사람들에게 심하게 미움 받고 부당한 중상모략에 시달렸다는 사실을 잘 알고 있습니다. 수많은 사람들이 줄줄이 찾아와서 제 앞에서 그이를 헐뜯었습니다. 물론 선생은 선의에서 그런 말을 하셨을 수도 있겠지요. 비록 나는 선생이 남작의 반대편에 선 것과 마찬가지로, 언제든지 기꺼이 남작의 편에도 설 수 있는 고용 탐정이라는 사실을 잘 알고 있지만 말입니다. 하지만 어찌 됐든 나는 선생께서 내가 그 사람을 사랑한다는 것과, 또 그 사람은 나를 사랑한다는 사실을 똑똑히 알아주셨으면 합니다. 온 세상이 한목소리로 떠들어대도 내 귀에는 그저 창밖에서 지저귀는 새소리와 다르지 않게 들릴 뿐입니다. 그이의 고귀한 성품이 순간적으로 타락했다면, 그건 내가 그이를 참되고 높은 곳으로 이끌도록 특별히 부름 받았다는 뜻입니다. 그런데……' 숙녀는 이 대목에서 윈터 양에게 시선을 돌렸네. '그 옆의 젊은 숙녀분은 누군지 모르겠군요.'

내가 막 대답하려고 하는데 윈터 양이 회오리바람처럼 끼어들었네. 자네가 불과 얼음이 부딪친 걸 본 적이 있는지 모르겠네만, 그 두 여자의 만남이 꼭 그랬네.

'내가 누군지 내 입으로 직접 말하지.' 윈터 양은 벌떡 일어서며 소리쳤는데 얼마나 흥분했는지 입술이 다 일그러지더군. '당신이 나타나기 전에 나는 그 인간의 여자였어. 그 인간이 유혹해서 이용하고 신세를 망친 다음에, 쓰레기 더미에 던져버린 100명의 여자들 가운데 하나야. 당신도 그런 꼴을 당할 거야. 물론 그 인간은 당신을 쓰레기 더미에 내던지는 대신 무덤으로 보낼 가능성이 크지만 말이야. 차라리 그렇게 되는 게 나을 거야. 이 바보 같은 여자야, 내 분명히 말해 두는데, 당신이 그 인간과 결혼하면 죽어. 가슴이 터져 죽을지 목이 부러져 죽을지는 모르겠지만 둘 중에 하나가 될 거야. 내가 이런 말을 하는 건 당신이 좋아서가 아니야. 당신이 죽든 살든 나는 아무 관심 없어. 그 인간에 대한 증오 때문에, 그 인간을 괴롭히고 싶고 내가 당한 걸 고스란히 돌려주고 싶어서 이러는 기야. 하지만 그거야 상관없는 일이지. 이 예쁜 아가씨야, 날 그런 눈으로 쳐다볼 필요 없어. 당신은 머지않아 나보다 못한 신세가 될 테니까.'

'난 그런 문제에 대해 토론하고 싶지 않습니다.' 드 머빌 양은 싸늘하게 말했네. '마지막으로 한마디만 하겠습니다. 나는 그이가 세 번 교제한 적이 있는데 그때 속이 검은 여자들과 얽히게 됐다는 걸 알고 있습니다. 설령 그이가 무슨 잘못을 저질렀다고 해도 지금은 진심으로 뉘우치고 있습니다.'

'세 번 교제?' 윈터 양이 고함을 질렀네. '바보! 이 바보, 멍청이 같으니라고!'

'홈즈 선생님, 이제 면담을 끝냈으면 합니다.' 숙녀는 얼음장같이

싸늘한 목소리로 말했네. '나는 아버지 소원대로 선생을 만나긴 했지만 저런 여자의 헛소리까지 듣고 싶지는 않습니다.'

윈터 양은 욕을 하면서 냅다 달려들었는데, 내가 손목을 붙잡지 않았으면 사람을 복장 터지게 만드는 그 귀족 아가씨의 머리채를 휘어잡았을 걸세. 나는 윈터 양을 끌고 나가서 다행스럽게도 사람들 앞에서 추태를 보이지 않고 마차에 태울 수 있었다네. 윈터 양은 화가 나서 제정신이 아니었거든. 왓슨, 나는 냉정을 유지하고 있었지만 속은 부글부글 끓었어. 우리가 구해 내려고 하는 그 여성의 침착하고 무관심하고 지나치게 독선적인 태도에는 형언할 수 없이 사람의 속을 긁는 데가 있었으니까. 자, 이제는 자네도 우리가 어떤 상황에 있는지 다 알게 됐네. 첫 번째 작전이 실패로 돌아갔으니 뭔가 새로운 행동 계획을 세워야겠어. 왓슨, 자네가 맡아야 할 역할도 있을 것 같으니까 내 연락하겠네. 물론 그 사람들이 우리보다 먼저 행동에 돌입할 가능성도 있지만 말이야."

정말 그랬다. 그들이 공격해 왔다. 드 머빌 양이 관여했다고 생각할 순 없었으므로 남작이 공격의 포문을 열었다고 해야 할 것이다. 나는 문제의 벽보를 처음 봤을 때 내가 어느 포석 위에 서 있었는지를 아직도 생생하게 기억하고 있다. 순간적으로 고통스러운 전율이 내 영혼을 관통했다. 그것은 그랜드 호텔과 채링 크로스 역 사이였는데, 외다리 신문팔이가 석간신문을 팔고 있었다. 홈즈와 만나 대화를 나누고 이틀이 지난 뒤였다. 끔찍한 신문지에는 노란 바탕에 검은 글씨로 다음과 같이 쓰여 있었다.

셜록 홈즈

저격당하다

나는 잠시 동안 멍하니 서 있었던 것 같다. 그다음부터 내 기억은 뒤죽박죽이다. 신문을 낚아채고, 아직 돈을 내지 않았다고 사내가 호되게 따지고 들고, 그리고 마지막으로 어느 약국 문 앞을 가로막고 서서 불길한 기사를 뒤지던 기억이 어렴풋이 난다. 기사는 다음과 같았다.

유명한 사립 탐정, 셜록 홈즈 선생이 오늘 오전에 피습당해 중상을 입었다는 안타까운 소식이 들어왔다. 정확한 경위는 밝혀지지 않았으나 사건이 벌어진 것은 오늘 열두시경, 카페 로열 앞의 리젠트가인 듯

MURDEROUS
ATTACK
UPON
SHERLOCK
HOLMES

하다. 단장으로 무장한 두 괴한이 습격했고 홈즈 선생은 머리와 몸을 맞았는데, 의사들의 설명에 따르면 부상 정도가 매우 심각하다고 한다. 홈즈 선생은 채링 크로스 병원으로 후송되었으나 나중에 베이커 가의 하숙집으로 옮겨달라고 고집부렸다. 선생을 공격한 악당들은 점잖게 차려입었고, 사람들을 피해 카페 로열을 가로질러 뒷문을 통해 글래스하우스가로 도망친 듯하다. 범인들이 부상당한 탐정의 창의적이고 기민한 활동에 적개심을 품은 범죄 집단 소속이라는 것은 의문의 여지가 없다.

말할 필요 없이 나는 신문 기사를 읽자마자 이륜마차에 뛰어올라 베이커가로 향했다. 나는 하숙집 현관에서 유명한 외과 의사 레슬리 옥숏 경을 만났다. 문밖에는 경의 브루엄 마차가 대기하고 있었다.

"당분간 큰 위험은 없을 거요."

옥숏 경은 말했다.

"두피가 두 군데 찢어졌고 심하게 멍든 부위가 몇 곳 있지요. 상처를 몇 바늘 꿰매야 했소이다. 모르핀을 주사했고 조용한 환경이 필수적이지만 몇 분간의 면회는 괜찮을 거요."

의사의 허락을 받고 나는 어두운 방으로 살며시 들어갔다. 환자는 멀쩡하게 깨어 있다가 목쉰 소리로 속삭이듯 내 이름을 불렀다. 커튼은 4분의 3가량이 내려져 있었지만, 한 줄기 햇살이 비껴 들어와 부상자의 붕대를 감은 머리를 비추었다. 하얀 리넨 압박 붕대 위로 진홍색 얼룩이 스며 나왔다. 나는 친구 옆에 바짝 다가앉아 고개

를 떨어뜨렸다.

"왓슨, 난 괜찮아. 너무 걱정하지 말게."

홈즈는 끊어질 듯한 목소리로 중얼거렸다.

"보기만큼 심하지는 않다네."

"정말 고마운 얘기로구먼!"

"자네도 알다시피 난 목검의 명수 아닌가. 대부분의 공격은 잘 물리쳤지. 나를 이렇게 만든 건 그 두 번째 사내였네."

"홈즈, 내가 어떻게 해줄까? 물론 자네한테 괴한들을 보낸 건 그 망할 남작 놈일세. 자네가 말만 하면 내가 가서 그 녀석을 흠씬 두들겨 패주겠네."

"허허, 이 사람아! 아서, 경찰에서 그자들을 찾아내지 못하는 한 우리가 할 수 있는 일은 아무것도 없네. 하지만 놈들이 도주한 걸 보면 사전에 치밀하게 계획한 것이 분명하네. 틀림없이 그럴 거야. 잠깐 기다리게. 나한테 계획이 있네. 제일 먼저 해야 할 일은 내 부상 정도를 과장하는 걸세. 사람들이 소식을 물으러 자네한테 몰려올 거야. 왓슨, 마음껏 부풀려서 말하게. 내가 이번 주를 넘기기 힘들다고 해. 뇌진탕도 좋고 의식 불명도 좋고, 자네 좋을 대로 말하게! 아무리 과장해도 지나치지 않으이."

"하지만 레슬리 옥슷 경은?"

"오, 그분은 걱정 말게. 앞으로 아주 심각한 증상만 보게 될 걸세. 그분은 내가 알아서 하겠네."

"그 밖에는 없나?"

"있네. 신웰 존슨한테 가서 윈터 양을 피신시키라고 하게. 괴한들이 이제는 그 아가씨를 찾을 거야. 물론 그쪽에선 그 아가씨가 나한테 협조했다는 걸 알고 있네. 그자들이 나를 없애려고 용감하게 덤벼들었는데 아가씨를 그냥 놔둘 리가 없지. 한시가 급하네. 오늘 밤에 처리하게."

"지금 가겠네. 그 밖에는?"

"내 파이프를 탁자 위에 놔줘. 그리고 담배는 슬리퍼 안에 넣어두고. 잘했네! 아침마다 와주게. 작전 계획을 짜야 하니까."

나는 존슨에게, 그날 저녁으로 윈터 양을 조용한 교외로 피신시켜 놓고 위험이 지나갈 때까지 숨어 있도록 일렀다.

엿새 동안 사람들은 홈즈가 사경을 헤매고 있다는 인상을 받았다. 의사의 발표 내용은 아주 심각했고 신문에는 불길한 기사가 실렸다. 홈즈를 매일 찾아갔던 나는 병세가 그리 나쁘지 않다는 걸 알고 있었다. 그는 무쇠 같은 체력과 굳은 의지로 기적을 만들어내고 있었다. 친구는 빠른 속도로 회복되고 있었는데, 이따금씩 나는 그가 내 앞에서 보여주는 모습보다 사실은 더 빠르게 회복되고 있는 게 아닐까 하고 의심했다. 그에게는 흥미롭게도 비밀주의를 즐기는 경향이 있었는데, 그로 인해 극적인 효과가 숱하게 발휘되었지만, 가장 친한 친구인 나조차도 속으로만 짐작할 뿐 계획이 정확히 뭔지 몰랐다. 홈즈는 비밀을 지키는 유일한 방법은 혼자서 작전 계획을 세우는 것이라는 금언을 극단적으로 밀고 나갔다. 나는 세상의 누구보다 홈즈와 가까웠지만, 항상 그와의 거리를 의식하고 있었다.

이레째 되는 날 실밥을 풀었지만, 석간신문에는 그가 단독(丹毒, 화농균에 감염되어 피부에 화농성 염증이 생기는 질환 ― 옮긴이)에 걸렸다는 기사가 실렸다. 그런데 같은 지면에 실린 어떤 기사 때문에, 나는 친구가 아프든 멀쩡하든 신문을 갖다줄 수밖에 없었다. 그것은 다름 아닌, 금요일 리버풀에서 출항하는 큐나드 선박 루리타니아호의 승객 명단에 애들버트 그루너 남작의 이름이 올라 있다는 기사였다. '그루너 남작은 드 머빌 장군의 외동딸 바이올렛 드 머빌 양과의 결혼을 앞두고 미국에서 중요한 재정상의 문제를 처리하기 위해……' 운운. 창백한 얼굴의 홈즈는 냉정한 표정으로 골똘히 귀 기울였는데 상당히 충격 받은 듯했다.

“금요일이라고!”

그는 소리쳤다.

“사흘밖에 안 남았군. 그 악당이 위험한 곳을 벗어나 있으려고 하는 거야. 하지만 그렇게는 안 될걸! 왓슨, 절대로 그렇게는 안 될 걸세! 여보게, 자네가 날 위해 해줘야 할 일이 있네.”

“홈즈, 무슨 일이든 시키게.”

“좋아, 그럼 앞으로 24시간 동안 중국 도자기에 대해 집중적으로 공부하게.”

그는 더 이상 설명하지 않았고 나도 아무것도 묻지 않았다. 오랜 경험을 통해 나는 그가 시키는 대로 하는 게 현명하다는 사실을 알고 있었다. 하지만 그의 방을 나와 베이커가를 걸어 내려가는 동안 도대체 어떻게 그런 이상야릇한 지시를 이행할 것인지 궁리했다. 결국 나는 마차를 잡아타고 세인트제임스 광장의 런던 도서관으로 가서 사서보로 일하는 친구 로맥스에게 사정을 털어놓았다. 나는 옆구리에 책을 한 아름 끼고 집으로 돌아갔다.

월요일 날 증인으로 불려 나온 전문가를 심문하기 위해 사건 내용을 벼락치기로 머릿속에 집어넣은 변호사는, 토요일이 되기도 전에 억지 지식을 몽땅 잊어버린다고 한다. 나는 도자기에 관한 전문가 행세를 하고 싶은 생각이 전혀 없었다. 하지만 그날 저녁 내내, 그리고 잠깐 쉬고 밤새도록, 또 아침나절 내내 지식을 빨아들이고 이름을 외웠다. 나는 위대한 예술가 및 소장가 들의 낙관에 대해, 역사적 연대의 수수께끼에 대해, 주원장의 인장과 영력제(永曆帝) 시대의 빼어난 작품에 대해, 당인(唐寅)의 글씨와 송(宋), 원(元) 초기의 예술의 부흥에 대해서 알게 되었다. 나는 이 모든 지식을 머릿속에 차곡차곡 채워 넣고 다음 날 저녁 홈즈를 찾아갔다. 신문 보도에 따르면 상상도 할 수 없는 일이지만, 그는 이제 침대에서 나와 평소에 즐겨 앉던 안락의자에 몸을 묻고 붕대를 친친 동여맨 머리를 손으로 받치고 있었다.

"아니, 홈즈, 신문을 본 사람들은 자네가 다 죽게 된 줄 아는데."

"나는 바로 그런 인상을 심어주려고 했지."

홈즈는 말했다.

"어쨌든, 여보게, 공부는 했나?"

"적어도 노력은 했네."

"잘했네. 중국 도자기에 대해 전문적인 대화를 나눌 수 있겠지?"

"그럴 거라고 믿네."

"그럼 벽난로 선반 위에서 그 작은 상자를 좀 내려주게."

홈즈는 상자 뚜껑을 열더니 고운 동양 비단으로 꼭꼭 싸놓은 작은 물건을 꺼냈다. 비단 보자기를 풀자, 눈부시게 아름다운 짙은 청색의 작고 섬세한 접시가 나왔다.

"왓슨, 이건 조심해서 다뤄야 하네. 명나라 시대의 얇은 진품 도자기라네(실제로 명나라 시대 도자기 중에서 짙은 청색은 없다고 한다—옮긴이). 여태까지 크리스티 경매(소더비와 함께 세계 양대 경매 중 하나—옮긴이)에 나온 도자기 중에서도 이만한 것은 없었지. 이 접시의 완전한 세트는 왕의 몸값 정도의 가치가 나갈 걸세. 사실 북

경의 황궁 밖에 이 도자기의 완전히 세트가 있을지는 의문이지만 말이야. 진짜 전문가라면 이걸 보고 무척 흥분할 걸세."

"내가 이걸 갖고 어떻게 해야 하지?"

홈즈는 명함을 한 장 내밀었다.

"'힐 바턴 박사, 하프문가 369번지.'"

"왓슨, 이건 저녁때 자네가 써야 할 이름일세. 그루너 남작을 찾아가게. 나는 그의 생활 습관을 좀 알고 있는데, 저녁 여덟시 반이면 아마 하루 일과가 끝날 걸세. 미리 편지를 보내서 명대(明代)의 진귀한 도자기 세트를 소장하고 있는데 견본을 들고 찾아가겠다고 하게나. 의사 행세를 하는 게 나을 거야. 그건 자네가 연기하지 않아도 되는 부분이니까. 남작한테 찾아가서, 나는 수집가인데 우연히 이 접시 세트를 손에 넣었고, 당신이 이런 쪽에 관심이 많다는 얘기를 듣고 찾아왔다고 하게나. 그리고 값을 잘 쳐주면 팔 생각도 있다고 하게."

"가격은 얼마나?"

"왓슨, 거 좋은 질문이군. 자기가 소장한 물건의 값도 모른다면 의심받기 꼭 알맞겠지. 이 접시는 제임스 경이 갖다준 건데, 내가 알기로는 우리 의뢰인의 수집품이라네. 세상을 다 뒤져봐도 이만한 물건은 없다고 해도 과언이 아닐 걸세."

"전문가한테 감정을 받을 생각이라고 해볼까?"

"왓슨, 정말 좋은 생각이네! 오늘은 자네 머리가 휙휙 돌아가는 군. 크리스티나 소더비를 얘기해 보게. 잘만 하면 자네 입으로 값을 말하지 않고 넘어갈 수 있을 거야."

"하지만 남작이 나를 만나주지 않으면?"

"오, 그건 걱정 말게. 자넬 만나줄 걸세. 그자는 아주 열성적인 수집광이거든. 특히 중국 도자기에 집착하고 있는데, 그쪽 분야에서는 권위를 인정받고 있기도 하지. 왓슨, 거기 앉게. 내가 편지를 구술해 줌세. 답장은 받을 필요 없네. 그냥 방문 목적과 시간만 알리면 되네."

그것은 감탄이 절로 나오는 편지였다. 간략하고 정중하면서도 전문가의 호기심을 자극하기에 충분했다. 배달부가 적당한 시간에 편지를 배달했다. 같은 날 저녁, 나는 귀중한 접시를 손에 들고 주머니에는 힐 바턴 박사의 명함을 챙겨 넣고 혼자 모험을 떠났다.

아름다운 집과 정원을 보니, 제임스 경이 말한 대로 그루너 남작이 상당한 재산가라는 사실을 알 수 있었다. 구불거리는 긴 진입로 양쪽에는 진귀한 관목이 빽빽이 서 있었고, 길 끝에는 자갈을 깔고 조각상으로 장식한 큰 광장이 나왔다. 그것은 한창 경기가 좋을 때 어느 남아프리카 금광왕이 지은 저택이었다. 모퉁이마다 작은 탑을 세운 야트막하고 넓은 집은 건축미라고는 눈 씻고 봐도 없었지만 그 크기와 견고함만큼은 인상적이었다. 주교석에 앉아도 어울릴 법한 집사가 나를 맞아들여 호화로운 옷을 입은 시종에게 인계해 주었고, 시종은 나를 남작에게 데리고 갔다.

남작은 창문 사이에 놓인 커다란 진열장 앞에 서 있었다. 그가 모은 중국 도자기가 들어 있는 진열장 문이 활짝 열려 있었다. 내가 들어서자 그는 자그마한 갈색 꽃병을 손에 든 채 돌아섰다. 그가 말했다.

"박사, 앉으십시오. 내 보물을 살펴보면서 하나 더 늘릴 수 있는 여유가 있는지 생각해 보고 있었습니다. 이건 7세기경의 당나라 때 작품인데 꽤 흥미로우실 겁니다. 이보다 정교한 솜씨, 아니 이보다 풍부한 광택은 못 보셨을 겁니다. 말씀하신 명대의 접시는 가져오셨습니까?"

나는 조심스럽게 포장을 풀고 접시를 건네주었다. 그는 책상 앞에 앉아서 등불을 끌어당겼다. 날이 어두워지고 있었다. 남작이 접시를 살펴보는 동안 노란 불빛이 얼굴을 비췄고, 나는 그의 모습을 마음껏 관찰할 수 있었다.

그루너 남작이 보기 드문 미남이라는 것은 분명했다. 조각 같은 용보로 유럽 전역에 명성을 떨친 데에는 다 그만한 까닭이 있었던 것이다. 체격은 중간 정도였지만 몸의 선이 우아하고 날렵했다. 얼굴은 가무잡잡해서 동양계처럼 보일 정도였지만, 우수에 찬 크고 검은 눈동자는 여자들에게 저항하기 힘든 매력을 발산할 터였다. 머리칼과 콧수염은 까마귀처럼 검은빛이었는데, 뾰족하게 다듬은 짧은 콧수염을 조심스레 밀랍으로 굳혀놓았다. 균형 잡힌 이목구비는 보기만 해도 흐뭇했는데, 한 가지 흠은 일직선의 얇은 입술이었다. 그것은 살인자의 입이었다. 마치 얼굴에 깊은 상처가 난 것처럼, 그것은 가느다랗고 냉혹하고 소름 끼쳤다. 남작이 콧수염으로 입술을 가리지 않은 것은 경솔한 짓이었는데, 왜냐하면 그것은 자연이

희생자들에게 경고하기 위해 마련해 놓은 위험 신호였기 때문이다.
목소리는 매혹적이고 태도는 나무랄 데 없었다. 나이는 서른이 좀
넘어 보였는데, 나중에 기록을 보니 실제 나이는 마흔둘이었다.

"훌륭합니다……, 정말 걸작입니다!"

남작은 마침내 입을 열었다.

"그런데 박사께서는 이런 접시가 세트로 여섯 점이나 있다고 했
습니다. 이상한 건 내가 이런 걸작품에 대한 얘기를 들어본 적이 없
다는 겁니다. 난 영국에 이만한 작품이 딱 한 점 있다는 걸 알고 있

습니다. 하지만 그건 절대로 시장에 나올 물건이 아니거든요. 힐 바
턴 박사, 실례지만 이 물건을 어떻게 입수했는지 물어봐도 될까요?”

“그게 그렇게 중요합니까?”

나는 최대한 무심한 말투로 대꾸했다.

“그게 진품이라는 건 아셨을 테고, 가격에 관해서는 전문가의 감
정을 받아보는 게 좋겠습니다.”

“정말 이해하기 힘들군요.”

남작의 검은 눈에 의심스러운 빛이 스쳐 갔다.

“이만한 가치가 있는 물건을 취급할 때는 누구나 당연히 매매 과
정 전체를 알고 싶어 합니다. 이 작품이 진품이라는 건 분명합니다.
그 점에 대해서는 의문의 여지가 없습니다. 하지만 박사한테 이 물
건을 매매할 권리가 없다는 사실이 나중에 밝혀지면 어떻게 하지
요? 나는 모든 가능성을 다 따져봐야 합니다.”

“내 그런 문제는 없을 거라고 보증하리다.”

“그런 경우엔 물론, 박사의 보증이 얼마나 가치 있는가가 문제가
될 겁니다.”

“그 점에 대해서는 내 거래 은행이 답해 줄 거요.”

“알겠습니다. 그래도 매매 과정 전체가 이해가 안 가는 건 사실입
니다.”

“거래를 하든 말든 그건 남작 마음입니다.”

나는 냉담하게 말했다.

“나는 당신이 전문가라는 사실을 알고 있었기 때문에 당신에게

처음으로 매매 의사를 밝혔지만, 당신이 아니라도 이걸 파는 데에
는 어려움이 없을 겁니다.”

“내가 전문가라고 누가 그러던가요?”

“나는 남작이 중국 도자기에 관해 책을 썼다는 걸 알고 있습니다.”

“그 책을 읽어보셨습니까?”

“아니요.”

“맙소사, 점점 더 이해할 수 없군요! 박사는 중국 도자기의 전문
가이자 대단히 귀중한 작품을 소장하고 있는 수집가입니다. 그런데
자신이 소장한 물건의 진정한 의미와 가치에 대해 알려줄 단 한 권
의 책을 들춰보지도 않았습니다. 그걸 어떻게 설명할 참입니까?”

“나는 대단히 바쁜 사람입니다. 개업 의사란 말이외다.”

“그건 대답이 안 됩니다. 취미가 있는 사람은, 아무리 다른 일 때
문에 바쁘다고 해도 연구를 게을리하지 않습니다. 박사는 편지에
자신이 전문가라고 썼습니다.”

“그렇소.”

“그럼 내가 몇 가지 질문을 해볼까요? 이보시오, 박사, 당신이 정
말 박사인지도 의문이지만, 의혹이 점점 커지고 있다는 점을 지적
하지 않을 수 없군요. 당신은 일본의 쇼무(聖武) 천황에 대해 얼마
나 알고 있고, 또 쇼무 천황과 나라(奈良) 근처의 쇼소인(正倉院)과
의 관계에 대해 어떻게 생각합니까? 맙소사, 그걸 몰라요? 그럼 북
위(北魏) 왕조가 도자기의 역사에서 차지하는 위치에 대해 말해 보
시오.”

나는 짐짓 화난 척하며 벌떡 일어섰다.

"더 이상 못 참겠군. 나는 당신한테 호의를 베풀기 위해서 온 거지, 학생처럼 시험을 받으려고 온 게 아니오. 그런 문제에 대한 지식은 내가 부족할지 모르오. 하지만 그런 불쾌한 질문에는 결단코 대답하지 않겠소."

그루너 남작은 나를 지그시 쳐다보았다. 눈에서 우수는 사라졌다. 그것은 갑자기 번쩍거리기 시작했다. 잔인하게 생긴 입술 사이로 이가 드러났다.

"도대체 무슨 꿍꿍이속이 있어서 왔지? 당신은 첩자가 틀림없어. 홈즈가 보낸 밀정일 거야. 이런 장난을 치는 건 무슨 속셈이 있어서겠지. 내가 듣기로는 그 친구 다 죽게 됐다던데, 그래서 나를 감시하려고 앞잡이를 보냈구먼. 그리고 당신은 허락도 받지 않고 이 집에 들어왔어. 여기 들어오기는 쉬워도 나가는 건 어렵다는 걸 알려주지!"

남작은 벌떡 일어섰고 나는 뒷걸음질 치며 공격에 대비했다. 그는 분노에 눈이 멀어 제정신이 아니었다. 그는 처음부터 나를 의심했는지도 몰랐다. 나와 얘기해 보고 자신의 의혹이 사실이라는 걸 확인했을 것이다. 내가 그를 속여 넘기는 건 애당초 불가능한 일이었다. 남작은 서랍에 손을 집어넣고 미친 듯이 뭔가를 찾았다. 그러다가 무슨 소리를 들었는지 가만히 귀를 기울이고 서 있었다.

"악!"

그는 소리쳤다.

"악!"

그러더니 등 뒤의 방으로 뛰어 들어갔다.

내실 문 앞까지는 겨우 두 걸음이었는데, 나는 방 안에서 벌어진 광경을 영원히 잊지 못할 것이다. 정원으로 면해 있는 창문은 활짝 열려 있었다. 그 옆에, 머리에 피 묻은 붕대를 감고 새하얀 얼굴을 일그러뜨린 끔찍한 유령 같은 셜록 홈즈가 서 있었다. 다음 순간, 홈즈는 창밖으로 몸을 날렸다. 만병초 덤불 속으로 몸뚱이가 쿵 떨어지는 소리가 들렸다. 집주인은 짐승처럼 울부짖으며 그를 쫓아 창문으로 돌진했다.

바로 그때! 일은 순식간에 벌어졌지만 나는 두 눈으로 똑똑히 보았다. 팔이, 여자의 팔이 나뭇잎 새에서 쑥 나왔다. 바로 그 순간 남작은 끔찍한 비명을 질렀는데, 그 부르짖음은 아직도 내 귀에 쟁쟁하다. 그는 두 손으로 얼굴을 싸쥐고 머리를 무섭게 벽에 짓찧으며 방 안을 맴돌았다. 그러다가 카펫 위로 털썩 쓰러지더니 몸부림치며 방 안을 데굴데굴 굴렀다. 끊임없는 절규가 집 안을 뒤흔들었다.

"물! 제발, 물!"

그는 비명을 질렀다.

나는 탁자 위에서 물병을 집어 들고 그에게 달려갔다. 바로 그때 집사와 시종 몇몇이 방 안으로 뛰어들었다. 내가 부상당한 사내 곁에 무릎 꿇고 앉아 불빛을 향해 그 끔찍한 얼굴을 돌렸을 때 하인 하나가 졸도했던 기억이 난다. 황산은 얼굴을 녹이고 귀와 턱에서 뚝뚝 떨어지고 있었다. 한 눈은 이미 허옇게 흐려져 있었고, 다른 한 눈은 온통 붉게 충혈돼 있었다. 몇 분 전 내가 감탄을 금치 못했던 얼굴이 이제는, 화가가 지저분하게 젖은 스펀지로 문질러버린 아름다운 그림 꼴이 되어버렸다. 남작의 뭉개지고 변색된 얼굴은 사람 얼굴 같지 않고 끔찍했다.

황산 투척에 관한 한, 나는 하인들에게 정확한 경위를 간단히 설명해 주었다. 몇몇은 창문 밖으로 나가고 몇몇은 정원으로 뛰어나갔지만 날은 어두웠고 비가 뿌리기 시작했다. 남작은 비명을 지르는 사이사이에 자신에게 황산을 뿌린 여자에 대해 정신없이 떠들어댔다.

"지옥 고양이 같은 키티 윈터였어!"

그는 소리쳤다.

"오, 악녀 같으니라고! 이번 일은 꼭 갚아주겠어! 암, 갚아주고말고! 오, 하늘에 계신 아버지, 아파서 못 견디겠습니다!"

나는 남작의 얼굴에 오일을 붓고 껍질이 벗겨진 피부에 탈지면을 올려놓고 모르핀을 피하로 주사했다. 이렇게 충격적인 일을 겪으면서 나에 대한 모든 의혹이 눈 녹듯이 사라졌는지, 그는 죽은 물고기 같은 눈으로 나를 올려다보며 내 손에 매달렸다, 내가 그 눈에 빛을 찾아줄 능력이 있기라도 한 것처럼. 나는 형편없이 망가진 얼굴을 보고 울 수도 있었지만 이렇게 흉측한 사고를 부른 그의 타락한 생활을 너무도 똑똑히 기억하고 있었다. 그가 화상을 입은 손으로 내 몸을 더듬는 느낌은 섬뜩하기 그지없었는데, 잠시 후 그의 외과 의사 주치의가 달려왔고, 뒤이어 전문의가 들이닥쳐 내 일을 인계받았다. 형사도 왔는데, 나는 그에게 진짜 명함을 건네주었다. 런던 경찰국에 내 얼굴은 홈즈만큼이나 잘 알려져 있어서 딴 사람 행세를 하는 건 어리석고 쓸데없는 짓이었다. 그런 다음에 나는 암흑과 공포의 집을 떠났다. 나는 한 시간 안에 베이커가에 도착했다.

홈즈는 늘 앉던 의자에 앉아 있었는데, 얼굴이 무척 파리했고 지쳐 보였다. 부상이 채 회복되지 않은 것은 제쳐놓고서라도, 아무리 무쇠 같은 신경의 소유자라고 해도 오늘 저녁에 벌어진 일 때문에 큰 충격을 받은 상태였다. 그는 남작의 상태에 대한 내 설명을 듣고 전율을 금치 못했다.

"죗값을 받았군, 암, 죗값을 받은 거야! 여보게, 그건 조만간 벌어질 일이었네. 신께선 그자가 어떤 죄를 지었는지 아시니까."

그는 책상 위에서 갈색 표지의 책 한 권을 집어 들고 덧붙였다.

"윈터 양이 말했던 책이 바로 이걸세. 이것으로 그 결혼을 막지 못한다면 무엇으로도 막을 수 없을 걸세. 하지만 여보게, 이 정도면 충분할 거야. 그럴 수밖에 없지. 자존심이 있는 여자라면 이걸 보고 견디지 못할 테니까."

"이게 그자의 연애 일지인가?"

"욕망의 일지라고도 할 수 있지. 제목은 자네 마음대로 붙이게. 그 여자가 이 책 얘기를 했을 때, 나는 이걸 손에 넣을 수만 있다면 가공할 무기가 되리라는 걸 깨달았네. 내가 그때 잠자코 있었던 것은, 그 여자가 그 사실을 누설할 수도 있었기 때문이지. 하지만 마음속으로는 어떻게 할까 궁리하고 있었네. 그러다가 괴한들에게 피습당했는데, 그 사건을 전화위복으로 삼아 남작이 방심하도록 유도했지. 내 작전은 성공을 거두었네. 나는 좀 더 기다릴 생각이었지만, 그자가 미국에 간다는 사실을 알고 손을 쓸 수밖에 없었지. 그가 자신에게 치명타가 될 문서를 남겨놓고 가진 않을 테니까 말이야. 그래서 우린 즉각 행동에 돌입해야 했네. 그가 치밀하게 경계하고 있었기 때문에 밤중에 이 책을 훔쳐내는 건 불가능했지. 하지만 저녁 때 누군가 그의 주의를 분산시켜 놓을 수만 있다면 기회를 잡을 수 있었네. 바로 이 대목에서 자네하고 푸른 접시가 등장하게 된 걸세. 하지만 나는 책이 있는 곳을 알아내야 했네. 나에게 주어진 시간은 중국 도자기에 대한 자네의 지식 수준에 달려 있었기 때문에, 내가 행동할 수 있는 시간은 고작 몇 분에 지나지 않았지. 그래서 마지막 순간에 윈터 양을 데려간 걸세. 그 여자가 망토 속에 가만히 숨겨 간 작은 꾸러미에 뭐가 들었는지 내가 어떻게 알았겠나? 나는 그 여자가 내 일 때문에 가는 줄 알았지만, 사실은 따로 할 일이 있었던 거지."

"남작은 자네가 나를 보냈다는 걸 눈치채더군."

"그럴 줄 알았네. 하지만 자네가 그를 잡고 있었던 덕분에 나는 책을 꺼낼 수 있었네. 비록 들키지 않고 도망칠 시간은 부족했지만 말이야. 아, 제임스 경, 이렇게 와주셔서 감사합니다!"

품위 넘치는 우리 친구가 홈즈의 호출을 받고 달려왔다. 그는 그동안 있었던 일에 대한 홈즈의 설명에 주의 깊게 귀 기울였다.

"놀라운 일을 해냈군요!"

이야기를 듣고 나서 경이 외쳤다.

"하지만 남작의 상처가 왓슨 박사의 말씀처럼 그렇게 흉측하다면 이 지저분한 책이 없어도 결혼을 막으려는 목적은 충분히 달성할 수 있겠습니다."

홈즈는 고개를 가로저었다.

"드 머빌 양 같은 기질을 타고난 여성들은 그런 식으로 행동하지 않습니다. 드 머빌 양은 남작을 얼굴에 흉이 간 순교자로 생각하고 더욱 사랑할 겁니다. 안 됩니다. 우리가 공격해야 하는 건, 남작의 신체적 측면이 아니라 도덕적 측면입니다. 이 책을 보면 아가씨는 남작의 실체를 깨닫게 될 겁니다. 이 일지는 남작이 자필로 쓴 거지요. 도저히 그냥 넘겨버릴 수 없을 겁니다.”

제임스 경은 남작의 책과 귀중한 접시를 챙겨 들었다. 나도 너무 지체했으므로 경과 함께 아래로 내려갔다. 문 앞에 브루엄 마차가 대기 중이었다. 경은 마차에 올라타고 코케이드(영국 왕실의 종복이 모자에 다는 꽃 모양 모표 — 옮긴이)를 단 모자를 쓴 마부에게 서둘러 지시를 내렸고, 마차는 즉시 출발했다. 제임스 경은 마차 문에 새겨진 문장을 가리기 위해 창밖으로 외투를 반쯤 내려뜨렸지만 나는 이미 채광창에서 흘러나온 불빛으로 그것을 보고 말았다. 나는 숨이 막힐 정도로 놀랐다. 그러고 나서 돌아서서 홈즈의 방으로 올라갔다.

“의뢰인이 누군지 알았네.”

나는 큰 소리로 엄청난 소식을 전했다.

“글쎄, 홈즈, 다름 아닌…….”

“다름 아닌 장군의 충실한 친구이자 기사도 정신이 투철한 신사이지.”

홈즈는 손을 들어 내 말을 끊으며 말했다.

“우리한테는 그 정도로도 족하네.”

나는 그 저질스러운 책이 어떻게 사용됐는지 모른다. 제임스 경이 나섰을지도 모른다. 아니면 그렇게 미묘한 임무는 아가씨의 아버지에게 맡겨졌을 수도 있다. 어찌 됐든, 효과는 기대했던 대로였다. 사흘 뒤 《모닝 포스트》에 애들버트 그루너 남작과 바이올렛 드 머빌 양의 결혼식이 취소되었다는 기사가 실렸다. 같은 신문에 황

산 투척이라는 중대한 범죄 행위로 기소된 키티 윈터 양에 대한 첫
번째 심리 기사가 실렸다. 재판 과정에서 정상 참작을 할 만한 정황
이 밝혀졌다는 것과, 그런 범죄에 대한 것으로는 최저 형량이 선고
되었다는 것을 다들 기억하고 있을 것이다. 셜록 홈즈는 절도 혐의
로 기소될 뻔했으나, 목적이 건전했던 데다가 의뢰인이 대단한 거
물이었기 때문에 엄격한 영국 법조차도 융통성과 인간미를 발휘하
게 되었다. 내 친구는 아직까지 피고석에 서지 않았다.

내 친구 왓슨은 생각의 폭이 넓지 않지만 끈질기기로는 그를 따라갈 사람이 없었다. 그는 내 경험을 직접 써보라고 오랫동안 나를 괴롭혔다. 어쩌면 나는 그런 박해를 자초했는지도 모르는데, 수시로 왓슨에게 그의 이야기가 피상적일 뿐 아니라 사실과 숫자에 충실한 대신 대중의 취향에 영합한다고 비난을 일삼았기 때문이다. "홈즈, 그럼 자네가 직접 써보게!" 그는 이렇게 쏘아붙였는데, 직접 펜을 들고 보니 독자들이 흥미를 느낄 만한 방식으로 쓸 수밖에 없다는 생각이 절로 드는 게 사실이다. 다음 사건은 어쩌다 왓슨의 기록에서 빠지긴 했지만, 내가 수집한 사건 가운데 가장 기묘한 축에 드느니 만큼 독자들을 실망시키지는 않을 것이다. 이 기회에 나의 오랜 친구이자 전기 작가 왓슨에 대해 말해 보겠다. 그동안 내가 다양한 사건 조사를 할 때 친구를 동반하고 다닌 것은 단순한 감상이나 변덕 때문이 아니었다. 그것은 왓슨의 주목할 만한 특성 때문이었는데, 성품이 겸손한 친구는 나의 활동에 대해서는 과대평가하면서도 정작 자신의 장점은 대수롭지 않게 여겼다. 나처럼 상대의 생각과 행동을 꿰뚫어 보는 친구는 항상 위험하다. 하지만 미래가 언제 봐도 덮어놓은 책과 같아서, 사건의 전개를 전혀 예견하지 못하는 사람에게 나 같은 친구는 이상적인 협력자가 될 것이다.

공책을 뒤져보니, 제임스 M. 도드 씨가 찾아온 것은 보어 전쟁이 끝난 직후인 1903년 1월이었다(보어인은 네덜란드계 남아프리카인이다. 남아프리카의 보어인 거주 지역에서 다이아몬드와 금이 발견되자 영국인들과 보어 전쟁(1899-1902)이 벌어졌다―옮긴이). 얼굴이 구릿빛으로 탄 그는 기운이 넘치고 자세가 꼿꼿한 거구의 영국인이었다. 그 당시 내 친구 왓슨은 새 아내를 맞아 나를 버리고 갔는데, 그것은 우리 두 사람의 협력 관계에서 단 한 번의 이기적인 행동으로 내 기억에 남아 있다. 나는 혼자였다.

나는 습관적으로 창문을 등지고 앉고 손님은 빛이 잘 드는 맞은편 의자에 앉힌다. 제임스 M. 도드 씨는 어떻게 말을 꺼내야 할지 몰라 쩔쩔매는 듯했다. 나는 그냥 내버려두었는데, 상대가 말을 안하고 있는 동안 관찰할 시간을 더 벌 수 있기 때문이었다. 나는 의뢰인들에게 웬만큼 능력을 과시하는 것이 현명하다는 걸 알고 있었으므로 추리 결과를 조금 내비쳤다.

"남아프리카에서 오셨군요."

"예, 그렇습니다."

도드 씨는 흠칫 놀라며 대답했다.

"기마 농민 의용군 출신인가 보오."

"맞습니다."

"미들섹스 부대였지요?"

"그렇습니다. 홈즈 선생님, 꼭 마법사처럼 말씀하시는군요."

나는 청년의 당황한 표정을 보고 씩 웃었다.

"방에 들어온 씩씩한 신사가, 얼굴은 영국의 햇볕으로 태웠다고 볼 수 없을 만큼 구릿빛으로 그을었고, 손수건을 주머니가 아니라 옷소매에 넣고 있는데, 그의 전력을 짐작하는 게 그리 어려운 일은 아니오. 지금 짧은 턱수염을 기르고 있는 걸 보니, 도드 씨는 정규군은 아니었구려. 머리 모양은 기병대 출신 같고. 미들섹스 부대라는 건, 방금 내놓은 명함에 스록무턴가의 주식 중개인이라고 쓰여 있는 걸 보고 알았소이다. 그러니 당신이 어떤 연대에 지원했겠소?"

"선생님은 모르시는 게 없군요."

"내게 남다른 재주가 있는 건 아니오. 나는 다만 내가 관찰한 것을 토대로 유추하는 훈련을 쌓았지요. 어쨌든 도드 씨, 당신이 오늘 아침에 날 찾아온 것은 관찰의 과학에 대해 토론하기 위해서는 아니었소이다. 턱스베리 올드 파크에서 무슨 일이 있었소?"

"홈즈 선생님……!"

"허허, 도드 씨, 뭐 신기한 건 전혀 없소이다. 당신이 편지의 서두에 그곳이 어딘지를 적어놓았으니까 말이오. 게다가 그렇게 급하게 찾아오겠다고 한 것으로 봐서 뭔가 중요한 사건이 갑작스럽게 생긴 것이 분명했소.”

“예, 그건 사실입니다. 하지만 편지를 쓴 건 어제 오후였는데 그 다음에 많은 일이 있었지요. 엠스워드 대령이 날 쫓아내지만 않았어도…….”

“당신을 쫓아냈다고!”

“예, 그런 셈이지요. 엠스워드 대령은 지독한 사람입니다. 왕년에 육군 최고의 호랑이 지휘관이었는데, 더구나 그때는 말이 거칠던 시절이었습니다. 고드프리만 아니면 저는 대령을 참아내지 못했을 겁니다.”

나는 파이프에 불을 붙이고 의자에 몸을 묻었다.

“무슨 얘긴지 자세히 설명해 줄 수 있겠지요?”

의뢰인은 장난스럽게 웃었다.

"저는 선생님께서 얘기를 듣지 않고도 모든 걸 다 아시는 줄 알았는데요. 하지만 이제 사실을 말씀드릴 테니, 그게 무슨 뜻인지 저한테 말씀해 주시면 좋겠습니다. 저는 어제 밤새도록 머리에 쥐가 나도록 생각해 보았지만 생각하면 할수록 이해가 안 됩니다.

저는 바로 2년 전, 1901년 1월에 자원입대했는데, 고드프리 엠스워드도 같은 대대에 입대했습니다. 그 친구는 엠스워드 대령의 외아들이었지요. 크림 전쟁 때 무공 훈장을 받은 그 엠스워드 말입니다. 몸에 군인의 피가 흐르고 있었으니, 그 친구가 자원입대한 건 결코 놀라운 일이 아닙니다. 연대에 고드프리만큼 좋은 녀석은 없었습니다. 우린 무척 친하게 지내며 우정을 쌓았지요. 그건 한솥밥을 먹으며 동고동락하는 사람들 사이에서만 가능한 그런 우정이었습니다. 우리는 단짝으로 지냈습니다. 군대 안에서 그것은 참 많은 걸 의미하지요. 우리는 1년간 힘든 전투를 치르는 동안 별별 일을 다 겪었습니다. 그러다 그 친구가 프레토리아(남아프리카 공화국의 행정 수도—옮긴이) 외곽의 다이아몬드 힐 근처에서 교전 중에 총상을 입게 되었습니다. 그 친구는 케이프타운의 병원에서 한 번, 사우샘프턴에서 한 번, 제게 편지를 보냈습니다. 그리고 그다음에는 감감무소식이었지요. 홈즈 선생님, 6개월 이상 제일 친한 친구한테서 소식 한 자 없는 겁니다.

에, 전쟁이 끝나고 우린 모두 귀국했습니다. 저는 고드프리의 아버님한테 편지를 써서 그 친구가 지금 어디 있는지 물었습니다. 답장이 없기에 조금 뒤에 다시 편지를 썼지요. 이번에는 간단하고 무뚝뚝한 답장이 날아왔습니다. '고드프리는 세계 일주 여행을 떠났는데 1년 뒤에나 돌아올 것이다.' 달랑 그 말 한마디뿐이었지요.

홈즈 선생님, 저는 도저히 납득이 되지 않았습니다. 모든 게 너무 부자연스러워 보였지요. 고드프리는 좋은 녀석이고 단짝 친구를 그런 식으로 내팽개칠 녀석이 아닙니다. 그럴 리는 없었습니다. 그런데 저는 우연히 그 친구가 큰돈을 상속받게 됐다는 것과, 부친과 항상 그렇게 잘 지내지는 못했다는 걸 알게 됐습니다. 노인은 가끔씩 큰 소리로 고함을 치는데, 젊은 고드프리는 그걸 견뎌내기엔 지나치게 혈기 왕성합니다. 저는 도저히 납득이 되지 않았습니다. 그래서 도대체 일이 어떻게 된 건지 철저히 알아보기로 작정했지요. 하지만 2년간 자리를 비우고 군대에 다녀온 다음이라 신변의 일을 해결하는 데 한참 시간이 걸렸습니다. 그래서 이번 주에야 고드프리 일에 다시 신경 쓸 수 있게 됐지요. 하지만 이왕 시작했으니 만사를 제쳐놓고 확실히 알아볼 작정이었습니다."

제임스 M. 도드 씨는 적으로 삼기보다는 친구로 사귀는 편이 훨씬 나을 사람처럼 보였다. 푸른 눈에는 단호한 결의가 번득였고 네모진 턱은 완강해 보였다.

"흠, 그래서 어떻게 했소?"

나는 물었다.

"저는 먼저 베드퍼드 근처의 친구 집에 가보기로 했습니다. 심술맞은 부친한테는 이미 질렸기 때문에, 이번에는 어머님한테 편지를 썼지요. 저는 정면으로 부딪쳐볼 생각이었습니다. 그래서 고드프리는 저의 단짝 친구였고 같은 부대에서 생활했기 때문에 어머님이 흥미를 느끼실 만한 얘기를 많이 알고 있다고 했습니다. 그리고 한 번 찾아뵐 생각인데 그래도 되겠느냐고 썼지요. 어머님께서는 기분 좋은 답장을 보내주셨고, 와서 자고 가라고 했습니다. 그래서 저는 월요일 날 그곳으로 출발했지요.

턱스베리 올드 저택은 외진 곳에 있었습니다. 어디에서 출발해도 8킬로미터 거리였지요. 기차역에는 마차가 없었기 때문에 저는 옷가방을 들고 걸어가야 했습니다. 거기 도착한 건 어둑어둑해질 무렵이었습니다. 저택은 굉장히 컸는데 정원도 무척 넓었지요. 목재로 기둥을 세운 엘리자베스 양식의 기초에서 빅토리아 양식의 주랑 현관에 이르기까지, 제가 보기엔 온갖 시대의 온갖 건축 양식을 뒤섞어놓은 집이었습니다. 집 안에 들어가보니 판자를 낸 벽에 태피스트리와 반쯤 지워진 낡은 그림 들이 걸려 있더군요. 그림자로 가득 찬 수수께끼의 집이었습니다. 랠프라는 이름의 집사 영감은 나이가 집하고 얼추 같아 보였는데, 집사 마누라는 영감보다 더 들어 보였습니다. 그 할망구는 고드프리의 유모였다고 하더군요. 저는 친구한테 어머니 다음으로 사랑하는 사람이 할멈이라고 들은 기억이 있어서 생긴 건 이상해 보였지만 할멈한테 호감을 느꼈습니다. 고드프리의 모친도 마음에 들었습니다. 자그마한 흰 쥐처럼 상냥한 부인이었지요. 싫은 사람은 대령뿐이었습니다.

우린 다짜고짜 언쟁부터 벌였습니다. 그냥 가버릴까 하는 생각도 들었지만 대령이 그걸 노리고 일부러 그러는 것 같아서 참았지요.

저는 대령의 서재로 곧장 안내받았는데, 그는 등이 활처럼 휘고 칙칙한 피부에 헝클어진 반백의 턱수염을 기른 거인이었습니다. 대령은 어질러진 책상 앞에 버티고 앉아서, 숱이 많은 눈썹 아래 이글거리는 회색 눈으로 저를 노려보았습니다. 붉은 핏줄이 돋아난 코는 독수리의 부리처럼 튀어나와 있더군요. 저는 고드프리가 아버지 얘기를 좀체 꺼내지 않은 이유를 그제야 알 수 있었습니다.

대령이 귀에 거슬리는 목소리로 말했습니다. '여보게, 자네가 이렇게 찾아온 진짜 이유가 궁금하네.'

저는 모친에게 보낸 편지에 쓴 말을 되풀이했습니다.

'그래그래, 자넨 아프리카에서 고드프리하고 알고 지냈다고 했지. 물론, 그걸 증명하는 건 자네 말뿐이지만 말이야.'

'저는 고드프리가 제게 보낸 편지를 가지고 왔습니다.'

'미안하지만 좀 보여주게나.'

대령은 제가 건네준 편지 두 통을 훑어보더니 도로 던져주었습니다.

'그래서?' 대령은 물었습니다.

'대령님, 저는 아드님 되는 고드프리 군을 무척 좋아했습니다. 우리는 갖가지 인연과 추억으로 얽힌 사이입니다. 그런 친구가 갑자기 소식을 끊었는데 그 친구한테 무슨 일이 있었는지 알아보고 싶은 건 인지상정 아닐까요?'

'그러고 보니 생각나는 게 있군. 나는 벌써 자네한테 편지를 해서 아들 소식을 전해 주었네. 그 애는 세계 일주 여행 중일세. 아프리카에서 돌아온 뒤에 건강이 형편없이 나빠져서, 그 애 어미하고 나는 아들 녀석이 다른 환경에서 푹 쉴 필요가 있다고 생각했지. 그 녀석에 대해 궁금해하는 친구들이 더 있거들랑 그렇게 설명해 주면 고맙겠네.'

'그렇게 하겠습니다.' 저는 대답했습니다. '하지만 그 친구가 탄 기선 이름하고 승선 날짜를 알려주시면 감사하겠습니다. 그럼 제가 그쪽으로 편지를 보낼 수 있을 테니까요.'

고드프리의 부친은 제 요구를 듣고 당황스럽기도 하고 화도 난 모양이었습니다. 짙은 눈썹을 잔뜩 찡그리고 손가락으로 초조하게 탁자를 두드리더군요. 그러다가 마침내 눈을 들어 저를 쳐다보았는데, 체스를 둘 때 상대방이 결정적인 수를 두는 걸 보고, 그걸 어떻게 맞받아칠 것인지를 정한 사람 같은 표정을 하고 있었습니다.

대령은 말했지요. '도드 군, 대부분의 사람들은 자네의 집요한 성격을 불쾌히 여기고, 그 끈질긴 요구를 무례하다고 여길 걸세.'

'대령님, 그건 제가 아드님을 정말 깊이 생각하기 때문입니다.'

'바로 그걸세. 나는 벌써 그 점에 대해서는 여러모로 배려했네. 하지만 분명히 말해 두겠는데 그런 뒷조사는 이제 그만두게. 어느 집안에건, 외부인에게 분명하게 밝힐 수만은 없는 속사정이 있으니까. 자네가 아무리 선의로 그런다고 해도 말이야. 그 애 어미는 아들 녀석이 아프리카에서 어떻게 지냈는지 알고 싶어 하고, 자네는 그런 얘기를 해줄 수 있는 위치에 있네. 하지만 그 애의 현재와 미래에 대해서는 신경 쓰지 말게. 그런 조사는 좋은 결과를 낳지 못할뿐더

러 우리 입장을 곤란하게 만들 뿐이니까.'

홈즈 선생님, 저는 이렇게 막다른 골목에 부딪쳤습니다. 더 이상 어떻게 해볼 수가 없었지요. 저는 애써 상황을 받아들이는 척했지만, 마음속으로는 내 친구가 어떻게 됐는지 밝혀낼 때까지 포기하지 않으리라고 맹세했습니다. 참 음산한 저녁이었지요. 저는 친구 부모님과 함께 색깔이 바랜 어둠침침하고 낡은 방에서 조용히 저녁 식사를 했습니다. 고드프리의 어머니는 아들 얘기를 열심히 물어 오셨지만, 아버지는 침울한 표정으로 말이 없었습니다. 저는 모든 게 너무 지루하기만 해서 실례가 되지 않을 때쯤에 일어나서 제 방으로 물러나 나왔습니다. 방은 크고 휑뎅그렁했고 다른 방처럼 음침했지요. 하지만 홈즈 선생님, 아프리카의 초원에서 1년 정도 노숙하다 오면 잠자리 같은 건 그다지 가리지 않게 됩니다. 저는 커튼을 젖히고 정원을 내다보았습니다. 밝은 반달이 떠 있는 맑게 갠 밤이었지요. 저는 활활 타는 난롯가에 앉아서 등불을 탁자 위에 올려놓고 소설에 마음을 붙이려고 애썼습니다. 그때 집사 영감이 석탄을 가지고 들어왔습니다.

'밤중에 석탄이 떨어질 것 같아서요. 날씨가 지독하게 추워서 집 안이 썰렁합니다.'

집사 영감은 금방 나가지 않고 머뭇거렸습니다. 고개를 들어보니 영감은 주름진 얼굴에 생각이 가득한 표정으로 제 얼굴을 쳐다보고 서 있었지요.

'죄송하지만, 아까 도드 씨가 저녁 식사를 하는 자리에서 고드프

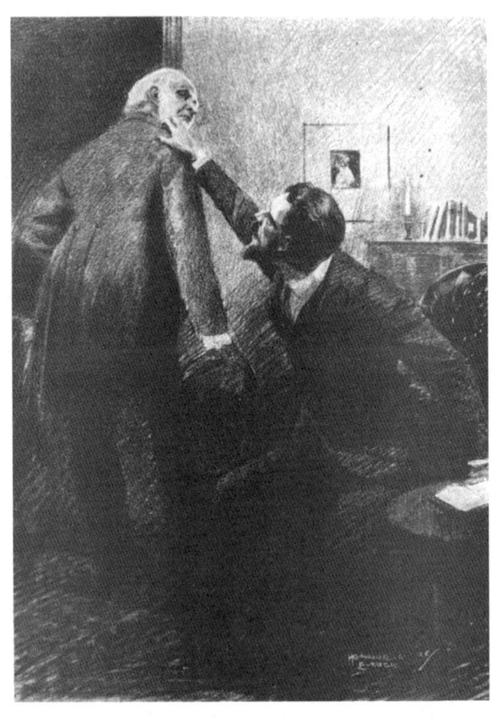

리 도련님 얘기를 하시는 걸 듣게 됐습니다. 사실은 우리 마누라가
도련님을 키웠기 때문에, 도련님은 이 늙은이한테는 아들과 다름없
습니다. 그래서 우리 부부는 자연히 도련님한테 관심이 많지요. 그
런데 우리 도련님이 처신을 잘하셨다고요?'

'할아범, 우리 연대에 고드프리보다 더 용맹한 병사는 없었소. 그
친구는 보어인들과 싸울 때 빗발치는 총알 속에서 나를 구해 준 적
도 있어요. 안 그랬으면 나는 지금 여기 없을 거요.'

늙은 집사는 가죽만 남은 두 손을 비볐습니다.

72

'허허, 그랬구면요. 고드프리 도련님은 원래 그런 분이지요. 항상 무서운 게 없었습니다. 정원에 서 있는 나무는 죄다 올라가보았지요. 아무도 못 말렸습니다. 정말 멋진 아이였는데, 허어, 멋쟁이 청년이 됐었군요.'

저는 벌떡 일어섰습니다.

'잠깐 나 좀 봅시다!' 저는 소리쳤습니다. '멋쟁이 청년이 됐었다니. 그 친구가 죽기라도 했소? 모두들 왜 이렇게 쉬쉬하는 거요? 고드프리 엠스워드한테 무슨 일이 생긴 거요?'

저는 할아범의 어깨를 붙들었지만 할아범은 몸을 움츠렸습니다.

'무슨 말씀을 하시는지 말귀를 못 알아듣겠군요. 고드프리 도련님에 대해서는 주인님한테 물어보십시오. 주인님이 아시니까요. 이 늙은이가 끼어들 일이 아닙니다.'

집사는 방을 나가려고 했지만 저는 팔을 붙잡고 놓아주지 않았습니다.

'내 말 잘 들어요. 한 가지만 물을 테니 밤새도록 나한테 잡혀 있고 싶지 않으면 대답해 주시오. 고드프리가 죽었소?'

영감은 제 얼굴을 마주 보지 못하더군요. 꼭 최면에 걸린 사람 같았습니다. 저는 기어코 대답을 듣고야 말았습니다. 너무도 끔찍하고 전혀 예상치 못한 대답이었지요.

'차라리 그랬으면 좋겠습니다!' 할아범은 소리를 꽥 지르더니 손을 뿌리치고 밖으로 뛰어나갔습니다.

홈즈 선생님, 저는 괴로운 마음으로 도로 의자에 주저앉았습니다.

집사 영감이 한 말에 대해서는 오로지 한 가지 해석만이 가능했지요. 그 가엾은 친구가 무슨 범죄에 휩쓸렸거나, 아니면 가문의 이름에 먹칠을 하는 불명예스러운 행동을 저지른 게 분명했습니다. 그래서 완고한 노인네가 스캔들이 터지지 않도록 세상 사람들의 눈이 미치지 않는 곳에 아들을 꽁꽁 숨겨놓은 겁니다. 고드프리한테는 무모한 구석이 있었습니다. 또 주변의 영향을 쉽게 받았지요. 그 친구는 나쁜 무리에 휩쓸려서 자기 무덤을 판 게 틀림없었습니다. 정말 그렇다면 애처롭기 짝이 없는 일이지만, 그래도 친구를 찾아내서 뭐라도 도와줄 수 있는지 알아보는 게 저의 의무였습니다. 그런 생각에 골몰하다가 고개를 들었는데 눈앞에 고드프리 엠스워드가 서 있었습니다."

의뢰인은 격렬한 감정에 사로잡힌 듯 말을 멈추었다.

"계속하시오. 듣고 보니 상당히 희한한 사건이오."

나는 말했다.

"홈즈 선생님, 그 친구는 창밖에 서서 유리창에 얼굴을 바짝 대고 있었습니다. 이미 말씀드렸다시피 저는 그날 밤에 밖을 내다보았는데, 그때 커튼을 약간 열어놓았습니다. 고드프리는 커튼이 걷힌 바로 그곳에 서 있었지요. 창문이 바닥까지 나 있어서 저는 그 친구의 몸 전체를 다 볼 수 있었지만, 유난히 시선을 끈 것은 얼굴이었습니다. 친구는 죽은 사람처럼 핏기가 없었는데, 저는 그렇게 피부가 하얀 사람은 처음 보았습니다. 혹시 유령이 아닌가 하는 생각이 들 정도였지요. 하지만 저와 마주친 눈은 살아 있는 사람의 눈이었습니다. 그 친구는 저와 눈이 마주친 순간 재빨리 몸을 돌려 어둠 속으로 사라졌습니다.

홈즈 선생님, 저는 큰 충격을 받았습니다. 그건 어둠 속에서 치즈 덩어리처럼 희게 빛나던 유령 같은 얼굴 때문만은 아니었지요. 좀 더 미묘한 뭔가가 있었습니다. 뭔가 떳떳지 못한 것, 도망자 같기도 하고 죄인 같기도 한 분위기가 느껴졌습니다. 제가 알고 있던 솔직하고 패기 넘치는 청년은 온데간데없었지요. 마음속으로 두려움이 뭉클뭉클 피어올랐습니다.

하지만 보어 형제를 상대로 일이 년간 싸워본 사람은 강심장을 갖게 될 뿐 아니라 아주 민첩해집니다. 고드프리는 제가 창가에 다가서기도 전에 이미 자취를 감추고 말았습니다. 문고리가 말을 안 듣는 바람에 창문을 여는 데 시간이 좀 걸렸지요. 저는 정원으로 뛰어나가서 친구가 갔으리라고 짐작되는 방향으로 냅다 뛰었습니다.

정원의 오솔길은 길었고 달빛은 그다지 밝지 않았지만 앞에서 뭔가가 움직이는 것 같았지요. 저는 계속 뛰면서 친구 이름을 불렀지만 아무 대답이 없었습니다. 마침내 다른 부속 건물로 통하는 몇 갈래 갈림길이 나왔습니다. 어떻게 해야 할지 몰라 머뭇거리고 있는데 어디선가 문 닫는 소리가 선명하게 들리더군요. 그 소리는 등 뒤의 저택이 아니라 눈앞의 어둠 속에서 들려왔습니다. 홈즈 선생님, 그 소리는 제가 본 것이 환영이 아니라는 사실을 확인해 주었습니다. 고드프리는 저를 피해 달아났고, 방문을 닫고 들어간 것입니다. 그건 분명했습니다.

제가 할 수 있는 일은 더 이상 없었습니다. 저는 도대체 이게 어찌 된 노릇인지 생각하느라 밤잠을 설쳤지요. 다음 날 대령의 태도는 좀 부드러워졌습니다. 모친께서 근처에 가볼 만한 곳이 있다고 했을 때, 저는 그 기회를 놓치지 않고 하룻밤 더 머물다 가면 폐가 되겠느냐고 물었습니다. 대령은 마지못해 그러라고 했고, 저는 조사할 시간을 하루 더 벌게 되었습니다. 저는 고드프리가 그 근방에 숨어 있다는 것을 알고 있었지만 정확한 위치와 몸을 감춘 이유에 대해서는 제힘으로 알아내야 했습니다.

그 저택은 아주 큰 데다가 구조가 복잡해 일개 연대가 집 안에 감쪽같이 숨을 수 있을 정도였습니다. 만약 집 안에 비밀이 숨어 있다면 제가 그것을 밝혀내는 것은 어려웠습니다. 하지만 어젯밤에 들은 문 닫는 소리는 분명히 집 안에서 난 소리는 아니었습니다. 저는 정원을 찾아봐야 했습니다. 그건 별로 어려운 일이 아니었지요. 노인네들은 각자 바빠서 저를 혼자 내버려뒀으니까요.

정원에는 작은 부속 건물이 여러 채 있었는데, 맨 끝에 상당히 큰 별채가 서 있었습니다. 그것은 정원사나 사냥터지기의 집으로 볼 수 있을 만큼 컸지요. 문 닫는 소리가 난 곳이 바로 저기일까? 저는 한가롭게 정원을 거니는 척하면서 자연스럽게 그곳으로 접근했습니다. 그런데 키가 작고 턱수염을 기른 민첩한 사내가 문밖으로 나왔습니다. 검은색 외투에 중산모를 쓰고 있는 품이 정원사 같지는 않았지요. 그런데 놀랍게도 그는 밖으로 나오더니 문을 잠그고 열쇠를 호주머니에 넣었습니다. 그리고 놀란 기색으로 저를 바라보았습니다.

'여기 온 손님이시오?' 사내는 물었습니다.

저는 그렇다고 대답하고 고드프리의 친구라고 설명했지요.

'친구가 여행 중이라니 정말 섭섭합니다. 그 친구도 저를 정말 보고 싶어 했을 겁니다.'

'아무렴. 정말 그랬을 거요.' 사내는 말했는데 어딘가 떳떳지 못한 기색이 엿보였습니다. '앞으로 적당한 때에 다시 찾아와주시오.' 그는 자리를 떴지만, 뒤를 돌아보니 정원 맨 끝의 만병초 군락 뒤에 몸을 숨기고 저를 지켜보고 있었습니다.

저는 별채 앞을 지나가면서 자세히 살펴보았지만, 창문마다 두꺼운 커튼을 쳐놓아서 겉으로 보기에는 빈집 같았습니다. 너무 대담하게 행동했다가는 일을 그르치고 쫓겨날 수도 있었지요. 등 뒤에서는 아직도 저를 지켜보는 시선이 느껴졌습니다. 그래서 슬슬 걸어서 집으로 돌아가 밤이 되기를 기다렸습니다. 완전히 어두워지고 집 안이 조용해진 다음, 저는 살그머니 창문을 빠져나가 의문의 집을 향해 발소리를 죽이고 걸어갔습니다.

저는 창문마다 두꺼운 커튼을 쳐놓았다고 했는데, 이제 보니 덧문까지 내려놓았더군요. 하지만 어느 덧문 틈새로 불빛이 새어 나오기에 그곳을 유심히 살펴보았지요. 천만다행으로, 커튼을 완전히 내린 상태가 아니었고 덧문에는 틈새가 있었기 때문에 저는 방 안을 들여다볼 수 있었습니다. 방 안은 아늑하게 꾸며져 있었고 환한 등잔불에 난롯불이 타고 있었지요. 맞은편에 아침에 봤던 키 작은 사내가 앉아 있었습니다. 그는 파이프를 피우며 신문을 읽고 있었지요."

"무슨 신문이었소?"

의뢰인은 내가 말허리를 자르자 짜증스러운 듯했다.

"그게 문제가 됩니까?"

청년은 물었다.

"그보다 중요한 건 없소이다."

"사실은 못 봤습니다."

"큰 신문인지 아니면 주간지처럼 크기가 작은 건지는 봤을 텐데요."

"말씀을 들어보니, 그렇게 큰 신문은 아니었던 것 같습니다. 《스펙테이터》였는지도 모르겠군요. 하지만 저는 그런 사소한 것에 신경 쓸 여유가 없었습니다. 왜냐하면 또 한 사람이 창문을 등지고 앉아 있었는데 제 눈에는 그가 고드프리로 보였으니까요. 얼굴은 보이지 않았지만 어깨의 선이 낯익었습니다. 그는 아주 우울한 태도로 팔꿈치를 짚은 채 난로를 쳐다보고 있었지요. 어떻게 해야 할지 몰라 머뭇거리고 있는데 누가 어깨를 툭 쳐서 돌아보니 엠스워드 대령이 뒤에 서 있었습니다.

'이쪽으로 오게!' 대령은 낮은 목소리로 말했습니다. 그리고 입을 꾹 다물고 휘적휘적 집을 향해 걸었고 저는 그 뒤를 따라갔습니다. 대령은 홀에서 기차 시간표를 집어 들었습니다.

'아침 여덟시 반에 런던행 기차가 있네.' 그는 말했지요. '여덟시

에 마차가 집 앞으로 올 걸세.'

대령은 화가 나서 얼굴이 하얗게 질렸고, 저는 정말 입장이 난처해져서 사과의 말을 몇 마디 더듬거리면서 친구가 정말 걱정됐다는 걸 강조해서 자리를 모면해 보려고 했습니다.

'그 문제에 대해서는 더 이상 말하고 싶지 않네.' 대령은 퉁명스럽게 말했지요. '자네는 정말 무례하게 가족의 사생활에 끼어들었네. 자넨 여기에 손님으로 와서 염탐꾼으로 변신했어. 두 번 다시 자네를 보고 싶지 않고 더 이상 할 말도 없네.'

홈즈 선생님, 그 얘기를 들으니 저도 화가 치밀었습니다. 그래서 열을 내서 대들었지요.

'저는 아드님을 보았습니다. 무슨 이유 때문인지는 모르겠지만 아버님께서는 아드님을 세상에서 격리시켜 놓고 있는 게 분명합니다. 아버지가 아들을 왜 그런 식으로 감춰놓았는지는 알 수 없지만 고드프리가 자유의 몸이 아니라는 것은 틀림없는 사실입니다. 엠스워드 대령님, 분명히 말씀드리지만, 친구가 무사히 잘 있는지 확인하기 전까지 저는 진상을 밝히려는 노력을 멈추지 않을 겁니다. 대령님이 어떤 식으로 위협하든 간에 저는 절대로 겁먹지 않을 겁니다.'

그 늙은이는 악마 같은 얼굴을 하고 있었고 금방이라도 저한테 덤벼들 것 같았습니다. 저는 대령이 사납게 생긴 깡마른 거인이라는 얘기를 했는데, 사실 저는 겁쟁이는 아니지만 그 늙은이를 상대로 끝까지 버티는 건 어려웠을지도 모릅니다. 하지만 이글거리는 눈으로 한참 노려보던 대령은 돌아서서 방을 나가고 말았습니다.

저는 편지에 쓴 대로 선생님한테 곧바로 달려가서 도움을 청할 결심으로, 아침에 대령이 말한 기차를 탔지요."

의뢰인이 꺼내놓은 문제는 이와 같았다. 눈치 빠른 독자라면 벌써 짐작했겠지만, 그것은 그렇게 어려운 문제가 아니었고 답을 찾아낼 수 있는 방법은 뻔했다. 하지만 간단한 문제이긴 해도 흥미롭고 진기한 요소가 있어서 기록으로 남겨둘 만했다. 이제 나는 논리적 분석이라는 평소의 방법을 이용해서 가능한 해결책을 모색해 보기로 했다.

"그 집에 하인은 몇이나 있었소?"

"아무리 봐도 늙은 집사 부부뿐이었습니다. 그 집 식구들은 아주 소박하게 사는 것 같았지요."

"그럼, 별채에도 하인이 없었소?"

"글쎄요, 수염을 기른 그 작은 사내밖에는 없었지요. 하지만 그는 그렇게 신분이 낮은 사람 같지는 않았습니다."

"상당히 의미심장한 부분이오. 저택에서 별채로 음식을 나르는 낌새는 없었소?"

"말씀을 듣고 보니 랠프 영감이 웬 바구니를 들고 정원으로 나가서 별채 쪽으로 가는 걸 본 기억이 납니다. 그때는 그게 음식이라는 생각은 전혀 못 했지요."

"그 지역 사람들한테는 좀 물어봤소?"

"예. 역장과 마을의 여관 주인하고 얘기를 해봤습니다. 저는 그냥 간단하게 옛 전우인 고드프리 엠스워드의 소식을 아느냐고 물었지요. 두 사람 다 고드프리가 세계 일주 여행을 떠났다고 지체 없이 대답하더군요. 제대하고 집에 왔다가 얼마 안 되어 다시 훌쩍 떠났다는 겁니다. 누구나 그렇게 생각하고 있는 게 분명했습니다.”

“그 사람들한테 뭔가 이상하다는 얘기를 했소?”

“아니요.”

“아주 현명한 행동이었소. 그건 조사해 볼 필요가 있는 문제요. 같이 턱스베리 올드 파크로 갑시다.”

“오늘 당장요?”

그때 나는 내 친구 왓슨이 애비 학교 사건이라고 명명한, 그레이 미스터 공작이 깊이 관련된 사건을 조사하는 중이었다. 또 터키의 술탄에게 사건 의뢰를 받았는데, 그것 역시 방치해 두면 중대한 정치적 후유증이 생길 수 있는, 긴급한 행동을 요하는 사안이었다. 그래서 나는 그다음 주 초나 되어서야 제임스 M. 도드 씨와 함께 베드퍼드로 출발할 수 있었고, 나의 일지에도 그렇게 기록되어 있다. 우리는 유스턴 역으로 마차를 타고 가다가, 내가 사전에 계획한 대로 도중에 말수가 적은 근엄한 신사를 태웠다.

“이쪽은 내게 오랜 친구 되는 분이오.”

나는 도드에게 말했다.

“이분과 동행하는 게 완전히 불필요할 수도 있지만, 정반대의 가능성도 있소. 현 단계에서 더 이상의 조사가 필요할 것 같지는 않소.”

독자들은 틀림없이 왓슨의 서술 방식에 익숙할 터이므로, 나는 흉중에 있는 생각을 서둘러 드러내지는 않겠다. 도드는 좀 놀라는 것 같았으나 별 얘기는 없었고 우리 셋은 함께 여행을 계속했다. 기차에서 나는 도드에게 내 친구가 듣고 싶어 할 질문을 더 했다.

"당신은 창밖에 있는 얼굴을 똑똑히 봤다고 했는데, 그럼 친구가 맞는다고 확신하는 거요?"

"그건 장담할 수 있습니다. 고드프리의 코가 유리창에 눌려 있었지요. 등불이 얼굴을 환하게 비추고 있었습니다."

"친구와 닮은 사람이었을 가능성은 없소?"

"전혀 없습니다. 그 친구가 분명합니다."

"하지만 친구가 변했다고 했잖소?"

"피부 색깔만 그랬습니다. 얼굴이……, 어떻게 표현하면 좋을까요, 꼭 생선 배처럼 하얀색이었지요. 표백한 것 같았습니다."

"피부색이 전체적으로 하얀색이었소?"

"그렇지는 않았을 겁니다. 제가 똑똑히 본 건 창문에 붙어 있는 이마뿐이었지요."

"친구 이름을 불렀소?"

"그 순간에는 너무 놀라고 소름이 끼쳤습니다. 하지만 앞서 말씀 드린 것처럼 잠시 후에 뒤쫓아갔지만 놓치고 말았지요."

사건 조사는 거의 끝난 거나 다름없었고 한 가지 사소한 부분만 확인하면 됐다. 마차를 타고 꽤 오랫동안 달린 후에, 우리는 이상한 낡은 저택에 도착했다. 그것은 의뢰인이 말한 대로 무척 크고 넓은 집이었다. 문을 열어준 사람은 늙은 집사 랠프였다. 나는 미리 마차를 예약해 놓았고, 나이 많은 내 친구에게 우리가 부를 때까지 마차

안에서 기다려달라고 부탁해 놓았다. 얼굴에 주름이 쪼글쪼글한 랠프 영감은 관례에 맞게 검은 상의에 검은 점박이 바지 차림이었는데 관례에 어긋나는 부분이 딱 하나 있었다. 영감은 갈색 가죽 장갑을 끼고 있었다. 하지만 우릴 보자마자 장갑을 벗어서 홀의 탁자 위에 올려놓았다. 친구 왓슨이 언급한 적이 있는지 모르겠는데, 나는 유난히 날카로운 감각의 소유자라서 금세 희미하지만 강한 냄새를 포착했다. 그 냄새는 홀의 탁자에서 풍기는 것 같았다. 나는 돌아서서 탁자 위에 모자를 얹어놓으며 장갑을 쳐서 떨어뜨렸고, 허리를 굽혀 그것을 주워 올릴 때 코를 슬쩍 가져다 댔다. 그랬다. 역시 장갑에서 독특한 타르 냄새가 풍기고 있었다. 나는 집사의 안내를 받아 서재에 들어가기도 전에 심증을 굳혔다. 오호라, 내가 얘기를 하면서 손에 든 패를 먼저 보여주다니! 왓슨이 그럴싸하게 대단원을 상식할 수 있었던 것은 그런 연결 고리를 감춘 덕분이었다.

엠스워드 대령은 서재에 없었지만 랠프의 전갈을 받고 곧장 달려왔다. 복도에서 대령의 육중하면서도 빠른 발소리가 들렸다. 문이 활짝 열리더니 턱수염이 뻣뻣이 곤두서고 얼굴이 잔뜩 일그러진, 듣던 대로 무서운 노인네가 뛰어 들어왔다. 그는 우리의 명함을 손에 쥐고 있다가 그것을 갈기갈기 찢어서 짓밟았다.

"이 망할 놈의 참견꾼 같으니라고, 내가 이 집에 접근하지 말라고 경고했지? 그놈의 낯짝을 들고 여기 다시 올 생각은 하지 마라. 내 허락 없이 또 찾아오면 나는 폭력을 행사할 수 있는 권리를 갖게 되니까. 네놈을 쏴버리겠다! 맹세코, 쏴버리겠어! 그리고 당신!"

노인은 나를 향해 돌아섰다.

"당신한테도 같은 경고를 하겠소. 당신의 한심한 직업에 대해서는 잘 알고 있지만, 그 소문난 재주는 다른 데 가서 써먹어야 할 거요. 여기서는 당신이 능력을 발휘해 볼 여지가 없으니까 말이오."

"저는 이대로 떠날 수 없습니다."

의뢰인은 결연하게 말했다.

"고드프리한테 지금 감금 상태에 있는 게 아니라는 얘기를 직접 듣기 전까지는 말입니다."

노기충천한 주인이 초인종을 울렸다.

"랠프, 경찰에 전화해서 경관을 두엇 보내달라고 하게나. 집에 강도가 들었다고 하게."

"잠깐."

나는 말했다.

"도드 씨, 여기는 엠스워드 대령의 사유지이고 우리한테는 남의 집에 들어올 합법적인 권한이 없다는 사실을 알아야 하오. 물론 대령께서도 당신의 행동이 순전히 아드님을 염려하는 마음에서 비롯됐다는 걸 인정하실 거요. 나한테 엠스워드 대령과 얘기할 시간을 5분만 준다면 이 문제에 대한 대령의 견해를 완전히 바꿔놓겠소."

"나는 그렇게 호락호락하게 바뀔 사람이 아니오."

늙은 군인은 말했다.

"랠프, 내가 시킨 대로 하게. 도대체 지금 뭘 기다리고 있나? 경찰에 전화하라니까!"

"그건 절대로 안 됩니다."

나는 문을 막아서며 말했다.

"경찰이 개입하면 대령께서 두려워하시는 불행한 결과가 빚어질 테니까요."

나는 수첩 한 장을 북 뜯어서 단어 하나를 휘갈겨 썼다.

"우리가 여기 온 건 바로 이것 때문입니다."

나는 쪽지를 엠스워드 대령에게 건네며 말했다.

대령은 얼빠진 사람처럼 그저 놀라움이 가득한 표정으로 그것을 응시했다.

"어떻게 알았소?"

그는 의자에 털썩 주저앉으며 숨 막힌 목소리로 질문했다.

"뭐든지 알아내는 게 제 일이니까요. 그게 제 직업입니다."

대령은 여윈 손으로 헝클어진 턱수염을 쥐어뜯으며 골똘히 생각에 잠겼다. 그러더니 체념한 듯한 몸짓을 했다.

"좋소, 고드프리를 만나는 게 소원이라면, 만나게 해주겠소. 그러고 싶은 생각은 눈곱만큼도 없지만 당신들이 강요하니 어쩔 수 없지. 랠프, 고드프리하고 켄트 씨한테 가서 우리가 5분 뒤에 가겠다고 말씀드리게."

5분 뒤, 우리는 정원 맨 끝 수수께끼의 별채 앞에 서 있었다. 턱수염을 기른 키 작은 사내가 상당히 놀란 표정으로 문 앞에 서 있었다.

"엠스워드 대령님, 이거 정말 뜻밖이로군요. 이렇게 하시면 계획이 완전히 틀어지는데요."

"켄트 씨, 어쩔 수 없었소. 이건 내 뜻이 아니오. 고드프리를 만날 수 있겠소?"

"예, 지금 안에서 기다리고 있습니다."

사내는 돌아서서 우리를 소박한 가구가 놓인 큰 방으로 안내했다. 한 남자가 문을 등지고 난로 앞에 서 있었는데, 그를 보자 의뢰인은 두 팔을 벌리고 달려갔다.

"아니, 고드프리, 이 사람아, 정말 반갑네!"

하지만 상대는 손사래를 쳤다.

"지미, 내 몸에 손대지 말게. 멀찍이 떨어져 있게. 옳지, 쳐다보는 건 괜찮네! 왕년의 B 대대의 멋쟁이 엠스워드 병장 같지는 않을 걸세, 그렇지?"

그의 모습은 확실히 정상이 아니었다. 아프리카의 태양에 그을린 조각 같은 외모로 보아 과거에는 대단한 미남자였겠지만, 구릿빛 피부에 군데군데 탈색된 것처럼 새하얀 반점이 퍼져 있었다.

"내가 손님을 반기지 못하는 까닭이 바로 이걸세."

그는 말했다.

"지미, 자네라면 상관없어. 하지만 자네 친구는 데려오지 않는 게 좋을 뻔했네. 자네가 이렇게까지 한 데에는 그만한 이유가 있겠지만, 이건 나한테 안 좋은 일이야."

"고드프리, 난 자네가 무사한지 알고 싶었네. 난 그날 밤 자네가 창밖에 서서 방 안을 들여다보는 걸 보았는데 자초지종을 알기 전까지는 가만히 있을 수가 없었어."

"랠프 할아범한테 자네가 왔다는 얘기를 듣고 나니 한번 보고 싶어서 몸이 근질거리더군. 나는 자네가 나를 보지 못하기를 바랐는데, 창문이 열리는 소리를 듣고 여기로 도망칠 수밖에 없었지."

"하지만 도대체 어떻게 된 건가?"

"글쎄, 별로 긴 얘기는 아닐세."

청년은 담배에 불을 붙이며 말했다.

"자네는 그날 아침에 프레토리아 외곽 버플스프루트의 동부 철도에서 전투가 있었던 것 기억하지? 내가 총에 맞았다는 얘기는 들었나?"

"응, 그런 소식은 들었지만 자세한 경위는 알 수 없었네."

"세 사람이 대열에서 떨어져 나왔네. 자네도 기억하겠지만 거긴 기복이 아주 심한 들판이었거든. 우리가 대머리 심슨이라고 불렀던 그 심슨하고, 앤더슨, 그리고 나, 이렇게 셋이었지. 우린 보어인 형제와 교전 중이었는데 그만 매복에 걸려서 총격을 받았네. 둘은 죽고 나는 어깨에 관통상을 입었지. 하지만 나는 말 잔등에 찰싹 달라붙었고 말은 전속력으로 달렸네. 나는 10킬로미터쯤 간 뒤에 정신을 잃고 안장에서 굴러떨어졌어.

정신을 차려보니 캄캄한 밤이었네. 몸을 일으켰지만 상처는 쑤시고 온몸에 기운이 하나도 없었지. 그런데 놀랍게도 바로 앞에 집이 한 채 있었는데, 폭이 넓은 현관 계단에 수많은 창문이 달린 아주 큰 집이었네. 날씨는 무척 추웠어. 몸에 좋은 그 상쾌한 추위 말고, 밤에 찾아오는, 온몸을 얼어붙게 만드는 으슬으슬하고 기분 나쁜 추위 있잖은가. 나는 뼛속까지 오한이 들어서 그 집에 가는 것만이 살길처럼 보였네. 나는 비틀거리며 일어나서 꺼져가는 의식을 붙잡고 억지로 몸을 끌고 갔지. 그때 계단을 천천히 올라갔던 거며, 커다란 문을 열고 여러 개의 침대가 있는 큰 방에 들어갔던 것하며, 그리고 거기 있는 침대에 기분 좋게 몸을 뉘었던 일이 어렴풋이 기억나네. 침상은 엉망이었지만 개의치 않았지. 나는 몸을 덜덜 떨며 이불을 끌어당기자마자 곧 깊은 잠에 빠졌네.

나는 아침이 돼서야 잠에서 깼는데, 정신을 차린 게 아니라 기이한 악몽 속으로 들어온 것 같았네. 커튼이 없는 커다란 창문으로 아프리카의 태양이 밀려들었고, 회칠한 크고 썰렁한 공동 침실이 환하게 보였지. 앞에는 난쟁이처럼 키가 작고 알뿌리처럼 생긴 머리가 큰 사내가 갈색 스펀지처럼 보이는 흉측한 손을 휘저으며 무척 흥분해서 네덜란드 말로 떠들어대고 있었네. 그 뒤에는 사람들이 몰려서서 희희낙락거리고 있었는데, 나는 그들을 보자마자 오싹 한기가 끼쳤다네. 그중에서 정상적인 인간은 아무도 없었지. 모두 다 묘하게 몸이 뒤틀리거나 부었거나 기형적으로 생겨먹었더군. 그 이상야릇한 괴물들의 웃음소리는 듣기만 해도 끔찍했네.

그중에서 영어를 할 줄 아는 인간은 아무도 없는 것 같았지만 나는 그 상황에 대해 뭔가 해명을 해야 할 입장이었네. 왜냐하면 머리가 가분수처럼 큰 인간이 들짐승처럼 소리 지르면서 길길이 날뛰더니만, 급기야는 흉하게 이지러진 손으로 나를 붙잡고 침대에서 질질 끌어내기 시작했거든. 상처에서 다시 피가 나기 시작했지만 그런 건 전혀 아랑곳하지 않고 말일세. 그 난쟁이 사내는 황소처럼 힘이 좋아서, 책임자처럼 보이는 나이 지긋한 사람이 소란에 놀라 달려오지 않았다면 나는 어떻게 될지 모르는 판국이었네. 그가 네덜란드 말로 엄하게 나무라자 나를 괴롭히던 난쟁이는 한풀 꺾이더군. 그러자 그가 나를 향해 돌아서더니 눈이 휘둥그레졌네.

'도대체 여기는 어떻게 들어왔나?' 그는 놀란 목소리로 물었네. '잠깐! 이제 보니 자네는 몸이 녹초가 된 데다가 어깨를 다쳐서 치료를 받아야겠군. 나는 의사라네. 내 당장 붕대를 감아주지. 하지만 정말 어이가 없군! 자네는 여기가 전쟁터보다 더 위험한 데라는 걸 모르나 보군. 여기는 나환자 진료소이고 자네는 나환자의 침대에 들어가서 잤네.'

지미, 더 말할 필요가 있을까? 전선이 다가오자 가엾은 나환자들은 그 전날 모두 소개되었네. 하지만 영국군이 물러가자 진료소 소장이 다시 그들을 데려온 걸세. 소장은 자신은 나병에 면역이 되어 있지만, 그래도 나처럼 무모한 행동을 하진 않았을 거라고 장담하더군. 그는 나를 1인용 병실에 데려다 놓고 친절하게 치료해 주었네. 나는 일주일 뒤에 프레토리아의 일반 병동으로 후송되었네.

나는 그런 비극을 겪었네. 그래도 혹시나 하고 희망을 버리지 않았지만, 집에 도착해서야 지금 자네도 보다시피 그 병을 피하지 못했다는 걸 말해 주는 끔찍한 증상이 나타났지. 이제 어떻게 해야 할까? 여기는 외딴집일세. 이 집에는 전적으로 신뢰할 수 있는 하인이 둘 있지. 또 내가 살 수 있는 별채도 있었네. 외과 의사인 켄트 씨

는 비밀을 엄수하겠다는 서약을 하고 내 곁을 지켜주기로 했지. 그래서 결론은 아주 간단했네. 다른 길은 너무도 끔찍했거든. 풀려날 수 있으리라는 희망도 없이 낯선 사람들 속에 평생 동안 격리돼 있는 것 말일세. 하지만 물샐틈없이 비밀을 지킬 필요가 있었네. 그렇지 않으면 이 한적한 시골에서조차 요란한 항의가 터져 나와서 나는 무시무시한 운명을 향해 강제로 끌려갔을 테니까 말이야. 지미, 자네도 말일세, 자네도 사실을 몰라야 했네. 그런데 아버지가 왜 사람들을 데리고 왔는지 이유를 알 수가 없군."

엠스워드 대령은 나를 가리켰다.

"이 신사 때문에 어쩔 수 없었다."

대령은 내가 '나병'이라고 갈겨쓴 쪽지를 펼쳤다.

"이 정도로 알고 있다면 차라리 사실을 다 알려주는 게 더 안전할 것 같았지."

"그건 사실입니다."

나는 말했다.

"그래서 좋은 결과가 생길지 누가 압니까? 지금 환자를 본 의사는 켄트 선생뿐이라고 알고 있습니다. 그런데 선생, 실례지만 열대성이나 아열대성 질환에 대해서도 조예가 깊으신지 물어봐도 될까요?"

"저는 교육받은 의사로서 보통 수준의 지식을 갖고 있습니다."

켄트 선생은 약간 무뚝뚝하게 대답했다.

"나는 물론 선생이 대단히 유능한 분이라고 생각하지만, 이런 환자의 경우에는 다른 의사의 진단이 필수적이라는 걸 인정하시리라고 믿습니다. 그런데 선생은 환자를 격리시켜야 한다는 압력을 받게 될까 봐 그렇게 하지 않았습니다."

"그건 사실이오."

엠스워드 대령이 말했다.

"나는 이런 상황을 예견했지요."

나는 설명했다.

"그래서 믿을 만한 친구를 모시고 왔습니다. 나는 전에 그분의 의뢰로 어떤 문제를 해결해 준 적이 있는데, 그분은 그에 대한 보답으로 의사가 아닌 친구의 입장에서 조언해 주겠다고 합니다. 바로 제임스 손더스 경입니다."

새카만 소위가 영국 육군의 로버츠 총사령관을 만나게 되었어도, 지금의 켄트 선생처럼 놀라고 기뻐하지는 못했을 것이다.

"정말 영광입니다."

그는 중얼거렸다.

"그러면 제임스 경에게 이쪽으로 오시라고 하겠습니다. 경은 지금 집 밖의 마차에서 기다리고 계십니다. 엠스워드 대령, 그동안 우리는 서재에 가 있는 게 좋겠군요. 제가 필요한 설명을 드리도록 하겠습니다."

나는 이 대목에서 왓슨이 아쉬워진다. 왓슨이라면 교묘한 질문과 탄성으로, 상식의 집합체에 지나지 않는 나의 단순한 방법을 천재적인 것으로 격상시켰을 것이다. 하지만 내가 내 이야기를 하려니 그런 도움은 바랄 수 없다. 그러니 추론 과정에 대해서는 엠스워드 대령의 서재에서 고드프리의 모친을 포함한 소수의 청중을 상대로 말한 내용을 그대로 적으려고 한다.

"나는 모든 불가능한 것을 제외했을 때 남는 것이, 아무리 그럴 것 같지 않아도 진실이라는 가정하에서 출발했습니다. 몇 가지 가능성이 공존할 경우에는 확실한 근거를 확보할 때까지 하나하나 충분히 시험해 봐야 하지요. 우리는 이러한 원칙을 이 사건에 적용할 것입니다. 나는 처음 이 사건에 대한 얘기를 들었을 때, 고드프리 청년이 아버지의 집 별채에 격리 또는 감금된 것은 세 가지 가능성으로 설명할 수 있다고 생각했습니다. 무슨 죄를 짓고 은신하고 있을 가능성, 정신병이 발병했는데 수용 시설에 들어가는 걸 피하려고 했을 가능성, 또는 무슨 병에 걸려서 격리되었을 가능성이 그것이지요. 다른 가능성은 없었습니다. 그렇다면 이 세 가지를 하나씩 엄밀히 따져보고 가능성을 서로 견주어보아야 했습니다.

현실적으로 고드프리 청년이 범죄를 저질렀을 가능성은 없었습니다. 이 일대에서는 미궁에 빠진 사건이 보고된 적이 없으니까요. 나는 그 점을 분명히 알고 있었습니다. 설령 아직 발각되지 않은 범죄가 있다고 해도, 부모는 말썽꾼을 집에 숨겨놓느니보다는 외국으로 내보내 사람들 눈에 띄지 않게 할 겁니다. 이런 식으로 아들을 집 안에 숨겨놓을 이유는 없었습니다.

정신병은 좀 더 그럴듯했습니다. 별채에 사람이 하나 더 있다는 것은 감시자의 존재를 의미했지요. 그가 밖에서 문을 잠갔다는 것은 병자를 감금하고 있다는 가정을 뒷받침해 주는 것입니다. 하지만 감금 상태가 그리 철저한 것은 아니었는데, 그렇기 때문에 청년은 혼자 나와서 친구를 보러 갈 수 있었던 겁니다. 사실 내가 도드 씨한테 켄트 선생이 읽던 신문이 뭐였냐고 물은 것은 확증을 잡기 위해서였습니다. 만약 그게 《란셋》이나 《영국 의학 회지》였다면 추리에 도움이 됐을 겁니다. 하지만 관청에 신고하고 유자격자가 간병하는 경우라면 정신병자를 집 안에 두는 것은 불법이 아닙니다. 그런데 왜 그렇게 기를 쓰고 비밀을 유지하려고 하는 걸까요? 따라서 이것은 사실에 부합하는 가설이 아닙니다.

남은 것은 세 번째 가능성입니다. 그것은 대단히 드문 일이고 또 그럴 것 같지 않지만 모든 의문을 해명할 수 있을 듯합니다. 남아프리카에서 나병은 드문 질환이 아닙니다. 고드프리 청년은 어쩌다가 그 병에 걸렸을지도 모릅니다. 가족들은 당연히 청년이 강제로 격리되는 걸 막으려고 노심초사할 겁니다. 소문이 퍼지고, 결국 관에서 개입하는 사태를 막으려면 보안 유지가 필수적입니다. 충분한 보수를 지급한다면 병자를 돌볼 헌신적인 의사를 구하는 일은 어렵지 않을 것입니다. 밤에 병자가 돌아다니는 걸 막을 이유는 없겠지요. 피부가 탈색되는 것은 나병의 대표적 증상입니다. 사건은 명백해 보였습니다. 너무 명백해서 나는 증명이 끝났다는 가정하에 행동하기로 했지요. 나는 이 집에 도착하자마자, 음식을 나르는 랠프 집사의 장갑이 소독약에 젖어 있다는 사실을 발견했습니다. 더 이상 의심할 여지가 없었지요. 대령은 내 말 한마디에 비밀을 드러냈습니다. 내가 말을 안 하고 굳이 종이에 적은 이유는, 내가 믿을 만한 사람이라는 걸 보여주기 위해서였습니다."

이렇게 사건의 분석을 끝냈을 때, 문이 열리며 근엄한 신사가 안내를 받아 들어왔다. 그는 이름난 피부과 전문의였다. 하지만 지금 평소의 엄격한 표정은 부드러워져 있었고 두 눈에는 따스한 인간미가 돌았다. 그는 엠스워드 대령에게 성큼성큼 다가가 굳게 손을 잡았다.

"나는 직업상 좋은 소식보다는 나쁜 소식을 전하는 일이 많습니다. 하지만 이번에는 환영받을 만한 소식입니다. 아드님의 병은 나병이 아닙니다."

"뭐라고요?"

"위나병(僞癩病), 또는 익티오시스(Ichthyosis)라는 질병의 전형적인 증상입니다. 피부가 흉하게 비늘처럼 벗겨지는 병인데, 쉽게 낫지는 않지만 완치 가능하고 전염성은 없습니다. 그렇소, 홈즈 선생, 우연의 일치치고는 대단히 절묘하지요. 하지만 그게 과연 우연의 일치일까요? 우리가 잘 모르는 미묘한 힘이 작용하지 않았겠소? 그 청년은 나병균과 접촉한 뒤 말할 수 없는 불안에 시달린 것이 분명한데, 그 영향이 신체에 미쳐 자신이 두려워하는 병과 흡사한 증상이 나타난 것은 아닐까요? 어쨌거나 나는 피부과 전문의로서 내 이름을 걸고 장담합니다. 저런, 부인께서 졸도하셨군요! 부인이 이 기분 좋은 충격에서 회복될 때까지 켄트 선생이 옆에서 지켜드리는 게 좋겠습니다."

마자랭의 다이아몬드

왓슨 박사는 숱한 놀라운 모험의 출발점이 되었던 베이커가 2층의 지저분한 방을 다시 찾았을 때 흐뭇한 마음을 금할 수 없었다. 그는 벽에 걸린 갖가지 엄밀한 도표들과 산에 부식된 화학 약품이 놓인 선반, 방구석에 세워진 바이올린 케이스, 파이프와 담배가 들어 있는 석탄 통을 둘러보았다. 마지막으로 그의 시선은 생글거리는 빌리의 앳된 얼굴에 가 닿았다. 빌리는 대탐정의 음울한 풍모를 둘러싸고 있는 고독과 외로운 분위기를 완화시키는 데 한몫하는, 나이는 어리지만 영리하고 빈틈없는 시동이었다.

"빌리, 모든 게 다 그대로인 것 같구나. 너도 그대로고. 홈즈도 마찬가지이겠지?"

빌리는 걱정스러운 눈길로 꼭 닫힌 침실 문을 바라보았다.

"선생님은 주무시고 계실 거예요."

상쾌한 여름 저녁 일곱시였지만, 왓슨 박사는 오랜 친구의 생활 습관이 불규칙하다는 걸 잘 알고 있었기 때문에 전혀 놀라지 않았다.

"무슨 사건이 들어왔나 보지?"

"예, 박사님. 선생님은 지금 그 사건에 매달려 있으세요. 저는 정말 선생님 건강이 걱정돼요. 점점 창백해지고 살이 빠지는데, 음식이라곤 통 입에 안 대시거든요. '홈즈 선생님, 식사는 언제 하시려우?' 허드슨 부인이 물으셨어요. '일곱시 반이오, 내일 모레 말입니다.' 선생님은 이렇게 대답하셨지요. 사건에 열중하면 어떻게 되시는지 잘 아시잖아요."

"그렇구나, 빌리. 알겠다."

"선생님은 누군가를 뒤쫓고 계세요. 어제는 일자리를 찾는 노동자처럼 차리고 외출하셨어요. 오늘은 노부인이었지요. 저는 정말 감쪽같이 속아 넘어갔어요. 이제는 홈즈 선생님의 변장을 눈치챌 만도 한데 말이에요."

빌리는 생글생글 웃으며 소파에 기대놓은 후줄근한 양산을 가리켰다.

"저게 바로 그 노부인의 소품이에요."

"하지만 빌리, 그게 다 무엇 때문이냐?"

빌리는 국가 대사에 관해 말하는 것처럼 목소리를 낮췄다.

"박사님한테는 다 말씀드리겠어요. 하지만 이 얘기가 밖으로 새어 나가면 안 돼요. 이번 사건은 왕관의 다이아몬드 사건이에요."

"뭐라고? 도난당한 그 10만 파운드짜리 보석 말이냐?"

"예, 박사님. 그걸 꼭 찾아야 해요. 글쎄, 수상님하고 내무 장관님이 바로 저 소파에 나란히 앉아 계셨다니까요. 홈즈 선생님은 아주 정중하게 대해 주셨어요. 금방 두 분을 안심시켜 드리고 최선을 다하겠다고 약속하셨지요. 그다음에 캔틀미어 공이 오셨는데……."

"허!"

"예, 그게 무슨 뜻인지 아실 거예요. 이런 말을 해도 될지 모르겠지만 공은 좀 뻣뻣한 분이에요. 저는 수상님과는 잘 지낼 수 있고 내무 장관님도 예의 바르고 친절한 사람 같아서 싫지 않지만 캔틀미어 공은 참을 수가 없어요. 홈즈 선생님도 저랑 마찬가지예요. 글쎄, 그분은 홈즈 선생님을 믿지 못해서 선생님께 사건을 의뢰하는 걸 반대했대요. 아마 선생님이 실패하기를 바랄걸요."

"그런데 홈즈 선생도 그걸 알고 있느냐?"

"홈즈 선생님은 모르시는 게 없어요."

"그래, 우리 홈즈가 꼭 성공해서 캔틀미어 공이 놀라 자빠지기를 바라자꾸나. 그런데 빌리, 저쪽 창가에 걸어놓은 휘장은 뭐냐?"

"홈즈 선생님이 사흘 전에 저기 쳐놓으셨어요. 그 뒤에 아주 재미있는 게 있지요."

빌리는 쪼르르 달려가 돌출 창문의 우묵하게 들어간 곳을 가리고 있는 휘장을 걷었다.

왓슨 박사는 너무 놀라 "악!" 하고 소리를 질렀다. 거기에는 오랜 친구와 똑같이 생긴 모형 하나가 실내복 차림으로 얼굴의 4분의 3가량을 창문으로 향하고 책이라도 읽는 것처럼 고개를 숙인 채 안

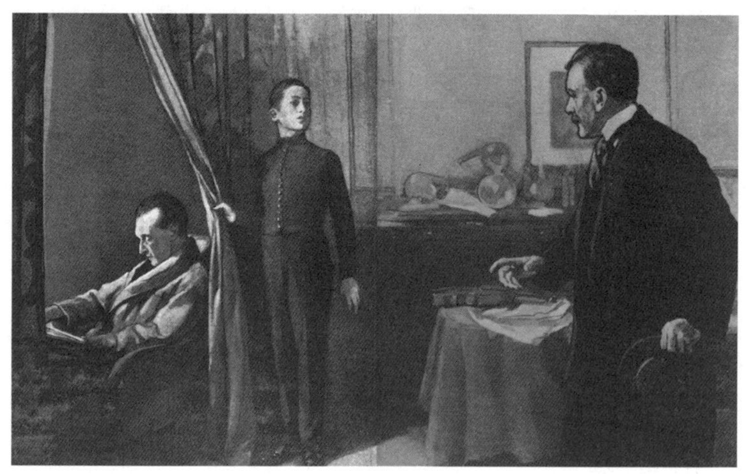

락의자에 깊숙이 파묻혀 있었다. 빌리는 머리를 붙잡고 고개를 들어 올렸다.

"우린 이게 좀 더 실물처럼 보이도록 각도를 다양하게 돌려놔요. 저는 커튼이 내려져 있을 때에만 모형에 손을 대요. 커튼을 걷어놓으면 길 건너에서 이게 보이거든요."

"우린 전에도 이런 걸 이용한 적이 있었단다."

"제가 오기 전이지요."

빌리는 말했다. 그리고 커튼을 젖혀놓고 거리를 내다보았다.

"저쪽에서 우릴 감시하는 사람들이 있어요. 지금도 창가에 사람이 하나 서 있는 게 보이네요. 박사님도 한번 보세요."

왓슨이 한 발짝 떼어놓았을 때 침실 문이 열리더니 길고 깡마른 홈즈가 나왔다. 홀쭉한 얼굴은 창백했지만 걸음걸이와 태도는 여느 때와 다름없이 기운이 펄펄했다. 그는 한달음에 창가로 달려와 커튼을 도로 내렸다.

"빌리, 그만하면 됐다."

홈즈는 말했다.

"애야, 너는 방금 죽을 뻔했어. 난 아직은 네가 필요하다. 여보게, 왓슨, 이 집에서 다시 자네를 만나게 되니 무척 반갑구먼. 자네는 중요한 순간에 와줬네."

"그런 것 같구먼."

"빌리, 그만 나가봐라. 왓슨, 저 아이는 골칫거리야. 저 아이를 위험에 빠뜨리는 게 과연 정당할까?"

"여보게, 그게 무슨 위험인가?"

"급사할 위험. 나는 오늘 저녁때 무슨 일이 있을 거라고 예상하고 있네."

"무슨 일?"

"나는 남의 손에 죽을지도 모르네."

"아니, 홈즈! 자네 농담하고 있구먼!"

"나는 재치가 뛰어난 편은 아니지만 그렇게 형편없는 농담은 하지 않네. 하지만 우린 그때까지는 편안하게 있을 수 있을 거야. 그렇지 않은가? 술을 좀 들겠나? 탄산가스 발생기와 시가는 그 자리에 그대로 있네. 어디 자네가 애용하던 안락의자에 한번 앉아보게. 설마 내 파이프와 변변찮은 담배를 무시하는 법을 배운 건 아니겠지? 요즘은 그것들이 음식 대신일세."

"그런데 왜 식사를 안 하나?"

"왜냐하면 정신 기능은 굶을수록 정교해지니까. 왓슨, 자네도 의사니까 음식을 소화시키는 데 피가 가면 그만큼의 피가 뇌로 덜 간다는 사실을 인정해야 하네. 왓슨, 나는 뇌일세. 내 몸의 다른 부분은 단순한 부속 기관일 뿐이지. 따라서 나는 뇌를 먼저 고려해야 하이."

"하지만 홈즈, 위험한 일이라면서?"

"아, 그래, 그 위험이 현실로 될 경우에 대비해서 자네가 살인자의 이름과 주소를 기억해 두는 게 좋겠구먼. 그걸 런던 경찰국에 알려주게. 나의 사랑과 작별 인사도 더불어 전해 주고. 이름은 실비어스, 니그레토 실비어스 백작일세. 여보게, 받아 적게, 받아 적으라고! N.W. 무어사이드 가든스, 136번지. 알겠나?"

왓슨의 솔직한 얼굴이 불안으로 일그러졌다. 그는 홈즈에게 엄청난 위험이 닥쳤다는 것과, 친구는 위험을 과장하기보다는 오히려 줄여서 말하는 사람이라는 걸 너무도 잘 알고 있었다. 왓슨은 늘 행동하는 인간형이었고, 그래서 어려움에 굴하지 않고 오뚝이처럼 일어섰다.

"홈즈, 나한테도 일을 맡겨주게. 난 하루 이틀 정도는 아무 할 일이 없네."

"왓슨, 자네의 도덕 관념은 나아지지 않는군. 자네는 다른 악덕 외에 이제 거짓말까지 겸했네. 하지만 자네한테는 끊임없이 환자가 들이닥치는 바쁜 의사 티가 줄줄 흐르네."

"뭐, 그렇게 중요한 일은 없네. 하지만 자네가 그자를 체포하면 안 되나?"

"체포? 할 수 있지. 그자는 바로 그것 때문에 두려워하고 있네."

"그런데 왜 그냥 놔두지?"

"왜냐하면 아직 다이아몬드의 행방을 모르니까."

"아! 빌리한테 들었네. 없어진 왕관의 다이아몬드 말이지!"

"그래, 유명한 노란색 마자랭의 보석일세(17세기에 프랑스 총리를 역임한 마자랭 추기경의 이름을 딴 다이아몬드 — 옮긴이). 나는 그물을 던졌고 물고기가 걸렸네. 하지만 다이아몬드는 온데간데없었지. 범인을 잡아들여봤자 무슨 소용인가? 그자들을 감옥에 처넣으면 세상은 좀 더 살 만한 곳이 되겠지. 하지만 그건 내 목적이 아닐세. 내가 원하는 건 다이아몬드야."

"그런데 그 실비어스 백작이 자네 그물에 든 물고긴가?"

"응. 그자는 상어야. 남을 물어뜯지. 또 샘 머튼이라는 권투 선수가 있네. 샘은 그렇게 나쁜 친구는 아니야. 그저 백작에게 이용당하고 있을 뿐이지. 샘은 상어는 아닐세. 그자는 허우대만 컸지 멍청하기 이를 데 없는 모샘치(미끼로 쓰는 잉어과의 작은 물고기 — 옮긴이)라네. 내 그물에 걸려서 펄펄 뛰고 있지."

"그 실비어스 백작은 어디 있나?"

"나는 오늘 오전 내내 그자 옆에 바짝 붙어다녔네. 왓슨, 내가 노부인으로 변장한 걸 본 적 있지? 이번에는 정말 그럴듯하게 됐네. 백작이 한번은 내 양산을 집어주기까지 했지. '실례올시다만, 마담.' 그자는 이렇게 말하더군. 반은 이탈리아인이라 기분이 좋을 때는

104

남쪽 사람답게 아주 싹싹하거든. 물론 언짢을 때는 악마로 돌변하지만 말이야. 왓슨, 인생에는 묘한 일도 많다네."

"그건 비극이었겠군."

"글쎄, 그럴지도 모르지. 나는 그자를 따라 미노리즈에 있는 스트로벤지의 작업장까지 갔네. 스트로벤지는 공기총을 만드는데 그게 정말 그럴싸한 물건이거든. 지금 건너편 집 창가에 바로 그 공기총이 와 있을 거야. 자네 저쪽에 있는 인형 봤나? 물론 빌리가 방금 보여줬지. 그런데 언제 총알이 날아와서 저 아름다운 머리를 뚫고 지나갈지 아무도 모르거든. 아, 빌리, 무슨 일이냐?"

소년이 쟁반에 명함을 받쳐 들고 다시 나타났다. 명함을 흘끗 쳐다본 홈즈는 눈썹을 치켜세우더니 기분 좋게 웃었다.

"바로 그자일세. 이렇게 찾아올 줄은 몰랐는데. 왓슨, 싸울 준비를 하세나! 대담한 자로군. 자네도 큰 짐승을 넘어뜨리는 그자의 사격 솜씨에 대한 소문은 들었을 걸세. 그자가 나까지 잡아 포대에 넣는다면 빛나는 사냥 기록의 대미를 정말 승리로 장식하는 셈이 될 거야."

"경찰을 부르세."

"그럴 생각이야. 하지만 아직은 아닐세. 왓슨, 조심해서 창밖을 한번 내다보게. 거리에서 누가 어정거리는 게 보이나?"

왓슨은 커튼 자락 틈새로 살그머니 밖을 내다보았다.

"응, 문 앞에 험악하게 생긴 녀석이 하나 있군."

"그건 샘 머튼일 거야. 충직하긴 하지만 좀 덜떨어진 녀석이지.

빌리, 그 신사는 어디 있지?"

"대기실에요."

"내가 초인종을 울리면 모시고 올라오렴."

"예, 선생님."

"내가 방에 없더라도 여기에 들여보내라."

"예, 선생님."

왓슨은 빌리가 나가기를 기다렸다가 다급하게 친구를 돌아보았다.

"홈즈, 나 좀 보게. 자네 어쩌려고 그러나. 그자는 지금 막다른 골목에 몰려서 못 할 짓이 없는 인간일세. 어쩌면 자네를 죽이려고 온 건지도 몰라."

"그리 놀랄 일은 아니군."

"난 자네랑 같이 있겠네."

"자네는 엄청나게 거치적거릴 거야."

"그자한테?"

"아니, 이 사람아, 나한테 말일세."

"어쨌든 나는 자네를 혼자 놔두고 갈 수 없네."

"아니, 자네는 할 수 있어. 그리고 그렇게 해야 하고. 왜냐하면 자네는 게임을 중도에 그만둔 적이 없으니까. 나는 자네가 끝까지 잘 해내리라고 믿네. 그자는 나름대로 목적이 있어서 왔겠지만, 결국은 내 목적에 봉사하게 될 거야."

홈즈는 수첩을 꺼내 들고 몇 줄 끼적거렸다.

"마차를 잡아타고 런던 경찰국으로 가서 수사과의 욜에게 이 메모를 전하게. 경찰과 같이 오게나. 범인을 체포하게 될 거야."

"기꺼이 그렇게 하겠네."

"자네가 오기 전까지 다이아몬드의 행방을 알아낼 시간은 충분할 걸세."

홈즈는 초인종을 눌렀다.

"우린 침실을 통해 나가는 게 좋을 것 같네. 이 비밀 통로는 무척 유용하게 쓰이고 있지. 나는 그물에 걸린 상어를 몰래 엿보고 싶은데, 자네도 기억하겠지만 나한테는 나만의 방식이 있거든."

1분 뒤 빌리가 실비어스 백작을 데리고 왔을 때 방은 비어 있었다. 유명한 사냥꾼이자 운동가이며 사교계의 멋쟁이인 백작은 거무튀튀한 거구의 사내였다. 무섭게 보이는 검은 콧수염이 잔인하고 얇은 입술을 덮고, 그 위로 독수리의 부리처럼 구부러진 긴 코가 솟아 있었다. 옷차림은 나무랄 데가 없었는데, 눈부신 넥타이, 반짝거리는 핀, 빛을 뿌리는 반지 따위가 전체적으로 무척 화려한 분위기를 자아냈다. 뒤에서 문이 닫히자 백작은 사방에 덫이 깔려 있을 거라고 의심하는 사람처럼 놀란 눈을 사납게 치뜨고 주위를 둘러보았다. 그리고 창가의 안락의자 위로 삐죽이 튀어나온 실내복 깃과 움직이지 않는 머리에 시선이 닿자 화들짝 놀랐다. 처음에 그의 얼굴에 떠오른 표정은 순수한 놀라움이었다. 그러다가 어두운 눈이 살기를 띠며 무시무시한 희망의 빛이 번득였다. 백작은 자신을 지켜보는 사람이 없는지 확인하기 위해 한 번 더 주위를 살피고 굵은 지팡이를 반쯤 치켜든 채 뒤꿈치를 들고 살금살금 걸어서 꼼짝하지

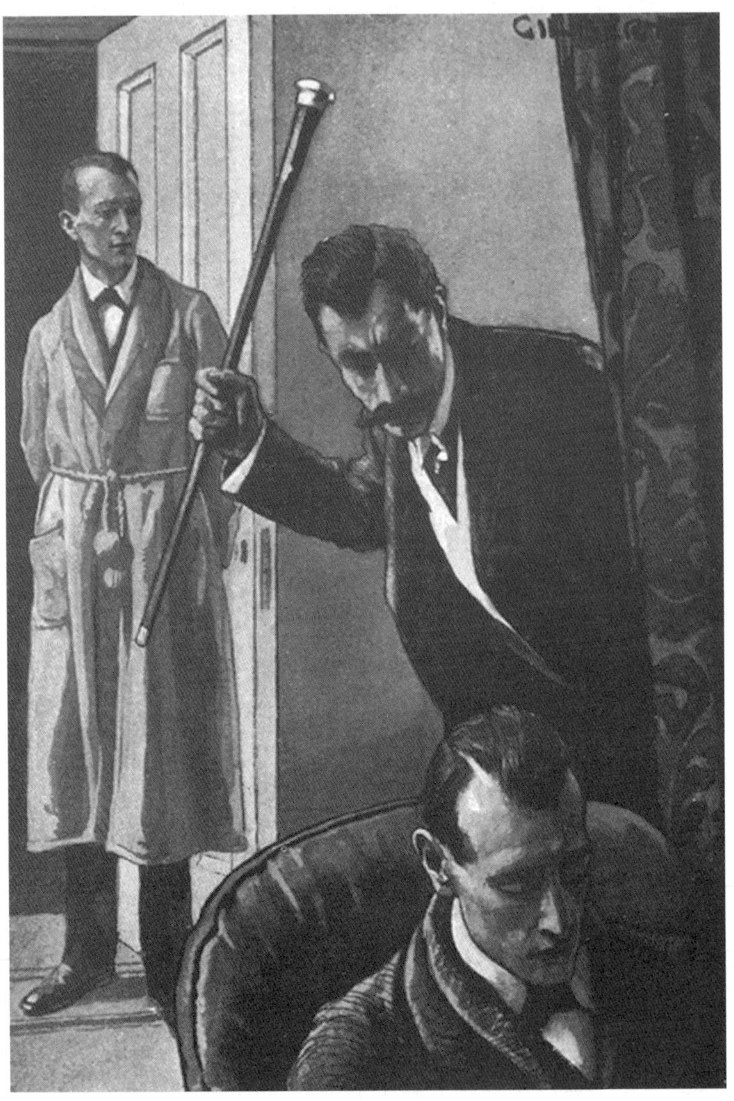

않고 앉아 있는 사람에게 다가갔다. 최후의 일격을 가하기 위해 손목에 힘을 넣는데, 활짝 열린 침실 문에서 싸늘하고 냉소적인 목소리가 날아왔다.

"부수지 마시오, 백작! 부수지 마시라고!"

자객은 깜짝 놀라 얼굴에 경련을 일으키며 주춤주춤 뒤로 물러섰다. 그리고 순간적으로 공격의 방향을 인형에서 실물로 바꾼 것처럼 납을 채워 무겁게 만든 지팡이를 다시 반쯤 들어 올렸다. 하지만 그를 바라보는 흔들림 없는 회색 눈동자와 조롱하는 듯한 미소에 기가 꺾였는지 손을 내렸다.

"그건 괜찮은 작품이오."

홈즈는 인형을 향해 걸음을 옮겨놓으며 말했다.

"프랑스의 조소가, 타베르니에가 만든 거요. 당신 친구 스트로벤지가 공기총을 잘 만드는 것처럼 밀랍 조상을 빚는 재간이 뛰어난 사람이지."

"공기총이라니! 그게 무슨 뜻이오?"

"그 모자하고 지팡이를 옆의 탁자에 내려놓으시오. 고맙소! 그리고 리볼버도 꺼내놓으실까? 허, 그냥 깔고 앉겠다면 그것도 괜찮소이다. 때맞춰 잘 와주셨소. 그렇지 않아도 당신하고 할 얘기가 있었으니까."

백작은 험상궂게 생긴 짙은 눈썹을 찡그렸다.

"홈즈, 나도 당신하고 얘길 좀 하고 싶었소. 내가 여기 온 건 바로 그것 때문이오. 조금 전에 내가 당신을 공격할 마음을 먹었다는 건 부정하지 않겠소."

홈즈는 탁자 가장자리에서 발을 흔들었다.

"나도 당신이 속으로 그런 생각을 하고 있을 거라고 짐작하고 있었소. 그런데 왜 나한테 그런 관심을?"

"왜냐하면 당신이 중뿔나게 나서서 나를 자극했으니까. 하수인들을 시켜 내 뒤를 밟았으니까."

"하수인이라니! 당찮은 말씀!"

"집어치우시오! 그자들은 나를 따라다녔소. 둘은 아주 능숙하더군, 홈즈."

"실비어스 백작, 별것 아니지만 나한테 말할 때는 경칭을 꼭 붙여주셨으면 하오. 아시다시피 나는 직업상 악당들 절반하고 친하게 지내야 하거든. 그러니 예외를 두면 다들 기분 나쁘게 생각할 거란 말이오."

"좋소, 그렇다면 홈즈 선생으로 해드리지."

"듣기 좋군! 하지만 분명히 말하는데 당신은 내 요원이라는 사람들에 대해 큰 착각을 하고 있소."

실비어스 백작은 가소롭다는 듯 웃음을 터뜨렸다.

"남들도 당신만큼은 관찰할 수 있소. 어제는 운동을 좋아하는 중늙은이였소. 그런데 오늘은 늙은 여자였지. 그 둘은 하루 종일 내 앞에서 얼쩡거렸소."

"나를 그렇게 높이 평가해 주다니. 도슨 남작은 교수형 당하기 전날 밤에 내 얘기를 하면서, 법은 인재를 얻었지만 무대는 대단한 배우를 잃었다고 했소이다. 그런데 지금은 당신이 내 변변찮은 연기를 칭찬해 주는 거요?"

"그러면 그게……, 당신이었소?"

홈즈는 어깨를 들썩했다.

"당신이 나한테 의심을 품기 전에 미노리즈에서 정중하게 집어준 양산이 저 구석에 있으니 보시오."

"내가 그때 알았다면, 네놈은 결코……."

"이 옹색한 집에 돌아오지 못했겠지. 나는 그 사실을 잘 알고 있었소. 기회를 놓치고 한탄하는 일은 누구한테나 있는 법이지. 기회가 왔을 때 당신은 몰랐고, 그래서 우리가 여기서 만나게 된 거요!"

백작의 사나운 눈 위에서 굵은 눈썹이 꿈틀거렸다.

"네놈 얘기는 들으면 들을수록 복장이 터지는군. 그게 부하들이 아니라 네놈 연기였다 이거지, 이 간섭꾼 같으니라고! 네놈이 나를 따라다닌 사실을 인정하는 이유는 뭐지?"

"백작, 이거 왜 이러시나. 당신은 알제리에서 사자 사냥을 해봤잖은가."

"그래서?"

"왜 했지?"

"왜냐고? 재미 삼아, 박진감을 맛보려고, 위험을 즐기니까!"

"그리고 틀림없이 해로운 짐승을 박멸하려고 그랬겠지?"

"그렇다!"

"간단히 말하면 내가 당신을 쫓아다닌 이유가 바로 그거다!"

백작은 튀어오르듯 일어나서 자신도 모르게 뒷주머니로 손을 가져갔다.

"앉으시게, 백작, 앉으라고! 좀 더 현실적인 이유가 하나 더 있는데 말해 주지. 나한테는 그 노란 다이아몬드가 필요하거든!"

실비어스 백작은 흉악한 미소를 지으며 도로 주저앉았다.

"어림없는 소리!"

"당신은 내가 그것 때문에 뒤를 따라다녔다는 사실을 알고 있다. 당신이 오늘 밤 여기 찾아온 진짜 이유는 내가 진상을 얼마나 알고 있는지, 그리고 반드시 나를 제거할 필요가 있는지 알아보기 위해서지? 내가 당신 편에 서서 말한다면, 나를 반드시 없애야만 할 거다. 왜냐하면 나는 하나만 빼고 모든 사실을 다 알고 있으니까. 하지만 그 하나는 당신이 곧 말해 주겠지."

"허, 그러신가! 그런데 네놈이 모른다는 게 뭐냐?"

"왕관 다이아몬드의 행방."

백작은 상대를 날카롭게 쳐다보았다.

"오, 그걸 알고 싶다, 이거지? 그게 어디 있는지 도대체 내가 어떻게 안다는 거냐?"

"당신은 알고 있고, 그걸 말해야 할 거야."

"정말!"

"실비어스 백작, 내 앞에서 허세 부리지 마라."

상대를 응시하는 홈즈의 눈은 강철 끝처럼 날카롭게 번들거렸다.

"내 앞에서 당신은 유리 인간이나 마찬가지거든. 속마음이 밑바닥까지 훤히 비치니까.”

“그렇다면, 물론, 다이아몬드가 어디 있는지도 보이겠군!”

홈즈는 유쾌한 얼굴로 손뼉을 치더니 조롱하듯 상대방을 손가락질했다.

“그렇다면 당신은 알고 있다는 거로군. 방금 그걸 인정했잖나!”

“난 아무것도 인정하지 않았다.”

“자, 백작, 당신이 현명하게 처신하면 우린 거래를 할 수 있다. 그렇지 않으면 다칠 거야.”

실비어스 백작은 천장을 올려다보았다.

“허세를 부리는 건 바로 네놈이다!”

홈즈는 마지막 수를 고심하는 체스 고수처럼 생각에 잠긴 얼굴로 상대를 바라보았다. 그러더니 책상 서랍을 열고 작은 공책을 한 권 꺼냈다.

“내가 이 책에 보관하고 있는 게 뭔지 아나?”

“모른다. 나는 몰라!”

“당신!”

“나?”

“그래, 당신 말이야! 당신의 모든 것, 남에게 해를 끼치는 부도덕한 인생이 여기 다 있다.”

“망할, 홈즈!”

백작은 이글거리는 눈으로 소리쳤다.

“내 인내심에도 한계가 있다!”

"백작, 모든 게 여기 다 있다. 당신한테 블라이머 영지를 물려준 헤럴드 부인의 죽음에 관한 진실도 말이야. 물론 당신은 물려받은 영지를 순식간에 도박으로 날려버렸지만."

"잠꼬대 같은 소리 하는군!"

"그리고 미니 워렌더 양의 인생 역정."

"쳇! 그걸 캐봤자 별 볼 일 없을 거다!"

"백작, 그 밖에도 숱하게 많다. 1892년 2월 13일, 리비에라행 특급 열차 강도 사건에 대한 기록도 있군. 또 같은 해, 리용 은행 위조 수표 사건도 있고."

"아니, 그건 네놈이 잘못 알고 있는 거다."

"그럼 다른 건 맞는다는 얘기로군! 자, 백작, 당신은 카드꾼이다. 상대방이 으뜸패를 전부 가지고 있을 때에는 앞뒤 재볼 것 없이 카드를 던지는 게 수지."

"그런 얘기가 네놈이 말한 다이아몬드하고 무슨 상관이냐?"

"백작, 조용히. 흥분을 가라앉히라고! 내가 요점을 설명해 주지. 나는 당신이 저지른 모든 범죄를 다 알고 있다. 그런데 가장 중요한 건 왕관의 다이아몬드 사건에서 당신하고 당신 밑에 있는 싸움꾼의 혐의를 내가 완벽하게 입증할 수 있다는 거지."

"정말!"

"나는 당신들을 화이트홀까지 태워준 마차꾼과, 거기서 당신들을 태운 마차꾼을 증인으로 확보했다. 또 당신들이 보관함 근처에서 얼쩡거리는 걸 목격한 수위를 확보했다. 또 다이아몬드를 자르는 걸 거부한 이키 샌더스를 확보했다. 이키가 신고했으니 게임은 끝난 거지."

백작의 이마에서 핏줄이 꿈틀거렸다. 그는 감정을 억누르기 위해 털이 숭숭 난 시커먼 손을 부르쥐었다. 무슨 말을 하려고 했지만 말이 나와주지 않는 듯했다.

"내가 가진 패가 바로 이거다."

홈즈가 말했다.

"나는 모든 패를 다 내놓았다. 하지만 카드 한 장이 빠졌지. 그건 다이아몬드 킹이다. 나는 다이아몬드가 어디 있는지 모른다."

"네놈은 절대로 알 수 없을 거다."

"그래? 자, 백작, 현명하게 처신해라. 어떤 상황인지 생각해 보라고. 당신은 20년 형을 받게 된다. 샘 머튼도 마찬가지이고. 다이아몬드를 가져봤자 무슨 소용이지? 아무짝에도 소용이 없다. 하지만 그걸 나한테 넘겨준다면……, 음, 그럼 나는 당신의 죄를 불문에 부치겠다. 우리가 원하는 게 당신이나 샘은 아니니까. 우리가 원하는 건 보석이다. 그걸 내놓아라. 그럼 앞으로 당신이 문제를 일으키지 않는 한 나는 당신한테 손대지 않을 것이다. 하지만 다시 실수를 한다면……, 흠, 그게 마지막이 될 테지. 하지만 이번에 내가 의뢰받은 일은 당신을 잡아넣는 게 아니라 보석을 되찾는 거다."

"하지만 내가 거절한다면?"

"그렇다면 할 수 없지! 목표는 보석이 아니라 당신이 되는 거지."

홈즈가 초인종을 누르자 빌리가 나타났다.

"백작, 자네 친구 샘을 이 자리에 끼워주는 게 좋을 것 같다. 어쨌든 그 친구 입장도 들어봐야 하니까. 빌리, 현관문 밖에 나가보면 덩치가 크고 못생긴 신사가 있을 거다. 이리 올라오라고 해라."

"안 오시면 어떻게 해요?"

"빌리, 강요할 필요는 없다. 거칠게 굴지 마라. 실비어스 백작이 오란다고 하면 분명히 올 거다."

소년이 나가자 백작이 물었다.

"이제 어떻게 하려고?"

"방금 전에 내 친구 왓슨이 다녀갔다. 나는 왓슨한테 그물에 상어랑 모샘치가 걸렸다고 했지. 이제 나는 그물을 당겨서 둘을 한꺼번에 끌어 올릴 작정이다."

백작은 벌떡 일어났는데 손이 등 뒤에 가 있었다. 홈즈는 실내복 주머니에 손을 집어넣고 뭔가를 반쯤 끄집어냈다.

"홈즈, 너는 침대에서 편안히 죽지는 못할 거다."

"나도 종종 그런 생각이 들 때가 있지. 그게 뭐 그렇게 중요한 문젠가? 백작, 어쨌든 당신 앞길도 순탄치는 못할 것 같은데 말이야. 하지만 미래를 그런 식으로 예상하는 것도 병이지. 우린 왜 지금 이 순간의 무한한 기쁨을 누리지 못할까?"

거물급 범죄자의 사납고 어두운 눈에 갑작스레 흉흉한 빛이 돌았다. 홈즈는 긴장하며 준비 태세를 갖췄는데, 그러자 그의 몸이 점점 커지는 것 같았다.

"친구, 리볼버를 만지작거려봤자 아무 소용없다."

홈즈는 조용히 말했다.

"당신도 잘 알고 있겠지만, 설령 내가 총을 빼 들 시간을 준다 해도 당신은 감히 그걸 쏘지 못할 거다. 백작, 리볼버란 골치 아프고 시끄러운 물건이거든. 공기총을 쓰는 게 훨씬 낫지. 아! 훌륭한 짝패의 발소리가 들리는 것 같은데. 머튼 군, 안녕하신가. 길거리에 서 있으려니 좀 지루하지?"

단단한 체격에 우둔하고 고집 세고 얼굴이 길쭉한 프로 권투 선수는 문 앞에 어정쩡하게 서 있다가 당황한 표정으로 주위를 두리번거렸다. 홈즈의 싹싹한 태도는 전혀 뜻밖이었지만 희미하게나마 그의 말에 적의가 있는 걸 느꼈다. 그렇지만 어떻게 대꾸해야 할지 몰랐던 그는, 자신보다 약삭빠른 동지를 향해 돌아서서 도움을 청했다.

"백작님, 이게 지금 어떻게 돌아가는 판국이오? 이 양반이 원하는 게 뭐요? 무슨 일이 있소?"

그는 굵고 쉰 목소리로 물었다.

백작은 어깨를 으쓱했고 대답한 사람은 홈즈였다.

"머튼 군, 간단하게 말하자면 일은 다 끝났네."

권투 선수는 여전히 같은 편을 향해 말했다.

"이 양반이 지금 농담하는 거요, 뭐요? 나는 지금 농담할 기분이 아닌데."

"물론, 그렇겠지."

홈즈가 말했다.

"내 분명히 말하지만 자네는 시간이 갈수록 점점 재미없어질 거야. 자, 실비어스 백작, 나 좀 보지. 나는 바쁜 사람이라서 시간을 낭비할 수 없다. 나는 저 침실에 들어가 있겠다. 내가 없어도 부디 마음 편하게 있기 바란다. 난 바이올린을 가지고 들어가서 「호프만의 뱃노래」를 연주할 생각이다. 5분 후에 나올 테니 그때 최종적인 답을 해주기 바란다. 무엇에 대해 생각해 봐야 하는지는 알고 있겠지? 체포당할 것인지, 아니면 보석을 넘길 것인지 둘 중 하나다."

홈즈는 방구석에서 바이올린을 집어 들고 사라졌다. 몇 분 뒤 꼭 닫힌 침실 문을 통해 느리고 구슬픈, 마음을 사로잡는 곡조가 흘러나왔다.

"그런데 어떻게 된 거요?"

한패가 자신을 바라보자 머튼이 불안스레 물었다.

"저 사람이 다이아몬드에 대해 뭘 알고 있는 거요?"

"저자는 보석에 대해 지나치게 많이 알고 있어. 전부 다 알고 있는 게 아닌지 의심스러워."

"주여!"

혈색이 나쁜 권투 선수의 얼굴이 더욱 하얘졌다.

"이키 샌더스가 우릴 밀고했어."

"그자가 그랬단 말이오? 내가 그것 때문에 교수형을 당하게 되면 그자를 흠씬 두들겨 패줄 거요."

"그래봤자 우리한테 도움 되는 건 하나 없어. 이제 어떻게 할 건지 마음을 정해야 돼."

"잠깐만."

권투 선수가 침실 문을 수상쩍게 바라보며 말했다.

"저치는 교활해서 항상 조심해야 해요. 우리 얘기를 듣고 있는 건 아니겠지요?"

"저렇게 음악을 연주하고 있는데 어떻게 듣겠나?"

"맞는 얘기요. 하지만 커튼 뒤에 누가 숨어 있는지도 모르오. 이 방엔 웬 커튼이 이렇게 많지?"

방 안을 둘러보던 권투 선수는 창가의 모형을 처음으로 보고 멍하니 서서 손가락질했다. 그는 너무 놀라 말문이 막혔다.

"쯧쯧, 저건 인형이야."

백작이 말했다.

"인형이라고요? 어이구, 맙소사! 마담 튀소(Madame Tussaud, 프랑스 출신의 밀랍 인형 제작자. 영국 런던에 밀랍 인형 박물관을 열었다―옮긴이)하고는 아무 상관 없겠지. 저 실내복하며 진짜 살아 있는 것 같은데요. 백작님! 하지만 저 커튼은 다 뭐요!"

"오, 저 망할 놈의 커튼! 우린 시간이 없어. 그리고 저긴 아무것도 없고. 저자는 이 다이아몬드 때문에 우릴 잡아넣을 수 있어."

"젠장!"

"하지만 장물이 있는 곳을 알려주기만 하면 우릴 놓아주겠대."

"뭐라고요? 넘긴다고요? 10만 파운드짜리를 고이 넘겨요?"

"둘 중 하나야."

머튼은 짧은 머리를 벅벅 긁었다.

“저치는 방에 혼자 있어요. 저자를 해치웁시다. 저 인간이 없어지면 걱정할 게 없잖아요.”

백작은 고개를 저었다.

“저자는 무장하고 있고 만반의 태세를 갖추고 있어. 우리가 저자를 쏜다고 해도 이런 곳에서 도망치는 건 힘들어. 게다가 저자가 쥐고 있다는 증거가 뭔지는 모르겠지만 그걸 경찰이 알고 있을 가능성도 크거든. 어럽쇼! 무슨 소리지?”

창문 쪽에서 희미한 소리가 들려온 듯했다. 두 사내는 뒤를 확 돌아보았지만 사방은 쥐 죽은 듯 조용했다. 의자에 야릇한 인물이 하나 앉아 있는 걸 빼면 방에는 분명히 아무도 없었다.

“거리에서 난 소리예요.”

머튼이 말했다.

“두목, 나 좀 봐요. 당신한테는 머리가 있어요. 뭔가 방법을 생각해 낼 수 있을 거요. 총이 소용없다면 다른 방법이 뭐가 있을지 좀 생각해 봐요.”

“나는 저치보다 더 나은 자들도 속여 넘겼어.”

백작은 대답했다.

“다이아몬드는 여기 내 비밀 주머니에 들어 있지. 어디 놔두고 다니는 건 너무 위험하거든. 오늘 밤에 영국을 떠난다면 일요일이 되기 전에 암스테르담에서 네 조각으로 쪼개질 거야. 그자는 반 세다에 대해서는 아무것도 몰라.”

“나는 반 세다가 다음 주에 가는 줄 알았는데요.”

"원래는 그럴 예정이었지. 하지만 이제 그 친구는 다음 배로 출발해야 돼. 우리 둘 중 한 사람이 다이아몬드를 가지고 라임가로 빠져나가서 그에게 사정을 말해야 돼."

"하지만 이중 바닥 트렁크가 아직 준비되지 않았는데요."

"어쩔 수 없으니까 위험하더라도 그냥 가져가는 수밖에 없지. 지체할 시간이 없어."

사냥꾼답게 위험을 느끼는 본능이 발달된 백작은 다시 말을 멈추고 창문을 유심히 쳐다보았다. 그랬다. 희미한 소리가 들려온 곳은 분명히 거리였다.

백작은 말을 계속했다.

"홈즈 정도는 쉽게 속여 넘길 수 있어. 자네도 알다시피 저 빌어먹을 바보 녀석은 다이아몬드를 손에 넣지 못하면 우릴 체포하지 않을 거야. 음, 우린 그자한테 보석을 넘기겠다고 약속하면 돼. 그자를 엉뚱한 곳으로 유도해 놓고, 그자가 보석이 다른 곳에 있다가 네덜란드로 간다는 사실을 깨닫기 전에 우리는 이 나라를 빠져나가는 거야."

"그것참 그럴듯하구먼요!"

샘 머튼이 씩 웃으며 외쳤다.

"자네는 가서 반 세다한테 서두르라고 해. 나는 저 멍청이한테 거짓으로 자백을 할 테니까. 나는 보석이 리버풀에 있다고 말할 거야. 저 망할 놈의 징징 짜는 듯한 음악 소리. 정말 신경을 긁는군! 저자가 다이아몬드가 리버풀에 없다는 것을 알게 될 때쯤이면 그건 네

동강이 나 있을 거고 우린 푸른 바다에 떠 있을 거야. 이쪽으로 와 봐. 밖에서 열쇠 구멍으로 들여다볼 수 없는 데로 말이야. 보석은 여기 있어."

"어떻게 이걸 들고 다닐 생각을 하시오?"

"여기보다 더 안전한 데가 어디 있나? 우리가 화이트홀에서 이걸 빼냈는데 딴 놈들이 내 숙소에서 이걸 빼내지 못한다는 법은 없지."

"잠깐 좀 봅시다."

실비어스 백작은 다소 언짢은 눈길로 짝패를 흘끗 보고 앞으로 내민 더러운 손을 외면했다.

"아니……, 내가 그걸 가로챌까 봐 그러시오? 이봐요, 선생, 난 당신이 그런 식으로 나오는 데 아주 질렸소이다."

"자, 자, 화내지 마라, 샘. 지금 치고받고 싸울 때가 아냐. 예쁜이를 제대로 보고 싶으면 창가로 와라. 자, 이걸 들고 햇빛에 비춰봐라! 여기 있다!"

"고맙다!"

인형이 놓여 있던 의자에서 홈즈가 펄쩍 뛰어 일어나 귀중한 다이아몬드를 가로챘다. 이제 그는 한 손에 보석을 쥐고, 다른 손에 든 리볼버로 백작의 머리를 겨누고 있었다. 두 악당은 혼비백산해서 뒷걸음질 쳤다. 두 사람이 정신을 차리기 전에 홈즈는 전기로 작동되는 초인종을 눌렀다.

"신사 여러분, 폭력은 사절이다. 부탁한다! 장래를 생각해 보라고! 현실이 믿기지 않는 모양이군. 경찰이 아래층에서 대기 중이다."

백작은 어리둥절한 나머지 분노와 두려움도 잊었다.

"그런데 도대체 어떻게……?"

백작은 숨을 헐떡거렸다.

"당연히 깜짝 놀랐겠지. 너는 내 침실에서 저 커튼 뒤로 통하는 비밀 문이 있다는 걸 몰랐을 거다. 인형을 치울 때 너희들이 소리를 들은 줄 알았지만, 행운의 여신은 내 편이더군. 덕분에 나는 너희들이 마음 놓고 떠드는 소리를 다 들었지. 하지만 내가 여기 있는 줄 알았으면 너희들도 무진장 입조심을 했을 거야."

백작은 체념한 몸짓을 했다.

"홈즈, 당신이 이겼다. 당신은 악마나 다름없어."

"따지고 보면 그 비슷하다고 볼 수 있을 거야."

홈즈는 예의 바르게 미소를 지으며 대답했다.

머리가 잘 안 돌아가는 샘 머튼은 뒤늦게야 사태를 조금씩 깨닫고 있었다. 쿵쿵거리는 발소리가 계단을 올라오자 머튼은 마침내 입을 열었다.

"경찰이다! 그런데 저 빌어먹을 깽깽이 소리는 다 뭐지! 아직도 들리는데."

"쯧쯧!"

홈즈가 대답했다.

"좋은 지적이야! 연주 잘하고 있지? 요즘 나온 축음기는 참 대단한 발명품이거든."

경찰이 몰려들어 왔고 수갑이 채워지고 범죄자들은 대기 중인 마차로 끌려갔다. 왓슨은 홈즈 곁에 남아 승리의 월계관에 잎사귀 하나를 덧붙인 것을 축하해 주었다. 침착한 빌리가 명함 쟁반을 들고 나타나는 바람에 두 사람의 대화는 다시 중단되었다.

"선생님, 캔틀미어 공이에요."

"빌리, 모시고 오너라. 이번에는 최고위층의 관심을 대변하는 고명하신 귀족께서 오셨군."

홈즈는 말했다.

"캔틀미어 공은 능력이 출중하고 충실한 분이긴 하지만 좀 구식이지. 우리 그분을 좀 재미있게 해드릴까? 좀 방자하게 굴어봐? 그분은 아마 지금 무슨 일이 있었는지 까맣게 모를 걸세."

문이 열리자 깡마르고 근엄한 인물이 들어왔다. 뾰족한 얼굴에 빅토리아 중기를 연상시키는 긴 구레나룻을 길렀는데, 반짝거리는 검은 수염은 굽은 어깨, 힘없는 걸음걸이와는 영 어울리지 않았다. 홈즈는 싹싹한 태도로 나서서 무덤덤한 손을 잡고 흔들었다.

"캔틀미어 공, 안녕하십니까? 좀 추운 계절이긴 하지만 실내는 따뜻하지요. 외투를 벗겨드릴까요?"

"고맙지만 됐소. 난 벗지 않겠소."

홈즈는 끈질기게 공의 옷소매를 잡아당겼다.

"그러지 말고 허락해 주십시오! 제 친구 왓슨 박사는 이런 온도 변화가 건강에 해롭다고 할 겁니다."

공은 약간 짜증스러운 듯 홈즈의 손을 뿌리쳤다.

"선생, 나는 아주 편안하오. 여기 오래 있을 생각도 없소. 나는 그저 당신이 자청한 일이 어떻게 돼가고 있는지 알아보려고 들른 거요."

"그게 좀 어렵습니다……, 참 어려워요."

"내가 염려했던 일이 바로 그거요."

늙은 조신(朝臣)의 말과 태도에는 노골적인 비웃음이 섞여 있었다.

"홈즈 선생, 누구나 자신의 한계를 깨닫게 마련이오. 하지만 그렇게 되면 우린 적어도 자만심이라는 약점을 고칠 수 있소."

"예, 저는 정말 당황했습니다."

"그랬겠지."

"특히 한 가지 점에 대해서 말입니다. 그 점에 대해 공의 도움을 받을 수 있을까요?"

"선생은 좀 뒤늦게 내 조언을 구하는구려. 난 선생한테 나름대로 좋은 방법이 있는 줄 알았소. 어쨌든 도와주겠소."

"캔틀미어 공, 우린 분명히 도둑의 혐의를 입증할 수 있습니다."

"그건 도둑을 잡았을 때의 일이오."

"옳으신 말씀입니다. 그런데 문제는……, 장물 취득자에 대해서 어떤 법적 절차를 밟아야 하는가 하는 점입니다."

"그런 얘기는 좀 이르지 않소?"

"미리 계획을 세워놓으려고 합니다. 자, 공은 장물 취득자의 혐의를 입증하는 결정적인 증거를 무엇으로 보십니까?"

"다이아몬드를 실제로 갖고 있는지 여부요."

"그게 확인되면 체포할 수 있을까요?"

"틀림없이 그럴 거요."

홈즈는 소리 내어 웃는 법이 없지만, 이번에는 오랜 친구 왓슨이 보기에 거의 그렇게 웃었다.

"그렇다면 저는 할 수 없이 공을 체포해야겠습니다."

캔틀미어 공은 무척 화를 냈다. 누르스름한 두 뺨에 불길이 일렁거렸다.

"홈즈 선생, 당신은 안하무인으로 행동하고 있소. 공직 생활 50년간 이런 일을 당한 건 처음이오. 선생, 나는 바쁜 사람이오. 중요한 업무가 밀려 있소. 그런 바보 같은 농담을 즐길 시간도 여유도 없소이다. 솔직히 말해서, 나는 당신의 능력을 믿지도 않았고 이번 사건을 정규 경찰에게 맡기는 편이 훨씬 안전하다는 의견을 굽혀본 적이 없소. 당신 행동은 내 판단이 옳다는 걸 증명하고 있소이다. 나는 이만 가봐야겠소."

홈즈는 재빨리 방문을 막아섰다.

"잠깐만, 캔틀미어 공, 마자랭의 보석을 가지고 그냥 가시면 일시적으로 소지하고 있다가 발각됐을 때보다 더 심각한 곤란을 겪으실 겁니다."

"선생, 이거 못 참겠군! 비키시오."

"외투 오른쪽 주머니를 더듬어보십시오."

"그게 무슨 말이오?"

"허허, 제가 부탁한 대로 하십시오."

잠시 후 아연실색한 귀족은 눈을 껌뻑거리며 비칠거렸다. 부들부들 떠는 손바닥에는 노란빛 나는 큰 다이아몬드가 덩그러니 놓여 있었다.

"아니! 홈즈 선생, 이게 어찌 된 노릇이오?"

"캔틀미어 공, 대단히 죄송합니다!"

홈즈가 외쳤다.

"여기 있는 제 오랜 친구는, 제가 실없는 장난을 얼마나 좋아하는지 잘 알고 있습니다. 또 저는 극적인 상황을 연출하고픈 유혹을 이겨내지 못하지요. 솔직히 말해서 제가 무례한 짓을 했습니다. 아주 무례한 짓을 했지요. 공이 오시자마자 주머니에 다이아몬드를 집어넣었으니까요."

늙은 귀족은 다이아몬드와 코앞에서 웃고 있는 얼굴을 번살아 바라보았다.

"허, 참 당황스럽소이다. 하지만……, 그렇소, 이건 마자랭의 보석이 맞소. 홈즈 선생, 우린 선생에게 큰 빚을 졌소이다. 선생의 재치는 선생 말마따나 좀 기괴한 데가 있고 그걸 발휘하는 시기가 대단히 부적절하긴 하지만, 그래도 나는 탐정으로서 선생의 놀라운 능력을 지금과는 전혀 다른 눈으로 바라보게 되었소. 하지만 어떻게……."

"사건은 아직 반밖에 끝나지 않았습니다. 자세한 경위를 알려면 좀 기다려야 하니까요. 어쨌든 캔틀미어 공, 저의 실없는 장난에 대해서는 앞으로 고귀하신 분들을 만나 이런 성공적인 결과를 발표할

때의 즐거움으로 조금이나마 보상이 되리라고 믿습니다. 빌리, 공을
안내해 드려라. 그리고 허드슨 부인한테 될 수 있는 대로 빨리 저녁
식사 2인분을 올려 보내주십사 말씀드려라."

세 박공 집

내가 셜록 홈즈와 함께한 모험에서 세 개의 박공 지붕 사건만큼 그렇게 갑작스럽고 극적으로 시작된 사건은 생각나지 않는다. 나는 며칠 동안 홈즈를 보지 못했고 친구가 어떤 방면에서 활약하고 있는지도 알지 못했다. 하지만 그날 아침에 손님이 찾아왔을 때, 홈즈는 마침 이야기를 하고 싶은 기분이었는지 나를 벽난로 한쪽에 놓인 낡아빠진 안락의자에 앉혀놓고 자신은 파이프를 꼬나문 채 맞은편 의자에 몸을 묻은 참이었다. 미친 황소가 쳐들어왔다고 한다면 그때의 인상이 그럴듯하게 전해질 것이다.

문이 활짝 열리면서 거구의 흑인이 방 안으로 뛰어들었다. 바둑판 무늬의 헐렁한 회색 양복에 분홍빛 넥타이를 늘어뜨린 그는, 그렇게 무서운 얼굴을 하고 있지만 않았다면 우스꽝스럽게 보였을 것이다. 흑인은 납작한 코에 너부데데한 얼굴을 쑥 내밀고 악의가 이

글거리는 음침한 검은 눈으로 우리 두 사람을 번갈아 바라보았다.

"어느 쪽이 홈즈 선생이시우?"

흑인은 물었다.

홈즈는 나른한 미소를 지으며 파이프를 들었다.

"허! 당신이쇼?"

손님은 불쾌한 태도로 한 발 한 발 탁자를 돌아 다가갔다.

"홈즈 선생, 나 좀 봅시다. 다른 사람 일에서 손 떼쇼. 남의 일에 참견하지 말란 거요. 홈즈 선생, 알아들었소?"

“계속하게. 재미있군.”

“허! 재미있어?”

무지막지한 사내가 딱딱거렸다.

“내가 조금 손봐 주고 나면 그렇게 재미있지는 않을 텐데. 전에도 당신 같은 부류를 다뤄본 적이 있는데, 나한테 혼쭐이 난 다음에는 그렇게 재미있어 보이지 않더군. 홈즈 선생, 이걸 좀 보시지!”

흑인은 친구의 코 밑에서 커다란 혹 덩어리 같은 주먹을 흔들어 댔다. 홈즈는 대단히 흥미롭다는 듯 그 손을 자세히 관찰했다.

“자네는 날 때부터 이 모양이었나? 아니면 자라면서 이렇게 된 건가?”

내 친구의 얼음장같이 싸늘한 태도 때문이었는지, 아니면 내가 부지깽이를 들어 올릴 때 난 달그닥 소리 때문이있는지는 모르겠다. 어쨌거나 손님의 기세는 한풀 꺾였다.

“에, 앞서도 내가 경고했지만, 나한테는 해로 쪽에 관심이 있는 친구가 있는데 ─ 내가 무슨 얘기를 하는지 알고 있을 거요. ─ 그 친구는 당신이 간섭하는 걸 원치 않소. 알아들었소? 당신은 법이 아니고 나도 법이 아니오만, 당신이 참견하면 나도 가만히 있지 않는다 이거야. 내 말 명심하쇼.”

“그렇잖아도 얼마 전부터 자네를 만나보고 싶었네. 하지만 자네한테 앉으란 말은 않겠네. 왜냐하면 자네한테 썩 좋은 냄새가 나지는 않으니까. 그런데 자네는 권투 선수 스티브 딕시 맞지?”

“홈즈 선생, 그게 바로 나요. 나한테 건방진 얘기를 했다가는 경을 칠 줄 아쇼."

"그런 건 걱정할 필요 없네."

홈즈는 손님의 흉측한 입을 응시하며 말했다.

"하지만 홀본 바 앞에서 퍼킨스 청년을 죽인 건……, 아니! 벌써 가려고?"

흑인은 얼굴이 사색이 된 채 펄쩍 뛰어 물러섰다.

"난 그따위 말은 듣지 않겠소. 홈즈 선생, 내가 그 퍼킨스하고 무슨 상관이 있다고 그러쇼? 나는 그 녀석이 일을 당할 때 버밍엄의 불 링에서 연습하고 있었단 말이오."

"그래, 스티브, 치안 판사 앞에서 그렇게 말하게. 나는 자네하고 바니 스톡데일을 쭉 지켜봤는데……."

"주여, 저를 도우소서! 홈즈 선생……."

"됐네. 나가보게. 필요하면 부를 테니까."

"홈즈 선생, 안녕히 계쇼. 이렇게 무턱대고 찾아왔다고 나쁘게 생각하진 말았으면 좋겠소."

"자넬 나한테 보낸 사람이 누군지 말해 주지 않으면 그렇게 생각할 거야."

"아, 그거야 뭐 숨길 것도 없소. 선생이 방금 전에 말한 사람이 바로 그 신사니까."

"그럼 그자한테 일을 맡긴 사람은 누구지?"

"오, 주여. 홈즈 선생, 난 그건 모르오. 바니가 그냥 이랬소. '스티브, 홈즈 선생한테 찾아가서 해로 쪽으로 내려가면 신변이 위태로

워질 거라고 말해.' 내가 아는 건 이것뿐이오."

손님은 더 이상 질문을 기다리지 않고 들어올 때와 마찬가지로 돌진하듯 방문을 박차고 나갔다. 홈즈는 소리 없이 낄낄거리며 파이프의 재를 털었다.

"왓슨, 자네가 저 곱슬머리를 박살 낼 필요가 없었으니 참으로 다행일세. 나는 자네가 부지깽이를 다루는 걸 지켜보고 있었지. 하지만 저 친구는 사실 순진해 빠진 녀석일세. 근육질에 덩치만 컸지 바보 같은 아기라네. 자네도 보았다시피 목소리만 컸지 겁이 많아. 스펜서 존 조직의 일원인데 최근에 있었던 지저분한 일에서 한몫했지. 틈이 나면 내가 나서서 그 일을 조사해 볼 수도 있어. 저 친구 바로 윗선이 바니인데, 좀 더 약삭빠른 치일세. 스펜서 존은 폭행, 협박 등을 전문으로 하는 조직이지. 내가 알고 싶은 건 이번 일의 배후일세."

"하지만 그 조직에서 왜 자네를 협박하는 거지?"

"그건 이 해로 월드 사건 때문이지. 월드 사건을 조사해 봐야겠어. 그 정도로 애를 쓰는 건 다 그만한 가치가 있기 때문인데, 그렇다면 이 사건에는 뭔가가 있는 게 틀림없네."

"그런데 그게 어떤 사건인가?"

"그렇지 않아도 이 우스꽝스러운 촌극이 벌어지기 전에 자네한테 말하려고 했네. 여기 매버리 부인의 편지가 있네. 자네가 같이 갈 생각만 있다면 부인에게 전보를 보내고 곧 출발하세나."

친애하는 셜록 홈즈 선생에게

저는 이 집 때문에 이상야릇한 사건을 연달아 겪었고, 그래서 선생의 조언이 꼭 필요합니다. 오늘 집에 있을 예정이니 아무 때나 찾아와 주십시오. 우리 집은 윌드 역에서 걸어서 얼마 안 됩니다. 남편 되는 고 모티머 매버리는 전에 선생의 도움을 받은 적이 있습니다.

— 메리 매버리

주소는 '해로 윌드, 세 박공 집'이었다.

"이게 바로 그거야!"

홈즈는 말했다.

"그럼 왓슨, 자네가 시간을 내줄 수만 있다면 지금 출발하기로 하세."

짧은 거리를 기차로 갔고, 그보다 더 짧은 거리를 마차로 달려서 그 집에 도착했다. 그것은 벽돌과 통나무로 지은 저택이었는데 개간되지 않은 초원 위에 서 있었다. 2층 창문 위로 돌출된 어설픈 작은 구조물 세 개 때문에 '세 박공 집'이라는 이름이 붙은 모양이었다. 집 뒤에는 키 작은 소나무가 들어선 음침한 숲이 있는데 전체적으로 빈약하고 음울한 느낌을 주었다. 그래도 집 안은 잘 꾸며져 있었고, 우리를 맞아준 숙녀는 교양과 기품을 갖춘 대단히 매력적인 노부인이었다.

"마담, 저는 부군을 잘 기억하고 있습니다."

홈즈는 말했다.

"부군께서 사소한 일로 제게 도움을 청하신 지는 한참 되었지만 말입니다."

"아마 내 아들 더글러스의 이름이 더 익숙할 거예요."

홈즈는 부쩍 흥미가 동한 얼굴로 노부인을 쳐다보았다.

"이럴 수가! 부인이 더글러스 매버리의 모친 되십니까? 그 친구라면 좀 알지요. 물론 런던에서 그 청년을 모르는 사람은 없겠지만 말입니다. 참 대단한 인물이지요! 지금은 어디 있습니까?"

"홈즈 선생님, 그 애는 죽었답니다. 죽었어요! 로마의 대사관에서 일했는데, 지난달에 거기서 폐렴으로 죽었지요."

"정말 유감이군요. 누가 그런 청년이 죽으리라고 상상이나 했겠습니까. 저는 그렇게 생명력이 넘치는 사람은 본 적이 없습니다. 정말 열정적으로 살았지요. 자신의 모든 것을 다 바쳐서 말입니다!"

"홈즈 선생님, 그 열정이 지나쳤답니다. 그것 때문에 그 애는 파멸했지요. 알고 계시겠지만 그 애가 얼마나 쾌활하고 당당했습니까? 그러던 아이가 우울하고 말이 없어지고 생각이 많아졌습니다. 그 애는 실연당했답니다. 씩씩하던 아들이 한 달 만에 지치고 냉소적인 사람으로 돌변한 것 같았어요."

"그럼 연애……, 여자 때문에?"

"여자인지 악마인지 모르겠어요. 어쨌든 제가 선생님한테 오시라고 청해서 그 가엾은 아이 얘기를 하려고 했던 건 아니랍니다."

"왓슨 박사와 저는 기꺼이 도와드리겠습니다."

"아주 이상한 일이 있었어요. 나는 지금 이 집에서 1년 이상 살아왔는데 조용히 지내고 싶은 마음에 이웃들하고도 별로 만나지 않았답니다. 그런데 사흘 전에 부동산업자라는 남자가 찾아왔어요. 그 사람은 어느 손님이 이 집을 무척 마음에 들어 한다면서 이 집을 팔 생각이 있다면 돈은 문제가 안 될 거라고 했지요. 나무랄 데 없는 빈집이 몇 채 시장에 나와 있다는 걸 알고 있었기 때문에 나는 의아하게 생각했지만, 당연히 그 사람 말을 듣고 호기심이 생겼지요. 나는 이 집을 산 가격에 500파운드를 얹어서 불렀답니다. 그런데 부동산업자는 흔쾌히 받아들이더군요. 하지만 손님이 가구도 사고 싶어 한다면서 가구 값도 부르라고 했어요. 이 집에 있는 가구 중에는 내가 고향 집에서 가져온 것도 있고 보시다시피 아주 좋은 것들이랍니다. 그래서 나는 비싼 값을 불렀지요. 업자는 그것도 좋다고 했습니다. 나는 여행하고 싶은 마음이 항상 있었고, 또 흥정이 아주 유리하게 진행됐기 때문에 하고 싶은 일을 하면서 여생을 보낼 수 있을 것 같았지요.

어제 그 남자가 계약서를 작성해 가지고 왔습니다. 다행스럽게도 나는 해로에 사는 내 변호사 수트로 씨한테 그걸 보여주었지요. 그분은 이렇게 말하더군요. '이건 아주 희한한 문서로군요. 여기에 서명하시면 집 안에서 합법적으로 가지고 나갈 수 있는 물건이 아무것도 없는데 그걸 알고 계십니까? 부인의 소지품조차 말입니다.' 저녁때 부동산업자가 다시 왔기에 나는 그 점을 지적하면서, 난 그저 가구만 팔고 싶을 뿐이라고 했습니다.

'안 됩니다. 모든 걸 다 파셔야 합니다.' 업자는 말했지요.

'하지만 내 옷은? 내 패물은?'

'허허, 부인의 개인 재산에 대해서는 타협이 가능할 겁니다. 하지만 검사받지 않고 집 안에서 물건을 반출할 수는 없습니다. 저희 손님은 인심이 후한 분이지만 별난 취미가 있는 데다가 나름대로 일을 처리하는 방식이 있으시지요. 다 팔지 않으시면 그분은 아예 안 사실 겁니다.'

'그러면 그만두라고 하세요.' 나는 말했지요. 일은 그렇게 됐어요. 하지만 전후 상황이 너무나 이상해서 나는……."

여기서 우리의 대화는 아주 기이한 방식으로 중단되었다.

홈즈는 조용히 하라는 의미로 손을 들었다. 그리고 방을 성큼성큼 가로질러 가서 문을 홱 열어젖히고 깡마른 여인의 어깨를 붙잡고 방 안으로 끌어들였다. 여인은 푸드득거리고 꽤꽥거리며 닭장을 벗어나려고 하는 덩치 큰 못생긴 닭처럼 꼴사납게 저항하며 방으로 들어왔다.

"놔주세요! 지금 뭐 하시는 거예요?"

여인이 날카롭게 비명을 질렀다.

"아니, 수잔, 무슨 일이니?"

"글쎄, 마님, 저는 그저 손님들이 점심 식사를 하실 건지 물어보려고 왔는데요, 갑자기 이 사람이 저한테 달려들었어요."

"저는 5분 전부터 이 여자가 밖에서 엿듣는 걸 알고 있었지만 부인 얘기가 하도 재미있어서 중단시키고 싶지 않았습니다. 수잔, 당신 숨소리가 좀 컸어. 그렇지? 그런 일을 하기엔 숨소리가 너무 거칠군그래."

　수잔은 음침한 얼굴에 놀란 빛을 띠고 자신을 붙들고 있는 남자를 돌아보았다.

　"어쨌든 간에 당신이 누군데, 무슨 권리로 나를 이렇게 붙잡고 있는 거죠?"

　"나는 그저 당신 앞에서 한 가지 알아보고 싶은 게 있었을 뿐이야. 매버리 부인, 저한테 편지를 보내겠다거나 저한테 상담하겠다는 얘기를 누구한테 한 적이 있습니까?"

　"아니요, 홈즈 선생님. 난 그런 적 없어요."

　"부인이 쓴 편지는 누가 부쳤지요?"

　"수잔요."

　"그랬군. 자, 수잔, 주인마님이 나한테 도움을 청했다는 얘기를 누구한테 전했지?"

　"거짓말. 나는 그런 말을 전한 적 없어요."

　"자, 수잔, 당신도 알겠지만 숨소리가 거친 사람들은 오래 못 살아. 그런데 거짓말을 하는 건 형편없는 짓이지. 누구한테 말했지?"

　"수잔!"

　부인이 소리쳤다.

　"너는 은혜를 모르는 고약한 여자로구나. 이제 생각해 보니까 네가 담 너머로 누군가와 얘기하는 걸 본 적이 있어."

　"그건 내 일 때문이었어요."

　여인은 토라진 목소리로 말했다.

"당신과 얘기한 사람은 바니 스톡데일이었겠지?"

홈즈가 말했다.

"흥, 그렇게 잘 알면서 뭐하러 물어봐요?"

"난 확실히 몰랐는데 이제야 알겠군. 자, 수잔, 바니의 배후 인물이 누군지 말해 주면 10파운드 주지."

"당신이 10파운드 줄 때 1000파운드를 내놓을 수 있는 사람도 있어요."

"그럼, 돈이 많은 남잔가? 아니로군, 웃는 걸 보니까. 돈 많은 여자야. 자, 이왕 여기까지 얘기가 나왔으니 이름을 말하고 10파운드를 버는 게 좋을 텐데."

"당신이 맨 먼저 지옥에 떨어질 거야."

"오, 수잔! 그런 악담을!"

"난 이 집을 나가겠어요. 당신들 모두한테 다 질렸어. 내일 사람을 보내서 내 짐을 찾아가겠어요."

여인은 문을 향해 뛰어갔다.

"잘 가요, 수잔. 숨쉬기 힘들 때는 파레고릭(천연의 아편제로 통증을 완화시키거나 수면을 유도하거나 호흡을 가라앉힌다 ―옮긴이)이 잘 듣지……, 자."

홈즈는 말했다. 화가 나서 얼굴이 시뻘겋게 달아오른 여인이 문을 쾅 닫고 나가자 그의 기운찬 얼굴은 갑자기 준엄한 빛을 띠었다.

"그 일당이 뭔가 일을 꾸미고 있습니다. 그자들이 얼마나 주도면밀하게 게임을 하는지 보세요. 부인이 보낸 편지에는 오후 열시 소인이 찍혀 있었습니다. 그런데 수잔은 그 얘기를 바니한테 전했습니다. 바니는 지시를 받기 위해 자신을 고용한 사람한테 찾아갔고요. 그 남잔지 여잔지는—수잔은 제가 거꾸로 아는 줄 알고 웃었는데, 그걸로 봐선 여자일 가능성이 높습니다만.—계획을 세웁니다. 다음 날 아침 열한시경에 흑인 스티브가 찾아와서 저한테 손을 떼라고 협박합니다. 보시다시피 일은 대단히 신속하게 이루어졌습니다.”

“그런데 그자들이 원하는 게 뭘까요?”

“예, 바로 그게 문젭니다. 이 집의 전 주인은 누구였습니까?”

“퍼거슨이라는 은퇴한 선장이에요.”

“그 사람한테 뭐 특별한 점은 없었습니까?”

“그런 얘기는 들어본 적 없어요.”

“저는 전 주인이 뭔가를 숨겨놓았을지도 모른다고 생각했습니다. 물론, 요즘 사람들은 보물을 숨겨놓을 때는 은행을 이용합니다. 하지만 이상한 사람들은 항상 있게 마련이니까요. 그런 사람들이 없으면 세상은 퍽 지루할 겁니다. 처음에 저는 모종의 감춰진 보물을 생각했습니다. 하지만, 그런 거라면 부인의 가구를 원하는 이유가 뭘까요? 집 안에 부인도 모르는 라파엘이나 셰익스피어 초판본이 감춰져 있는 건 아니겠지요?”

“아니요, 우리 집에서 제일 귀한 물건은 크라운 더비 찻잔 세트 정도예요.”

“그것으로는 이 모든 수수께끼가 설명이 안 됩니다. 게다가 그쪽에서 원하는 게 뭔지 떳떳이 밝히지 못하는 이유가 뭘까요? 찻잔 세트가 탐난다면 부인이 가진 모든 걸 한꺼번에 사들일 필요 없이 그것만 값을 부르면 될 텐데요. 그럴 리가 없습니다. 이 집에 뭔가가 있는 게 분명합니다. 부인은 모르고 있지만, 알기만 한다면 절대로 포기하지 않을 뭔가가 말입니다.”

“나도 같은 생각일세.”

나는 말했다.

“왓슨 박사가 그렇다고 하니, 그건 그런 겁니다.”

“홈즈 선생님, 그게 대체 뭘까요?”

“순수히 논리적인 분석에 의해 좀 더 구체화시켜 볼 수 있는지 보기로 하지요. 부인은 이 집에서 1년간 사셨습니다.”

“2년이 다 돼가요.”

“그게 더 낫군요. 그 긴 기간 동안 부인의 소유물을 원한 사람은 없었습니다. 그런데 갑자기 이삼 일 전에 급한 요청이 들어온 겁니다. 자넨 어떻게 생각하나?”

“뭔지는 모르겠지만 문제의 물건이 아주 최근에 이 집에 들어왔다는 뜻일세.”

나는 말했다.

“다시 해결됐군.”

홈즈가 말했다.

“자, 매버리 부인, 최근에 도착한 물건이 있습니까?”

“아니요, 난 올해는 새로 산 게 아무것도 없어요.”

"정말입니까! 그것참 놀랍군요. 알겠습니다. 좀 더 확실한 정보가 수집될 때까지 기다려보는 게 좋겠습니다. 부인의 변호사는 유능한 분입니까?"

"수트로 씨만 한 변호사는 없어요."

"집에 하녀가 더 있습니까, 아니면 방금 현관문을 부서져라 닫고 나간 수잔뿐입니까?"

"처녀 애가 하나 더 있어요."

"수트로한테 하루 이틀 여기서 자달라고 부탁하십시오. 부인한테는 지켜줄 사람이 필요할 겁니다."

"왜요?"

"누가 알겠습니까? 문제는 아직 애매합니다. 그자들이 원하는 게 뭔지 밝혀내지 못한다면, 저는 반대쪽에서 접근해서 배후 인물을 밝혀내야 합니다. 부동산업자가 자기 주소를 가르쳐주었습니까?"

"이름과 직업뿐인 명함을 주었지요. '헤인스존슨, 경매인 겸 감정인.'"

"그 이름이 인명부에 올라 있을 것 같지는 않군요. 정직한 사업가들은 자신의 일터를 감추려고 하지 않습니다. 무슨 새로운 일이 생기면 알려주시기 바랍니다. 저는 부인의 사건 의뢰를 받아들였으니까 책임감 있게 일할 겁니다. 절 믿으셔도 좋습니다."

홀을 지날 때 아무것도 놓치는 법이 없는 홈즈의 눈이 반짝 빛났다. 구석에 트렁크 서너 개와 궤짝이 쌓여 있는 걸 본 것이다. 짐짝에는 행선지 표시가 붙어 있었다.

"밀라노, 루체른. 이건 이탈리아에서 온 짐이로군요."

"그건 가엾은 더글러스의 유품이랍니다."

"짐을 아직 풀지 않으셨습니까? 언제 도착했지요?"

"지난주에 왔어요."

"하지만 부인 얘기로는……, 오호라, 이게 빠진 고리가 분명하군. 여기에 뭔가 값나가는 물건이 없는지 어떻게 알겠습니까?"

"홈즈 선생님, 그럴 리가 없습니다. 가엾은 더글러스는 쥐꼬리만 한 봉급에 얼마 안 되는 연금을 받았을 뿐인걸요. 어떻게 값나가는 물건을 가질 수 있었겠습니까?"

홈즈는 생각에 잠겼다.

"매버리 부인, 더 이상 지체하지 마십시오."

그는 마침내 입을 열었다.

"이 물건을 부인의 2층 침실로 옮겨다 놓으세요. 가급적 빨리 짐을 풀고 안에 무엇이 들어 있는지 살펴보십시오. 저는 내일 올 테니 그때 보고해 주십시오."

세 박공 집은 물샐틈없는 감시하에 놓인 것이 분명했는데, 우리가 높은 산울타리를 돌아가자 그늘 속에 서 있는 흑인 프로 권투 선수와 갑자기 맞닥뜨렸다. 그렇게 후미진 곳에서 흑인은 무척이나 험상궂고 위험한 인물로 비쳤다. 홈즈는 손으로 주머니를 툭 쳤다.

"홈즈 선생, 총이라도 찾으쇼?"

"아니, 향수병을 찾고 있어, 스티브."

"홈즈 선생, 당신 정말 재미있는 양반이오, 안 그렇소?"

"스티브, 내가 자네를 뒤쫓게 되면 하나도 재미 없을 거야. 나는 오늘 아침에 자네한테 경고했어."

"홈즈 선생, 당신이 한 말을 곰곰이 생각해 봤는데, 그 퍼킨스 씨 사건에 대한 얘기는 더 이상 하고 싶지 않소. 하지만 내가 뭐 도울 수 있는 게 있으면 돕겠소."

"좋아, 그럼 이번 일의 배후가 누군지 말해 보게."

"주여, 저를 도우소서! 홈즈 선생, 나는 아는 걸 다 말했소. 나는 몰라요. 그저 바니의 지시를 받았을 뿐이오."

"좋아, 스티브, 이것만은 기억해 둬라. 저 집에 있는 숙녀하고 저 지붕 밑에 있는 것은 모두 다 내 보호 아래 있다는 걸 말이야. 명심해라."

"좋소, 홈즈 선생. 잊지 않겠소."

걷는 동안 홈즈가 말했다.

"왓슨, 나는 저 녀석한테 잔뜩 겁을 주었네."

"저 녀석은 배후가 누군지 알게 되면 불지 않고는 못 배길 거야. 내가 스펜서 존 일당에 대해 좀 알고 있었고 스티브가 그 패거리 중의 하나라는 건 참 다행한 일이었네. 자, 왓슨, 이번 사건은 랭데일 파이크하고 어울리니까 이제 그 친구를 만나러 가봐야겠네. 거기 갔다 오면 문제를 좀 더 명확하게 이해할 수 있을 거야."

나는 그날 낮에는 더 이상 홈즈를 보지 못했지만 그가 어떻게 시간을 보내고 있을지는 충분히 상상할 수 있었다. 왜냐하면 랭데일 파이크는 사교계의 스캔들에 관해 모르는 게 없는 인간 참고서이기 때문이었다. 그 기이하고 나른한 인물은 눈을 뜨고 있는 시간에는 세인트제임스가 클럽의 창가에서 시간을 보냈는데, 그는 대도시의 모든 소문의 수신기이자 발신기였다. 그는 호기심 많은 독자들의 기호에 영합하는 쓰레기 같은 신문에 매주 기고해서 네 자리 수의 수입을 올린다는 소문이 파다했다. 혼탁한 런던 생활의 깊숙한 곳에서 어떤 이상한 소용돌이나 회오리가 생기면, 그것은 표면에 붙어 있는 이 인간 계기반에 자동적으로 정확하게 표시되었다. 홈즈는 신중하게 랭데일에게 정보를 제공했고, 때로는 거꾸로 그의 도움을 받기도 했다.

다음 날 이른 아침에 베이커가에서 친구를 만났을 때 나는 그의 태도를 보고 만사가 순조롭다는 걸 알았지만 예기치 못한 불쾌한 일이 우릴 기다리고 있었다. 우리는 아래와 같은 전보를 받았다.

급히 와주시기 바람. 밤사이에 의뢰인의 집에 도둑이 들었음. 경찰
이 조사 중.

— 수트로

홈즈는 휘파람을 불었다.

"사건이 예상보다 더 빨리 절정으로 치닫고 있군. 왓슨, 이 사건
의 배후에는 대단한 힘을 가진 인물이 있는데, 전후 사정을 알고 나
면 일이 이런 식으로 돌아가는 게 전혀 놀랍지 않다네. 물론, 전보를
보낸 수트로는 부인의 변호사일세. 밤에 그 집을 지켜달라고 자네
한테 부탁하지 않은 건 내 실책이었던 것 같으이. 변호사는 알고 보
니 부러진 피리처럼 쓸모없는 작자였어. 이제 해로 월드에 가보는
것 말고는 별 도리가 없군."

세 박공 집에 도착해 보니, 집안 살림이 깔끔하게 정돈된 그 전날
의 모습은 온데간데없었다. 정문 앞에 할 일 없는 구경꾼 서넛이 모
여 있었고, 경관 둘이 창문과 제라늄 꽃밭을 조사하고 있었다. 우리
는 집 안에서 자신을 변호사라고 소개한 늙수그레한 신사와 부산하
고 혈색이 좋은 경위 하나를 만났다. 경위는 홈즈를 보더니 옛 친구
를 만난 것처럼 반갑게 인사했다.

"허, 홈즈 선생, 여기선 선생께서 실력을 발휘할 기회가 없을 것
같습니다. 늙다리 경찰의 힘으로도 충분히 해결할 수 있는 흔해 빠
진 절도 사건일 뿐이니까요. 전문가가 오실 필요가 없지요."

"유능한 분이 사건을 맡으셨군. 단순 절도 사건일 뿐이란 거요?"

"그렇습니다. 우린 범인이 누군지, 어딜 가면 그자들을 잡을 수 있는지 잘 알고 있습니다. 덩치 좋은 검둥이가 낀 바니 스톡데일 일당의 소행입니다. 이 근처에서 그자들을 목격한 사람이 있지요."

"훌륭하오! 그들이 가져간 게 뭐였소?"

"에, 가져간 게 그렇게 많지는 않은 것 같습니다. 매버리 부인은 클로로포름으로 마취를 당했고 집은……, 아! 저기 부인이 나오시는군요."

어제의 친구가 몹시 파리하고 아픈 모습으로 어린 하녀의 부축을 받고 방으로 들어왔다.

"홈즈 선생님, 선생님은 좋은 충고를 해주셨지요."

부인은 서글픈 미소를 지으며 말했다.

"어쩌면 좋아요, 내가 그걸 실천하지 않았으니! 나는 수트로 씨한테 폐를 끼치고 싶지 않아서 아무 조치도 취하지 않았답니다."

"나는 오늘 아침에야 그 얘기를 들었습니다."

변호사가 설명했다.

"홈즈 선생님은 집에 친구를 불러다 놓으라고 권해 주셨어요. 나는 그 충고를 무시했고 대가를 치렀지요."

"몸이 많이 편찮으신 모양입니다. 밤새 있었던 일에 대해 말씀해 주시긴 힘들겠군요."

홈즈는 말했다.

"그건 여기 다 있습니다."

경위는 두툼한 공책을 톡톡 치며 말했다.

“그래도 부인께서 여력이 있으시면…….”

“사실 할 얘기도 별로 없답니다. 그 못된 수잔이 도둑들을 끌어들인 게 분명해요. 그자들은 집 안을 손금 보듯 샅샅이 알고 있는 것 같았지요. 나는 순간적으로 클로로포름을 묻힌 수건으로 입을 막는 걸 의식하긴 했지만 얼마나 정신을 잃고 있었는지는 모르겠습니다. 깨어나보니, 한 남자가 침대 옆에 서 있었고 또 한 남자는 내 아들의 짐 꾸러미 사이에서 뭔가를 한 뭉치 쥐고 일어나고 있었습니다. 아들의 가방은 반쯤 열린 채 바닥에 나뒹굴고 있었지요. 나는 그놈이 도망치기 전에 벌떡 일어나서 붙잡았습니다.”

“위험한 행동을 하셨군요.”

경위가 말했다.

“나는 그놈한테 매달렸지만 그놈은 나를 뿌리쳤어요. 그리고 다른 녀석이 나를 쳤는지 그다음부터는 기억이 안 나는군요. 하녀 메리가 시끄러운 소리를 듣고 창밖으로 소리를 질렀지요. 그래서 경찰이 출동했는데 범인들은 다 도망치고 없었답니다.”

“그자들이 가져간 게 뭡니까?”

“글쎄요, 없어진 물건 중에서 값나가는 물건이 있는지는 잘 모르겠군요. 아들의 트렁크에 그런 건 없었으니까요.”

“그자들은 아무 단서도 남기지 않았습니까?”

“종이 한 장이 있었는데, 내가 그 남자를 붙잡고 늘어질 때 뜯겨나온 것 같더군요. 잔뜩 구겨진 채 바닥에 떨어져 있었지요. 그 종이에 쓰인 글은 아들의 필적이었어요.”

“그래서 그 종이는 별 가치가 없는 겁니다. 만약 그게 도둑의 필적이었다면……."

경위가 말했다.

“옳으신 말씀, 그건 상식 아니오! 그래도 한번 보고 싶구려."

홈즈가 말했다.

경위는 수첩에서 차곡차곡 접은 종이를 꺼냈다.

“나는 아무것도 그냥 지나치지 않습니다. 아무리 하찮은 거라도 말이지요."

그는 약간 거만한 투로 말했다.

“홈즈 선생, 내가 선생한테 드리고 싶은 충고가 바로 이겁니다. 25년간의 경험을 통해 얻은 교훈이지요. 이런 종이에는 지문 같은 게 남아 있을 가능성이 항상 있습니다."

홈즈는 종이를 살펴보았다.

“경위, 이것에 대해 어떻게 생각하시오?"

“내가 보기엔 무슨 야릇한 소설의 끝 부분 같습니다."

“아마 확실히 어떤 야릇한 이야기의 끝 부분일 거요."

홈즈는 말했다.

“맨 위에 적혀 있는 숫자를 봤겠지만, 이건 255쪽이오. 그런데 나머지 254쪽까지는 다 어디 갔소?"

“아, 도둑들이 가져갔겠지요. 참, 쓸모가 많을 겁니다!"

“고작 이런 종이 뭉치를 훔쳐 가려고 남의 집에 침입했다니 대단히 묘한 일이오. 경위, 뭔가 생각나는 게 없소?"

"에, 그건 범인들이 서두르다가 아무 거나 닥치는 대로 들고 갔다는 걸 의미하지요. 나중에 자기들이 뭘 들고 왔는지 보면 참 기분이 좋을 겁니다."

"그자들이 내 아들의 유품에 손을 댄 건 무엇 때문일까요?"

매버리 부인이 물었다.

"아, 그들은 아래층에서 쓸 만한 물건을 찾아내지 못했기 때문에 위층에서 모험을 한 겁니다. 저는 그렇게 봅니다. 홈즈 선생, 선생은 어떻게 생각하십니까?"

"경위, 나는 좀 생각해 봐야겠소. 왓슨, 창가로 오게."

창가에 서서 홈즈는 종이에 쓰인 글을 소리 내어 읽었다. 문장 중간부터 시작된 글은 다음과 같았다.

……얻어터진 얼굴에선 피가 철철 흘러내렸다. 하지만 자신의 고통과 치욕을 내려다보고 있는 그 사랑스러운 얼굴을 바라보는 동안, 그의 가슴에서 흘러내린 피에 비하면 그것은 아무것도 아니었다. 예전에 그는 저 얼굴을 위해 자신의 목숨이라도 바치려고 하지 않았던가. 그녀는 생긋 미소 지었다. 그랬다! 그가 그녀를 올려다보는 동안, 그녀는 잔인한 악마처럼 미소 지었다. 바로 그 순간, 사랑은 죽고 증오가 태어났다. 남자의 삶에는 어떤 목표가 있어야 하는 법이다. 나의 여인이여, 이제는 그대를 포용하는 것이 아니라, 그대를 파멸시키고 온전히 복수하는 것이 내 삶의 목표가 될 것이다.

"참 이상한 문장이오!"

홈즈는 종이를 경위에게 돌려주며 씩 웃었다.

"'그'가 갑자기 '나'로 돌변한 걸 보았소? 작가는 자기 이야기에 몰두한 나머지 대단원에서 자신을 주인공으로 착각했소이다."

"글 솜씨가 정말 형편없습니다."

경위는 그걸 도로 수첩에 끼워 넣으며 말했다.

"아니! 홈즈 선생, 벌써 가시려고요?"

"이렇게 유능한 분이 사건을 맡으셨는데 내가 할 일이 남아 있을 것 같지 않소. 그런데 매버리 부인, 여행을 하고 싶다고 하셨지요?"

"홈즈 선생님, 그건 내가 항상 간직했던 꿈이랍니다."

"어디로 가고 싶으십니까? 카이로, 마데이라, 아니면 리비에라?"

"오, 돈만 있다면 세계 일주를 하고 싶어요."

"그렇군요. 세계 일주라. 알겠습니다. 그럼 안녕히. 저녁때 소식을 보낼지도 모르겠습니다."

창문 앞을 지나는데 경위가 웃으며 고개를 설레설레 흔드는 모습이 보였다. '머리 좋은 치들한테는 약간 좀 이상한 데가 있단 말이야.' 경위의 웃음에서 그런 생각이 읽혔다.

"자, 왓슨, 우리가 마지막으로 가봐야 할 데가 있네."

런던 중심가의 굉음 속으로 다시 돌아왔을 때 홈즈가 말했다.

"한시라도 빨리 문제를 매듭짓는 게 좋을 걸세. 그리고 자네가 같이 가주었으면 하네. 이사도라 클라인 같은 숙녀를 상대할 때는 증인을 세우는 게 안전하니까."

우리는 마차를 잡아타고 그로스브너 광장의 어느 저택을 향해 속력을 내서 달렸다. 홈즈는 골똘히 생각에 잠겨 있다가 갑자기 몸을 일으켜 세웠다.

"그런데 왓슨, 자네는 다 알고 있지?"

"아니, 그렇다고 말할 수는 없네. 나는 그저 우리가 이 모든 사태의 배후에 있는 여성을 만나러 가는 길이라고 추측할 뿐일세."

"바로 그걸세! 하지만 이사도라 클라인이라는 이름을 듣고 생각나는 게 전혀 없나? 그 여자는 물론 세기의 미녀일세. 그 여자에 비할 만한 여성은 없네. 스페인 정복자의 혈통을 이어받은 순수한 스페인계인데, 그 여자의 가문은 몇 세대에 걸쳐 브라질 페르남부쿠 주를 지배하고 있지. 그 여자는 독일의 늙은 설탕왕, 클라인과 결혼했다가 이내 세상에서 가장 아름답고 부유한 과부가 되었다네. 그 다음은 그 여자가 마음껏 노닐던 불장난의 시기였네. 그 여자한테는 몇몇 애인이 있었는데, 런던에서 가장 인상적인 남자에 속했던 더글러스 매버리가 그중 하나였다네. 사람들 얘기를 종합해 보면 매버리와의 관계는 단순한 불장난 이상의 것이었어. 그 청년은 사교계의 부나방이 아니라 자신의 모든 것을 주고 상대의 모든 것을 기대했던 강하고 긍지 넘치는 남자였네. 하지만 그녀는 소설 속의 '동정 없는 아름다운 여인'일세. 그녀가 싫증을 느낄 때 사랑은 끝나는데, 상대 남자가 순순히 이별을 받아들이지 못할 때는 어떻게 관계를 끝내야 하는지 알고 있네."

"그럼 그건 매버리 자신의 이야기……."

"아! 이제 드디어 감이 오나 보군. 난 그 여자가 아들뻘 되는 젊은 로몬드 공작과 결혼할 예정이라는 얘기를 들었네. 공작의 모친께서 여자의 나이가 많은 것은 눈감아 준다고 해도 대형 스캔들은 완전히 다른 문제거든. 그래서 그 여자는 기어코……, 아! 다 왔네그려."

그것은 웨스트엔드에서 가장 웅장한 저택 중 하나였다. 기계 같은 제복 차림의 수위가 명함을 받아 들었으나 마님은 집에 안 계시다는 말과 함께 명함을 돌려주었다.

"그럼 우린 숙녀가 집에 계실 때까지 기다리겠네."

홈즈는 쾌활하게 말했다.

그러자 기계는 고장을 일으켰다.

"집에 안 계시다는 것은 두 분에 대해서 그렇다는 겁니다."

수위가 말했다.

"좋아."

홈즈는 대답했다.

"그렇다면 기다릴 필요가 없겠군. 미안하지만 마님에게 이걸 전해 주게."

그는 수첩을 한 장 찢어내 뭐라고 끼적거린 다음 접어서 사내에게 건네주었다.

"홈즈, 뭐라고 썼나?"

나는 물었다.

"간단하게 썼지. '그럼 경찰을 부를까요?'라고. 우린 들어가게 될 걸세."

정말 우린 집 안으로 들어갔다. 그것도 놀랍도록 신속하게. 1분 뒤 우리는 아라비안나이트에 나오는 것 같은 넓고 호화로운 응접실에 들어가 있었다. 분홍빛 전등을 간간이 켜놓은 방 안은 어슴푸레했다. 나는 숙녀가 어슴푸레한 조명을 선호하는 나이가 된 모양이라고 생각했다. 아무리 자존심이 강한 미인이라도 나이는 어쩔 수 없는 법이다. 우리가 방에 들어서자 숙녀가 긴 의자에서 일어났다. 훌쩍 큰 키에 여왕처럼 완벽한 자태, 사랑스러운 가면 같은 얼굴, 스페인계의 아름다운 눈이 우릴 잡아먹을 듯이 노려보았다.

"이 무례한 방문에, 그리고 이 모욕적인 편지는 다 뭐죠?"

그녀는 메모를 집어 들고 물었다.

"마담, 저는 굳이 설명하지 않겠습니다. 부인의 총명한 두뇌를 지나칠 만큼 존중하고 있으니까요. 하지만 솔직히 말씀드리면, 최근 늘어 부인의 총기는 놀랍게 흐려졌습니다."

"그건 어째서죠?"

"고용 깡패를 시켜 일에서 손을 떼라고 저를 협박하셨으니 말입니다. 위험을 즐기지 않는 사람이라면 이런 직업을 택하지도 않을 것입니다. 제가 매버리 청년의 사건에 손을 댄 것은 순전히 부인의 그런 노력 덕분이었습니다."

"선생이 무슨 말을 하고 계신지 모르겠군요. 내가 고용 깡패하고 무슨 상관이 있다는 건가요?"

홈즈는 피곤한 듯 돌아섰다.

"아, 제가 부인의 두뇌를 과소평가했군요. 그럼, 안녕히 계십시오!"

"잠깐! 지금 어디 가시는 거죠?"

"런던 경찰국."

우리가 문을 향해 반도 가기 전에 숙녀가 쫓아와서 홈즈의 팔을 잡았다. 그녀는 순식간에 강철에서 벨벳으로 바뀌었다.

"신사 여러분, 이리 와서 앉으세요. 그 문제에 대해 같이 얘기해 보기로 해요. 홈즈 선생, 선생 앞에선 솔직해도 될 것 같은 느낌이 드는군요. 선생은 신사의 마음을 갖고 계시니까요. 여자의 본능은 그런 걸 얼마나 빨리 느끼는지 몰라요. 나는 이제부터 선생을 친구로 대하겠어요."

"마담, 저는 똑같은 걸 약속할 순 없습니다. 제가 비록 경찰은 아니지만 변변찮은 능력이 허용하는 한도 내에서 정의를 대변하니까요. 저는 얘기를 들을 준비가 되어 있습니다. 어떻게 할 것인지는 그다음에 말씀드리도록 하지요."

"선생처럼 용감한 분을 협박한 것은 정말 바보 짓이었군요."

"마담, 진짜 바보 짓은 부인에게 공갈을 치고 밀고할 수도 있는 불한당의 손아귀에 자신을 내맡긴 일입니다."

"아니요! 난 그렇게 호락호락한 여자가 아니에요. 선생 앞에서 솔직해지겠다고 약속했기 때문에 말씀드리지만, 바니 스톡데일과 그 아내 수잔을 빼고 내가 일을 시켰다는 걸 아는 사람은 없습니다. 그런데 스톡데일 부부에 대해 말하자면, 이번이 처음은 아니랍니다……."

숙녀는 생긋 웃으며 교태가 철철 흐르는 매혹적인 태도로 고개를 숙여 보였다.

"알겠습니다. 그 부부를 이용한 게 이번이 처음은 아니군요."

"그들은 소리 나지 않게 일을 해치우는 훌륭한 사냥개예요."

"그런 사냥개는 자신에게 밥을 주는 주인의 손을 물어뜯는 습관이 있습니다. 이번 절도 사건으로 그들은 체포될 겁니다. 경찰이 벌써 그들을 찾아 나섰습니다."

"스톡데일 부부는 그 정도는 감수할 거예요. 그러라고 돈을 주는 거니까요. 이번 일에서 나는 밖으로 드러나지 않을 거고요."

"제가 부인을 끌고 들어가지 않는다면 말입니다."

"아뇨, 선생은 그러실 리 없어요. 선생은 신사니까요. 이건 여자의 비밀이에요."

"먼저 원고를 돌려주십시오."

숙녀는 깔깔거리고 웃으며 벽난로를 향해 다가갔다. 그리고 부지깽이로 잿더미를 뒤적였다.

"이걸 돌려드려요?"

그녀가 물었다. 도전적인 미소를 머금고 서 있는 여자가 너무도 장난스럽고 우아해 보였으므로, 나는 홈즈가 숱한 범죄자를 만났어도 이렇게 대적하기 곤란한 상대는 처음일 거라고 생각했다. 그러나 그는 애당초 감정에는 면역이 되어 있었다.

"부인은 자신의 운명을 스스로 정하셨군요."

홈즈는 차갑게 말했다.

"부인은 원래 행동이 빠른 분이지만 이번에는 도를 넘으셨습니다."

숙녀는 부지깽이를 내던졌다.

"정말 무정한 분이로군요!"

그녀는 외쳤다.

"사실을 다 말씀드릴까요?"

"그건 저도 말할 수 있습니다."

"하지만 선생은 저의 눈으로 보셔야 해요. 평생의 야망이 마지막 순간에 좌절되는 것을 보게 된 여자의 관점에서 사태를 바라보셔야 합니다. 그런 여자가 자신을 지키려고 했다고 비난받아야 할까요?"

"애초에 죄를 지은 쪽은 부인이었습니다."

"그래요, 그래요! 그건 인정해요. 더글러스, 그는 귀여운 청년이었지만 내 계획에는 맞지 않았어요. 그런데 그는 결혼을 원했어요. 결혼, 빈털터리 평민과 말이에요. 오직 그것만을 원했지요. 나중에는 무척 집요해지더군요. 나한테 받기만 했기 때문에, 그는 계속 나한테 받아야 한다고 생각하는 것 같았습니다. 그것도 오로지 자기 혼자만 말이지요. 난 참을 수가 없었어요. 그래서 그 애가 그걸 깨닫게 만들어줘야 했답니다.”

“깡패를 사서 부인의 집 창문 아래서 두들겨 패준 것 말입니까.”

“정말 선생은 모르시는 게 없군요. 그래요, 그건 사실이에요. 바니가 애들을 데리고 와서 그 애를 끌어냈는데, 그 과정에서 약간의 폭력이 있었다는 건 인정해요. 하지만 그다음에 그가 어떻게 했지요? 신사가 그런 행동을 하리라고 제가 상상이나 했겠어요? 그는 자기 경험을 책으로 썼어요. 물론 나는 늑대이고 그는 양이지요. 모든 애기가 다 거기 들어 있어요. 아무리 가명을 썼다고 해도 런던 사람 중에서 그걸 눈치채지 못할 사람이 있을까요? 홈즈 선생, 어떻게 생각하세요?”

“글쎄요, 책을 쓰는 건 자유입니다.”

“더글러스의 피 속에 이탈리아의 공기가 들어가면서 옛 이탈리아 인의 잔인한 정신이 함께 섞여 들어간 것 같았지요. 그는 나한테 편지를 보내면서 그 책의 사본을 같이 보냈어요. 내가 앞날을 생각하면서 미리 고통을 겪도록 말이지요. 그는 사본은 나한테 보내고, 원본은 출판사에 보낼 거라고 했습니다.”

“출판사에 아직 책이 도착하지 않았다는 건 어떻게 아셨습니까?”

"나는 그가 거래하는 출판사가 어딘지 알고 있었어요. 그가 소설을 쓴 게 이번이 처음은 아니니까요. 알고 보니 출판사에는 책이 가지 않았더군요. 그런데 더글러스가 급사한 거예요. 하지만 한 편의 원고가 아직 남아 있는 한 나는 마음을 놓을 수가 없었습니다. 물론, 원고는 그의 유품 속에 들어 있을 거고, 유품은 어머니에게 돌아갈 게 분명했어요. 나는 패거리를 움직였지요. 그중 하나가 그 집에 하녀로 들어갔습니다. 나는 일을 정직하게 처리하고 싶었지요. 정말로, 실제로 그랬어요. 집 안 물건을 포함해서 그 집을 통째로 사려고 했지요. 그의 모친이 얼마를 부르든 다 주려고 했습니다. 나는 이렇게 온갖 노력을 다하고 그게 허사로 돌아간 뒤에야 최후의 수단을 쓴 거예요. 자, 홈즈 선생, 내가 더글러스한테 좀 심하게 굴었던 건 사실이고, 하느님은 그 점에 대해 내가 정말 미안하게 생각하고 있다는 걸 아실 거예요! 하지만 내 인생을 완전히 망칠 판인데 달리 어떻게 할 수 있었겠어요?"

셜록 홈즈는 어깨를 들썩했다.

"알겠습니다. 평소처럼 중죄를 합의로 끝내야 할 것 같군요. 최고급으로 세계 일주를 하려면 비용이 얼마나 들까요?"

숙녀는 어리둥절한 얼굴로 홈즈를 응시했다.

"5000파운드 정도 들지 않겠습니까?"

"글쎄요, 그 정도일 거예요. 맞아요!"

"좋습니다. 수표에 그 금액을 적어주시면 그걸 매버리 부인에게 전달하겠습니다. 부인은 매버리의 모친에게 그 정도의 기분 전환은

시켜주셔야 합니다. 그건 그렇고, 마담."

그는 경고의 표시로 집게손가락을 흔들었다.

"조심! 조심하십시오! 예리한 도구를 가지고 계속 장난치다가는
그 고운 손을 다치게 될 테니까요."

홈즈는 우체부가 마지막으로 배달해 준 편지를 찬찬히 읽었다. 그러더니 폭소를 터뜨렸다고 할 수 있을 만큼 메마른 목소리로 낄낄거리며 편지를 내게 던져주었다.

"현대와 중세, 실용과 분방한 환상의 혼합에 있어서 이건 분명한 한계가 되겠군. 왓슨, 자네는 어떻게 생각하나?"

나는 편지를 읽어보았다.

올드 주어리, 46번지,

11월 19일.

흡혈귀에 관한 건

귀하:

우리 법률 사무소의 고객 되시는, 민싱 레인의 차(茶) 중개상 퍼거슨 앤 뮤어헤드사(社)의 로버트 퍼거슨 씨는, 위와 동일한 일자에 우리에게 흡혈귀에 관한 조사를 의뢰했습니다. 하지만 우리는 기계류의 자산 평가를 전문으로 하는 법률 사무소이기 때문에 그러한 사안은 우리의 영역 밖이고, 그래서 퍼거슨 씨에게 귀하를 방문하여 상담할 것을 권고했습니다. 우리는 귀하가 마틸다 브릭스 사건을 성공적으로 해결한 일을 아직 기억하고 있습니다.

—모리슨, 모리슨, 앤 도드 사무소, E. J. C. 드림

"왓슨, 마틸다 브릭스는 젊은 여성의 이름이 아닐세."

홈즈는 추억에 잠긴 목소리로 말했다.

"그건 수마트라의 거대한 쥐와 관련된 배를 말하는데, 아직은 그 사건을 공표하는 게 시기상조이지. 그런데 우리가 흡혈귀에 대해 알고 있는 게 뭐지? 그게 우리 영역에 속하는 사안일까? 무슨 일이건 아무 일도 없는 것보다야 낫지만 어쩐지 그림 형제의 동화 세계에 발을 들여놓은 것 같군. 왓슨, 'V' 항목에 뭐가 있는지 보게 책을 좀 내려주게."

나는 몸을 젖히고 친구가 말한 커다란 색인집을 내렸다. 홈즈는 그것을 무릎에 올려놓았다. 그리고 과거의 사건 기록과 평생 수집한 정보를 집대성한 색인집을 애정 어린 시선으로 천천히 훑어보았다.

"'글로리아 스콧호'의 항해."

홈즈는 소리 내어 읽었다.

"그건 흉악한 사건이었네. 왓슨, 자네가 그 사건 기록을 발표했던 일이 생각나는군. 비록 그 결과에 대해 축하해 줄 수는 없었지만 말일세. '사기꾼 빅터 린치', '독도마뱀', 이건 정말 기이한 사건이었네! '서커스단의 미녀 비토리아', '반더빌트와 금고털이', '북살무사', '해머스미스의 불가사의 비거', 찾았다! 정말 훌륭한 색인집이로군. 자네도 그건 부정할 수 없을걸. 들어보게나, 왓슨. '헝가리의 흡혈귀.' 또 있네, '트란실바니아 지방의 흡혈귀'."

그는 열심히 페이지를 넘겼지만 잠시 집중해서 읽어보더니 실망한 듯 소리 지르며 책을 내동댕이쳤다.

"왓슨, 이건 쓰레기일세, 쓰레기! 심장에 말뚝을 박아놔야 무덤에서 나오지 못한다는, 걸어 다니는 시체가 우리하고 무슨 상관이 있겠나? 이건 정말 터무니없는 얘길세."

"하지만 여보게, 흡혈귀가 꼭 죽은 사람이란 법은 없잖은가? 살아있는 사람이 그런 습관을 가질 수도 있다네. 예를 들면, 나는 젊음을 되찾기 위해 아이들의 피를 빤다는 노인에 대한 얘기를 읽은 적도 있거든."

"왓슨, 자네 말이 옳으이. 그건 이 참고 도서에도 나오는 전설일세. 하지만 우리가 그따위 얘기에 진지한 관심을 가져야 할까? 탐정 사무소란 현실에 단단히 발을 붙이고 있는 기관이고, 또 그래야만 하네. 이 넓은 세상에는 할 일이 많다네. 귀신들까지 끼어들 필요는 없지. 우린 로버트 퍼거슨 씨의 의뢰를 진지하게 고려할 수는 없을 것 같군. 그런데 이 편지는 그 사람한테 온 건지도 모르겠네그려. 이걸 읽어보면 무엇이 문제인지 알 수 있겠군."

홈즈는 법률 사무소에서 온 편지에 몰두하는 동안 책상 위에 그냥 방치되어 있던 다른 편지를 집어 들었다. 그는 빙글거리면서 편지를 읽기 시작했지만 웃음기가 점점 걷히더니 바짝 흥미가 동하는 듯 집중한 표정이 떠올랐다. 읽기를 마친 그는 편지를 손에 든 채 잠시 동안 골똘히 생각에 잠겼다. 그러더니 갑자기 흠칫 놀라며 몽상에서 깨어났다.

“램벌리의 치즈맨 가일세. 램벌리가 어디지, 왓슨?”

“호섬 남부, 서섹스에 있지.”

“그리 먼 곳은 아니로군, 그렇지? 그럼 치즈맨 저택은?”

“홈즈, 나는 그쪽 지방에 대해서 좀 알고 있네. 그곳에는 오래된 저택이 많은데, 몇 세기 전에 그 집을 지은 사람들의 이름을 따서 집 이름을 붙였지. 예를 들면 올디 가, 하비 가, 캐리턴 가 하는 식일세. 사람은 잊혔어도 건축주의 이름은 집과 함께 살아 있는 거지.”

“그렇군.”

홈즈는 차갑게 말했다. 원래 자부심이 강하고 말수가 적은 그는, 새로운 정보를 소리 없이 머릿속에 착착 쌓으면서도 정보 제공자에게는 그런 티를 내는 법이 없었다.

“램벌리의 치즈맨 가에 대해서는 곧 자세히 알게 될 것 같군. 편지는 내가 예상했던 대로 로버트 퍼거슨한테 온 걸세. 그런데 그 사람이 자네하고 아는 사이라고 하는군.”

“나하고!”

“자네가 직접 읽어보게.”

홈즈는 내게 편지를 건네주었다. 편지 맨 위에는 앞서 말한 주소가 쓰여 있었다.

홈즈 선생에게

제 변호사들에게 선생을 추천받았지만 사안이 정말 민감하고 미묘해서 말씀드리기가 무척 어렵습니다. 저는 친구의 대리인 노릇을 하고 있습니다. 그 친구는 5년 전에 질산염의 수입 관계로 알게 된 어느 페루 상인의 딸과 결혼했습니다. 페루 출신의 숙녀는 대단한 미인이었지만, 외국 태생이고 종교가 달랐기 때문에 부부간의 관심사와 감정에 금이 갔고, 그래서 세월이 흐르자 친구는 아내에 대한 애정이 식으면서 결혼을 후회하게 된 것 같습니다. 그는 아내의 성격에 자신이 결코 알 수도 이해할 수도 없는 면이 있다는 걸 느끼고 있습니다. 그것은 아내가 더할 나위 없이 애정이 풍부하고 모든 면에서 헌신적인 여성이기 때문에 더욱 고통스럽게 느껴졌지요.

그 점에 대해서는 만나서 자세히 말씀드리기로 하겠습니다. 사실 이 편지는 그저 상황을 대략 설명하고 선생이 이 일을 맡아줄 것인지 알아보기 위한 것입니다. 친구의 아내는 평소의 상냥하고 온유한 성격과는 전혀 다른 이상한 기질을 드러내기 시작했습니다. 친구한테는 이번이 재혼인데 첫 아내와의 사이에서 얻은 아들이 하나 있습니다. 열다섯 살 난 아들은 아주 귀엽고 정이 많은 소년이지만 불행히도 어렸을 때 사고를 당한 적이 있습니다. 그런데 새 아내가 아무 까닭 없이 가엾은 아이를 때리는 현장을 두 번이나 들켰습니다. 한번은 아이를 막대기로 때려서 팔에 매 자국이 심하게 남기도 했습니다.

하지만 그 일은 새 아내가 아직 돌도 안 지난 친자식에게 저지른 짓과 비교하면 아무것도 아닙니다. 한 달쯤 전에 유모가 잠시 자리를 비운 적이 있었습니다. 그런데 아기가 자지러지게 우는 소리가 들려 아기 방으로 뛰어 들어가보니 안주인이 아기한테 붙어 있었는데 목을 물어뜯은 것이 분명했답니다. 아기 목에 작은 상처가 나 있었고 거기서 피가 줄줄 흐르고 있었다니까요. 유모는 기겁을 해서 친구를 부르려고 했지만, 안주인이 그러지 말라고 애원하며 입을 다무는 대가로 5파운드를 주기까지 했답니다. 왜 그랬는지에 대해선 전혀 설명이 없었고 사건은 흐지부지되고 말았습니다.

하지만 그 일을 겪으면서 무서운 생각이 든 유모는 그때부터 안주인을 유심히 관찰하면서 사랑스러운 아기 곁을 잠시도 떠나지 않고 지켰습니다. 유모가 보기에는 자신과 안주인이 서로를 감시하는 것 같았고, 자신이 잠시라도 아기 곁을 떠나면 안주인이 기다렸다는 듯이 아기에게 달려드는 것 같았답니다. 밤낮으로 유모는 아기를 싸고 돌았고 밤낮으로 말없는 아기 엄마는 방심하지 않고 곁을 맴돌았답니다. 마치 늑대가 양을 덮치기 위해 기회를 노리는 것처럼 말이지요. 선생은 이 글을 읽으면서 믿어지지 않으시겠지만, 그래도 아기의 생명과 한 남자의 운명이 걸려 있는 문제이니 만큼 심사숙고해 주시기 바랍니다.

마침내 무서운 사건이 벌어지면서 내 친구도 사실을 알게 되었습니다. 유모는 신경이 곤두설 대로 곤두섰습니다. 그러다 더 이상 긴장을 견딜 수 없게 되자 친구에게 모든 사실을 털어놓았지요. 지금 선생에게도 그렇겠지만 내 친구에게도 그것은 터무니없는 이야기로 들렸습니다. 그는 자신의 아내가 애정이 풍부한 아내이고, 의붓아들을 때린 일만 빼면 애정이 풍부한 엄마라고 생각하고 있었습니다. 그런데 그런 엄마가 왜 사랑스러운 아기에게 상처를 입히겠습니까? 친구는 유모에게 꿈이라도 꾸고 있나 보다고, 그런 터무니없는 의심이 어디 있느냐고, 안주인을 그런 식으로 모욕하는 것은 참을 수 없는 일이라고 말했습니다. 이런 얘기를 나누고 있는데 갑자기 아기가 자지러지게 우는 소리가 들렸습니다. 유모와 주인은 허겁지겁 아기 방으로 달려갔지요. 홈즈 선생, 아내가 아기 침대 곁에 무릎 꿇고 앉아 있다가 일어나는데 아기 목과 이불에 피가 묻어 있는 걸 보고 친구 심정이 어땠겠는지 상상해 보십시오. 그는 까무러칠 듯이 놀라 소리 지르며 아내의 얼굴을 밝은 곳으로 돌렸는데 입가에 피가 잔뜩 묻어 있는 게 보였습니다. 아기 엄마가 가엾은 아기의 피를 빤 것이 분명했습니다.

상황은 이렇습니다. 아기 엄마는 지금 방에 갇혀 있는데 묵묵부답이라고 합니다. 친구는 지금 반쯤 미친 상태입니다. 그 친구도 그렇고 나도 그렇고 흡혈귀에 대해서는 이름만 들어보았을 뿐입니다. 우린 그게 외국 어느 지방의 황당무계한 이야기리고만 생각했더랬습니다. 그런데 여기는 영국 서섹스 주의 한복판입니다. 내일 아침에 선생을 만나뵙고 이 모든 얘기를 했으면 합니다. 저를 만나주시겠습니까? 선생의 놀라운 능력을 발휘해서 어찌할 바를 모르고 있는 한 남자를 도와주시겠습니까? 그럴 의향이 있으시다면 부디 램벌리, 치즈맨 가, 퍼거슨에게 전보를 보내주십시오. 그러면 열시까지 댁으로 찾아뵙겠습니다.

— 로버트 퍼거슨

추신. 제가 리치먼드 럭비 팀의 스리쿼터백으로 뛸 때 선생의 친구 왓슨은 블랙히스 럭비 팀 소속 선수였던 것 같습니다. 선생과의 개인적인 친분은 이 정도입니다.

"물론 나도 이 친구를 기억하고 있네."

나는 편지를 내려놓으며 말했다.

"거인 봅 퍼거슨이라고, 리치먼드 팀의 역대 스리쿼터백 중에서 제일 잘난 선수였지. 언제 봐도 호인이었다네. 친구 일에 이렇게 애를 쓰다니 역시 그답군."

홈즈는 생각에 잠긴 얼굴로 나를 쳐다보며 고개를 설레설레 저었다.

"왓슨, 자네한테는 어디까지가 한계인지 모르겠군. 난 아직도 자네에 대해서 모르는 게 많아. 좋은 친구답게 전보를 치게. '귀하의 사건을 기꺼이 조사해 보겠음.'이라고 써서 말이야."

"귀하의 사건!"

"우린 그 사람한테 이 탐정 사무소가 마음 약한 사람들을 위한 안식처라는 인상을 심어줘서는 안 되네. 물론 사건 당사자는 그 친구일세. 그렇게 전보를 친 다음에 그 문제는 내일 아침까지 미루기로 하세."

다음 날 아침 열시 정각에 퍼거슨이 성큼성큼 방으로 들어왔다. 내 기억에 그는 키가 크고 늘씬한 몸에 팔다리가 유연했고 놀라운 속도로 방향 전환을 해서 상대 팀의 수비수들을 제치곤 했다. 전성기 때 알고 지내던 탄탄한 운동선수가 망가진 모습을 보는 것만큼 괴로운 일은 없을 것이다. 체구가 크던 그는 살이 쭉 빠졌고 갈색 머리칼은 숱이 적었으며 양어깨는 구부정했다. 그도 나를 보고 비슷한 감회를 느꼈을 것이다.

"왓슨, 오랜만이군."

퍼거슨의 목소리는 여전히 굵직하고 다정했다.

"나는 올드 디어 파크에서 자네를 번쩍 들어서 관중 속으로 내던진 적이 있었는데, 자넨 그때와 전혀 다른 사람이 됐군. 나도 좀 변했을 거야. 하지만 지난 며칠 사이에 나는 폭삭 늙었다네. 홈즈 선생, 선생이 보내주신 전보를 받아보고 제가 다른 사람의 대리인인 척해 봤자 소용없다는 걸 알게 됐습니다."

"당사자와 직접 처리하는 편이 간단하지요."

홈즈가 말했다.

"물론 그렇겠지요. 하지만 선생께서도 자신이 보호하고 도와줘야 하는 여자를 놓고 말한다는 것이 얼마나 어려운 일인지 아실 겁니다. 하지만 어쩌겠습니까? 그런 이야기를 경찰에게 할 수는 없잖습니까? 하지만 자식들을 지켜야 했지요. 홈즈 선생, 그건 정신병일까요? 집안에 그런 내림이 있는 걸까요? 그와 비슷한 사건을 다뤄본 적이 있으십니까? 오, 제발, 저에게 조언을 해주십시오. 저는 어찌할 바를 모르고 있습니다."

"퍼거슨 씨, 당연히 그러실 겁니다. 자, 여기 앉아서 마음을 가라앉히고 내 질문에 또박또박 대답해 주시기 바랍니다. 분명히 말씀드리지만 나는 어찌할 바를 모르지도 않고 또 어떤 해결책을 찾아낼 수 있을 거라고 확신하고 있습니다. 먼저, 당신이 어떤 조치를 취했는지 말씀해 주십시오. 부인은 아직 아이들 곁에 있습니까?”

“우리는 끔찍한 소동을 벌였습니다. 홈즈 선생, 아내는 정말 애정이 풍부한 여잡니다. 아내는 그 어느 여자보다 더 지극한 마음으로 저를 사랑하고 있지요. 그런데 제가 그 무시무시한 도저히 믿어지지 않는 비밀을 알아낸 것 때문에 마음의 상처를 받았습니다. 지금 저하고는 말도 하지 않으려고 합니다. 아내는 제가 나무라는 소릴 듣고 미친 사람처럼 절망이 가득한 눈으로 쳐다보기만 할 뿐 묵묵부답이었습니다. 그러더니 방으로 뛰어 들어가서 방문을 잠그더군요. 그다음부터 아내는 저를 피하고 있습니다. 그런데 아내한테는 결혼하기 전부터 같이 살아온 하녀가 있습니다. 돌로레스라고, 아랫사람이라기보다는 친구에 가까운 여자이지요. 돌로레스가 아내에게 음식을 날라다 주고 있습니다.”

“그런데 아이는 지금 위험하지 않습니까?”

“유모 메이슨 부인이 한시도 아이 곁을 떠나지 않겠다고 맹세했습니다. 유모는 전적으로 믿을 수 있는 여자입니다. 저는 오히려 가엾은 잭이 더 걱정됩니다. 편지에도 썼다시피 그 애는 새엄마한테 두 번이나 맞았으니까요.”

“하지만 상처를 입지는 않았지요?”

“그렇긴 합니다만, 아내는 그 애를 무자비하게 때렸습니다. 그 애가 몸이 불편해 남한테 해를 끼칠 수 없는 가엾은 아이이기 때문에 더 끔찍합니다.”

아들 이야기를 하는 동안 퍼거슨의 야윈 얼굴은 부드러운 빛을

띠었다.

"제 아들 녀석을 보면 누구라도 측은한 마음이 들 겁니다. 어렸을 때 높은 곳에서 떨어져 척추가 휘었지요. 하지만 홈즈 선생, 마음씨는 누구보다 착하고 정이 많은 녀석입니다."

홈즈는 어제 온 편지를 집어 들고 다시 읽고 있었다.

"퍼거슨 씨, 집 안에 다른 식솔은 없습니까?"

"새로 들어온 하인이 둘 있습니다. 마구간에서 일하는 마이클이라는 녀석은 집 안에서 잡니다. 그리고 아내, 나, 아들 잭, 아기, 돌로레스, 메이슨 부인이 있습니다. 그뿐이지요."

"결혼 당시에 부인에 대해 그렇게 잘 알지는 못했을 것 같은데 어떻습니까?"

"아내를 만난 지 몇 주일 만에 결혼했으니까요."

"그 돌로레스라는 하녀가 부인과 같이 지낸 기간은 얼마나 됩니까?"

"족히 몇 년은 됩니다."

"그럼 부인의 성격에 대해서 부군보다는 돌로레스가 더 잘 알겠군요?"

"그럴 겁니다."

홈즈는 메모를 하고 말했다.

"내 생각에, 여기보다는 램벌리로 가는 편이 나을 것 같습니다. 이건 사립 탐정에게 적당한 사건입니다. 부인께서 방에 틀어박혀 계신다면 우리가 간다고 해도 부인에게 폐가 되지는 않을 겁니다.

물론, 우린 여관에서 머물겠습니다."

퍼거슨은 안도의 한숨을 내쉬었다.

"홈즈 선생, 그건 제가 바라던 바입니다. 시간이 되신다면 오후 두시에 빅토리아 역에서 특급 열차가 있습니다."

"물론 우린 갈 수 있습니다. 요즘은 일이 뜸하니까요. 당연히 왓슨도 우리와 같이 갈 겁니다. 하지만 출발하기 전에 확인하고 싶은 사항이 한두 가지 있습니다. 제가 이해한 바에 따르면 가엾은 부인은 친자식과 의붓자식을 똑같이 폭행했습니다. 맞지요?"

"그렇습니다."

"하지만 그 폭행은 서로 다른 양상을 나타내고 있습니다. 그렇지 않습니까? 부인은 의붓아들을 때렸습니다."

"한번은 막대기로, 또 한번은 손으로 아주 심하게 때렸지요."

"아드님을 때린 이유에 대해 아무 말도 안 했습니까?"

"그 애가 밉다는 얘기밖엔 안 했습니다. 계속 그 얘기만 반복했지요."

"좋습니다. 그건 계모들에게 드문 증상은 아닙니다. 말하자면 죽은 전처에 대한 질투지요. 부인은 원래 질투심이 강한 성격입니까?"

"예, 질투심이 보통이 아닙니다. 열대 지방 여자답게 불같은 사랑을 하는 만큼 질투심도 강하지요."

"하지만 아이는……, 아이는 열다섯이라고 했는데, 그렇다면 몸은 부자유스러워도 사리 판단을 할 수 있는 나이라고 생각됩니다. 아드님은 계모한테 왜 맞았는지 말하지 않던가요?"

"아무 이유 없이 맞았다고 했습니다."

"평소에는 사이가 좋았습니까?"

"아니요. 둘은 서로를 좋아한 적이 없습니다."

"하지만 아드님이 정이 많다고 하셨잖습니까?"

"세상에 그렇게 아비를 따르는 아들은 없을 겁니다. 그 녀석한테
는 아비의 인생이 곧 제 인생이지요. 제 말 한마디, 행동 하나 놓치
지 않습니다."

홈즈는 다시 메모했다. 그리고 잠시 골똘히 생각에 잠겨 있었다.

"퍼거슨 씨가 재혼하기 전에 부자는 서로에게 둘도 없는 동지였
겠군요. 아드님과 아주 친하게 지내셨지요? 그렇지 않습니까?"

"그렇고말고요."

"그럼 그렇게 정이 많다는 아드님은 세상을 떠난 엄마도 무척 따
랐겠지요?"

"그랬습니다."

"아드님은 아주 흥미로운 소년일 것 같습니다. 부인이 아이들을
폭행한 일에 대해 한 가지 더 알아볼 게 있습니다. 아기를 이상하게
해코지한 사건과 아드님을 때린 일이 같은 시기에 일어났습니까?"

"처음에는 그랬습니다. 아내가 무슨 광증에 사로잡혀서 아이들에
게 분노를 발산한 것 같았지요. 두 번째는 큰아이만 당했습니다. 메
이슨 부인이 아기에 대해 특별한 푸념을 하지는 않았으니까요."

"거참 문제가 복잡해지는군요."

"홈즈 선생, 그게 무슨 말씀인지 모르겠습니다."

"물론 아닐 수도 있습니다. 임시로 가설을 세웠다가도 시간이 흐르거나 더 많은 정보가 수집되면 버리기도 하니까요. 좋지 않은 습관입니다만, 인간은 완전한 존재가 아닙니다. 여기 있는 당신의 옛 친구는 나의 과학적 방법론을 지나치게 과대평가하고 있는 것 같습니다. 하지만 나는 지금 단계에서는, 이 사건이 해결 불가능할 것 같지 않다는 것과 두시까지 빅토리아 역으로 나가겠다는 말씀만 드리겠습니다."

우리는 우중충하고 안개 자욱한 11월 저녁에 램벌리의 체커스에 여장을 풀고, 서섹스의 길고 구불거리는 흙길을 마차로 달려간 끝에 퍼거슨이 사는 오래된 외딴 농가에 도착했다. 아주 낡은 가운데 채에 양쪽으로 새 건물을 잇댄 크고 복잡한 집이었다. 튜더 양식의 굴뚝들이 솟아 있었고, 호섬의 석판을 덮은 높디린 지붕에는 지의류가 뒤덮여 있었다. 현관 계단은 하도 닳아서 폭 꺼졌고 현관의 오래된 타일에는 원래의 건축주 치즈맨의 이름에서 착상한 치즈와 사람 그림 문장이 그려져 있었다. 집 안의 천장에선 묵직한 참나무 들보가 물결무늬를 이루었고 고르지 못한 마룻바닥은 여기저기 내려앉아 있었다. 세월과 부패의 냄새가 무너져가는 건물 전체에 스며들어 있었다.

퍼거슨은 우리를 가운데의 큰 방으로 안내했다. 이 방에는 철제 가리개가 달린 거대한 고풍의 벽난로가 있었는데, 뒤쪽에 '1670'이라는 연도가 쓰여 있었다. 벽난로에선 장작불이 탁탁 소리를 내며 기세 좋게 타오르고 있었다.

방 안을 둘러보니 그곳에는 다양한 시간과 공간이 기묘하게 뒤
죽박죽되어 있었다. 아래쪽에 나무 판자를 댄 벽면은 이 집을 건축
한 17세기 자유 농민의 것이라고 할 수 있었다. 하지만 아래쪽 판자
벽에는 세심하게 고른 현대의 수채화가 줄지어 걸려 있는 반면, 참
나무 판자 대신 노란 벽토를 바른 벽면 위쪽은 멋진 남미산 성구(聖
具)와 무기 일습(一襲)으로 장식되어 있었다. 그것은 2층의 페루 출
신 숙녀가 가져온 물건임에 틀림없었다. 홈즈는 호기심 어린 표정
으로 냉큼 일어서서 벽의 장식품을 자세히 살펴보았다. 그리고 생
각에 잠긴 눈으로 돌아와 앉았다.

"아니! 저건 뭐지!"

그가 소리쳤다.

구석의 바구니에 들어앉아 있던 스패니얼이 절뚝거리며 천천히
주인을 향해 다가가고 있었다. 뒷다리는 움직임이 불규칙했고 꼬리
는 바닥에 질질 끌렸다. 강아지는 퍼거슨의 손을 핥았다.

"홈즈 선생, 무엇 때문에 그러십니까?"

"그 개 말입니다. 무슨 문제가 있는 겁니까?"

"수의사도 원인을 몰라서 당황했지요. 일종의 마비랍니다. 수의
사는 스패니얼 뇌막염이라고 생각했습니다. 하지만 그건 일시적인
거지요. 곧 괜찮아질 겁니다. 그렇지, 칼로?"

개는 그렇다는 듯 축 처진 꼬리를 바르르 떨었다. 그리고 구슬픈
눈으로 우리를 번갈아 쳐다보았다. 녀석은 사람들이 제 얘기를 하
는 줄 알고 있었다.

"갑자기 이렇게 됐습니까?"

"하룻밤 새에."

"언제 그랬지요?"

"네 달쯤 됐을 겁니다."

"정말 기이하군요. 대단히 의미심장합니다."

"홈즈 선생, 개가 말씀입니까?"

"덕분에 속으로 생각하던 것이 확인되었습니다."

"맙소사, 홈즈 선생, 대관절 무슨 생각을 하셨기에요? 선생한테는 이 일이 두뇌를 자극하는 단순한 수수께끼일지 몰라도 제게는 생사가 걸린 문제입니다! 제 아내는 살인자인지도 모르고 제 아이는 목숨이 위태롭습니다! 홈즈 선생, 저를 상대로 장난하시면 안 됩니다. 사태는 끔찍하리만큼 심각합니다."

럭비 팀 스리쿼터백 출신의 키 큰 사내가 온몸을 부들부들 떨고 있었다. 홈즈는 다정하게 그의 팔에 손을 올려놓았다.

"퍼거슨 씨, 일이 어떻게 해결되든 간에 마음이 괴로우실 겁니다. 최대한 고통을 덜어드리겠습니다. 당장 할 수 있는 얘기는 없지만 이 집을 떠나기 전에 뭔가 구체적인 결론이 나오리라고 기대하고 있습니다."

"제발 덕분에 그렇게 됐으면 좋겠습니다! 신사 여러분, 실례지만 잠깐 아내 방으로 올라가서 그동안 무슨 변화가 없었는지 살펴보고 오겠습니다."

퍼거슨은 잠시 자리를 비웠고 홈즈는 벽에 걸린 골동품을 다시 살펴보기 시작했다. 주인은 돌아왔지만 잔뜩 풀이 죽은 걸 보니 상황이 전혀 나아지지 않은 것이 분명했다. 그는 키가 크고 늘씬한 갈색 피부의 소녀를 데리고 왔다.

"돌로레스, 차는 준비됐다."

퍼거슨이 말했다.

"마님한테 필요한 게 없는지 잘 살펴드려라."

"마님 무척 아파요."

소녀는 성난 눈으로 주인을 쳐다보며 서툰 영어로 소리쳤다.

"마님 음식 안 드세요. 무척 아파요. 의사 필요해요. 의사 없이 마님하고 단둘이 있는 거 무서워요."

퍼거슨은 아내를 봐줄 수 있느냐는 물음이 담긴 눈으로 나를 쳐다보았다.

"내가 도움이 될 수만 있다면 기쁘겠네."

"마님께서 왔슨 박사님을 만나주실까?"

"나랑 같이 가요. 허락 필요 없어요. 의사 필요해요."

"그럼 나랑 당장 같이 가자꾸나."

나는 강렬한 감정 때문에 후들후들 떨고 있는 소녀를 따라 계단을 올라갔다. 해묵은 복도를 내려가니 맨 끝에 무쇠 꺽쇠를 박은 육중한 문이 나왔다. 그 문을 보자 퍼거슨이 억지로 아내 곁에 가려고 한다면 쉽지 않을 거라는 생각이 들었다. 소녀는 주머니에서 열쇠를 꺼냈고 육중한 참나무 문짝이 낡은 경첩에서 삐걱거리며 움직였다. 내가 들어가자 소녀는 재빨리 따라 들어와 문을 굳게 잠갔다.

침대 위엔 고열에 시달리고 있는 여인이 누워 있었다. 그녀는 정신이 혼미했지만 내가 들어가자 겁에 질렸어도 아름답기 그지없는 눈을 들어 불안하게 이쪽을 쳐다보았다. 그러더니 낯선 사람이라는 걸 알고 마음이 놓인 듯 한숨을 토해 내며 베개에 도로 얼굴을 묻었다. 나는 환자에게 다가가 몇 마디 말로 안심시키고 맥박과 체온을 쟀다. 둘 다 높았지만, 환자가 실제로 병에 걸렸다기보다는 정신적인 흥분 때문에 이런 상태가 되었을 거라는 느낌이 들었다.

"마님 하루, 이틀 이렇게 누워 있어요. 마님 죽을까 봐 무서워요."

소녀가 말했다.

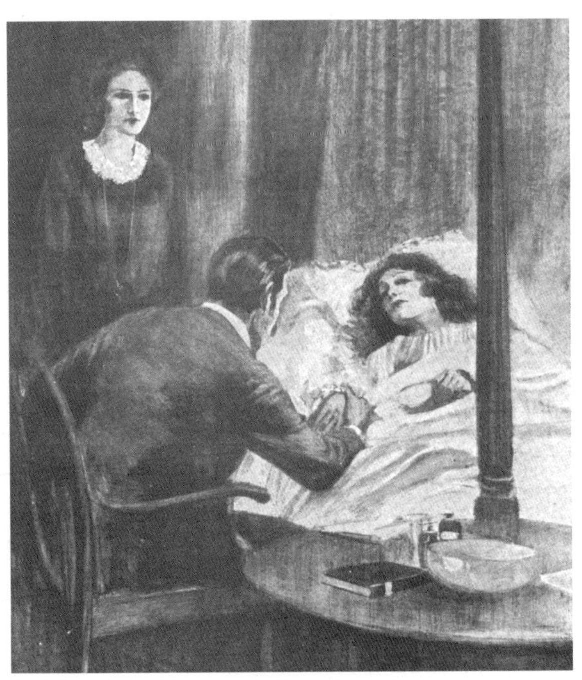

여인은 발갛게 달아오른 아름다운 얼굴을 내게 돌렸다.

"그이는 어디 있지요?"

"아래층에 있는데 부인을 보고 싶어 합니다."

"난 그이를 만나지 않을 거예요. 안 만나요."

그러더니 환자는 일시적인 정신 착란을 일으키는 듯했다.

"마귀! 마귀! 오, 내가 저 악마를 어떻게 해야 하지?"

"제가 부인을 위해 할 수 있는 일이 없을까요?"

"아뇨. 아무도 날 도와주지 못해요. 이젠 끝났어요. 내가 어떻게 하든 완전히 끝장난 거예요."

여인은 괴상한 망상에 시달리고 있음이 분명했다. 정직한 봅 퍼거슨이 마귀나 악마 비슷한 인물로 보이지는 않았으니까 말이다. 나는 말했다.

"마담, 부군께선 부인을 무척 사랑합니다. 이번 일 때문에 깊은 슬픔에 잠겨 있지요."

여인은 눈부시게 아름다운 눈을 들어 다시 나를 바라보았다.

"그 사람은 날 사랑해요. 그래요. 하지만 나는 그이를 사랑하지 않나요? 사랑하는 사람이 마음 아플까 봐 내가 희생되는 편을 택한 것이 그이를 사랑하는 게 아닌가요? 이게 내가 그이를 사랑하는 방식이에요. 그런데 그이는 나를 어떻게 생각하고, 어떻게 말했지요?"

"부군은 무척 슬퍼하고 있지만 어떻게 된 영문인지 이해하지 못하고 있습니다."

"그래요, 그이는 이해 못 해요. 하지만 그이는 믿어야 해요."

"부군을 만나보시는 게 어떻습니까?"

나는 제안했다.

"아뇨, 난 그이의 끔찍한 말과 표정을 잊을 수가 없어요. 난 그이를 만나지 않을래요. 이제 가세요. 선생님이 날 위해 할 수 있는 일은 아무것도 없어요. 그이한테 가서 이 한마디만 전해 주세요. 내 아이를 원한다고요. 나는 내 아이에 대한 권리가 있다고요. 내가 남편에게 할 수 있는 말은 이것뿐이에요."

여인은 벽을 향해 돌아누워 그만 입을 다물었다.

아래층으로 다시 내려갔을 때 퍼거슨과 홈즈는 아직 난롯가에 앉아 있었다. 퍼거슨은 우울한 얼굴로 내가 부인을 만나고 온 이야기에 귀 기울였다.

"내가 어떻게 아기를 아내에게 보낼 수 있겠나?"

그는 말했다.

"아내가 무슨 이상한 충동을 느낄지 어떻게 알고? 아내가 입가에 피를 묻히고 아기 침대 옆에서 일어서던 모습을 어떻게 잊을 수 있겠나?"

그는 그때 일을 생각하고 몸을 부르르 떨었다.

"아기는 유모가 잘 보살피고 있네. 아기는 계속 유모와 함께 있어야 해."

영리하게 생긴 하녀가 차를 가지고 왔다. 그녀는 집 안에서 유일하게 현대적인 존재였다. 하녀가 차를 따르는데 문이 열리더니 소년 하나가 방으로 들어왔다. 참으로 눈에 띄는 아이였다. 창백한 얼굴에 금발 머리, 흥분하기 쉬운 옅은 푸른 눈은 아버지를 보자 갑자기 감격과 기쁨으로 타올랐다. 소년은 얼른 달려와서 사랑에 빠진 소녀처럼 열정적으로 아버지의 목에 매달려 외쳤다.

"오, 아빠, 아빠가 올 때가 됐다는 걸 모르고 있었어요. 미리 와서 기다리고 있어야 했는데. 오, 아빠를 보니 너무 기뻐요!"

퍼거슨은 조금 당황한 태도로 부드럽게 아들의 포옹을 풀었다.

그는 금발 머리를 사랑스럽게 쓰다듬으며 말했다.

"애야, 아빠는 여기 계신 홈즈 선생과 왓슨 박사께서 와주시겠다고 해서 일찍 왔단다."

"저분이 탐정인 홈즈 선생님이세요?"

"그렇단다."

소년은 우리를 유심히 살펴보았는데 어쩐지 그 시선에서는 적의가 느껴졌다. 홈즈가 물었다.

"퍼거슨 씨, 아기는 어디에 있습니까? 아기를 한번 볼 수 있을까요?"

"메이슨 부인한테 아기를 데리고 오라고 하려무나."

퍼거슨이 말했다. 소년은 이상하게 비척거리는 걸음걸이로 방을 나갔는데, 의사의 눈으로 보기에 척추에 이상이 있는 것 같았다. 소년은 금세 돌아왔고 키가 크고 깡마른 여인이 너무도 아름다운 아기를 품에 안고 뒤따라 들어왔다. 아기의 검은 눈과 금발 머리는 색슨족과 라틴족의 이상적인 결합을 드러냈다. 퍼거슨은 아기를 무척 예뻐하는 듯 어린것을 받아 안고 부드럽게 얼렀다.

"누가 이런 녀석을 해칠 마음을 먹었다니."

그는 포동포동한 목의 새빨간 상처를 내려다보며 중얼거렸다.

이때 나는 무심코 홈즈의 얼굴을 쳐다보았는데 그는 뭔가에 홀린 듯한 표정을 하고 있었다. 그는 상아 조각처럼 굳은 얼굴로 아버지 와 아기를 흘끗 쳐다보더니 이내 호기심 가득한 눈으로 방 저편에 있는 무엇인가를 뚫어지게 응시했다. 그의 시선을 따라간 나는, 그 가 창문 너머로 빗방울이 듣는 음침한 정원을 바라보고 있다는 것을 알 수 있었다. 바깥쪽 덧문이 반쯤 내려져 있어서 시야를 차단하고 있긴 했지만, 그래도 그가 관심을 집중시키고 있는 것이 창가에 있다는 것은 분명했다. 그러다가 빙그레 웃고 다시 아기에게 시선을 돌렸다. 아기의 토실토실한 목에는 조그만 상처가 나 있었다. 홈즈는 아무 말 없이 상처를 자세히 살펴보았다. 그리고 앞에서 꼬물거리고 있는 오목조목한 작은 손을 잡고 흔들어주었다.

"안녕, 아가야. 너는 세상에 나와서 참 이상한 경험을 했구나. 유모, 잠깐 나와 얘기 좀 할까요?"

그는 유모를 데리고 저만치 가서 몇 분간 열변을 토했다. 내 귀에 들린 건 마지막 말뿐이었다.

"조금만 더 있으면 괜찮아질 거요."

심술궂고 말수가 적어 보이는 여인은 아기를 데리고 물러갔다.

"메이슨 부인은 어떻습니까?"

홈즈가 물었다.

"보시다시피 겉보기에 그리 인상이 좋은 편은 아니지만 사람은 진국입니다. 그리고 아기를 무척 사랑합니다."

"잭, 유모가 마음에 드니?"

홈즈는 느닷없이 소년에게 질문을 던졌다. 표정이 풍부한 얼굴에 그늘이 지더니 소년은 고개를 흔들었다.

"이 녀석은 좋고 싫은 감정이 아주 뚜렷합니다."

퍼거슨은 아들을 감싸 안으며 말했다.

"다행히도 아비는 좋아하지요."

소년은 애교스럽게 아버지의 가슴에 머리를 기댔다. 퍼거슨은 부드럽게 아들을 떼어냈다.

"얘야, 이제 가보려무나."

아버지는 말하고 사랑이 담뿍 담긴 눈으로 방을 나가는 아들의 뒷모습을 지켜보았다. 아들이 나가자 퍼거슨은 말을 이었다.

"자, 홈즈 선생, 제가 선생을 모셔 온 것이 다 부질없는 일 같습니다. 사실 선생께서 저를 동정하는 것 말고 무얼 하실 수 있겠습니까? 선생한테는 지나치게 민감하고 복잡한 사건일 겁니다."

"민감한 사안임에는 분명합니다."

내 친구는 빙긋이 웃으며 말했다.

"하지만 아직까지 이 사건을 복잡하다고 생각해 본 적은 없습니다. 이것은 연역적 추리가 필요한 사건이었지만, 여러 가지 일들을 통해 애초에 추리한 내용이 하나 둘씩 확인되면서 주관은 객관이 되었고, 이제 사건은 확실히 해결된 것 같습니다. 사실 나는 베이커 가에서 이미 결론을 내렸고 여기 와서는 관찰과 확인을 했을 뿐입니다."

퍼거슨은 큼직한 손을 주름 잡힌 이마에 가져다 댔다.

그는 목쉰 소리로 말했다.

"맙소사, 선생께서 이 사건의 진실을 꿰뚫어 보고 있다면 저를 이렇게 마음 졸이게 하지 마십시오. 제가 무슨 재간으로 견뎌내겠습니까? 저는 어떻게 해야 하지요? 선생께서 정말 진실을 알아내셨다면 방법이야 어떻든 저는 상관하지 않습니다."

"나는 분명히 퍼거슨 씨에게 설명을 해야 하고, 또 할 겁니다. 하지만 내 방식대로 사건을 처리할 수 있게 해주시겠습니까? 왓슨, 우리가 부인을 만나볼 수 있을까?"

"부인은 아프긴 해도 정신은 또렷하다네."

"거 잘됐군. 부인이 있어야 문제를 밝혀낼 수 있으니까. 2층으로 올라갑시다."

"아내는 나를 만나지 않으려고 합니다."

퍼거슨이 부르짖었다.

"오, 아닙니다. 부인은 만나주실 겁니다."

홈즈는 말하고 나서 종이에 몇 줄 끼적거렸다.

"왓슨, 적어도 자네는 들어갈 수 있네. 수고스럽겠지만 부인에게 이 쪽지를 전해 주겠나?"

나는 다시 위층으로 올라가서 문을 빼꼼 열고 나온 돌로레스에게 쪽지를 전해 주었다. 잠시 후, 방 안에서 기쁨과 놀라움이 범벅이 된 듯한 외침이 터져 나왔다. 돌로레스가 쪼르르 달려 나왔다.

"마님께서 만나신대요. 마님께서 들으신대요."

퍼거슨과 홈즈는 내 부름을 받고 올라왔다. 방으로 들어서자 퍼거슨은 아내를 향해 한두 발자국 떼어놓았으나, 몸을 일으켜 침대에 앉아 있던 그녀는 남편에게 가까이 오지 말라고 손짓했다. 퍼거슨은 안락의자에 주저앉았고 홈즈는 놀란 듯 눈을 동그랗게 뜨고 자신을 쳐다보는 부인을 향해 목례를 보낸 뒤 퍼거슨 옆에 앉았다.

"돌로레스를 잠깐 내보내는 게 좋을 것 같습니다만."

홈즈가 말했다.

"아, 좋습니다, 마담. 돌로레스가 옆에 있는 게 좋으시다면 저는 괜찮습니다. 자, 퍼거슨 씨, 나는 여기저기서 찾는 사람이 많은 바쁜 사람이니 빙 둘러 가지 않고 단도직입적으로 말하겠습니다. 수술은 빨리 끝낼수록 고통이 적은 법이지요. 먼저 위로가 될 만한 말씀을 드리겠습니다. 부인은 아주 선량하고 애정이 풍부한 여성인데 부당한 오해를 받았습니다."

퍼거슨은 기뻐 소리 지르며 벌떡 일어섰다.

"홈즈 선생, 증거를 보여주십시오. 그러면 이 은혜를 평생 잊지 않겠습니다."

"그렇게 하지요. 하지만 그렇게 하자면 퍼거슨 씨에게 다른 쪽으로 깊은 상처를 줄 수밖에 없습니다."

"아내의 무고함이 밝혀지기만 한다면 아무 상관 없습니다. 세상의 그 무엇도 그것에 비하면 하찮은 것이지요."

"그럼, 베이커가에서 내 마음속에 떠오른 논리의 연쇄에 대해 말씀드리겠습니다. 내가 보기에 흡혈귀 얘기는 터무니없는 것이었습니다. 영국의 범죄 세계에는 그런 일이 없습니다. 하지만 퍼거슨 씨가 목격한 것은 틀림없는 사실이었지요. 당신은 부인이 입가에 피를 묻히고 아기 침대 옆에서 일어서는 걸 봤습니다."

"그랬습니다."

"혹시 피가 나는 상처를, 피를 마시기 위해서가 아닌 다른 목적으로 빨았다는 생각은 들지 않았습니까? 영국 역사에는 상처에서 독을 뽑아내기 위해 피를 빤 왕비도 있지 않습니까(홈즈가 말한 것은 잉글랜드 왕 에드워드 1세의 왕비 엘리너. 십자군 전쟁 때 엘리너 왕비가 남편을 따라갔다가, 남편이 칼에 찔리자 상처에서 독을 빨아내 살렸다는 이야기가 있다 — 옮긴이)?"

"독이라고요!"

"퍼거슨 씨의 부인은 남미 출신입니다. 나는 아래층 벽에 걸려 있는 무기를 보기 전부터 그러한 것의 존재를 본능적으로 느끼고 있었지요. 독은 다른 것이었을지도 모르지만, 나는 그런 쪽으로 생각을 굳혔습니다. 그런데 새 잡는 작은 활 옆에 걸려 있는 텅 빈 화살통을 본 순간 예상이 맞았다는 것을 알았습니다. 아기가 큐라레(남미의 인디언이 화살촉에 칠하는 독. 호흡 근육에 작용하여 호흡을 마비시킨다 — 옮긴이)나 다른 맹독이 묻은 화살을 맞았다면 독을 빨아내는 것 말고는 목숨을 구할 방도가 없었을 겁니다.

그리고 그 개 말입니다! 누군가 그런 화살 독을 사용하려고 했다면, 먼저 그것이 독성을 잃지 않았는지 확인해 보려고 하지 않았을까요? 나는 개를 예상하지는 못했지만 적어도 그런 게 있다는 걸 알고 있었는데, 개는 내 가설에 꼭 들어맞았습니다.

자, 이제 이해되십니까? 부인께서는 그런 공격을 두려워하고 있었습니다. 부인은 아기가 화살에 맞은 걸 보고 아기의 목숨을 구했지만 차마 남편에게 사실을 털어놓지는 못했습니다. 왜냐하면 남편이 큰아이를 얼마나 사랑하는지, 사실을 알면 얼마나 충격을 받을지 알고 있었으니까요."

"잭이!"

"나는 당신이 조금 전에 아기를 어르는 동안 큰아이 얼굴을 쳐다보고 있었습니다. 덧문이 내려져 있던 까닭에 거울처럼 된 창문 유리에 아드님의 얼굴이 비쳤지요. 나는 사람의 얼굴에서 그런 질투, 그런 증오심과 미움을 본 적이 없습니다."

"우리 잭이!"

"퍼거슨 씨, 사실을 직시하셔야 합니다. 아드님이 그런 행동을 한 것은 아버지에 대한, 그리고 어쩌면 죽은 어머니에 대한 편집증에 가까운 비뚤어진 사랑 때문이었고, 그래서 더 안타깝습니다. 아드님은 건강과 외모에서 자신의 나약함과 현격히 대비되는, 빛나는 이복동생에 대한 증오심으로 영혼을 소진하고 있습니다."

"오, 주여! 어떻게 이런 일이!"

"마담, 제 말이 옳습니까?"

숙녀는 베개에 얼굴을 묻고 흐느끼고 있었다. 이제 그녀는 남편을 향해 고개를 돌렸다.

"여보, 어떻게 내 입으로 그런 말을 할 수 있었겠어요? 나는 당신이 얼마나 충격을 받을지 잘 알고 있었어요. 차라리 기다렸다가 내가 아닌 다른 사람의 입을 통해 그런 얘기를 듣는 게 나았지요. 마술 같은 힘을 갖고 계신 이 신사분이 다 알고 있다는 쪽지를 보내오셨을 때 나는 무척 기뻤어요."

"내 생각에 잭 도령에게는 1년 동안의 선박 여행을 처방하시는 게 좋을 겁니다."

홈즈는 일어서며 말했다.

"마담, 아직도 한 가지 궁금한 점이 있습니다. 우린 부인이 잭 도령을 때린 일을 이해할 수 있습니다. 어머니의 인내심에는 한계가 있으니까요. 하지만 요 이틀 동안 어떻게 아기를 그냥 버려둘 수 있었지요?"

"난 메이슨 부인한테 말했어요. 유모는 알고 있습니다."

"그러셨군요. 제가 예상했던 대로입니다."

퍼거슨은 침대 옆에 서서 북받치는 눈물을 참으며 두 팔을 벌리고 부들부들 떨고 있었다.

"왓슨, 이제 나갈 때가 된 것 같네."

홈즈는 귀엣말을 했다.

"우리가 양쪽에서 지나치게 충성스러운 돌로레스의 팔을 붙들고 나가세나. 자, 가세."

홈즈는 방문을 닫은 다음 덧붙였다.

"나머지 일은 부부가 알아서 해결하도록 하는 게 좋을 것 같군."

나에게는 이 사건과 관련된 편지가 한 장 더 있다. 그것은 이야기의 서두에 인용한 편지에 대한 홈즈의 답장이었다. 그것은 다음과 같다.

베이커가,

11월 21일.

흡혈귀에 관한 건

귀하:

귀하의 19일 자 서신에 관해 본인은 귀하의 고객 되시는 민싱 레인의 차 중개상, 퍼거슨 앤 뮤어헤드사의 로버트 퍼거슨 씨가 의뢰한 사건에 대해 조사를 마쳤고 사건이 만족스럽게 해결되었다는 사실을 알려드립니다. 본인을 추천해 주신 데 대해 감사드리며.

—셜록 홈즈

세 명의 개리뎁

그것이 희극이었는지 비극이었는지 모르겠다. 그 일 때문에 한 사람은 머리를 썼고, 나는 피를 조금 흘렸고, 또 다른 한 사람은 법의 심판을 받았다. 하지만 분명코 그 사건에는 희극적인 요소가 있다. 어쨌든 그건 독자들이 알아서 판단할 일이다.

나는 그날을 똑똑히 기억하고 있는데, 왜냐하면 홈즈가 모종의 봉사에 대한 대가로 기사 작위를 수여받았지만 거절한 것이 바로 그달이기 때문이다. 그 일에 대해서 앞으로 설명하게 될지도 모르지만 여기서는 간단히 언급하고 넘어가기로 한다. 왜냐하면 동료이자 절친한 친구로서 나는 경솔한 행동을 하지 않도록 각별히 조심해야 하기 때문이다. 그래도 나는 그 덕분에 1902년 6월 말이라는 날짜를 기억할 수 있는데, 그것은 남아프리카 전쟁이 종전된 직후였다. 홈즈는 그때 이따금씩 나타나는 습관대로 며칠간 침대에서 뒹굴며 지냈는데, 그날 아침에는 긴 서류를 손에 든 채 엄격한 회색 눈에 재미있어 죽겠다는 빛을 띠고 거실로 나왔다.

"여보게, 친구, 자네가 돈을 좀 만져볼 수 있는 기회가 있네. 자네, 개리뎁이라는 성을 들어본 적 있나?"

나는 그런 성은 처음이라고 시인했다.

"음, 자네가 개리뎁 씨를 찾아낼 수만 있다면 돈을 벌게 되네."

"어떻게?"

"아, 말하자면 길다네. 좀 별난 이야기일세. 우리는 그동안 인간의 복잡성에 대한 탐구를 계속해 왔지만 이보다 독특한 사건은 없었을 걸세. 그 사람이 곧 면담하러 찾아올 텐데 내가 앞질러서 사건을 공개할 생각은 없네. 하지만 기다리는 동안 그런 성씨가 있는지 찾아보세나."

내 앞의 탁자 위에 전화 번호부가 놓여 있었으므로, 나는 별 기대 없이 책장을 넘겼다. 그런데 놀랍게도 야릇한 성이 용케 자리를 차지하고 있었다. 나는 의기양양하게 소리 질렀다.

"홈즈! 찾았네! 여기 있어!"

홈즈는 내 손에서 책을 받아 들고 소리 내어 읽었다.

"'개리뎁, N. 서구, 리틀 라이더가, 136번지.' 여보게, 자넬 실망시켜서 미안하지만 이 사람은 의뢰인일세. 그가 보낸 편지에 바로 이 주소가 적혀 있거든. 우린 다른 사람을 찾아야 하네."

허드슨 부인이 쟁반에 명함을 받쳐 들고 들어왔다. 나는 그것을 집어 들고 흘끗 쳐다보았다.

"야, 여기 있다!"

나는 놀라움을 감추지 못하고 소리쳤다.

"이번엔 다른 사람일세. '존 개리뎁. 미국, 캔자스, 무어빌, 변호사.'"

홈즈는 명함을 쳐다보며 빙그레 웃었다.

"왓슨, 자넨 이번에도 다른 사람을 찾아봐야 할 것 같으이. 이 신사도 이미 알려진 인물이거든. 물론 오늘 아침에 이 사람을 만나게 될 줄은 몰랐지만 말일세. 하지만 이 신사는 내가 알고 싶은 사항에 대해 많은 것을 말해 줄 수 있는 사람이지."

잠시 후 당사자가 방 안으로 들어왔다. 변호사인 존 개리뎁 씨는 땅딸막하고 정력적인 사내였는데, 미국의 숱한 실무적 인간형이 다 그렇듯이 얼굴은 둥글둥글하고 생기 넘치고 수염을 깨끗이 면도하고 있었다. 전체적으로 통통한 데다 동안이라서 활짝 미소를 머금은 얼굴이 퍽 젊은 인상을 심어주었다. 하지만 눈은 인상적이었다. 나는 그보다 강렬한 내면을 드러내는 눈을 좀처럼 본 적이 없었다. 그의 눈은 그토록 빛나고 날카로웠으며 생각의 변화를 민감하게 드러냈다. 억양은 미국식이었지만 별나게 미국 말씨를 쓰지는 않았다.

"어느 분이 홈즈 선생이신가요?"

그는 우리 두 사람을 번갈아 쳐다보며 물었다.

"아, 알겠습니다! 사진과 별반 다르지 않으시군요. 나와 성이 같은 네이선 개리뎁 씨한테서 편지를 받으셨을 거라고 믿습니다만. 그렇습니까?"

"앉으십시오."

셜록 홈즈가 말했다.

"할 얘기가 많을 것 같으니까요."

그는 편지를 집어 들었다.

"이 편지에서 말한 존 개리뎁 씨는 물론 당신입니다. 그런데 영국에 오신 지 꽤 됐군요?"

"홈즈 선생, 왜 그런 말씀을 하십니까?"

상대의 표정이 풍부한 눈에 언뜻 의심의 빛이 스쳐 간 듯했다.

"옷차림이 영국적이니까요."

개리뎁 씨는 억지웃음을 웃었다.

"홈즈 선생, 나는 선생의 재주에 대해서는 익히 알고 있지만 나 자신이 선생의 분석 대상이 될 줄은 꿈에도 몰랐습니다. 그건 어디서 알아내셨습니까?"

"웃옷의 어깨 선, 구두의 앞축……, 누가 그걸 모르겠습니까?"

"허허, 내가 그렇게 뻔한 영국인인 줄은 몰랐습니다. 하지만 나는 사업 관계로 얼마 전에 여기 왔기 때문에 선생 말마따나 옷이 거의 다 런던제입니다. 그건 그렇고, 나는 선생이 바쁘신 분이라 짐작하고 있고, 또 내 양말짝의 선에 대해 토론하러 여기 온 건 아닙니다. 선생이 들고 계신 편지에 대한 얘기로 들어가는 게 어떨까요?"

손님은 홈즈 때문에 비위가 상했는지 통통한 얼굴에 아까만큼 온화한 표정을 띠고 있지는 않았다.

"개리뎁 씨! 참으세요!"

내 친구는 달래는 듯한 목소리로 말했다.

"왓슨 박사한테 물어보십시오. 내 경우에는 이런 사소한 탈선이 결국 문제 해결에 상당히 긍정적인 영향을 미치게 되는 일이 종종 있으니까요. 그런데 왜 네이선 개리뎁 씨하고 같이 안 오셨습니까?"

"도대체 그 사람이 왜 당신을 끌어들였는지 모르겠소!"

손님은 갑자기 화를 벌컥 내며 말했다.

"도대체 당신이 우리 일하고 무슨 상관이 있다고? 두 사람 사이에 사업상 해결해야 할 문제가 있다고 탐정을 부르다니! 나는 오늘 아침에 그 사람을 만났다가 이런 바보 짓거리를 했다는 얘길 듣고 여길 찾아온 겁니다. 어쨌든 별로 기분이 좋지 않습니다."

"개리뎁 씨, 내가 받은 편지에 당신에 대한 비난 같은 건 없었습니다. 그분은 그저 목표를 이루겠다는 일념으로 그랬는데, 나는 그 목표가 두 분에게 똑같이 중요한 것이라고 이해하고 있습니다. 네이선 씨는 나한테 정보를 수집할 방법이 있다는 걸 알고 있었기 때문에 당연히 나한테 도움을 청한 것입니다."

손님의 화난 표정이 점점 누그러졌다.

"아, 듣고 보니 얘기가 좀 달라지는군요. 나는 오늘 아침에 그 사람한테 갔다가 탐정한테 의뢰했다는 얘기를 듣고 주소를 물어봐서 곧장 찾아온 겁니다. 나는 경찰이 사적인 일에 끼어드는 걸 원치 않습니다. 하지만 선생이 사람 찾는 일을 돕는 데 만족하시겠다면 해가 될 일은 전혀 없겠군요."

"예, 상황은 그렇습니다."

홈즈는 말했다.

"그런데 이왕 당사자께서 여기 오셨으니 직접 얘기를 들어보는 게 좋겠군요. 여기 있는 내 친구는 자초지종을 전혀 모르고 있습니다."

개리뎁 씨는 별로 우호적이지 않은 시선으로 나를 훑어보았다.

"이 사람이 알 필요가 있을까요?"

"우리는 대개 같이 일합니다."

"에, 남한테 감춰야 할 이유는 없습니다. 되도록 간단하게 사정을 말씀드리지요. 두 분이 캔자스 출신이라면 알렉산더 해밀턴 개리뎁이 누군지 설명할 필요가 없을 겁니다. 그분은 부동산에서, 그리고 나중에는 시카고에서 소맥(小麥) 거래로 큰돈을 벌었지만 포트 도지 서쪽의 아칸소 강 연안에 당신네 주만 한 크기의 땅덩이를 사들이는 데 돈을 쏟아부었습니다. 그분이 사들인 땅에는 목초지와 벌목지, 경작지, 광산을 비롯해서 돈이 될 만한 온갖 종류의 땅이 다 있습니다.

그분은 혈혈단신이었지요. 아니 친척이 있었는지는 모르지만 그에 대한 얘기를 들어본 적은 없습니다. 그분은 개리뎁이라는 희귀한 성씨에 대해 일종의 긍지를 품고 있었습니다. 그래서 우리가 만나게 된 겁니다. 나는 토프카에서 변호사 노릇을 하고 있었는데, 어느 날 노인 하나가 찾아와서, 자신과 성이 같은 사람을 무척 만나고 싶었다고 했습니다. 참 별나긴 했지만 그분은 세상에 개리뎁 씨가 더 있다면 반드시 찾아내겠다고 굳게 결심하고 있었지요. '개리뎁을 더 찾아주게!' 노인은 말했지요. 나는 바쁜 사람이라 개리뎁 씨를 찾아 세계를 돌아다니며 살 수는 없다고 말했습니다. '그래도 내 계획대로만 된다면 자넨 그렇게 하지 않고는 못 배길 걸세.' 노인은 말했지요. 나는 그분이 농담하는 줄 알았지만 그 말에는 깊은 뜻이 있다는 걸 곧 알게 되었습니다.

노인은 내게 그런 말을 한 지 1년 만에 세상을 떠났는데, 유언을 남겼습니다. 그런데 캔자스 주에 접수된 유언 중에 그보다 괴상한 건 없었지요. 그분은 재산을 3등분해서 그중 한 몫을 내게 남겼는데 조건은 개리뎁 씨를 둘 더 찾아내는 것이었습니다. 그리고 남은 두 몫을 그들에게 주라고 했습니다. 세 명의 개리뎁은 각각 500만 달러를 푼돈처럼 받게 되지만, 셋이 모여 나란히 줄을 서지 않으면 그 돈에는 손도 못 대게 해놓았더군요.

그건 정말 대단한 기회였고 마침 내 일은 죽을 쑤고 있었기 때문에 나는 다른 개리뎁을 찾기 위해 선뜻 나섰습니다. 미국에는 없었습니다. 미국 전역을 이 잡듯이 샅샅이 뒤졌지만 개리뎁 씨는 한 사람도 찾지 못했지요. 그래서 오래된 나라에 와서 찾아보기로 한 겁니다. 역시 런던 전화 번호부에는 그런 성씨가 있더군요. 나는 이틀 전에 그 사람한테 찾아가서 자초지종을 털어놓았습니다. 하지만 그 사람도 나처럼 혈혈단신이라 여자 친척은 있어도 남자들은 없었습니다. 하지만 유언장에는 성인 남자 셋이라고 쓰여 있지요. 이제 선생도 개리뎁이 하나 모자란다는 사실을 아셨을 겁니다. 선생이 사람 찾는 일을 도와주신다면 기꺼이 사례하겠습니다.”

홈즈는 빙긋이 웃으며 말했다.

“왓슨, 내가 좀 별난 일이라고 했는데, 맞지? 개리뎁 씨, 내 생각에는 신문의 개인 광고란에 광고를 내는 게 가장 빠를 것 같습니다.”

“홈즈 선생, 그건 벌써 해봤습니다. 하지만 아무 연락도 없었지요.”

“허허! 정말 재미난 문제로군요. 시간 날 때 알아보든지 하겠습니다. 그건 그렇고, 토프카에서 왔다고 하셨는데 참 묘한 인연이군요. 거기에 아는 사람이 있었습니다. 지금은 돌아가셨지만 1890년에 그곳 시장을 지내신 라이샌더 스타 박사라고.”

“아, 그 사람 좋은 스타 박사!”

손님이 말했다.

"지금도 그분을 추앙하는 이들이 많습니다. 그럼, 홈즈 선생, 우리가 할 수 있는 일은 선생에게 보고하고 조사의 진행 상황을 알려드리는 것이겠군요. 아마 하루 이틀 안에 소식을 듣게 될 겁니다."

미국인은 이렇게 장담하더니 인사하고 방을 나갔다.

홈즈는 파이프를 붙여 문 다음 한동안 야릇한 미소를 머금고 앉아 있었다.

"왜 그러나?"

나는 더 이상 못 참고 물어보았다.

"별것 아닐세. 그저 좀 궁금해서."

"뭐가?"

홈즈는 입에서 파이프를 빼냈다.

"도대체 그 사람이 우리한테 그런 새빨간 거짓말을 늘어놓는 이유가 뭔지 말일세. 사실 나는 그렇게 물어볼 뻔했네. 때로는 인정사정 볼 것 없이 정면으로 치고 들어가는 게 가장 좋은 작전일 때도 있으니까. 하지만 그가 우릴 속여 넘겼다고 착각하고 있는 게 더 낫다는 판단이 들었지. 팔꿈치가 해어진 영국제 윗도리에 1년간 입어서 무릎이 나온 영국제 바지를 입은 사람이 찾아와서, 자기는 런던에 온 지 얼마 안 되는 미국 사람이라고 했네. 또 개인 광고란에 그런 광고는 실린 적이 없네. 자네도 알다시피 나는 절대로 광고란을 허투루 보지 않거든. 신문의 개인 광고란은 새 사냥을 하기에 딱 좋은 곳이지. 내가 그만한 수꿩이 날아오르는 걸 놓쳤을 리 없네. 그리고 토프카의 라이샌더 스타 박사는 존재하지 않는 인물일세. 그 친구한테는 손만 대면 거짓말이 쏟아졌네. 진짜 미국인인 것 같지만 억양이 많이 순화된 걸 보니 런던에서 여러 해 살았을 거야. 그런데 대체 무슨 꿍꿍이속일까? 무엇 때문에 터무니없이 개리뎁을 찾겠다고 설쳐대는 걸까? 이건 우리가 관심을 가져볼 만한 일일세. 그자가 악당이라고 하더라도 복잡하고 독창적인 인간임은 분명하니까. 이제 우리한테 편지한 사람도 사기꾼인지 여부를 알아봐야겠군. 왓슨, 그 사람한테 전화하게.”

나는 전화했다. 전화선을 타고 가느다랗고 떨리는 목소리가 들려왔다.

“예, 예, 내가 네이선 개리뎁이오. 홈즈 선생 거기 계시오? 난 홈즈 선생하고 얘기를 좀 나눠보고 싶소.”

내 친구는 수화기를 받아 들었고 예의 토막토막 끊어지는 대화가 들렸다.

“예, 여기 다녀갔습니다. 그 사람에 대해 잘 모르시는 것 같은데……, 얼마나 됐다고요……? 겨우 이틀! 예, 예, 물론 아주 멋진 일입니다. 오늘 저녁때 집에 계신다고요? 미국인 개리뎁 씨가 거기 가진 않겠지요……? 좋습니다. 그럼 그때 뵙지요. 그 사람이 없는 자리에서 얘기를 좀 하고 싶으니까요……. 왓슨 박사랑 같이 갈 겁니다……. 편지를 읽어보니 외출을 별로 안 하시는 것 같은데……. 에, 여섯시경에 들르겠습니다. 그 미국인 변호사한테 말할 필요는 없습니다……. 좋습니다. 안녕히 계십시오!”

기분 좋은 봄날 저녁이었다. 에지웨어로에서 갈라진 작은 거리

리틀 라이더가는 불길한 기억 속의 옛 교수대 자리(하이드 파크 북동쪽 모서리에 있는데, 1300년에서 1783년까지 여기서 사형이 집행되었다—옮긴이)에서 돌멩이 하나 던지면 닿을 만한 거리에 있었지만 비스듬히 들어오는 저녁 햇살을 받아 찬란한 황금빛으로 빛났다. 우리가 찾아간 집은 고풍스러운 조지 양식 초기의 큰 건물이었는데, 벽돌을 밋밋하게 쌓아 올린 집 전면에는 1층에 깊은 퇴창 두 개가 나 있을 뿐이었다. 의뢰인이 사는 곳은 이 집 1층이었는데 알고 보니 야트막한 창문 두 개가 나 있는 방이, 그가 깨어 있는 시간에 항상 나와 있는 커다란 방이었다. 개리뎁이라는 이상한 성이 쓰여 있는 작은 청동 문패 앞을 지나칠 때 홈즈는 그것을 손가락질했다.

"왓슨, 족히 몇 년간은 이것이 이 사람의 본명이었네."

그는 문패의 변색된 표면을 가리키며 말했다.

"어쨌든 기억해 둘 만한 사실이야."

집에는 공동 계단이 있고 홀에는 여러 개의 명패가 걸려 있었는데, 집의 일부는 사무실로, 일부는 독신자용 셋방으로 쓰이고 있었다. 그곳은 살림집이 모인 공동 주택이 아니라 자유분방한 독신자들의 주거지에 가까웠다. 의뢰인은 손수 문을 열어주면서 일하는 여자가 네시에 퇴근했다고 변명했다. 네이선 개리뎁 씨는 키가 훌쩍 크고 등이 구부정한 60대의 깡마른 대머리였다. 얼굴은 해골처럼 말랐고 운동이라곤 해본 적이 없는 사람처럼 안색이 칙칙했다. 크고 둥근 안경과 숱이 적은 염소수염, 그리고 구부정한 자세 때문에 호기심이 강한 사람 같은 인상을 풍겼다. 기묘하기는 해도 전체적인 분위기는 온화했다.

방은 주인만큼이나 기이했다. 꼭 작은 박물관 같았다. 방은 넓고 천장이 높았는데, 사방의 벽장과 유리 진열장에는 지리 및 해부학적 표본이 가득했다. 출입문 양쪽에는 나비와 나방의 표본 상자가 쌓여 있었다. 방 중앙의 커다란 책상 위에는 온갖 종류의 잡동사니가 널려 있는데, 한가운데 고배율 현미경의 높다란 청동 경통(현미경에서 접안렌즈와 대물렌즈가 상하로 부착된 원통 — 옮긴이)이 삐죽이 솟아 있었다. 나는 방 안을 둘러보고 주인의 관심 범위의 넓이에 혀를 내둘렀다. 이쪽에는 옛날 동전을 모은 상자가 있었다. 저쪽에는 석기(石器)를 모은 진열장이 있었다. 가운데의 탁자 뒤쪽에는 화석 뼈가 들어 있는 커다란 벽장이 있었다. 위에는 석고로 뜬 두개골

모형이 일렬로 놓여 있고, 밑에는 '네안데르탈인', '하이델베르크인', '크로마뇽인'이라고 쓰인 명찰이 붙어 있었다. 방 주인은 다양한 주제에 관심을 가진 연구자임이 분명했다. 지금 그는 동전에 윤을 내는 데 쓰는 새미 가죽을 오른손에 든 채 우리 앞에 서 있었다.

"그리스 시라쿠사의 동전이오. 전성기의 것이지요."

그는 동전을 들어 올리며 설명했다.

"후기로 가면서 동전은 크게 쇠퇴하게 되오. 나는 시라쿠사의 전성기의 것을 최고로 치지만 어떤 사람들은 알렉산드리아 학파를 더 좋아하지요(도일의 이 문장은 모호한 문장으로 남아 있다. 원문 그대로 보면 알렉산드리아에서 주조된 동전이 아니라 알렉산드리아 학파를 더 좋아한다는 뜻이기 때문이다 ─ 옮긴이). 홈즈 선생, 이쪽에 의자가 있소이다. 내가 뼛조각들을 치워드리겠소. 그리고 그쪽에 계신 분은……, 아, 그렇지, 왓슨 박사시구먼. 미안하지만 일본 꽃병을 옆에 치워놓고 앉으시오. 이 방에 있는 것들은 다 내가 평생 관심을 가져온 것들이오. 의사는 나더러 집 안에만 붙어 있지 말라고 잔소리하지만 나를 사로잡고 있는 게 여기 이렇게나 많은데 무엇하러 밖에 나가겠소? 여기 있는 진열장 하나의 목록을 제대로 작성하는 데에만도 족히 세 달은 걸릴 거외다."

홈즈는 호기심 어린 눈으로 주위를 둘러보고 말했다.

"하지만 외출을 전혀 안 하시는 건 아니겠지요?"

"이따금씩 마차로 소더비나 크리스티 경매에 간다오. 그 밖에는 집 밖으로 나가는 일이 거의 없소. 몸이 그렇게 튼튼한 편은 아닌

데다가 연구가 아주 흥미진진하거든. 하지만 홈즈 선생, 내가 이 비할 바 없는 행운에 대한 얘기를 들었을 때 얼마나 큰 충격을 받았는지 짐작할 수 있을 거요. 기쁘긴 하지만 그래도 엄청난 충격이었지. 개리뎁을 한 사람만 더 찾으면 일이 끝나는데, 우린 꼭 찾을 수 있을 거요. 나한테는 형이 있었지만 옛날에 죽었고 여자 친척들은 자격이 안 된다고 하오. 하지만 찾아보면 다른 사람들이 있을 거요. 나는 선생이 이상한 사건을 취급한다는 얘기를 들은 적이 있어서 선생한테 의뢰한 거외다. 물론, 그 미국인 신사의 말이 옳긴 하오. 나는 그 사람의 생각을 먼저 물어봐야 했소. 하지만 다 잘되라고 한 일이었지."

"귀하는 정말 현명한 행동을 하신 겁니다. 하지만 정말 미국에 있는 부동산을 취득하실 작정입니까?"

"천만의 말씀. 나는 무슨 일이 있어도 수집품을 내버리고 떠날 수 없소. 하지만 그 신사는 우리가 유산에 대한 권리를 갖게 되자마자 내 몫을 몽땅 사겠다고 했소이다. 그 사람이 말한 액수는 500만 달러였소. 나는 지금 수집품의 공백을 메워줄 만한 표본 10여 개가 시장에 나와 있는데도 단돈 몇백 파운드가 없어서 못 사는 형편이오. 그런데 500만 달러가 생기면 무슨 일을 할 수 있는지 생각해 보시오. 나는 국가적 수집품의 핵을 갖게 될 거요. 나는 이 시대의 한스 슬로안(Hans Sloane, 영국의 내과 의사, 박물학자. 그의 수집품은 대영박물관의 기반이 되었다 ― 옮긴이)이 될 거외다."

커다란 안경 너머로 노인의 눈이 반짝거렸다. 네이선 개리뎁 씨는 동성(同姓)을 찾는 일에 수고를 아끼지 않을 것이 분명했다.

"저는 그저 개리뎁 씨를 직접 뵐 생각으로 왔을 뿐 연구를 방해할 생각은 추호도 없습니다."

홈즈는 말했다.

"저는 의뢰인을 직접 만나보는 걸 좋아하지요. 질문할 것이 많지는 않습니다. 귀하가 아주 자세히 쓰신 편지가 주머니에 들어 있는 데다가 미국인 신사가 찾아왔을 때 보충을 받았으니까요. 그 사람에 대해서는 전혀 몰랐다가 이번 주에 처음 만나신 걸로 알고 있습니다만."

"그렇소. 그 사람은 지난 화요일에 찾아왔소."

"그분이 오늘 우리랑 만나 한 얘기를 당신에게 했습니까?"

"그렇소. 그 사람은 선생을 만나고 오는 길에 곧장 여기 들렀소. 그 전까지 그는 무척 화가 나 있었소."

"왜 화가 났지요?"

"내가 선생한테 일을 맡긴 게 자신에 대한 모욕이라고 생각하는 것 같았소. 하지만 선생을 만나고 온 뒤에는 아주 기분이 좋았소이다."

"뭘 어떻게 하자고 제안하던가요?"

"아니요. 그렇지 않았소."

"혹시 돈을 요구하진 않았나요?"

"큰일 날 소릴! 그런 적 없소."

"그 사람한테 다른 목표가 있는 것 같지는 않습니까?"

"그가 자기 입으로 말한 것 이외엔 없소."

"그 사람한테 우리가 전화로 약속한 얘기를 하셨습니까?"

"그랬소. 했소."

홈즈는 생각에 잠겼다. 당황한 빛이 역력했다.

"수집품 중에 값나가는 물건이 좀 있습니까?"

"없소이다. 나는 부자는 아니오. 내 수집품이 훌륭하긴 하지만 비싼 것들은 아니오."

"도둑이 들까 봐 걱정되진 않으십니까?"

"전혀."

"이 집에서 얼마나 사셨습니까?"

"거의 5년쯤."

홈즈의 질문은 다급한 노크 소리에 중단되었다. 의뢰인이 문고리를 벗기자 미국인 변호사가 흥분한 얼굴로 뛰어 들어왔다.

"찾았습니다!"

그는 신문지를 높이 흔들며 소리쳤다.

"모두 여기 계실 줄 알았지요. 네이선 개리뎁 씨, 축하드립니다! 부자가 되셨습니다. 다행히도 일이 잘 풀렸습니다. 그리고 홈즈 선생, 쓸데없이 폐를 끼쳐서 미안하다는 말밖에는 할 말이 없군요."

미국인 변호사는 의뢰인에게 신문을 건네주었고, 의뢰인은 표시를 해놓은 광고를 뚫어지게 쳐다보았다. 홈즈와 나는 어깨 너머로 신문을 들여다보았다. 그것은 다음과 같았다.

하워드 개리뎁

농기구 제조인

단 묶는 기계, 수확기, 증기 및 수동 쟁기(plow), 조파기,

써레, 농업용 손수레, 사륜 짐마차, 기타 농기구 일체.

자분정(自噴井) 전문

문의는 애스턴, 그로스브너 빌딩으로

"정말 잘됐구려!"

집주인이 숨넘어가는 목소리로 외쳤다.

"드디어 세 번째 사람을 찾았소이다."

"나는 버밍엄 쪽을 조사하고 있었습니다."

미국인이 말했다.

"그런데 내 대리인이 지역 신문에 이 광고가 실린 걸 보고 신문을 보내준 겁니다. 우린 서둘러 일을 마무리해야 합니다. 나는 이 남자에게 편지를 보냈는데, 내일 오후 네시에 노인장께서 그쪽 사무실로 찾아갈 거라고 했습니다."

"나더러 그 사람을 만나라는 거요?"

"홈즈 선생, 어떻게 생각하십니까? 그렇게 하는 편이 현명하지 않을까요? 나란 인간은 믿어지지 않는 이야기를 떠벌리는 떠돌이 미국인입니다. 과연 내가 하는 말을 믿을까요? 하지만 네이선 개리뎁 씨는 신원이 확실한 영국인이니, 노인이 하는 말은 귀 기울여 들을 겁니다. 노인장께서 원한다면 같이 가겠지만, 나는 내일 무척 바쁘

고 또 무슨 문제가 생기면 언제든 뒤따라갈 수 있으니까요."

"흠, 나는 몇 년 동안 그런 장거리 여행은 해본 적이 없소이다."

"노인장, 그건 별것 아닙니다. 내가 차편은 다 알아놓았습니다. 열두시에 출발하면 두시 좀 넘어서 거기 도착할 겁니다. 그리고 당일에 돌아올 수 있지요. 노인장은 그 사람을 만나서 상황을 설명하고 본인이 맞다는 진술서를 한 장 받아 오기만 하면 됩니다. 이거 보십시오!"

그는 열렬히 덧붙였다.

"내가 미국 중부에서 여기까지 달려온 걸 생각하면, 일을 마무리짓기 위해 150킬로미터를 가는 게 그리 대단한 일은 아닙니다."

"그렇고말고요. 나는 이 신사분의 말씀이 백번 지당하다고 생각합니다."

홈즈가 말했다.

네이선 개리뎁은 침울하게 어깨를 들썩했다.

"글쎄, 자꾸 그렇게들 말하니 가야겠구먼. 당신이 내 인생을 그렇게 찬란한 희망으로 밝혀준 일을 생각하면 나로서는 무슨 부탁이든 거절하기 힘드니까 말이오."

"그럼 얘기는 끝난 겁니다. 그리고 나한테도 꼭 결과를 알려주시겠지요?"

홈즈가 말했다.

"그렇게 하겠습니다."

미국인이 말했다. 그는 시계를 들여다보며 덧붙였다.

"에, 나는 가봐야겠습니다. 네이선 씨, 내일 오겠습니다. 버밍엄에 가실 때 배웅해 드리지요. 홈즈 선생, 같이 가실까요? 좋습니다, 그럼, 안녕히 계십시오. 내일 밤까지는 좋은 소식을 전하게 될 겁니다."

미국인이 방을 나간 뒤 친구의 얼굴은 눈에 띄게 밝아졌고 생각에 잠긴 곤혹스러운 표정은 온데간데없었다.

"개리뎁 씨, 귀하의 소장품을 한번 둘러보고 싶습니다. 저한테는 직업상 온갖 기묘한 지식이 다 필요한데 이 방은 그런 지식의 창고입니다."

의뢰인의 얼굴은 기쁨으로 환해졌고 두 눈은 커다란 안경 너머에서 반짝거렸다.

"나는 선생이 아주 지성적인 분이라는 얘기를 많이 들었소. 시간이 괜찮다면 지금 보여드릴까?"

"안타깝게도 지금은 시간이 없습니다. 하지만 여기 있는 표본들은 다 꼬리표가 붙어 있고 분류가 잘돼 있으니 직접 설명을 듣지 않아도 될 듯합니다. 시간이 되면 내일 와서 한번 둘러보고 싶은데 반대하진 않으시겠지요?"

"무슨 그런 말씀을. 선생은 대환영이오. 물론, 이 방은 잠겨 있겠지만 열쇠를 가진 손더스 부인이 네시까지 지하실에 있으니 선생을 안으로 들여보내줄 거요."

"에, 저는 마침 내일 오후에 시간이 있습니다. 개리뎁 씨가 손더스 부인에게 미리 귀띔해 놓으시면 아무 문제 없을 겁니다. 그런데 이 집을 소개한 부동산이 어디입니까?"

의뢰인은 느닷없는 질문에 깜짝 놀랐다.

"에지웨어로의 홀로웨이 앤 스틸 부동산이오. 그런데 왜?"

"저는 집에 대해 고고학적인 관심이 좀 있습니다."

홈즈는 껄껄 웃으며 말했다.

"이 집의 건축 양식이 퀸앤인지 조지 양식인지 궁금해서요."

"당연히 조지 양식이오."

"그렇습니까? 제가 좀 앞당겨서 생각했군요. 하지만 금세 확인됐으니까요. 그럼, 개리뎁 씨, 안녕히 계십시오. 버밍엄에서 일이 잘 되기를 빕니다."

부동산은 근처에 있었지만 가보니 오늘은 휴점이었다. 그래서 우리는 베이커가로 돌아왔다. 홈즈는 저녁 식사를 마친 뒤에야 그 일에 대한 얘기를 꺼냈다.

"대단찮은 사건이 끝나가는군. 물론 자네도 정답을 알고 있겠지만."

"나는 아직도 뭐가 뭔지 모르겠네."

"절반은 이미 명확해졌고 나머지 절반은 내일 다 드러날 걸세. 그 광고에서 뭔가 이상한 점을 보지 못했나?"

"쟁기(plough)라는 단어의 철자가 틀렸더군."

"허, 자네가 그걸 봤단 말인가? 왓슨, 대단하구먼, 자네는 하루하루 발전하고 있어. 자네 말이 옳으이. 하지만 영국식 영어에서는 쟁기가 'plough'지만, 미국식 영어로는 'plow'가 맞네. 신문사에선 광고주가 보낸 광고 문안을 그대로 실었겠지. 사륜마차도 주로 미국에서 쓰는 농기구지. 그리고 자분정(펌프를 사용하지 않고 자연 압력으로 물이 솟아오르는 우물 — 옮긴이)은 영국보다는 미국에 더 흔하다네. 그건 전형적인 미국식 광고였지만 영국 기업의 이름을 내세웠어. 자네는 그 점에 대해 어떻게 생각하나?"

"미국인 변호사가 낸 광고라고밖에는 생각되지 않는군. 무엇 때문에 그런 짓을 했는지는 모르겠지만 말이야."

"글쎄, 그건 여러 가지로 추측해 볼 수 있네. 어쨌거나 미국인은 물정 모르는 선량한 노인을 버밍엄으로 보내고 싶은 거야. 그건 틀림없는 사실일세. 나는 네이선 개리뎁 씨한테 버밍엄에 가봤자 헛수고일 거라고 말해 주려고 했지만, 다시 생각해 보니 노인이 무대를 비워주는 편이 나을 것 같았네. 왓슨, 내일일세. 내일이 되면 모든 게 다 결판날 걸세."

다음 날 홈즈는 일찌감치 일어나서 나갔다. 그는 점심 무렵에 돌아왔는데 표정이 매우 무거웠다.

"왓슨, 이건 내가 예상했던 것보다 훨씬 심각한 사건일세. 자네한테 사실을 알려주는 게 공정한 일이지만, 자네는 얘기를 들으면 더 기를 쓰고 위험한 곳에 발을 들여놓으려고 하겠지. 이제 나는 내 친구 왓슨이 어떤 사람인지 알고 있어. 하지만 자넨 이 사건에 위험이 도사리고 있다는 걸 알아야 하네."

"홈즈, 우리가 위험한 일을 같이한 게 지금이 처음은 아니잖은가. 나는 또 앞으로도 그럴 기회가 있기를 바라네. 이번에는 어떤 위험인가?"

"우린 아주 지독한 상대를 만났네. 나는 변호사 존 개리뎁의 정체를 알아냈지. 그는 다름 아닌 악명 높은 '살인마' 에번스일세."

"금시초문이군."

"아, 자네 같은 의사가 뉴게이트 감옥의 공판 일정표를 외우고 다녀야 할 이유는 없지. 나는 친구 레스트레이드를 만나러 경찰국에 갔네. 그쪽 사람들이 상상력과 직관은 좀 모자랄지 몰라도 세상을 철두철미하고 질서정연하게 살거든. 나는 경찰 기록을 이용하면 우리 미국인 친구의 꼬리를 잡을 수 있을 거라고 생각했지. 아니나 다를까, 미국인 변호사가 악당들의 초상화 회랑에서 살찐 얼굴로 나를 보고 웃고 있더군. 그 밑에는 이렇게 적혀 있었네. '제임스 윈터, 일명 모어크로프트, 일명 살인마 에번스.'"

홈즈는 주머니에서 봉투를 꺼냈다.

"그자의 기록에서 몇 가지 베껴 왔네. '나이 44세. 시카고 태생. 미국에서 세 사람을 사살했다고 함. 정치적 영향력을 동원하여 교도소를 나옴. 1893년 런던에 도착. 1895년 1월, 워털루로의 어느 나이트클럽에서 카드 게임 중에 싸움이 벌어져 한 남자가 총에 맞음. 살해당한 사람이 소란 중에 먼저 공격한 것으로 판명됨. 피살자는 시카고에서 사기꾼이자 화폐 위조범으로 유명한 로저 프레스콧으로 확인됨. 살인마 에번스는 1901년에 석방. 그 후 경찰의 감시를 받고 있으나 아직 범죄에 연루된 기미는 없음. 항상 무기를 소지하고 다니며 그것을 언제든지 사용할 수 있는 극히 위험한 인물.' 왓슨, 우리가 쫓고 있는 자가 바로 이런 자일세. 만만찮은 상대라는 건 자네도 인정해야 하네."

“그런데 그런 자가 지금 무슨 음모를 꾸미고 있는 거지?”

“글쎄, 그건 앞으로 저절로 밝혀질 걸세. 나는 그 부동산에 갔네. 우리 의뢰인은 자신이 말한 대로 거기서 5년을 살았더군. 그 전에 1년간은 집이 비어 있었네. 먼저 살던 세입자는 월드런이라는 무직의 신사였지. 부동산 사무실 사람들은 월드런의 인상착의를 자세히 기억하고 있었네. 어느 날 아침에 월드런이 갑자기 자취를 감췄다고 하더군. 그는 키가 크고 턱수염을 기른 음침한 사내였네. 그런데 살인마 에번스가 쏘아 죽인 프레스콧이라는 사람도, 런던 경찰국에 따르면 키가 크고 턱수염을 기른 음침한 사내였지. 따라서 우리는 미국인 범죄자 프레스콧이, 세상 물정 모르는 우리 친구가 지금 박물관으로 쓰고 있는 바로 그 방에서 살았다고 볼 수 있네. 이렇게 해서 마침내 연결 고리를 찾아낸 걸세.”

“그럼 다음 고리는?”

“글쎄, 그건 지금 가서 찾아봐야지.”

홈즈는 서랍에서 리볼버를 꺼내 건네주었다.

“나는 평소에 애용하던 무기를 가져가겠네. 서부에서 온 친구가 별명에 걸맞게 행동하려고 할지도 모르니까 우리도 준비해야지. 왓슨, 낮잠 시간을 한 시간 주겠네. 자고 일어나면 라이더가로 모험을 하러 떠날 시간이 될 걸세.”

우리가 네이선 개리뎁의 흥미로운 방에 도착한 것은 네시경이었다. 관리인 손더스 부인은 막 퇴근하려는 참이었는데 우릴 보더니 얼른 안으로 들여보내주었다. 문은 열쇠가 없어도 잠글 수 있는 문이었고, 홈즈는 가기 전에 문단속을 잘하겠다고 약속했다. 현관문이 닫힌 뒤 부인의 모자가 창문 앞을 지나가는 게 보였다. 이 집 1층에는 우리 둘뿐인 것이다. 홈즈는 재빨리 방 안을 둘러보았다. 어두컴컴한 방구석에 놓여 있는 벽장이 벽에서 약간 떨어져 있었다. 우린 결국 그 뒤로 들어가 숨었고 홈즈는 작은 목소리로 자신의 계획을 말해 주었다.

"에번스는 순진한 우리 의뢰인을 집 밖으로 유인하고 싶었던 게 분명하네. 그런데 집주인이 외출하는 법이 없기 때문에 그렇게 하려면 모종의 계획이 필요했지. 그자가 꾸며낸 개리뎁 이야기에 다른 목적이 없는 것은 분명해. 여보게, 우리 수집광 의뢰인의 이상한 이름이 그자에게 예상치 못한 기회가 되어주긴 했지만, 그래도 그자의 술책에는 악마적인 독창성이 있네. 그자는 정말 교묘한 수법으로 음모를 꾸몄어."

"그런데 그가 원하는 게 뭘까?"

"글쎄, 그건 이제 알게 될 걸세. 내가 보기에는, 우리 의뢰인과는 아무 상관 없는 것일 듯하네. 그건 에번스에게 살해당한 이전 세입자와 관련된 것이지. 피살자는 그의 동업자였을지도 모르네. 그 방에 뭔가 떳떳지 못한 비밀이 숨어 있는 걸세. 처음에 나는 의뢰인의 소장품 중에 뭔가 귀중한 게 있을지도 모른다고 생각했지. 당사자는 잘 모르고 있지만 거물급 범죄자의 관심을 끌 만한 가치가 있는 것 말일세. 하지만 어두운 과거를 가진 로저 프레스콧이 그 방에서 살았다는 건 전혀 다른 이유가 있다는 걸 말해 주지. 여보게, 인내심을 가지고 기다리면서 앞으로 어떤 일이 생기는지 보세나."

오래 기다릴 필요는 없었다. 현관문이 여닫히는 소리가 들려왔고 우리는 그늘 속에서 몸을 잔뜩 웅크렸다. 잠시 후 열쇠 돌아가는 금속성의 소리가 들리더니 미국인이 방 안으로 들어왔다. 그는 조용히 문을 닫고 날카로운 눈으로 아무 이상 없는지 방 안을 둘러보았다. 그리고 웃옷을 벗어 던지고 무슨 일을 어떻게 해야 하는지 정확하게 알고 있는 사람답게 날렵한 몸놀림으로 가운데의 탁자를 향해 걸어갔다. 그리고 탁자를 한쪽으로 치워놓고 그 밑에 깔려 있는 네모난 카펫을 떼어서 둘둘 말아놓고는 안주머니에서 지렛대를 꺼내 들었다. 그리고 마루에 무릎 꿇고 앉아 뭔가를 열심히 했다. 널판이 움직이는 소리가 들리더니 곧 마룻바닥에 네모난 구멍이 뚫렸다. 살인마 에번스는 성냥불을 켜서 몽땅 초에 불을 붙였고 구멍 속으로 사라졌다.

때가 온 것이 분명했다. 홈즈는 내 손목을 툭 쳐서 신호를 보냈고 우리는 활짝 열린 뚜껑문을 향해 살금살금 걸어갔다. 우리는 소리 내지 않으려고 애썼지만 낡은 마루가 발밑에서 삐걱거렸는지 에번스가 고개를 들고 불안하게 주위를 둘러보았다. 그러더니 갑자기 구멍 속에서 몸을 일으켰다. 우리를 보자 그의 얼굴엔 일을 방해받은 자의 분노가 이글거렸지만, 권총 두 개가 자신의 머리를 겨냥하고 있다는 걸 깨닫자 표정이 점점 유순해지더니 부끄러운 듯 씩 웃기까지 했다.

"아니, 이거!"

에번스는 마루 위로 기어오르며 침착하게 말했다.

"홈즈 선생, 선생은 나한테 벅찬 상대였던 것 같습니다. 내 속셈을 꿰뚫어 보았으면서도 속아 넘어간 척하셨군요. 자, 선생, 이걸 넘겨드리겠습니다. 날 도망치게 해주……."

에번스는 눈 깜짝할 새에 가슴에서 리볼버를 뽑아 들고 두 발을 쏘았다. 뜨겁게 달궈진 다리미를 허벅지에 올려놓은 것처럼 갑자기 타는 듯한 느낌이 전해 왔다. 홈즈는 사내의 머리를 향해 권총을 휘둘렀다. 에번스가 얼굴에서 피를 흘리며 바닥에 나뒹굴고 홈즈가 무기를 찾기 위해 그의 몸을 뒤지는 모습이 어렴풋이 눈에 들어왔다. 그런 다음 친구는 억센 팔로 나를 부축하고 의자로 데려가 앉혔다.

"왓슨, 자네 다친 것 아니지? 제발, 다치지 않았다고 말해 주게!"

저토록 차가운 가면 뒤에 숨은 충실함과 애정의 깊이를 알기 위해서라면 한 번쯤 다치는 것도 괜찮았다. 아니 여러 번 다치더라도 좋았다. 맑고 강인한 눈이 순간적으로 흐려지더니 굳게 다문 입술이 바르르 떨렸다. 나는 오직 한 번, 위대한 두뇌뿐 아니라 위대한 마음을 엿보았다. 평생에 걸친 나의 소박하지만 한결같은 봉사는 바로 그 순간에 최고의 영예를 입었다.

"홈즈, 아무것도 아닐세. 조금 긁혔을 뿐이야."

그는 주머니칼로 내 바지를 찢었다.

"자네 말이 옳아."

친구는 안도의 한숨을 쉬며 소리쳤다.

"총알이 살짝 스치고 지나갔네."

그는 돌처럼 굳은 얼굴로 멍하니 일어나 앉아 있는 포로를 노려
보았다.

"이건 네놈을 위해서도 다행한 일이다. 만약 네가 왓슨을 죽였다
면 이 방에서 살아 나가지 못했을 테니까. 자, 이런 사태에 대해 어
떻게 변명할 테냐?"

에번스는 할 말이 없었다. 그저 인상을 쓰고 앉아 있을 뿐이었다.
나는 홈즈의 팔에 매달려서 비밀 문이 열려 있는 작은 지하실을 내
려다보았다. 미국인이 켜놓은 촛불이 지하실을 밝혀주고 있었다. 녹
슨 기계 덩어리, 커다란 종이 뭉치, 어지럽게 흩어져 있는 병들, 그
리고 작은 탁자 위에 차곡차곡 정리되어 있는 작은 종이 다발이 눈
에 띄었다.

"인쇄기로군. 지폐 위조범의 장비야."

홈즈가 말했다.

"잘 보셨소."

포로가 말하며 비틀비틀 일어났다가 다시 주저앉았다.

"런던 최고의 지폐 위조 장비요. 그건 프레스콧이 쓰던 기계인데 탁자 위에 놓여 있는 돈 다발은 프레스콧이 만든 100파운드짜리 지폐 2000장이오. 그건 어디서나 안심하고 쓸 수 있는 돈이오. 신사 여러분, 거기 있는 걸 다 가지시오. 우리 협상합시다. 그 대신 날 놓아주는 거요."

홈즈는 웃음을 터뜨렸다.

"에번스 씨, 우린 그런 짓은 하지 않는다. 이 나라에 너 같은 인간이 은신할 곳은 없다. 네가 그 프레스콧이라는 사람을 쏘았지?"

"그렇소. 그래서 5년을 살았지요. 먼저 시비를 걸어온 게 그쪽이었는데도 말이오. 나는 수프 접시만 한 메달을 받는 대신 5년 형을 받았소. 육안으로는 프레스콧이 위조한 지폐와 영국 은행이 찍어낸 지폐를 구분할 수 없소이다. 내가 그자를 해치우지 않았다면 런던에는 그가 찍어낸 가짜 돈이 홍수를 이루었을 거요. 그가 어디서 돈을 찍어내는지 아는 사람은 세상에 오직 나뿐이었소. 내가 이곳에 오고 싶어 한 게 이상한 일이오? 그리고 희한한 성을 가진 정신 나간 곤충 채집가가 그걸 깔고 앉아 옴짝달싹 않는 걸 보고 최선을 다해 그자를 밖으로 내보내려고 한 게 이상한 일이오? 그 늙은이를 제거하는 게 현명한 일이었을지도 모르겠소. 그렇게 하는 편이 훨씬 쉬웠겠지만 나는 마음이 약한 사람이라 총을 들지 않은 사람을 쏠

수가 없었소이다. 하지만 홈즈 선생, 말해 보시오, 경위야 어쨌든 내가 뭘 잘못했단 말이오? 나는 저 설비를 사용하지 않았소. 그 늙은이를 해치지도 않았소. 나를 무엇으로 거시겠소?"

"지금으로선 살인 미수뿐이지."

홈즈는 말했다.

"하지만 그건 우리 소관이 아니다. 다음 단계는 경찰에서 알아서 할 테니까. 지금 우리는 네놈의 몸뚱어리 하나면 된다. 왓슨, 경찰국에 전화하게. 그쪽에서도 어느 정도 예상은 하고 있을 걸세."

이상이 살인마 에번스와 그가 날조한 세 명의 개리뎁에 대한 이야기다. 우리는 나중에 가엾은 늙은 수집가가 꿈이 산산이 깨진 충격을 이겨내지 못했다는 소식을 들었다. 공중누각이 무너지자 그 잔해에 깔리고 만 것이다. 마지막으로 들려온 건 그가 브릭스턴의 요양원에 있다는 소식이었다. 프레스콧의 장비를 찾아낸 것이 경찰국으로선 천만다행한 일이었다. 경찰은 이 장비의 존재를 알고 있었으나 프레스콧이 죽은 뒤에는 소재를 파악하는 것이 요원한 일이었다. 에번스는 정말 큰 공을 세운 셈이었고 덕분에 수사과의 훌륭한 요원들은 발 뻗고 잘 수 있게 되었다. 뭐니 뭐니 해도 지폐 위조범은 공적(公敵) 제1호인 것이다. 형사들은 에번스 자신이 말한 수프 접시만 한 메달을 수여하는 데 기꺼이 찬성했을 테지만 그의 공훈을 몰라보았던 법정에서는 그를 별로 곱게 보지 않았고, 그래서 살인마는 얼마 전에 빠져나온 음지로 되돌아갔다.

채링 크로스의 콕스 은행 금고 어딘가에는 오래 가지고 다녀서 닳고 찌그러진 양철 문서함이 있다. 뚜껑에는 내 이름이 쓰여 있다. '인도 육군 제대, 의학 박사, 존 H. 왓슨.'(『주홍색 연구』에서 왓슨은 영국군 소속의 노섬벌랜드 보병 연대 출신이다. 그러나 인도 육군은 영국군과는 완전히 다른 조직이다 — 옮긴이) 그 속에는 서류가 가득 차 있는데 거의 다 셜록 홈즈가 다양한 시기에 걸쳐 조사했던 기이한 사건 기록이다. 그중 일부는 아주 재미없는 건 아니지만 사건을 해결하지 못한 완전한 실패 사례로서, 최종적인 설명이 없기 때문에 발표하기가 곤란하다. 학생들이라면 답이 없는 문제에 흥미를 가질 수도 있겠지만 일반 독자는 짜증스러워할 것이 분명하다. 이러한 미제(未濟) 사건에는 우산을 가지러 자기 집에 도로 들어갔다가 그다음부터 세상에서 종적을 감춘 제임스 필리모어 씨 사건이 있다. 이에 못지않게 주목할 만한 사건이 소형 범선 알리샤호 사건인데, 알리샤호는 어느 봄날 아침에 돛을 올리고 안개 속으로 들어갔다가 다시는 돌아오지 않았다. 승무원들도 배와 함께 소식이 끊겼다. 세 번째로 주목할 만한 사건은 유명한 신문 기자이자 결투자인 이사도라 페르사노 사건인데, 그는 학계에 알려지지 않은 기이한 벌레가 들어 있는 성냥갑 앞에서 완전히 실성한 상태로 발견되었다. 이러한 미제 사건 외에 가문의 사사로운 비밀과 관련된 일들이 있는데, 이러한 비밀이 책으로 나온다는 얘기를 들으면 숱한 명문가에서 큰 소동이 벌어질 것이다. 하지만 말할 필요 없이 그런 식으로 비밀을 폭로하는 건 있을 수 없는 일이고, 이제 내 친구가 그 문제에 신경 쓸 여유가 생겼으므로 그런 기록은 따로 추려서 폐기하게 될 것이다. 또 아주 재미있기도 하고 그렇지 않기도 한 사건들이 꽤 많이 남아 있는데, 대중을 식상하게 만들어 내가 누구보다 숭배하는 한 사람의 명성에 누를 끼칠지 모른다는 걱정만 없다면, 나는 진작 그 이야기들을 편집했을지도 모른다. 그중 어떤 것은 내가 직접 관여한 사건이라 목격자로 증언할 수 있지만, 내가 아예 빠졌거나 아니면 극히 작은 역할을 해서 제삼자의 자격으로 말할 수밖에 없는 사건들도 있다. 이제부터 소개할 사건은 내가 직접 경험한 것이다.

10월의 어느 스산한 아침이었다. 나는 아침에 일어나 옷을 입으며 뒷마당에 홀로 서 있는 버짐나무에서 마지막 남은 잎사귀가 빙글빙글 돌며 떨어져 내리는 걸 보았다. 나는 아침 식사를 하러 내려가며 친구가 울적한 기분일 거라고 예상했다. 위대한 예술가들이

다 그런 것처럼 그도 주변 환경에 극히 민감하게 반응하기 때문이었다. 그러나 예상과 달리 그는 식사를 거의 끝낸 상태였고 기분은 유난히 명랑 쾌활했다. 들떠 있을 때면 으레 그렇듯이 그의 유쾌함에는 다소 불길한 데가 있었다.

"홈즈, 사건이 들어왔군?"

나는 한마디 던졌다.

"왓슨, 추리 능력에는 확실히 전염성이 있나 보이. 그러니 자네가 내 비밀을 탐지해 냈겠지. 그렇다네, 사건이 들어왔네. 하찮은 사건과 무위로 점철된 한 달을 보낸 뒤 다시 바퀴가 구르기 시작했어."

"무슨 일인지 나도 알면 안 될까?"

"자네한테 알려줄 만한 게 거의 없네. 하지만 자네가 새로 들어온 요리사가 내놓은, 지나치게 삶은 달걀 두 개를 해치우고 나면 그때가서 토론해 볼 수는 있지. 달걀이 이 모양으로 된 건 어제 홀의 탁자 위에 놓여 있던 《패밀리 헤럴드》와 무관하지 않을 걸세. 달걀을 삶는 것처럼 사소한 일이라도 시간 가는 것에 신경 쓸 정도의 주의 집중은 필요하거든. 그 훌륭한 잡지에 실린 연애담을 읽으면서 할 수 있는 일은 아니지."

15분이 지난 뒤 식탁은 치워졌고 우리는 얼굴을 마주 보았다. 그는 주머니에서 편지 한 통을 꺼내놓았다.

"자네 황금왕 닐 깁슨이라고 들어본 적 있지?"

그는 물었다.

"미국 상원 의원 말인가?"

"그래, 과거에 미국 서부 어느 주의 상원 의원을 지낸 적이 있지만 세계 최고의 금광 거부로 더 유명하지."

"그래, 누군지 알겠군. 영국에서 한참 동안 살았을 거야. 많이 들어본 이름이거든."

"응, 그는 5년쯤 전에 햄프셔에 상당한 규모의 영지를 사들였지. 자네도 깁슨 부인의 비극적인 최후에 대한 소식을 들었을 텐데?"

"물론이지. 이제 생각나는군. 이름을 많이 들어본 것도 다 그 사건 때문일세. 하지만 사실 자세한 경위는 모르네."

홈즈는 의자에 놓인 신문을 가리켰다.

"나한테 그 사건이 의뢰가 들어올 줄은 몰랐네. 그렇지 않았으면 스크랩을 해놓았을 텐데. 진짜 문제는, 사건이 대단히 선정적이긴 하지만 내용이 지나치게 뻔하다는 것일세. 피의자의 성격이 흥미롭긴 하지만 그렇다고 증거의 명확성이 훼손되지는 않네. 검시 배심뿐 아니라 즉결 재판소에서는 바로 이런 관점을 취했지. 사건은 이제 윈체스터의 순회 법정으로 넘어갔네. 나는 이 일이 보람 없는 일이 될까 봐 걱정이야. 내가 사실을 밝혀낼 수는 있지만 바꿀 수는 없거든. 전혀 예상치 못한 새로운 사실이 드러나지 않는 이상, 나는 의뢰인에게 희망이 없다고 보네."

"의뢰인이라고?"

"아, 깜빡하고 그 얘기를 안 했군. 여보게, 나도 얘기를 거꾸로 하는 자네의 헷갈리는 습관에 점점 물드는 것 같아. 이걸 먼저 읽어보는 게 나을 걸세."

친구가 건네준 편지는 굵고 힘 있는 글씨체로 쓰여 있었는데 내용은 다음과 같았다.

클래리지 호텔
10월 3일

친애하는 셜록 홈즈 선생에게

조물주께서 빚어내신 가장 훌륭한 여성이 죽게 되어, 나는 그 여성의 목숨을 구하기 위해 무슨 일이든 할 작정이오. 어떻게 일이 그리 됐는지는 설명할 수 없고 설명할 엄두도 못 내겠지만, 던바 양이 무죄라는 것을 마음 깊이 확신하고 있소이다. 선생은 그 사건에 대해 알고 계실 거요. 모르는 사람이 누가 있겠소? 그 사건 때문에 온 나라가 떠들썩한데 말이오. 그런데 누구 하나 던바 양의 편을 들어주는 사람이 없소! 이놈의 불공평한 세상을 생각하면 미칠 것 같소이다. 던바 양은 파리 한 마리 죽이지 못할 사람이오. 선생이 어둠 속에 빛을 비춰 줄 수 있는지 보기 위해 내일 열한시에 찾아가겠소. 나한테 단서가 있는데 내가 그걸 미처 깨닫지 못하고 있는지도 모르잖소. 어쨌든 선생이 던바 양의 목숨을 구해 준다면 내가 아는 모든 것과 내가 가진 모든 것, 그리고 나라는 존재 전체를 선생 앞에 내놓겠소. 선생에게 정말 능력이 있다면 이제 이 사건에서 그걸 발휘해 주시오.

—J. 닐 깁슨

"이제 알겠지?"

셜록 홈즈는 조반 후에 피운 파이프의 재를 털어버리고 천천히 담배를 담으며 말했다.

"내가 기다리는 사람이 바로 그 신사일세. 사건 경위에 대해서는, 자네가 저 신문을 다 읽어볼 시간이 없으니 관심 있다면 내가 간단하게 말해 줌세. 깁슨 씨는 세계 최고의 갑부이고 내가 알기에는 대단히 폭력적이고 무서운 성격의 소유자라네. 이번에 일어난 비극의 희생자는 그의 아내인데, 내가 피살자에 대해 아는 것은 한창때가 지난 중년 여성이라는 것과 두 아이의 교육을 담당하는 가정 교사가 불운하게도 드물게 매력적인 여성이라는 점뿐일세. 등장인물은 이 세 사람이고, 무대는 영국의 유서 깊은 주 한복판에 있는 크고 오래된 장원일세. 그럼 사건에 대해 얘기해 볼까? 백만장자의 아내가 밤늦게 야회복 차림으로 어깨에 숄을 두른 채 집에서 거의 800미터쯤 떨어진 곳에서 머리에 총을 맞은 채 발견되었네. 그 근처에서는 총도 살인 사건과 관련된 어떤 단서도 발견되지 않았지. 여보게, 피살자의 주변에서 무기가 발견되지 않은 걸세. 그 점에 주목하게! 범행은 저녁 늦게 저질러진 것 같았고 열한시경에 사냥터지기가 시신을 발견했네. 그다음에 경찰과 의사가 달려와서 시신을 조사한 뒤에 집 안으로 옮겼지. 어때, 너무 간단한가? 정황을 명확하게 이해할 수 있나?"

"그만하면 대단히 분명하네. 그런데 왜 가정 교사가 범인으로 지목됐지?"

"아, 우선 아주 직접적인 증거가 있다네. 약실이 하나 비어 있고 범행에 사용된 총알과 구경이 같은 리볼버가 가정 교사의 옷장에서 발견됐네."

그는 시선을 고정시킨 채 한마디씩 힘주어 되풀이했다.

"가정 교사의 옷장에서."

그리고 침묵했다. 나는 친구의 머리가 바삐 돌아가고 있을 때 말을 시키는 건 어리석은 일이라는 걸 잘 알고 있었다. 불현듯 그는 흠칫 놀라며 다시 현실로 돌아왔다.

"그래, 왓슨, 권총이 발견됐어. 어때, 옴짝달싹 못할 증거 아닌가? 두 배심원단은 그렇게 생각했네. 그리고 살해된 여인의 몸에서는 바로 그 장소에서 가정 교사와 만나기로 약속한 편지가 나왔고, 그 편지에는 가정 교사의 서명이 들어 있었지. 어떤가? 또 동기도 있네. 깁슨 상원 의원은 매력적인 사람일세. 그의 처가 죽는다면 이미 주인의 집요한 관심을 독차지하고 있는 젊은 숙녀가 아내 자리를 차지할 게 분명하네. 사랑, 행운, 권력, 이 모든 걸 다 한 중년 남자가 쥐고 있지. 왓슨, 정말 추한 사건 아닌가?"

"그렇군. 정말 그래, 홈즈."

"게다가 가정 교사한테는 알리바이가 없네. 알리바이는커녕, 그 시간에 사건 현장인 토르교 근처에 갔었다는 사실을 인정할 수밖에 없었지. 그걸 부정할 도리가 없었네. 지나가는 마을 사람이 가정 교사가 거기 있는 걸 봤거든."

"그건 진짜 결정적인 증거 같은데."

"왓슨, 그건 아직 이른 결론일세! 그 다리……, 교각이 없고 양쪽에 난간이 있는 돌다리는, 수심이 깊고 양안에 갈대가 우거진 긴 호수에서 폭이 가장 좁은 곳에 놓여 있네. 그 호수를 토르 호라고 하지. 피살된 여인은 다리 입구에 쓰러져 있었네. 중요한 사실은 이 정도일세. 그런데 의뢰인이 약속 시간보다 상당히 일찍 도착했군."

빌리가 문을 활짝 열었는데, 소년이 호명한 이름은 예상과 전혀 달랐다. 우리 둘 다 말로 베이츠 씨와는 초면이었다. 그는 빼빼 마르고 신경질적으로 생긴 사내였는데, 두 눈에 겁이 잔뜩 실려 있었고 씰룩씰룩 경련을 일으키는 게 망설이는 듯한 태도였다. 의사의 눈으로 보았을 때 그는 신경 발작을 일으키기 직전의 사람 같았다.

"베이츠 씨, 좀 흥분하신 것 같군요."

홈즈가 말했다.

"이리 앉으십시오. 열한시에 선약이 있어서 시간을 많이 내드릴 수는 없을 것 같습니다."

"저도 그건 알고 있습니다."

손님은 숨이 가쁜 사람처럼 헐떡거리며 짧은 문장을 토해 냈다.

"깁슨 씨가 올 겁니다. 그분이 제 주인이지요. 저는 그 집의 영지 관리잡니다. 홈즈 선생님, 그 사람은 악인입니다. 천벌을 받을 악인이에요."

"베이츠 씨, 말씀을 딱 부러지게 하시는군요."

"홈즈 선생님, 저는 분명하게 말해야 합니다. 시간이 없으니까요. 무슨 일이 있어도 주인한테 여기 있는 걸 들켜서는 안 됩니다. 주인이 올 시간이 다 됐습니다. 하지만 저는 좀 더 일찍 올 수가 없었지요. 비서 퍼거슨 씨가, 주인이 선생과 만나기로 약속했다는 얘기를 오늘 아침에야 했으니까요."

"그런데 아직도 그 집 관리인으로 계십니까?"

"저는 주인에게 그만두겠다고 통보했습니다. 2주일 뒤에는 그 저주받을 고역에서 벗어나게 될 겁니다. 홈즈 선생님, 주인에 대해 모든 얘기를 다 하기는 어렵지만 그는 정말 냉혹한 사람입니다. 자선 사업이랍시고 하는 것은 자기가 지은 죄를 감추기 위한 눈가림이지요. 하지만 가장 큰 희생양은 마님이었습니다. 주인은 마님을 정말 잔인하게 대했습니다……, 암요, 정말 잔인하게 대했고말고요!

마님이 어떻게 돌아가셨는지는 모르겠지만, 제가 확실히 아는 것은 주인이 마님의 인생을 비참하게 만들었다는 겁니다. 선생님도 알고 계시겠지만 마님은 열대 지방에서 나셨습니다. 브라질 태생이지요."

"그런 얘기는 금시초문이오."

"태생만 그런 것이 아니라 기질도 열대 지방 사람다웠습니다. 태양과 정열의 자식이었지요. 마님은 어느 여인 못지않게 주인을 열렬히 사랑했습니다. 하지만 한때는 대단한 미인이었다던 마님의 육체적 매력이 시들자 주인은 마님을 거들떠보지도 않았습니다. 우리는 모두들 마님을 좋아했고 동정했습니다. 그리고 마님을 대하는 태도를 보고 주인을 미워했지요. 하지만 주인은 말주변이 좋은 데다 사람됨이 간교합니다. 제가 할 말은 이게 전붑니다. 겉모습만 보고 주인을 판단하지 마십시오. 그 뒤에 더한 것이 숨어 있습니다. 이제 저는 가겠습니다. 안 됩니다, 붙잡지 마십시오! 주인이 올 시간이 거의 다 됐습니다."

이상한 방문객은 시계를 보고 겁에 질린 얼굴이 되더니 뛰어 달아나다시피 했다.

"이거 참!"

잠시 침묵이 흐른 뒤 홈즈가 말했다.

"깁슨 씨는 정말 충성스러운 식솔을 거느리고 있는 것 같구먼. 하지만 쓸모 있는 경고일세. 이제는 당사자가 나타날 때까지 기다리는 수밖에 없겠어."

열한시 정각에 계단을 올라오는 육중한 발소리가 들리더니 유명한 백만장자가 방 안에 들어섰다. 그를 보자 영지 관리인의 두려움과 혐오뿐 아니라 그토록 많은 사업상의 경쟁자들이 그를 향해 퍼부은 저주의 말이 다 이해되었다. 만약 내가 조각가이고 강철 같은 신경과 가죽처럼 질긴 양심을 가진, 성공한 세속적 인간을 표현하고 싶다면 닐 깁슨을 모델로 택할 것이다. 키가 크고 마르고 우락부락한 얼굴은 욕망과 탐욕을 암시했다. 저열한 분위기를 풍기는 에이브러햄 링컨이라고 한다면 이 사람에 대해 어느 정도 설명이 될 것이다. 굵은 주름살이 팬 얼굴은 화강암에 조각한 듯 딱딱하고 우락부락하고 냉혹했고 얼마나 많은 위기를 겪었는지 얼굴은 흉터투성이였다. 뻣뻣하게 곤두선 눈썹 밑으로 차가운 회색 눈이 날카롭게 우리 둘을 번갈아 살폈다. 홈즈가 내 이름을 입에 올리자 그는 형식적으로 고개를 까딱하고 안하무인의 오만한 태도로 내 친구 앞에 의자를 끌어다 놓았다. 그리고 뼈가 불거진 무릎이 홈즈와 닿을락 말락 하게 바싹 다가앉았다.

"홈즈 선생, 단도직입적으로 말하겠소. 이번 일에서 돈은 전혀 문제 되지 않소. 진실을 밝히기 위해 필요하다면 돈을 태워도 좋소이다. 던바 양은 아무 죄가 없고 사실은 명명백백히 밝혀져야 하오. 이게 선생이 할 일이오. 금액을 부르시오!"

"나의 수고에 대한 보상은 일정한 범위 내에서 정합니다."

홈즈는 차갑게 말을 뱉었다.

"아예 면제해 줄 때 말고는 예외를 두지 않습니다."

"좋소, 돈에 별 관심이 없다면 명성을 생각해 보시오. 선생이 이 사건을 멋지게 해결한다면 영국과 미국의 모든 신문이 선생에 대해 떠들어댈 거요. 선생은 양 대륙에서 이름을 날리게 될 거외다."

"깁슨 씨, 감사합니다만, 나한테 명성이 부족하다고 생각되지는 않습니다. 그리고 뜻밖이시겠지만 나는 숨어서 일하는 걸 좋아하고, 또 나를 매혹하는 건 문제 자체입니다. 그런데 우린 지금 시간 낭비를 하고 있군요. 사건에 대해 살펴보기로 합시다."

"선생은 신문 보도를 통해 중요한 사실을 다 접했을 거요. 내가 선생에게 도움이 될 만한 정보를 제공할 수 있는지는 모르겠소. 하지만 선생이 더 알고 싶은 부분이 있다면……, 내가 다 대답해 드리겠소."

"아, 알고 싶은 것은 단 한 가지입니다."

"그게 뭐요?"

"깁슨 씨와 던바 양의 관계는 정확히 어떤 것이었습니까?"

황금왕은 소스라치게 놀라며 엉거주춤 일어섰다. 그렇지만 이내 당당한 침착성을 회복했다.

"홈즈 선생, 그런 질문을 하는 것은 선생의 권리이자 의무인지도 모르겠소."

"그 점을 이해하고 계시는군요."

홈즈는 말했다.

"나는 우리가 사용자와 고용인의 관계를 넘어선 적이 한 번도 없다는 걸 보증할 수 있소. 나는 아이들이 있는 자리에서만 숙녀와 만나거나 이야기를 나누었소이다."

홈즈는 벌떡 일어섰다.

"깁슨 씨, 나는 꽤 바쁜 사람입니다. 무의미한 대화를 나눌 시간도 없고 그런 걸 즐기지도 않습니다. 안녕히 가십시오."

손님도 일어섰는데 커다란 체구가 홈즈를 압도했다. 뻣뻣이 곤두선 눈썹 밑으로 분노의 빛이 고였고 누런 뺨에는 홍조가 피어올랐다.

"홈즈 선생, 도대체 지금 무슨 말을 한 거요? 이 사건을 맡지 않으시겠다?"

"그렇습니다, 깁슨 씨. 아무튼 나는 당신의 사건 의뢰를 거절합니다. 나는 의사를 명확하게 밝힌 줄 알았는데요."

"당신 생각은 분명히 알았소. 하지만 무슨 속셈으로 그러는 거요? 나를 상대로 값을 올려보겠다는 거요, 아니면 이 일에 뛰어드는 게 무서운 거요? 도대체 뭐요? 나한테는 분명한 대답을 들을 권리가 있소."

"글쎄요, 그건 그렇겠군요. 대답해 드리지요. 이 사건은 당신이 처음부터 거짓 정보를 제공해서 어려움을 가중시키지 않아도 이미 충분히 복잡합니다."

"내가 거짓말을 했다는 뜻이군."

"글쎄요, 나는 가능하면 완곡하게 말하려고 했는데 깁슨 씨가 그런 표현을 고집한다면 굳이 반박하진 않겠습니다."

나는 벌떡 일어섰는데, 백만장자의 얼굴에 악귀 같은 표정이 떠오르면서 마디가 불거진 큼직한 주먹을 치켜들었기 때문이다. 홈즈는 나른하게 웃으며 파이프를 향해 손을 뻗었다.

"깁슨 씨, 소란 피우지 마십시오. 나는 조반 후에는 조금만 언쟁을 해도 속이 거북해지니 말입니다. 밖에 나가 산책하면서 조용히 생각해 보는 게 도움이 될 것 같은데, 어떻습니까."

황금왕은 애써 분노를 억눌렀다. 그가 타오르는 분노를 순식간에 싸늘하고 냉소적인 무관심으로 바꿔놓는 걸 보고 나는 그 놀라운 자제력에 감탄을 금치 못했다.

"좋소, 그건 당신 마음이오. 당신한테도 자기 사업을 꾸려가는 방식이 있을 테니까 억지로 일을 시킬 수는 없소. 홈즈 선생, 당신은 오늘 아침에 실수한 거요. 나는 당신보다 더 강한 사람도 꺾었으니까 말이오. 내 뜻을 거스르고 잘되는 사람은 보지 못했소."

"나는 많은 이들한테 그런 말을 들었지만 아직도 여기 버티고 있습니다."

홈즈는 빙긋이 웃으며 말했다.

"깁슨 씨, 그럼 안녕히 가십시오. 당신은 아직 배워야 할 게 많습니다."

손님은 요란한 소리를 내며 방을 나갔지만 홈즈는 꿈꾸는 듯한 눈으로 천장을 응시하며 태연자약하게 담배를 피웠다.

"왓슨, 자네 생각은?"

그는 마침내 질문을 던졌다.

"글쎄, 홈즈, 솔직히 말해서 저 백만장자는 자기 앞길을 가로막는

장애물을 그냥 두고 볼 사람은 아닌 것 같네. 그런데 영지 관리인이라는 사람은, 그 부인이 장애물이고 미움의 대상이었다고 분명하게 말하지 않았나. 그러니 내가 보기에……."

"바로 그걸세. 나도 그렇게 보네."

"하지만 깁슨 씨와 가정 교사의 관계는 대체 어떤 거지? 그리고 자네는 그걸 어떻게 알았나?"

"그저 넘겨짚은 걸세, 왓슨! 그 열정적이고 관습에 맞지 않고 사무적이지도 않은 편지는 깁슨의 자제력이 강한 태도나 분위기와는 전혀 달랐네. 피살된 쪽보다는 혐의를 받고 있는 여성에게 깊은 감정이 쏠려 있다는 게 명백했지. 진실을 캐내기 위해선 그 세 사람의 관계를 정확히 이해해야 하네. 자네도 내가 깁슨에게 정면으로 도전했을 때 그가 얼마나 침착하게 대응하는지 봤지? 그런데 나는 실제로는 의혹만 잔뜩 있는 문제를 완전히 확신하고 있는 것처럼 넘겨짚었거든."

"다시 돌아오겠지?"

"그럴 거야. 돌아올 수밖에 없지. 이 상태로 방치해 둘 순 없을 테니까. 허! 저건 초인종 소리 아닌가? 그래, 그 사람 발소리가 들리는군. 이런, 깁슨 씨, 그렇잖아도 왓슨 박사한테 당신이 좀 늦는다고 말하던 참이었습니다."

황금왕은 아까 나갈 때보다는 훨씬 누그러진 태도로 들어왔다. 화난 눈에서는 상처받은 변함없는 자존심이 느껴졌지만, 그는 상식적인 인간이었으므로 목표를 이루기 위해서는 굴복할 수밖에 없다는 사실을 깨달은 모양이었다.

"홈즈 선생, 다시 생각해 봤는데 내가 서두르다 보니 선생 말을 오해한 모양이오. 경위야 어쨌든 간에 선생이 사실을 알아야 한다는 것은 당연한 일이고, 그래서 나는 선생을 더 높이 평가하게 됐소이다. 하지만 나와 던바 양의 관계는 정말 이 사건과 무관하오."

"판단은 내가 합니다. 그렇지 않습니까?"

"그렇소, 그런 것 같소이다. 말하자면 의사처럼 증상을 완전히 파악한 뒤에야 진단을 내릴 수 있다는 것이군."

"바로 그겁니다. 정확하게 표현해 주셨군요. 그러니 사실을 숨기려는 사람은 의사를 속일 생각을 하는 환자와 같습니다."

"그럴지도 모르오. 하지만 홈즈 선생, 남자들은 한 여성과의 관계를 정면으로 캐묻는 질문을 받으면, 더구니 둘 사이에 어떤 심각한 감정이 존재하는 게 사실이라면 대부분 꽁무니를 뺄 거요. 나는 사람들의 마음 한구석에는 남한테 보여주고 싶지 않은 자신만의 작은 공간이 있다고 생각하오. 그런데 선생이 그곳에 불쑥 들어온 거요. 하지만 그게 다 던바 양을 구하기 위한 것이니 내가 참겠소. 자, 나는 빗장을 풀고 마음의 문을 열었으니 얼마든지 둘러봐도 좋소. 선생이 원하는 게 뭐요?"

"진실입니다."

황금왕은 생각을 가다듬는 듯 잠시 가만히 있었다. 굵은 주름이 팬 험상궂은 얼굴에 한층 쓸쓸하고 무거운 표정이 떠올랐다.

"홈즈 선생, 사실을 간단하게 알려드리겠소."

그는 마침내 입을 열었다.

"말하기 어려울 뿐 아니라 괴로운 내용도 있으니 필요 이상으로 깊이 들어가지는 않을 작정이오. 나는 브라질에서 금광 탐사를 하다 아내를 만났소. 마리아 핀토는 마나오스 정부 관리의 딸이었는데 기가 막힌 미인이었소. 나는 그 당시에 젊고 피가 뜨거웠지만 지금 더 차갑고 비판적인 마음으로 돌이켜봐도 그녀가 보기 드문 미인이었던 것은 사실이오. 그녀는 또 내가 아는 미국 여자들과는 전혀 다른, 깊고 풍부하고 정열적인, 열대 지방 사람답게 온 마음을 다 바치는 극단적인 성격의 소유자였소. 에, 사연은 길지만 간단하게 말하리다. 나는 그녀를 사랑했고 우린 결혼했소이다. 하지만 몇 년간 지속된 연애 감정이 사라진 뒤에야 나는 우리가 공통점이라곤 눈곱만큼도 없는 부부라는 걸 깨달았소. 사랑은 식었소. 아내의 사랑도 식었다면 견디기가 쉬웠을 거요. 하지만 선생도 여자라는 존재가 어떤지 아시겠지! 내가 무슨 짓을 하든 아내의 마음은 요지부동이었소. 내가 아내를 거칠게 대한 것, 또는 남들이 말하는 것처럼 잔인하게 대한 것은 아내의 사랑을 깡그리 지워 없애거나, 아니면 차라리 그것을 증오심으로 바꾸는 것이 우리 부부를 편하게 해줄 거라는 생각 때문이었소. 하지만 그녀의 마음은 한결같았소. 아내는 영국의 숲에서도 20년 전 아마존의 제방에서와 마찬가지로 나를 숭배했소. 내가 무슨 짓을 하든 아내는 변함없이 나를 사랑했소이다.

그런데 그레이스 던바 양이 온 거요. 던바 양은 광고를 보고 찾아 왔고 두 아이의 가정 교사가 되었소. 선생도 신문에서 숙녀의 초상을 보셨을 거요. 온 세상 사람들이 던바 양도 대단한 미인이라고 입을 모아 부르짖고 있소이다. 내가 이웃 사람들보다 더 도덕적인 척할 생각은 없소. 솔직히 말해 그런 여성과 같은 지붕 아래 살면서 매일 만나다 보니 뜨거운 연모의 정을 품을 수밖에 없었소이다. 홈즈 선생, 나를 비난하실 테요?"

"깁슨 씨가 그런 감정을 느꼈다고 해서 비난하진 않습니다. 하지만 그런 감정을 표현했다면 비난받아 마땅합니다. 왜냐하면 젊은 숙녀는 어떤 의미에서 당신의 보호를 받고 있었으니까요."

"글쎄, 아마 그럴 거요."

백만장자는 이렇게 말했지만 홈즈가 나무라는 말에 두 눈에는 예의 노여운 빛이 스쳤다.

"내가 성인군자인 척하지는 않겠소. 평생 동안 나는 원하는 것을 향해 서슴없이 손을 내밀며 살았는데, 그 여성의 사랑을 얻고 그녀를 내 것으로 만들고 싶은 생각이 간절했소이다. 나는 던바 양에게 그런 얘기를 했소."

"오, 그랬단 말이지요, 당신이?"

홈즈는 마음이 움직이면 아주 무섭게 보일 수도 있었다.

"내가 던바 양에게 할 수만 있다면 당신과 결혼하겠지만 그것은 불가능하다고 했소. 그리고 돈은 전혀 문제가 안 되니, 당신을 행복하고 편안하게 해주기 위해서라면 가능한 모든 일을 다 하겠다고 했소이다."

"이제 보니 아주 너그러운 분이시군요."

홈즈는 빈정거렸다.

"이것 보시오, 홈즈 선생. 내가 당신을 찾아온 것은 증언을 하기 위해서이지 설교를 듣기 위해서가 아니오. 비판 같은 건 필요 없소이다."

"내가 애당초 이 사건에 손대기로 한 것은 오로지 젊은 숙녀 때문입니다."

홈즈는 엄격하게 말했다.

"그 여성이 뒤집어쓴 어떤 혐의가, 당신이 방금 말한 그런 행동보다 더 질이 나쁜 것인지 잘 모르겠군요. 당신은 자기 집에 몸을 의탁한 힘없는 처녀의 신세를 망치려고 했습니다. 당신네 부자들은 자신의 잘못을 눈감아 주도록 온 세상을 다 매수할 순 없다는 걸 배워야 합니다."

놀랍게도 황금왕은 홈즈의 비난을 침착하게 받아들였다.

"나도 지금은 같은 생각을 하고 있소. 고맙게도 신은 내 뜻을 이루어주지 않았소이다. 던바 양은 내 얘기를 받아들이지 않았고 곧 집을 나가겠다고 했소."

"그런데 왜 안 나갔지요?"

"아, 우선, 숙녀에게는 부양 가족이 있는데 일을 그만두고 식구들을 나 몰라라 하는 게 그리 쉬운 일은 아니었소. 내가 다시는 그런 말을 하지 않겠다고 맹세하자 숙녀는 그냥 있겠다고 했소이다. 나는 그 맹세를 지켰소. 하지만 던바 양이 집을 나가지 않은 데에는 또 다른 이유가 있었소. 숙녀는 자신이 내게 영향력을 갖고 있다는 것과, 내게 그만한 영향력을 행사할 수 있는 사람이 세상엔 없다는 사실을 알고 있었소이다. 숙녀는 자신의 힘을 좋은 쪽으로 쓰고 싶어 했소.”

“어떻게요?”

“글쎄, 던바 양은 내 사업이 어떤 건지 좀 알고 있었소. 홈즈 선생, 그건 웬만한 사람은 상상할 수도 없을 만큼 거대한 사업이오. 나한테는 창조할 수도 있고 파괴할 수도 있는 힘이 있지만……, 나는 대개 파괴하는 편이오. 그것은 개인뿐만이 아니었소. 마을과 도시, 심지어는 국가도 대상이 되었소. 사업이란 비정한 승부라서 약자들은 도태되게 마련이오. 나는 이기기 위해 사업을 했소이다. 나는 절대로 잃는 소리를 하지 않았고 상대방이 잃는 소리를 하더라도 개의치 않았소. 하지만 던바 양의 생각은 달랐소. 나는 그녀가 옳다고 생각하오. 던바 양은 한 사람이 필요 이상의 재물을 모으면서 수만의 사람들을 파산시키고 그들의 생활 수단을 빼앗는 일이 있어서는 안 된다고 믿었소이다. 던바 양의 생각은 그랬는데, 그 여성에게는 돈을 뛰어넘어 영원히 지속하는 무엇인가를 꿰뚫어 볼 수 있는 힘이 있었던 것 같소. 숙녀는 내가 자신의 말에 귀 기울이는 걸 알고, 자신이 내 행동에 영향을 미침으로써 세상에 기여하고 있다고 믿었소이다. 그래서 그녀는 머물렀소. 그런데 이런 일이 생긴 거요.”

“사건을 조사하는 데 뭔가 도움이 될 만한 얘기는 없습니까?”

황금왕은 두 손으로 머리를 감싸 쥐고 한동안 깊은 생각에 잠겼다.

“던바 양에게 상황은 절망적이오. 그것은 부정할 수 없소이다. 게

다가 여자들한테도 내면적인 생활이 있어서 남자가 예상하지 못한 행동을 할 수도 있소. 처음에 나는 너무 당황해서 뒷걸음질 쳤소. 혹시 던바 양이 평소의 성격과는 완전히 다른 이상한 방식으로 탈선한 게 아닌가 하는 생각도 들었소. 그런데 문득 어떤 생각이 떠올랐소. 홈즈 선생, 이제 그 얘기를 하겠소. 그럴 만한 가치가 있는 거니까 말이오. 내 아내가 무척 질투심이 강하다는 것은 틀림없는 사실이오. 영혼에 대한 질투도 육체에 대한 질투심 못지않게 광적일 수 있소이다. 비록 아내가 육체적 관계에 대해 질투할 만한 건 없었고, 아내도 그 점을 잘 알고 있었다고 생각하지만, 던바 양이 내 마음과 행동에 대해 자신은 한 번도 가져보지 못한 영향력을 행사하고 있다는 사실을 알고 있었소. 던바 양의 영향력은 좋은 쪽으로 발휘되었지만 그렇다고 해서 문제가 해결되지는 않았지. 아내는 증오심에 눈이 멀었고 핏속에선 아마존의 정열이 들끓고 있었소. 아내는 던바 양을 살해할 계획을 세웠는지도 모르오. 아니면 숙녀를 총으로 위협해서 집에서 몰아내려고 했는지도 모르고. 그런데 둘이 옥신각신하다가 방아쇠가 당겨졌고 총을 쥐고 있던 쪽이 총에 맞은 거요.”

“그런 가능성은 나도 벌써 생각해 봤습니다.”

홈즈가 말했다.

“사실 계획적인 살인 이외의 가능성은 그것뿐이지요.”

“하지만 던바 양은 그걸 완전히 부정하고 있소.”

“아, 그게 다가 아니라는 거군요, 그렇지요? 던바 양은 그렇게 끔찍한 일을 당한 뒤에 당황한 나머지 리볼버를 손에 든 채 허둥지둥

집으로 달려갔을 수도 있지요. 그리고 자신이 어떤 행동을 하고 있는지 의식하지 못하고, 총을 옷장에 던져 넣기까지 했는지도 모르고요. 그런데 나중에 총이 발견되자 도저히 설명할 방법이 없으니까 일체의 사실을 다 부정하는 식으로 거짓말을 해서 빠져나가려고 하는지도 모릅니다. 이런 가설을 부정하는 게 있을까요?”

“던바 양 자신이오.”

홈즈는 시계를 들여다보았다.

“흠, 우린 오늘 아침에 필요한 허가를 받아서 저녁 기차 편으로 윈체스터에 도착할 수 있을 겁니다. 내가 숙녀를 직접 만나보는 것이 사건 수사에 도움이 될 거라고 생각되지만, 반드시 깁슨 씨가 원하는 방향으로 결론이 날지는 잘 모르겠군요.”

공식적인 허가를 받는 데 시간이 좀 걸렸으므로 우린 그날 윈체스터에 가는 대신 닐 깁슨 씨의 햄프셔 영지, 토르관에 갔다. 깁슨 씨와 동행하지는 않았지만, 우리는 사건을 처음 조사한 그곳 경찰인 코벤트리 경위의 주소를 가지고 있었다. 경위는 키가 크고 비쩍 마른 사람이었고 자신이 입 밖에 낼 수 있는 것보다 훨씬 더 많은 사실을 알고 있거나 의심하고 있는 듯한 분위기를 풍기는 비밀스럽고 불가사의한 태도의 소유자였다. 또한 그는 지극히 중요한 대목을 말하는 것처럼 갑자기 목소리를 낮춰 속삭이는 기술도 있었는데, 그러나 그렇게 전해 준 정보가 대개는 평범하기 짝이 없는 것이었다. 그렇지만 이러한 교묘한 태도 뒤에서, 그는 금세 본래의 점잖고 정직한 성품을 드러냈고, 거만한 구석이 전혀 없어서 자신은 능력이 모자라니 어떤 도움이라도 고맙게 받겠다는 얘기를 서슴없이 했다.

"어쨌든 나는 런던 경찰국보다는 홈즈 선생이 더 좋습니다."

코벤트리 경위는 말했다.

"경찰국이 사건에 개입할 경우, 지방 경찰은 사건 해결에 성공하면 공을 전부 빼앗기고 실패하면 책임을 뒤집어쓰게 됩니다. 그런데 나는 선생께서는 공명정대하게 행동하신다고 들었습니다."

"나는 이 사건에서 표면에 드러날 필요가 전혀 없소이다."

홈즈가 말하자 침울한 경위는 눈에 띄게 안심했다.

"설령 내가 사건을 해결할 수 있다고 해도 내 이름을 언급해 달라고 요구하지 않겠소."

"아, 정말 너그러우신 말씀이군요. 그리고 친구 되시는 왓슨 박사님도 믿을 만한 분이라는 걸 잘 알고 있습니다. 자, 홈즈 선생님, 현장에 가는 동안 한 가지 묻고 싶은 것이 있습니다. 나는 두 분 외에 누구한테도 이 얘기를 하지 않을 겁니다."

그는 말을 입 밖에 내기가 두려운 것처럼 사방을 두리번거렸다.

"혹시 닐 깁슨 씨가 범인일 가능성은 없을까요?"

"그럴 가능성도 고려하고 있소이다."

"선생께선 아직 던바 양을 못 보셨지요? 던바 양은 어느 모로 보나 놀랄 만큼 멋진 여성입니다. 깁슨 씨는 거치적거리는 아내를 제거하고 싶었는지도 모릅니다. 그리고 미국인은 우리 나라 사람들보다 권총을 능숙하게 사용하니까요. 그런데 옷장 속에서 나온 건 깁슨 씨의 권총이었습니다."

"그건 분명하게 확인된 사실이오?"

"예. 깁슨 씨의 쌍둥이 권총 중의 하나였지요."

"쌍둥이 권총? 그럼 다른 하나는 어디 있소?"

"글쎄요, 그 신사한테는 총기가 많습니다. 그 권총과 같은 것은 찾지 못했습니다. 하지만 권총 상자가 두 개들이였지요."

"만약 권총이 한 쌍이라면 같은 짝이 있어야 하오."

"집 안에 총기류를 전부 모아놨으니 언제든지 보실 수 있습니다."

"그건 나중에. 우선 사건 현장에 내려가서 한번 둘러보기로 합시다."

이러한 대화가 오간 곳은 지역 경찰서의 역할을 하는 코벤트리 경위의 수수한 농가 주택의 작은 거실이었다. 황금빛과 청동빛의 시들어가는 양치류로 뒤덮인, 바람 휘몰아치는 황야를 800미터쯤 걸어가자 토르관의 영지로 통하는 쪽문이 나왔다. 꿩 금렵 지구를 지나는 오솔길을 내려가자 공터가 나타나며 언덕 위에 튜더 양식과 조지 양식을 혼합한 목제 골조의 넓은 저택이 보였다. 옆쪽으로 갈대가 우거진 긴 방죽이 있는데, 가운데 폭이 좁아진 곳에 마차가 지나다닐 수 있는 돌다리가 놓여 있었다. 다리 양쪽으로는 방죽의 폭이 넓어지면서 작은 호수를 이루고 있었다. 안내자는 이 다리 입구에서 걸음을 멈추고 바닥을 손가락질했다.

"여기가 깁슨 부인의 시신이 발견된 자립니다. 나는 저 돌을 기준으로 기억해 놓았습니다."

"나는 경위가 시신을
옮기기 전에 현장에 도
착했다고 들었는데?"

"예, 금방 나한테 사람을 보냈더군요."

"누가?"

"깁슨 씨가요. 사건 소식을 듣자마자 깁슨 씨는 다른 사람들과 같
이 집에서 여기로 달려왔습니다. 그리고 경찰이 도착할 때까지 절
대로 손대지 말라는 지시를 내렸지요."

"현명한 조치였구려. 나는 신문에서 총이 근거리에서 발사됐다는
소식을 보았소만."

"예, 아주 가까운 곳에서 쐈습니다."

"오른쪽 관자놀이 근처에서?"

"관자놀이 바로 뒤쪽에서."

"시신이 어떤 자세로 쓰러져 있었지요?"

"똑바로 누워 있었습니다. 싸운 흔적도 무슨 자취도 무기도 없었습니다. 부인은 던바 양이 보낸 짧은 편지를 왼손으로 움켜쥐고 있었지요."

"움켜쥐고 있었다고?"

"예, 손가락을 펴기가 힘들 정도였습니다."

"대단히 중요한 대목이오. 그렇다면 누군가 단서를 조작하기 위해 부인이 죽은 뒤에 손에 쪽지를 쥐여주었을 가능성은 없는 거요. 맙소사! 내 기억에 따르면 편지는 아주 간단했는데. '아홉시까지 토르교로 가겠습니다. ─G. 던바.' 이런 내용 아니었소?"

"맞습니다."

"던바 양은 자신이 썼다는 것을 인정했소?"

"예."

"뭐라고 설명하던가요?"

"던바 양은 순회 재판 때로 답변을 미뤘습니다. 지금은 아무 말도 하지 않으려고 합니다."

"정말 흥미로운 사건이오. 편지의 요점이 아주 애매하거든. 그렇지 않소?"

"글쎄요."

안내자는 말했다.

"제 의견을 과감히 말해 보면 그 편지는 사건 전체에서 단 하나의 확실한 요소 같은데요."

홈즈는 고개를 흔들었다.

"그 편지가 진짜 던바 양이 쓴 게 맞는다면 깁슨 부인은 분명히 약속 시간 얼마 전에 그걸 받았을 거요, 한 시간이나 두 시간 전에 말이오. 그런데 왼손에 편지를 움켜쥐고 있었던 이유가 뭘까? 부인이 굳이 그 편지를 가져간 건 무엇 때문이지? 던바 양과 얘기할 때 그 편지를 언급할 필요는 없었을 텐데. 좀 이상해 보이지 않소?"

"글쎄요, 말씀을 듣고 보니 그런 것 같군요."

"몇 분간 조용히 앉아서 그 문제에 관해 생각해 봐야겠소이다."

홈즈는 돌다리의 난간 위에 걸터앉아서 미심쩍은 듯 날카로운 회색 눈으로 구석구석을 쏘아보았다. 그러더니 갑자기 벌떡 일어서서 건너편 난간을 향해 달려갔다. 그리고 주머니에서 확대경을 꺼내 들고 난간을 살피기 시작했다.

"정말 흥미롭군."

그가 말했다.

"예, 우리도 난간에 흠집이 생긴 걸 봤습니다. 하지만 그건 지나가던 행인이 그렇게 만들어놓은 게 아닐까요."

돌 구조물은 회색이었지만 유독 한 부분만 6펜스 동전만 하게 흰색이었다. 가까이서 들여다보니 돌 표면이 강한 충격 때문에 떨어져 나간 게 보였다.

"이렇게 조각이 떨어져 나갈 정도면 힘을 주어 때려야 했을 거요."

홈즈는 생각에 잠긴 얼굴로 말했다. 그리고 지팡이로 난간을 몇 차례 두드렸으나 아무런 흔적도 남지 않았다.

"그렇소, 아주 세게 때렸소. 더구나 위치가 아주 묘하지 않소? 난간 위쪽이 아니라 아래쪽을 때렸소이다. 보시다시피 여기는 난간의 아래쪽 가장자리거든."

"하지만 시신에서 적어도 5미터는 떨어져 있습니다."

"그렇소, 시신에서 5미터는 떨어져 있소. 그건 사건과 관계없을 수도 있지만 주목할 만한 부분인지도 모르오. 하지만 여기서 더 알아낼 만한 게 있는 것 같지는 않소. 발자국은 없었다고 했지요?"

"바닥이 무쇠처럼 단단했습니다. 아무 흔적도 없었지요."

"그럼 이제 가봐도 되겠구먼. 먼저 저택으로 가서 경위가 말한 그 총기류를 살펴보기로 합시다. 그다음에 윈체스터에 가서 던바 양을 만난 뒤에 수사를 계속하기로 하지요."

널 깁슨 씨는 아직 런던에서 돌아오지 않았지만, 우리는 저택에서 아침나절에 우릴 찾아온 신경질적인 베이츠 씨를 만났다. 그는 심술궂은 얼굴로 이것 보라는 듯, 험한 인생을 살아온 주인이 그동안 모아놓은 다양한 모양과 크기의 무시무시한 총기류를 보여주었다.

"다들 짐작하고 계시겠지만, 주인한테는 생활 방식을 속속들이 꿰뚫고 있는 적이 한둘이 아닙니다."

베이츠는 말했다.

"주인은 장전한 리볼버를 침대 옆의 서랍에 넣어놓고 잡니다. 성격이 난폭해서 모두들 주인을 두려워할 때도 있지요. 저는 돌아가신 주인마님도 공포에 떤 적이 많았다는 걸 알고 있습니다."

"깁슨 씨가 부인에게 폭력을 행사하는 걸 본 적 있소?"

"아니요, 그렇게 말할 수는 없습니다. 하지만 그만큼이나 나쁜 언어 폭력을 쓰는 건 많이 봤습니다. 심지어 하인들 앞에서도 냉정한 말과 신랄한 조롱을 서슴없이 퍼부어댔으니까요."

역을 향해 가는 동안 홈즈가 말했다.

"우리 백만장자께선 사생활이 그다지 모범적이진 못했던 것 같아. 왓슨, 우린 많은 걸 봤고 그중에는 새로운 사실도 있지만 결론을 내리기엔 좀 이른 것 같네. 베이츠 씨는 주인을 무척 혐오하지만, 사건 소식이 들렸을 때 깁슨이 서재에 있었다는 사실을 부정하지는 못했어. 저녁 식사는 여덟시 반에 끝났는데 그때까지는 모든 게 다 정상적이었지. 시신이 늦게 발견되긴 했지만, 사건이 깁슨 씨 말처럼 아홉시경에 일어난 것만은 틀림없는 사실일세. 깁슨 씨가 그날 런던에 갔다가 저녁 다섯시에 귀가한 뒤에 외출한 흔적은 없네. 하지만 나는 던바 양이 깁슨 부인과 다리에서 만나기로 약속했다고 진술했다는 걸 알고 있네. 던바 양은 그 이상의 얘기는 하지 않으려고 하고 있지. 변호사가 진술을 다음으로 미루라고 권고했기 때문이야. 우린 젊은 숙녀에게 몇 가지 중요한 질문을 할 게 있는데, 숙녀를 만나보기 전까지는 마음이 편치 않을 것 같아. 솔직히 말해서 이 사건은 단 한 가지 점을 제외하고 던바 양에게 극히 불리하게 돌아가고 있네."

"홈즈, 그게 뭔가?"

"숙녀의 옷장에서 권총이 발견된 것."

"맙소사, 여보게!"

나는 소리쳤다.

"내가 보기에는 그게 제일 확실한 증거 같은데."

"왓슨, 그렇지 않네. 처음에 그 얘기를 언뜻 들었을 때도 나는 아주 이상한 느낌이 들었는데, 이제 사건을 가까이서 살펴보고 나니 그건 유일한 희망의 징검다리가 됐네. 우린 일관성을 추구해야 하네. 만약 일관성이 결여됐으면 속임수가 있는지 의심해 봐야 하지."

"자네 말이 잘 이해 안 되는군."

"자, 왓슨, 자네가 연적을 무자비하게 제거하려고 마음먹은 여자라고 가정해 보세. 자네는 계획을 세웠네. 그리고 편지를 보냈지. 상대가 왔네. 자네는 무기를 가지고 있다가 범행을 저질렀네. 전문가 못지않게 완벽한 솜씨로 말일세. 그런데 자네는 그렇게 노련하게 일을 저지른 뒤에, 총을 바로 옆의 갈대 숲에 던져버리지 않고 손에 꼭 쥐고 집으로 달려와서 제일 먼저 수색당할 게 뻔한 자기 옷장에 던져 넣어서 인생을 망치겠나? 왓슨, 자네랑 아무리 가까운 친구라고 해도 그런 행동을 용의주도하다고 말해 주진 않을 걸세. 하지만 아무리 생각해도 자네가 그렇게 미숙하게 행동할 것 같지는 않거든."

"일시적인 흥분 상태에서……."

"왓슨, 그건 절대로 그렇지 않네. 나는 그런 게 가능하다고 생각하지 않아. 범행을 사전에 계획할 때는 범행을 은폐하는 수단도 미리 생각해 놓는 법일세. 따라서 나는 우리가 심각한 오해를 하고 있다고 보네."

"하지만 설명되지 않는 부분이 너무 많아."

"그래, 설명해야 할 부분이 있지. 하지만 일단 사건을 바라보는 관점이 변하면 결정적인 증거로 생각됐던 것이 오히려 진실에 이르는 단서가 되거든. 예를 들면, 총 말일세. 던바 양은 자기는 전혀 모르는 일이라고 잡아떼고 있지. 그런데 새로운 가설하에서는 던바 양의 진술이 전부 사실이라네. 따라서 총을 옷장에 집어넣은 건 딴 사람이지. 누가 총을 던바 양의 옷장 속에 넣어놓았을까? 그건 그녀를 범인으로 몰고 싶은 사람의 소행일세. 그렇다면 혹시 그 사람이 진범이 아닐까? 보다시피 조사 방향이 바뀌면서 그럴듯한 결실이 맺어졌네."

절차상의 문제가 아직 해결되지 않은 까닭에 우리는 윈체스터에서 밤을 지새울 수밖에 없었지만, 다음 날 아침에 변호사로 선임된 전도유망한 법정 변호사 조이스 커밍스 씨와 함께 숙녀를 감방에서 만나도 좋다는 허가를 받았다. 나도 들은 얘기가 있었던지라 아름다운 여성을 만날 거라고 예상하고는 있었지만 던바 양을 처음 봤을 때의 충격은 잊히지 않는다. 자만심이 강한 백만장자조차 그녀에게서 자신보다 더 강한 어떤 것, 자신을 이끌어줄 수 있는 뭔가를 발견한 것은 놀라운 일이 아니었다. 깎은 듯이 단정하고 강하면서도 민감한 얼굴을 바라볼 때, 사람들은 그녀에게서 조금 성급할지는 몰라도 자신의 힘을 항상 선한 방향으로 이끄는 고귀한 내면을 느꼈다. 검은 눈, 검은 머리의 가정 교사는 귀티 나는 얼굴에 키가 컸고 태도는 당당했다. 하지만 검은 두 눈에는 사냥꾼의 그물이 조여오고 있음을 느끼면서도 빠져나갈 길을 찾지 못한 짐승처럼 애원하듯이 무력한 표정이 떠올라 있었다. 이제 유명한 내 친구가 도와주러 왔다는 것을 깨닫자, 그녀의 창백한 뺨에는 홍조가 떠올랐고 우리를 바라보는 시선에는 희망의 빛이 어렸다.

"닐 깁슨 씨께서 우리 사이에 있었던 일을 말씀하셨겠지요?"

던바 양은 들뜬 목소리로 나지막하게 물었다.

"그렇습니다."

홈즈는 대답했다.

"그 괴로운 말씀은 굳이 안 하셔도 됩니다. 이렇게 직접 뵈니 던바 양이 깁슨 씨에게 영향을 미쳤다는 얘기와 두 분이 결백하다는 얘기가 이해되는군요. 하지만 왜 법정에서 진술하지 않았습니까?"

"저는 금방 혐의를 벗을 줄 알았어요. 조금 기다리면 모든 사실이 저절로 밝혀져서, 굳이 가족의 고통스러운 속내를 시시콜콜 얘기할 필요가 없을 거라고 생각했지요. 하지만 사실이 밝혀지기는커녕 사태가 점점 심각하게 발전하는 것 같더군요."

홈즈는 열띤 목소리로 외쳤다.

"던바 양, 부디 그런 상황을 직시하시기 바랍니다. 여기 계신 커밍스 씨도 모든 게 우리에게 불리하게 돌아가고 있다는 사실을 인정할 겁니다. 혐의를 완전히 벗기 위해선 할 수 있는 모든 일을 다 해야 합니다. 던바 양이 지금 극히 위험한 상황에 놓여 있지 않은 척하는 것은 잔인한 사기일 겁니다. 그러니 우리가 진실을 밝히는 작업에 최선을 다해 협조해 주시기 바랍니다."

"저는 아무것도 숨기지 않겠어요."

"그러면 깁슨 부인과의 관계를 사실 그대로 진술해 주십시오."

"홈즈 선생님, 부인은 절 미워했어요. 열대 지방 사람답게 저를 격렬하게 미워했어요. 부인은 무슨 일이든 미적지근하게 처리하는 성격이 아니었고, 부군에 대한 사랑의 깊이는 곧 저에 대한 미움의 깊이를 의미했지요. 부인이 우리 관계를 오해하셨는지도 모르겠습니다. 저는 부인에게 해를 끼치려는 생각은 조금도 없었지만, 그분은 육체적으로 너무도 뜨겁게 사랑했기 때문에, 부군과 제가 정신적으로 또 어쩌면 영적으로 연결돼 있다는 것을 이해하지 못했고 제가 그 집에 남아 있는 건 오직 부군의 힘을 좋은 방향으로 돌리려는 바람 때문이라는 걸 상상하지 못하셨지요. 이제야 제가 잘못했다는 걸 알겠어요. 저 자신이 불행의 씨앗이 되는 곳에서 계속 머물렀던 것은 옳은 행동이 아니었어요. 하지만 제가 그 집을 떠났다고 해도 불행이 사라지지 않았을 것은 분명합니다."

"자, 던바 양, 그날 저녁에 무슨 일이 있었는지 정확하게 말해 주기 바랍니다."

"홈즈 선생님, 제가 알고 있는 걸 다 말씀드릴 수 있지만, 제가 증명할 수 있는 건 아무것도 없답니다. 그런데 제힘으로는 도저히 설명할 수 없고 또 무슨 설명이 가능하다고 생각할 수도 없는 점들이, 아주 중요한 점들이 있거든요."

"던바 양이 사실을 말해 주면 설명은 다른 사람들이 할 수 있을지도 모릅니다."

"그럼 그날 밤 제가 토르교에 갔던 일부터 말하겠어요. 저는 아침에 깁슨 부인한테서 편지를 받았습니다. 편지는 공부방 책상 위에 놓여 있었는데 부인이 직접 갖다 놓은 것 같더군요. 중요한 얘기가 있으니 저녁 식사 후에 토르교에서 만나자는 내용이었지요. 그리고 답장은 정원의 해시계 위에 올려놓으라고 했고 아무한테도 발설하지 말라고 했습니다. 저는 그렇게 비밀스럽게 행동해야 할 까닭은 몰랐지만 그렇게 하겠다고 약속했고 약속을 지켰습니다. 부인은 자신을 거칠게 대하는 남편을 무서워했는데, 저는 깁슨 씨에게 그러면 안 된다는 얘기를 자주했어요. 그래서 저는 부인이 그런 식으로 비밀스럽게 행동하는 게 남편 모르게 저와 만나고 싶어서일 거라고 해석했지요."

"그런데 부인은 던바 양의 답장을 손에 꼭 쥐고 있지 않았습니까?"

"예. 저는 돌아가신 부인이 그 편지를 갖고 있었다는 얘길 듣고 무척 놀랐어요."

"흠, 그다음에는 어떻게 됐지요?"

"저는 약속 시간에 토르교로 나갔어요. 거기 가보니 부인은 벌써 와 있더군요. 저는 그 순간까지 그 가엾은 분이 저를 얼마나 미워하고 있는지 몰랐어요. 부인은 꼭 미친 여자 같았지요. 저는 정말 부인이 미쳤다고 생각했습니다. 그런 음흉한 계교를 꾸밀 수 있을 만큼 살짝 미쳤다고 생각했지요. 그렇지 않고서야 가슴속에 저에 대한 증오심을 그렇게 깊이 간직하고서도 아무렇지도 않은 척 저를 매일 만날 수 있었겠어요? 부인이 한 말은 하지 않겠어요. 부인은 가슴을 찌르는 무서운 말에 들끓는 분노를 담아서 퍼부었지요. 저는 대답도 하지 않았습니다……, 그럴 수가 없었지요. 부인을 보는 것조차 끔찍했어요. 저는 두 손으로 귀를 막고 도망쳤습니다. 제가 도망치는데도 부인은 여전히 다리 입구에 서서 저를 향해 고래고래 악담을 퍼부었습니다."

"부인이 나중에 그 자리에 쓰러져 있었습니까?"

"그곳에서 몇 미터 떨어진 곳에요."

"하지만 던바 양이 그곳을 떠난 직후에 부인이 사망했는데 총성을 못 들었습니까?"

"예, 아무 소리도 못 들었어요. 하지만 홈즈 선생님, 저는 끔찍한 꼴을 당한 뒤에 몹시 당황하고 겁에 질려 조용한 제 방으로 돌아가려고 정신없이 달렸고, 그래서 무슨 일이 있었는지 눈치챌 수 있는 상황이 아니었답니다."

"던바 양은 방으로 돌아갔다고 했는데요, 다음 날 아침까지 방을 비운 적은 없습니까?"

"있어요. 그 가엾은 분이 돌아가셨다는 소식을 듣고 저는 다른 사람들과 같이 그곳으로 뛰어갔어요."

"깁슨 씨를 보셨습니까?"

"예. 그분이 다리에 갔다가 막 돌아오셨을 때 봤습니다. 그분은 의사와 경찰을 불렀어요."

"깁슨 씨가 유난히 불안해 보이지는 않던가요?"

“그분은 자제력이 뛰어
난, 아주 강한 분이에요. 감정을 겉으
로 드러낼 분이 아니지요. 하지만 그분을 잘 아는 제가 보기에 무척
걱정스러운 것 같았지요.”

“이제부터 아주 중요한 얘기가 나옵니다. 던바 양의 방에서 권총
이 발견됐습니다. 그 권총을 본 적이 있습니까?”

“아니요, 본 적 없어요.”

“그게 언제 발견됐지요?”

“다음 날 아침에 경찰이 집 안을 수색할 때.”

“던바 양의 옷가지 사이에서요?”

“예, 옷장 맨 밑에 옷 더미 아래 깔려 있었어요.”

"권총이 언제부터 거기 있었는지 짐작할 수 있습니까?"

"전날 아침에는 없었어요."

"그걸 어떻게 알지요?"

"그때 제가 옷장 정리를 했으니까요."

"그렇다면 확실하군요. 누군가 던바 양을 범인으로 몰기 위해 방에 들어가서 옷장 속에 권총을 넣어둔 것입니다."

"그랬을 거예요. 틀림없어요."

"그런데 언제?"

"식사 시간이나 제가 아이들과 같이 공부방에 있을 때 기회를 잡았겠지요."

"공부방에서 편지를 받았다고 했지요?"

"예, 오전에 쭉 거기 있었어요."

"감사합니다, 던바 양. 조사에 도움이 될 만한 사실이 더 있습니까?"

"이제 없는 것 같아요."

"뭔가가 다리 난간을 친 흔적이 있습니다. 시신이 있던 자리 맞은 편 쪽이 아주 깨끗하게 떨어져 나갔지요. 혹시 그게 어떻게 된 일인지 아십니까?"

"그냥 우연의 일치겠지요."

"던바 양, 그건 정말 흥미로운 일입니다. 하필이면 사건이 일어난 바로 그 시각, 그 장소에 왜 그런 흠집이 생겼을까요?"

"그런데 어떻게 해서 그런 흠집이 만들어졌지요? 아주 강한 힘이 작용해야 그렇게 되는 것 아닌가요?"

홈즈는 대답하지 않았다. 창백하고 열띤 얼굴이 갑자기 굳어지며 멍해지는 걸 보고 나는 그의 천재성이 놀랍게 발현되고 있다는 사실을 알았다. 그의 마음에 결정적인 순간이 찾아왔다는 게 너무도 명확했으므로 누구도 감히 말문을 열지 못하고 변호사와 수감된 피의자, 그리고 나는 묵묵히 앉아서 홈즈의 얼굴만 뚫어지게 쳐다보았다. 그는 갑자기 벌떡 일어섰다. 행동에 대한 절박한 욕망과 들끓는 에너지로 온몸을 떨고 있었다.

"왓슨, 가세! 어서!"

홈즈는 소리쳤다.

"홈즈 선생님, 무슨 일이지요?"

"걱정 마십시오, 던바 양. 커밍스 씨, 나중에 연락드리지요. 정의의 신의 도움으로 나는 영국 전역을 발칵 뒤집어놓을 수 있을 겁니다. 던바 양, 내일까지는 소식을 전하겠습니다. 구름이 걷히고 있으니 안심하시기 바랍니다. 진실의 빛이 비쳐 들 것이 분명합니다."

윈체스터에서 토르관까지 그리 먼 길은 아니었다. 하지만 몸이 달아 있던 내게도 멀게 느껴졌지만, 홈즈에게는 그 길이 영원처럼 느껴진 듯했다. 그는 신경이 잔뜩 곤두서서 가만히 앉아 있지 못하고 기차 안을 왔다 갔다 하거나 옆 좌석을 길고 섬세한 손가락으로 두들겨댔다. 그런데 목적지가 가까워오자 갑자기 맞은편에 와서 앉더니(일등실에는 우리 둘뿐이었다.) 내 무릎에 손을 올려놓고 장난기가 발동한 듯 개구쟁이 같은 눈으로 내 눈을 들여다보았다.

"왓슨, 자네가 이런 여행에 나설 때는 무장을 하는 것으로 알고

있네만."

내가 그렇게 하는 것은 그를 위한 것이기도 했는데, 그는 일단 무슨 문제에 몰두하면 신변의 안전에 대해 거의 신경을 쓰지 않았고, 그래서 급할 때는 내 리볼버가 좋은 친구 노릇을 했던 적이 몇 번 있었기 때문이다. 나는 그에게 그런 사실을 일깨워주었다.

"그래, 나는 그런 문제에 좀 무관심하지. 그런데 자네, 리볼버 가져왔나?"

나는 뒷주머니에서 총을 꺼냈다. 그것은 짧고 다루기 쉽고 튼튼한 작은 무기였다. 그는 안전장치를 풀고 탄약통을 흔들어 빼낸 다음 자세히 살펴보았다.

"무겁군, 상당히 무거워."

"그래, 그건 아주 튼튼한 물건일세."

그는 잠시 심사숙고했다.

"왓슨, 한 가지 알려줄 게 있네. 난 자네의 리볼버가 우리가 조사하고 있는 사건과 아주 깊은 관계를 갖게 될 거라고 생각하네."

"여보게, 자네 농담하고 있군."

"왓슨, 절대로 그렇지 않아. 나는 아주 진지하게 말하고 있네. 우린 어떤 실험을 해야 하는데, 그게 성공한다면 모든 사실이 명확하게 밝혀질 거야. 그런데 그 실험은 이 작은 무기의 움직임에 달려 있거든. 탄약통 하나는 빼내겠네. 이제 남은 다섯 개를 집어넣고 안전장치를 채우겠어. 됐어! 이렇게 해놓으니 무게가 늘어나서 더욱 정확하게 재현할 수 있겠군."

나는 그가 마음속으로 무슨 생각을 하고 있는지 몰랐는데, 그는 나를 깨우쳐주지도 않고 자그마한 햄프셔 역에 도착할 때까지 생각에 잠긴 채 앉아 있었다. 우리는 기우뚱거리는 이륜마차를 타고 15분 후에 믿음직한 친구인 경위의 집에 도착했다.

"단서라니? 홈즈 선생님, 그게 뭡니까?"

"모든 것이 왓슨 박사의 리볼버에 달려 있소이다."

내 친구가 말했다.

"바로 이거요. 자, 경위, 혹시 집에 10미터 정도 되는 줄이 있소?"

마을 상점에서 굵게 꼰 삼실 한 뭉치를 구했다.

"더 이상 필요한 건 없을 것 같소. 자, 이제 마지막 단계를 밟으러 출발합시다."

홈즈가 말했다.

뉘엿뉘엿 지는 태양이 물결치는 햄프셔의 황무지를 멋진 가을 풍경으로 바꿔놓았다. 경위는 비판과 불신의 눈길로 자주 쳐다봐서 내 친구의 정신 상태를 깊이 의심하고 있다는 사실을 유감없이 드러내며 옆에서 휘적휘적 걸었다. 범행 현장이 가까워지자 평소에 냉정함을 잃지 않던 내 친구가 무척 흥분하는 게 느껴졌다.

내가 그 점을 지적하자 홈즈가 대답했다.

"맞아, 왓슨, 자네는 내 추리가 어긋나는 걸 본 적이 있네. 나한테는 진실에 대한 본능적인 감이 있지만 가끔 그것이 엉뚱한 방향을 가리키기도 하지. 윈체스터의 감방에서 처음 영감이 떠올랐을 때 그건 정말 확실해 보였네. 하지만 상상력이 풍부한 정신의 한 가지

결함은 항상 또 다른 설명을 찾아내서 지금의 단서에 의심을 품게 만든다는 것이거든. 하지만……, 하지만……. 그래, 여보게, 우린 시도해 볼 수밖에 없네."

그는 걸어오는 동안 줄 한쪽 끝을 리볼버 손잡이에 단단히 묶어 놓았다. 이제 우리는 비극의 현장에 도착했다. 그는 경위의 도움으로 시신이 누워 있던 정확한 위치를 찾아서 표시했다. 그리고 히스와 양치류 덤불 속을 뒤져 꽤 큰 돌 하나를 주웠다. 그는 줄의 다른 쪽 끝을 돌에 묶은 다음 그것을 다리 난간 너머로 던져 물 위로 늘어뜨렸다. 그리고 리볼버를 든 채 난간에서 좀 떨어진 운명의 장소에 섰다. 무거운 돌덩이와 무기를 잇고 있는 줄이 팽팽하게 당겨졌다.

"간다!"

홈즈는 소리쳤다.

그 말과 함께 그는 권총을 머리 높이로 들어 올렸다가 손잡이를 놓았다. 총은 돌의 무게 때문에 순식간에 날아가 날카로운 소리를 내며 난간에 딱 부딪치고 그 너머로 빨려 들어갔다. 홈즈는 총을 놓자마자 난간 옆으로 달려가 무릎을 꿇었다. 기쁨의 함성을 올리는 것을 보니 기대했던 것을 발견한 모양이었다.

"이보다 더 정확한 시범이 있을까?"

그는 소리쳤다.

"왓슨, 보게나, 자네 리볼버가 문제를 해결했네!"

그는 난간 아랫면의 돌조각이 떨어져 나간 부분을 가리켰다. 그

것은 지난번에 생긴 흠집과 모양과 크기가 똑같았다.

"우린 오늘 밤에 여관에서 머물 거요."

홈즈는 몸을 일으키고 대경실색한 경위를 바라보았다.

"물론, 갈고리를 동원하면 내 친구의 리볼버를 쉽게 건져 올릴 수 있을 거요. 또 그 옆에서 원한에 사무친 여인이 자신의 죄를 감추고 무고한 사람에게 살인 혐의를 덮어씌우려고 했음을 드러내는, 줄에 매달린 리볼버와 추도 찾아낼 수 있을 거외다. 깁슨 씨에게 내일 아침에 만나서 던바 양의 무죄 방면을 위한 절차를 밟자고 전해 주시오."

그날 저녁 늦게 마을 여관에서 파이프를 피우면서 홈즈는 어떻게 된 일인지 간단하게 설명해 주었다.

"왓슨, 자네가 토르교 사건을 연대기에 덧붙인다고 해서 내 명성이 높아질 것 같지는 않네. 나는 정신적으로 나태했고, 또 내 방법론의 기초는 상상력과 현실의 결합인데 그런 면에서도 부족했지. 솔직히 말해서 난간에 생긴 흠집은 진실을 가리키는 충분한 단서였는데 좀 더 일찍 사건을 해결하지 못한 것은 내 불찰일세.

그 불행한 여인의 마음 씀씀이는 음흉하기 짝이 없어서 흉계를 간파하는 것이 아주 쉬운 일은 아니었네. 나는 우리가 겪은 모험 가운데 비뚤어진 사랑이 어떤 결과를 초래할 수 있는지 이보다 더 극명하게 나타내주는 사례는 없다고 생각하네. 던바 양이 육체적인 경쟁자이든 단순히 정신적인 의미의 경쟁자이든, 깁슨 부인은 똑같이 용서할 수 없었던 것 같네. 깁슨 씨는 지나치게 노골적인 아내의 애정 공세를 피하기 위해 거칠게 행동하고 매정한 말을 일삼았는데, 부인은 그 모든 것을 다 죄 없는 가정 교사 탓으로 돌린 거지. 부인은 처음에는 자신의 목숨을 끊기로 결심했네. 그랬다가 덤으로 무고한 여성에게 죽음보다 더 가혹한 운명을 선사하기로 한 걸세.

그다음에 부인이 어떤 행동을 취했는지는 분명한데, 정말 음흉한 정신을 볼 수 있네. 부인은 우선 던바 양이 범행 현장을 선택했다는 인상을 주기 위해 교묘하게 가정 교사의 자필 편지를 받아냈지. 그리고 그 편지가 그냥 묻혀버리면 안 된다는 강박 관념 때문에 마지막 순간까지 편지를 손에 쥐고 있는 좀 지나친 행동을 했어. 나는 그것만 보고도 의심해야 했네.

그런 다음 부인은 남편의 리볼버를 하나 빼냈지. 자네도 보았지만 집 안에는 무기가 수두룩하거든. 부인은 그날 아침에 비슷한 권총에서 총알 하나를 빼낸 다음 던바 양의 옷장 속에 감춰놓네. 총알을 빼내는 일은 남의 눈을 피해 숲 속에서 쉽게 할 수 있었지. 그다음에 다리로 내려가는데, 현장에서 무기를 없애는 놀랍도록 독창적인 방법은 이미 생각해 두고 있었네. 던바 양이 나타나자 부인은 증오심에 가득 찬 최후의 말을 퍼붓고 아무 소리도 들을 수 없는 곳으로 가정 교사가 가버리자 끔찍한 목적을 이루고 말았네. 이제 모든 고리가 제자리를 잡고 사슬은 완성된 걸세. 신문에선 왜 처음부터 호수를 뒤지지 않았느냐고 묻겠지만, 결과가 나온 다음에 입바른 소리를 하는 거야 쉬운 일이지. 어쨌든 어디서 무엇을 찾아야 하는지 정확히 모르는 상태에서는 갈대가 빽빽이 자라는 넓은 호수를 뒤지는 게 쉬운 일은 아니라네. 왓슨, 우린 대단한 여성과 무서운 남자를 도와주었네. 이 두 사람이 앞으로 힘을 합칠 가능성이 전혀 없을 것 같지는 않은데, 그렇게 되면 재계는 닐 깁슨 씨가 세속의 교훈을 가르치는 비애의 공부방에서 뭔가를 배웠다는 걸 알게 될 걸세.”

기어 다니는 남자

셜록 홈즈는 내가 프레스버리 교수의 기이한 사연을 공표해서 20년 전 대학 사회를 뒤흔들고 런던의 학계를 발칵 뒤집어놓은 그 모든 추잡한 소문을 끝장내야 한다고 항상 주장해 왔다. 하지만 그렇게 하는 데에는 모종의 장애물이 있어서, 그 기이한 사건의 실상은 내 친구의 숱한 모험의 기록을 품고 있는 양철 상자 속에 고스란히 묻혀 있었다. 그런데 드디어 우리는 친구가 현역에서 은퇴하기 직전에 처리한 마지막 사건 중의 하나인 그 사건을 공표해도 좋다는 허락을 받게 되었다. 하지만 대중 앞에 전모를 밝히는 것에는 아직도 어느 정도의 사려분별과 조심성이 필요하다.

1903년 9월 어느 일요일 초저녁, 홈즈에게서 특유의 간단한 메시지가 왔다.

괜찮다면 곧 오게나. 아니 괜찮지 않아도 오게나.

—S.H.

후기로 가면서 우리 두 사람의 관계는 대단히 독특해졌다. 홈즈는 정해진 습관대로 사는 사람이었는데, 나는 그의 습관 중의 하나가 되었다. 나는 바이올린이나 독한 담배, 오래된 검정 파이프, 참고 서적, 그리고 기타 덜 바람직스러운 것들과 비슷한 존재였다. 적극적인 활동과 함께 믿음직스럽고 대담한 동지가 필요한 사건에서 내 역할은 분명했다. 하지만 그런 역할 외에도 나는 쓸모가 있었다. 나는 그의 정신을 벼리는 숫돌과 같은 존재였다. 나는 그에게 자극이 되었다. 그는 내 앞에서 자신의 생각을 털어놓는 걸 좋아했다. 사실 그가 나를 이해시키기 위해 말하는 것은 아니었고 그의 얘기 중에는 침대를 앞에 놓고 말해도 무방한 것이 많았다. 그럼에도 그런 습관을 들인 뒤에는 내가 친구의 말에 귀 기울이고 말참견을 하는 것이 어떤 식으로든 도움이 되었다. 내가 질서 정연하고 둔한 정신으로 그를 자극할 때, 그의 불꽃 같은 직관과 인상은 더욱 빠르고 생생하게 타올랐다. 우리의 동맹 관계에서 나의 보잘것없는 역할은 그러했다.

베이커가에 도착해 보니 홈즈는 무릎을 끌어 올리고 안락의자에 몸을 파묻은 채, 입에는 파이프를 물고 이마에는 주름을 잡은 채, 생각에 잠겨 있었다. 무슨 골치 아픈 문제와 씨름하고 있는 것이 분명했다. 그는 낡은 안락의자를 손짓했지만 반 시간가량 내게 아는 척도 하지 않았다. 그러더니 흠칫 놀라며 몽상에서 깨어난 듯했고 예의 묘한 미소를 지으며 옛집에 돌아온 것을 환영해 주었다.

"여보게, 왓슨, 내가 멍하니 있던 걸 이해해 주기 바라네. 나는 24시간 전에 흥미로운 사건을 접수했는데, 그게 좀 더 일반적인 고찰로 발전했지. 나는 탐정 활동에 개를 이용하는 문제에 대해 작은 논문을 써볼까 하고 진지하게 생각 중이네."

"하지만 홈즈, 그런 주제에 대해선 이미 연구하지 않았나. 경찰견 블러드하운드……."

"아닐세, 왓슨, 물론 그런 측면이야 명백해졌지. 하지만 그보다 훨씬 미묘한 문제가 있다네. 자네는 그 사건을 너도밤나무 집 사건과 연관시켜 기억할 수도 있을 걸세. 나는 그때 아이의 마음을 관찰함으로써 점잖고 사회적으로 존경받는 아이 아버지의 범죄적인 습관을 추리해 낼 수 있었네."

"그래, 그때 일은 나한테도 기억에 생생하네."

"개에 대한 내 생각도 그와 비슷하지. 개는 가정의 분위기를 반영하거든. 침울한 가정에서 기운차게 뛰어다니는 개를 봤나? 행복한 가정에서 애처롭고 슬픈 개는? 고함을 지르는 사람들의 개는 으르렁거리고 위험한 사람들의 개는 위험하다네. 개는 주인의 기분에 따라 기분이 달라지기도 하지."

나는 설레설레 고개를 저었다.

"홈즈, 그건 좀 지나친 얘기일세."

그는 파이프에 담배를 꾹꾹 눌러 담더니 내 말은 들은 척도 하지 않고 자리에 앉았다.

"내가 방금 한 얘기를 실제로 적용하는 문제는 지금 조사하고 있는 사건과 깊은 관계가 있다네. 그건 뒤엉킨 실꾸리와 같은데, 나는 지금 실마리를 찾고 있어. 그런데 한쪽 실마리는 다음과 같은 질문으로 이어진다네. 프레스버리 교수 댁의 울프하운드(늑대 사냥에 쓰이는 큰 개 — 옮긴이) 로이는 왜 주인을 물어뜯으려고 하나?"

나는 조금 실망해서 의자에 등을 기댔다. 그렇게 하찮은 문제 때문에 나를 일터에서 불러냈단 말인가? 홈즈는 나를 흘끗 쳐다보았다.

"변함없는 내 친구! 자네는 아주 사소한 것들이 가장 중대한 사안을 좌우할 수 있다는 걸 모르는군. 자네도 캠퍼드 대학의 유명한 생리학자 프레스버리 교수에 대해서는 들어봤을 걸세. 그런데 성실하기 짝이 없는 나이 지긋한 철인(哲人)이 벗 삼아 키우던 충실한 울프하운드에게 두 번이나 공격당했다니 참 이상하지 않은가? 자네는 그 일에 대해 어떻게 생각하나?"

"개가 어디가 아픈 게로군."

"흠, 그렇게 생각할 수도 있지. 하지만 개는 딴 사람한테는 덤벼든 적이 없고 그 두 번을 제외하면 주인을 괴롭힌 일도 없다네. 왓슨, 흥미로운 일일세, 정말 흥미로운 일이야. 그런데 지금 초인종을 누른 사람이 베넷 씨라면 예정보다 일찍 왔군. 나는 저 청년이 오기 전에 자네와 좀 더 오래 얘기를 나누고 싶었는데."

빠른 발소리가 계단을 올라오더니 다급하게 문 두드리는 소리가 들렸다. 잠시 후 홈즈의 새 의뢰인이 나타났다. 그는 나이 서른 살가

량의 훤칠하게 잘생긴 키 큰 청년이었다. 옷차림은 우아했지만 태도에는 사교에 능한 세속적 인간의 침착함보다 공부하는 사람의 수줍음이 드러나 있었다. 청년은 홈즈와 악수를 나누고 약간 놀란 눈으로 나를 쳐다보았다.

"홈즈 선생님, 이건 상당히 미묘한 사안입니다. 제가 사적으로나 공적으로 프레스버리 교수님을 대변하고 있다는 사실을 고려해 주십시오. 제삼자 앞에서 말한다는 건 정말 옳지 못한 행동이 될 겁니다."

"베넷 씨, 걱정 마시오. 왓슨 박사로 말할 것 같으면 입이 무겁기로 소문난 사람이오. 그런데 이 사건을 해결하기 위해선 조수가 필요할 것 같단 말이오."

"홈즈 선생님, 좋을 대로 하십시오. 선생님께서는 제가 신중을 기할 수밖에 없는 사정을 이해하시리라고 믿습니다."

"왓슨, 여기 계신 트레버 베넷 씨는 대과학자 프레스버리 교수의 조수이고 그분과 같은 지붕 밑에 살면서, 교수의 외동딸과 약혼한 사이일세. 이제 자네도 형편이 어떤지 대강 이해가 되겠지. 베넷 씨, 우리는 당신이 교수에게 충실해야 할 의무가 있다는 점은 이해하오. 하지만 무엇보다 이 이상야릇한 사건을 해결하기 위해 필요한 조치를 취하는 것이 급선무일 거요."

"홈즈 선생님, 저도 같은 생각입니다. 그게 저의 목적이기도 하고요. 왓슨 박사께서는 상황을 알고 계십니까?"

"설명할 시간이 없었소."

"그러면 새로 벌어진 일을 설명하기 전에 먼저 배경에 대해 말씀

278

드리는 게 낫겠군요."

"그 얘기는 내가 하겠소."

홈즈가 말했다.

"내가 사건을 순서대로 정확히 파악하고 있다는 걸 보여주기 위해서도 말이오. 왓슨, 프레스버리 교수는 유럽 전역에서 명성이 높은 분일세. 평생을 학문 연구에 몸 바친 분이지. 그동안 무슨 추문 같은 건 전혀 없었네. 부인을 여의고 외동딸 에디스와 같이 살아왔지. 내가 알기로는 대단히 남자답고 적극적인 분인데, 보기에 따라서는 전투적이라고 할 수도 있는 성격의 소유자라네. 겨우 몇 달 전까지 상황은 그러했네.

그런데 프레스버리 교수의 생활에 큰 변화가 생겼지. 연세가 예순하나인데도 동료인 비교 해부학과 모피 교수의 따님과 약혼하게 된 걸세. 내가 들은 얘기에 따르면, 그렇게 된 것은 노인이 절차를 밟아 구애했기 때문이 아니라 아가씨 쪽에서 불같은 사랑을 느꼈기 때문인데 세상에 그보다 더 헌신적인 연인은 없을 정도라네. 엘리스 모피 양은 정신적으로나 육체적으로 완벽한 여성이었기 때문에 교수는 홀딱 빠지고 말았지. 그래도 프레스버리 교수의 가족은 그러한 결합을 전적으로 찬성하지는 않았다네."

"우리는 그게 좀 지나치다고 생각했습니다."

손님이 말했다.

"바로 그걸세. 지나치고 극단적이고 부자연스럽지. 하지만 프레스버리 교수는 재산가였기 때문에, 숙녀의 아버지가 반대하지는 않왔네. 하지만 모피 양은 아버지와 보는 점이 달랐어. 세속적인 견지에서 자격이 좀 미달될지는 몰라도 최소한 나이는 훨씬 어린 결혼 후보도 몇 명 있었지만 숙녀는 별나게 교수를 좋아하는 것 같았네. 문제가 되는 것은 오직 나이뿐이었지.

그 무렵 사소하지만 이상한 일들이 생기면서 교수의 정상적인 생활에 갑자기 그늘이 드리워졌네. 교수는 전에 없던 행동을 했지. 온다 간다는 말도 없이 집을 떠나서 보름 만에 지친 모습으로 돌아왔네. 평소에는 지극히 솔직 담백한 사람이었지만 어딜 다녀왔는지 한마디도 하지 않았네. 그런데 마침 여기 계신 의뢰인 베넷 씨 앞으로 프라하에서 공부하는 친구한테서 편지가 한 통 날아왔네. 그 친구는 편지에, 프라하에서 프레스버리 교수님을 보고 비록 얘기는 못 나눴지만 무척 기뻤노라고 써 보냈네. 가족들은 이렇게 해서 교수가 어딜 다녀왔는지를 알게 되었지.

이제부터 나오는 얘기가 핵심일세. 그때부터 교수한테 이상한 변화가 일어났지. 교수는 비밀이 많은 음흉한 성격으로 돌변했네. 완전히 딴사람이 된 것처럼 고결한 성품에 어떤 그림자가 드리워진 듯한 분위기를 풍겼지. 지적인 능력은 변하지 않았네. 강의는 전과 다름없이 훌륭했지. 하지만 뭔가 색다른, 뭔가 불길하고 예상을 뛰어넘는 것이 항상 있었지. 아버지에게 헌신적인 따님은 아버지가 뒤집어쓴 가면을 벗겨내고 예전의 관계를 회복하기 위해 무진 애를 썼네. 그래, 자네라도 아마 그렇게 했을 거야. 하지만 모든 게 다 헛수고였지. 그럼, 베넷 씨, 이제부터는 당신이 편지에서 말한 사건에 대해 설명해 주시오."

"왓슨 박사님, 무엇보다 교수님이 제게는 비밀이 없었다는 사실을 아셔야 합니다. 제가 교수님의 아들이나 동생이었다고 해도 사생활 전체를 그렇게 속속들이 알 수는 없었을 겁니다. 저는 비서 자격으로 그분 앞으로 오는 모든 우편물을 다 개봉하고 분류하는 일을 했습니다. 그런데 교수님이 프라하에 다녀오신 직후에 모든 게 다 변했지요. 그분은 저한테 우표 밑에 십자 표시가 되어 있는 편지가 런던에서 올 거라고 말씀하셨습니다. 그리고 그런 편지는 당신이 직접 뜯어볼 테니 따로 모아놓으라고 하셨지요. 저는 그런 편지를 몇 통 받았는데, 런던 동부 중구 소인이 찍혀 있었고 주소는 배운 게 없는 사람의 필적으로 쓰여 있었습니다. 교수님께서 따로 답장을 내셨는지는 모르지만, 제게 대필을 시키거나 우편물을 모아놓는 편지 바구니에 답장을 넣어둔 적은 없습니다."

"그리고 그 상자 얘기."

홈즈가 말했다.

"아, 예, 상자 말이지요. 교수님은 여행에서 돌아오실 때 작은 나무 상자를 하나 가져오셨습니다. 유럽에 다녀온 표시가 나는 물건은 그것 하나뿐이었는데, 그건 주로 독일에서 생산되는 예스러운 조각이 새겨진 상자였지요. 교수님은 그 상자를 기구를 넣어두는 진열장에 보관하셨습니다. 어느 날, 저는 배액관(排液管)을 찾다가 그 상자를 집어 들었는데 교수님이 노발대발하시는 바람에 깜짝 놀랐습니다. 교수님은 저의 단순한 호기심에 대해 지나치게 가혹한 말을 퍼부으며 나무라셨습니다. 그런 일이 생긴 건 그때가 처음이었고 저는 무척 심정이 상했습니다. 저는 일부러 손을 댄 건 아니라고 설명하려고 했지만 저녁내 교수님의 험악한 눈초리를 의식하고 그 일 때문에 계속 화를 내고 계신다는 걸 알았습니다.”

베넷 씨는 주머니에서 작은 일지를 꺼냈다.

“그게 7월 2일이었지요.”

“베넷 씨는 정말 칭찬받을 만한 증인이오.”

홈즈가 말했다.

“당신이 기록해 놓은 날짜가 요긴하게 쓰일 것 같소이다.”

“저는 훌륭한 스승님에게 여러 가지를 배웠는데 그중 하나가 질서입니다. 저는 교수님의 행동에서 비정상적인 요소를 관찰한 순간부터 그분의 사례를 연구하는 게 제 의무라고 생각했습니다. 그래서 7월 2일, 로이가 서재에서 나오신 교수님한테 덤벼든 그날부터 일지를 쓰기 시작했지요. 그런데 7월 11일에 같은 일이 벌어졌고, 7월 20일에도 그런 일이 생겨서 여기 기록해 놓았습니다. 결국 우리는 로이를 마구간으로 쫓아내야 했지요. 녀석은 원래 너무도 사랑스럽고 주인을 잘 따르는 개였습니다. 그런데 제가 선생님을 지루하게 해드렸나 봅니다.”

베넷 씨는 나무라는 듯한 어조로 말했는데, 홈즈가 제대로 듣지 않는 것이 분명했기 때문이다. 홈즈는 굳은 표정으로 멍하니 천장을 응시하고 있었다. 그러다 애써 정신을 차렸다.

“기이한 일이오! 정말 기이한 일이야!”

그는 중얼거렸다.

"베넷 씨, 그런 일이 있었던 줄은 몰랐소. 이제 우리는 배경에 대해서는 충분히 이해한 것 같은데, 안 그렇소? 새로운 사건이 터졌다고 했는데 그 얘기를 좀 들어봅시다."

무슨 불쾌한 기억 때문인지 손님의 쾌활하고 솔직한 얼굴이 어두워졌다.

"제가 말하려는 일이 생긴 건 그저께 밤입니다. 새벽 두시에 눈이 말똥말똥해서 누워 있는데 복도에서 희미한 소리가 들렸습니다. 저는 방문을 열고 바깥을 내다보았지요. 먼저 교수님의 침실이 복도 끝에 있다는 사실을 설명드려야……."

"날짜는……."

홈즈가 물었다.

손님은 그가 아무렇게나 끼어들자 짜증스러워하는 것이 분명했다.

"선생님, 제가 그저께 밤이라고 말씀드리지 않았습니까. 다시 말하면 9월 4일입니다."

홈즈는 고개를 끄덕이며 빙그레 웃었다.

"계속하시오."

"교수님의 침실은 복도 끝에 있기 때문에 계단으로 나가려면 제 방문 앞을 지나야 합니다. 홈즈 선생님, 그건 정말 소름 끼치는 장면이었습니다. 저는 다른 사람보다 겁이 많은 편이 아닌데도 그걸 보고 부들부들 떨었으니까요. 복도는 어두웠는데 중간에 있는 창문을 통해 빛이 비쳐 들고 있었습니다. 뭔가 시커먼 물체가 잔뜩 웅크린 채 복도를 걸어오는 모습이 보였지요. 그런데 갑자기 그 물체가 창문으로 비쳐 드는 불빛 안으로 들어왔습니다. 바로 교수님이었습니다. 홈즈 선생님, 그런데 교수님은 기어오고 계셨습니다! 기어오고 계셨단 말입니다! 무릎을 바닥에 대고 기지는 않았습니다. 말하자면 두 손과 두 발을 땅에 짚고 고개를 숙인 채 기고 계셨지요. 하지만 움직임은 민첩해 보였습니다. 저는 온몸이 마비된 것처럼 멍하니 보고 있다가 교수님이 제 앞에 왔을 때에야 비로소 앞으로 나설 수 있었지요. 저는 교수님에게 도와드릴 일이 없느냐고 물었습니다. 대답이 아주 특이하더군요. 교수님은 벌떡 일어서서 저를 향해 지독한 말을 내뱉더니 바삐 앞을 지나 계단을 내려가셨습니다. 저는 한 시간가량 기다렸지만 교수님은 돌아오지 않았지요. 교수님은 날이 밝은 뒤에야 방으로 돌아가신 게 분명합니다."

"흠, 왓슨, 자네는 어떻게 생각하나?"

홈즈는 희귀한 표본을 내놓은 병리학자 같은 태도로 물었다.

"아마, 요통 때문일 걸세. 내가 아는 어떤 남자는 심한 통증 때문에 그런 식으로 걷게 됐는데, 요통은 사람 성질을 망치기에 딱 맞는 병이지."

"왓슨, 훌륭하이! 자네는 항상 우리가 발을 땅에 단단히 붙이도록 해주는군. 하지만 요통이라는 진단은 받아들이기 힘드네. 왜냐하면 교수는 금세 일어날 수 있었으니까."

"교수님은 아주 건강하십니다."

베넷이 말했다.

"사실 저는 교수님과 오랫동안 알고 지냈지만 요즘은 그 어느 때보다 건강이 좋으시지요. 홈즈 선생님, 그런데 그런 일이 생긴 겁니다. 이건 경찰에 의뢰할 만한 사안은 아니지만 도대체 어떻게 해야 할지 몰랐고 막연하게 불길한 느낌이 들었습니다. 에디스……, 프레스버리 양도 저와 마찬가지로 더 이상 보고만 있을 수 없다는 입장입니다."

"이건 정말 대단히 기이하고 도발적인 사건이오. 왓슨, 자네 생각은 어떤가?"

"의사 입장에서는 환자를 정신과에 의뢰해야 할 것 같은 생각이 드는군. 연애 감정 때문에 노인의 대뇌 활동에 장애가 생긴 걸세. 그분은 자진해서 열정을 가라앉히기 위해 외국 여행을 했네. 편지와 상자는 무슨 사적인 거래와 관련된 거겠지. 상자에는 공채나 무슨 증권 같은 걸 넣어놨을 거야."

"그렇다면 개는 그런 거래를 찬성하지 않았던 게 틀림없구먼. 아닐세, 왓슨, 이 사건에는 그 이상의 것이 있네. 내가 보기에는……."

셜록 홈즈의 생각이 어떤 건지 들어볼 새도 없이 바로 그 순간 방문이 열리면서 젊은 숙녀가 들어왔다. 숙녀가 나타나자 베넷 씨는 고함을 지르며 벌떡 일어나 그녀가 내민 손을 잡기 위해 두 팔을 벌리고 달려갔다.

"아니, 에디스! 무슨 일이 있었소?"

"당신한테 와야 할 것 같았어요. 오, 트레버, 난 정말 무서웠어요! 혼자 집에 있는 게 너무 끔찍해요."

"홈즈 선생님, 제가 말씀드렸던 숙녀가 바로 이 여성입니다. 제 약혼녀입니다."

"왓슨, 사건의 결말이 점차 가까워지고 있네, 그렇지 않은가?"

홈즈는 웃으며 말했다.

"프레스버리 양, 무슨 일이 또 생겨서 그걸 알려주려고 오셨군요?"

새로 온 손님은 전형적인 영국 여성의 분위기를 물씬 풍기는 영리하고 예쁜 처녀였는데, 베넷 씨 옆에 앉은 다음 홈즈를 향해 미소를 보냈다.

"호텔로 찾아가니 베넷 씨가 없기에 여기 오면 만날 수 있을 거라고 생각했습니다. 물론, 선생님한테 의뢰할 거라는 얘기는 벌써 들었지요. 하지만 오, 홈즈 선생님, 제 가엾은 아버지를 위해 해주실 수 있는 일이 없나요?"

"프레스버리 양, 나는 희망을 갖고 있지만 사건이 아직 애매합니다. 아가씨 얘기가 사건에 새로운 빛을 던질지도 모르지요."

"홈즈 선생님, 간밤의 일이었어요. 아버지는 하루 종일 아주 이상하셨지요. 제가 보기에는 당신의 행동을 전혀 기억하지 못하는 시기가 있는 것 같아요. 아버지는 이상한 꿈을 꾸듯이 살고 계세요. 어제가 바로 그런 날이었지요. 그분은 저와 함께 살았던 제 아버지가 아니었어요. 껍데기는 아버지였지만 실제로는 아버지가 아니었어요."

"무슨 일이 있었는지 말씀해 주십시오."

"저는 밤중에 개가 무섭게 짖는 소리에 잠을 깼어요. 불쌍한 로이, 녀석은 지금 마구간 근처에 묶여 있답니다. 저는 항상 방문을 잠가놓고 자요. 뭔가 위험한 일이 생길 것 같은 예감이 드는데, 그건 저만 그런 게 아니에요. 제 방은 2층에 있답니다. 어제는 창문의 커튼을 내리지 않았는데 밖에는 달이 휘영청 밝았어요. 저는 침대에 누운 채 개가 미친 듯이 짖어대는 소리에 귀 기울이며 달빛이 스며드는 네모난 창문을 응시하고 있었지요. 그런데 놀랍게도 창가에 아버지의 얼굴이 나타나더니 방 안을 들여다보시는 거예요. 홈즈 선생님, 저는 너무 놀라고 무서워서 까무러칠 것 같았어요. 아버지는 유리창에 얼굴을 바짝 대고 들창을 올리려는 것처럼 한 손을 올리고 있었지요. 만약 그 창문을 미리 잠가놓지 않았다면 저는 정말 미쳐버렸을 거예요. 홈즈 선생님, 그건 착각이 아니었습니다. 그렇게 생각하신다면 오해입니다. 한 20초가량 저는 혼비백산한 채 누워서 그 얼굴을 쳐다보고 있었던 것 같아요. 잠시 후 아버지의 얼

굴은 사라졌지만 저는 도저히……, 도저히 침대를 박차고 나가 뒤를 쫓아갈 수가 없었지요. 저는 아침까지 꼼짝 못하고 누워서 벌벌 떨었어요. 아침 식탁에서 아버지는 날카롭고 사나운 태도를 보였고 간밤에 있었던 일에 대해서는 아무 말씀도 하지 않으셨어요. 저도 아무 말 안 했지요. 하지만 저는 무슨 핑계를 대고 런던에 가겠다고 했고……, 그래서 여기 오게 된 거예요."

홈즈는 프레스버리 양의 말을 듣고 무척 놀란 눈치였다.

"프레스버리 양, 방이 2층에 있다고 했는데요. 정원에 긴 사다리가 있습니까?"

"아뇨, 홈즈 선생님, 믿어지지 않는 게 바로 그것 때문이에요. 도저히 제 방 창문으로 올라올 수 있는 방법이 없거든요. 그런데 아버지는 거기로 올라오셨어요."

"그럼 날짜는 9월 5일이 되는군요. 문제는 더 복잡해졌습니다 그려."

홈즈가 말했다.

이번엔 어린 숙녀 쪽에서 놀란 표정이었다.

"선생님이 날짜를 언급하신 게 벌써 두 번째입니다. 날짜가 사건과 관계 있습니까?"

베넷이 말했다.

"그럴 가능성이 있지요. 그럴 가능성이 아주 높아요. 하지만 아직 자료가 충분히 모이지 않았습니다."

"혹시 선생님은 광기와 달의 삭망(朔望) 주기와의 관련에 대해 생각하고 계신 게 아닙니까?"

"그건 절대로 아니오. 나는 완전히 다른 방향으로 생각하고 있소. 날짜를 확인하고 싶으니 그 일지를 좀 놓고 가시오. 자, 왓슨, 행동 방침은 정해졌네. 숙녀는 부친께서 특정한 날에 생긴 일에 대해서는 거의 또는 전혀 기억하지 못한다고 했는데, 나는 따님의 직관을 전적으로 신뢰하네. 그러니 우린 교수께서 그런 날에 약속을 정한 것처럼 하고 찾아가기로 하세. 교수는 약속이 기억나지 않는 걸 당신 탓으로 돌릴 거야. 우린 이렇게 그분에게 바짝 접근해서 조사를 시작해야 하네."

"훌륭한 방법입니다."

베넷 씨가 말했다.

"하지만 미리 경고하는데 교수님은 성격이 급하고 가끔은 난폭해지십니다."

홈즈는 빙그레 웃었다.

"우리가 당장 가야만 할 이유가 있소. 내 가설이 옳다면 그건 아주 정당한 이유요. 베넷 씨, 우린 내일 꼭 캠퍼드로 갈 거요. 내 기억에 따르면 거기에 체커스라는 여관이 있었던 것 같은데, 포도주 맛이 평균 이상이고 침대보는 깔끔한 게 나무랄 데가 없는 곳이오. 왓슨, 우린 앞으로 며칠 동안 별로 즐겁지 못한 곳에서 지내게 될 것 같네."

월요일 아침에 우리는 유명한 대학촌으로 향했다. 뿌리내리지 않고 사는 홈즈에게 아무 때나 떠나는 건 쉬운 일이었지만, 그 당시 꽤 큰 병원을 운영하고 있던 나는 허겁지겁 계획을 세우고 바삐 돌아쳐야 했다. 앞서 말한 오래된 여관에서 여장을 풀 때까지 그는 사건에 대해 한마디도 언급하지 않았다.

"왓슨, 우린 점심 식사 전에 교수를 만날 수 있을 것 같네. 교수는 열한시 강의를 끝내고 집에서 휴식을 취할 걸세."

"우리가 찾아간 이유를 어떻게 설명하려고?"

홈즈는 수첩을 흘끗 쳐다보았다.

"8월 26일은 교수가 흥분한 날일세. 우리는 교수가 그런 날에 한 행동에 대해서는 제대로 기억하지 못할 거라고 가정하는 걸세. 사전에 약속이 돼 있었다고 주장하면 교수는 반박하지 못할 거야. 자네, 얼굴에 철판 깔고 끝까지 그렇게 우길 수 있겠나?"

"노력해 볼 수밖에."

"왓슨, 훌륭하이! 부지런한 꿀벌 얘기와 '더 높이!'라는 구호를 합쳐놓은 것 같군. '노력해 볼 수밖에.' 우리의 좌우명일세. 이젠 친절한 이곳 주민이 우릴 안내해 줄 걸세."

우린 그런 주민을 만나 멋진 이륜마차를 타고 오래된 대학가를 쏜살같이 지나 가로수가 늘어서 있는 진입로로 접어들었다. 마부는 드디어 멋진 저택 앞에 마차를 세웠다. 사방에 잔디가 깔려 있었고 집은 자주색 등나무 덩굴로 뒤덮여 있었다. 프레스버리 교수의 주거는 어느 모로 보나 안락할 뿐 아니라 호사스러워 보였다. 마차가 멈춰 섰을 때 희끗한 머리가 정면 유리창에 나타났다. 숱이 많은 눈썹 아래 커다란 뿔테 안경 너머로 날카로운 눈이 우릴 관찰하는 게 느껴졌다. 잠시 후 우리는 교수의 서재에 들어갔다. 괴상한 언동으로 우리를 런던에서 불러 내린 수수께끼의 과학자가 앞에 버티고 서 있었다. 태도나 외모에 별난 점은 없었고, 프록코트 차림에 키가 크고 뚱뚱하고 이목구비가 큼직했으며 분위기는 대학 교수답게 근엄하고 품위 있었다. 가장 시선을 끄는 것은 눈이었는데, 교수의 두 눈은 날카롭고 빈틈없고 교활하게 느껴질 만큼 영리해 보였다.

프레스버리 교수는 우리 명함을 들여다보았다.

"신사 여러분, 앉으시오. 무엇을 도와드렸으면 좋겠소?"

홈즈는 붙임성 있는 미소를 지었다.

"교수님, 제가 하고 싶은 질문이 바로 그겁니다."

"나한테!"

"무슨 착오가 있었나 보군요. 저는 누구한테 캠퍼드 대학의 프레스버리 교수님이 저의 조력을 필요로 한다는 얘길 듣고 왔습니다."

"허, 정말이오!"

내가 보기에는 이글거리는 회색 눈이 심술궂게 번쩍 빛난 것 같았다.

"누구한테 들었다고 했소? 당신 정보원이 누군지 이름을 물어봐도 되겠소?"

"교수님, 죄송합니다만 그건 공개할 만한 사안이 아닙니다. 유감스럽다는 말밖에 드릴 수가 없군요."

"천만에. 나는 그 문제에 대해 좀 더 자세히 알아보고 싶소. 참으로 흥미로운 일이오. 당신은 그런 주장을 입증할 만한 메모나 편지,

아니면 전보 같은 걸 가지고 있소?"

"없습니다."

"그러면 내가 당신을 불렀다고 억지를 쓰지는 못하겠군?"

"그런 질문엔 대답하지 않겠습니다."

홈즈가 말했다.

"그럴 순 없을걸."

교수는 표독하게 쏘아붙였다.

"하지만 그게 누군지는 당신의 도움이 없어도 쉽게 알아낼 수 있소."

교수는 방 저쪽으로 가서 초인종을 눌렀다. 런던에서 사귄 친구 베넷 씨가 달려왔다.

"베넷 군, 들어오게. 여기 계신 두 신사는 내가 불렀다고 생각하고 런던에서 오셨네. 자네는 내 편지를 다 처리하고 있네. 혹시 홈즈라는 사람에게 보내는 편지를 본 적 있나?"

"없습니다, 교수님."

베넷은 얼굴을 붉히며 대답했다.

"얘기는 끝났군."

교수는 화난 눈으로 내 친구를 노려보며 말했다.

"자, 선생."

그는 두 팔을 책상에 얹고 몸을 앞으로 내밀었다.

"내가 보기에 당신은 아주 수상쩍은 사람이오."

홈즈는 어깨를 들썩했다.

"쓸데없이 찾아와서 죄송하단 말밖에는 드릴 말씀이 없군요."

"홈즈 선생! 그것만 가지곤 안 될걸!"

노인은 악의 어린 표정으로 꽥 소리 질렀다. 그리고 문 앞을 막아서며 우릴 향해 미친 듯이 두 팔을 휘둘렀다.

"여길 그렇게 쉽게 빠져나가진 못할 거야."

교수의 얼굴에 경련이 지나가더니 하얀 이가 드러났다. 교수는 미친 듯이 화를 내며 우릴 향해 영문 모를 말을 지껄이기 시작했다. 베넷 씨가 나서지 않았다면 우린 밖으로 나가기 위해 한바탕 전쟁을 치러야 했을 것이다.

"교수님!"

베넷은 소리쳤다.

"교수님의 위치를 생각해 보십시오! 대학에 나쁜 소문이 돌 겁니다! 홈즈 신생은 유명한 분입니다. 그렇게 무례하게 대접하시면 안 됩니다."

주인은 뚱한 표정으로 반갑잖은 손님들에게 길을 터주었다. 집을 나와 가로수가 늘어선 조용한 진입로에 들어서자 마음이 놓였다. 홈즈는 방금 전의 일이 무척 재미있는 눈치였다.

"고매한 교수님의 신경이 정상이 아닐세. 우리가 밀고 들어간 방식이 좀 미숙했는지는 모르겠지만 바라던 대로 교수를 직접 만날 수 있었지. 그런데 맙소사, 왓슨, 교수가 뒤따라오는 모양일세. 그 악당이 우릴 쫓아오고 있네."

뒤에서 다급하게 쫓아오는 발소리가 들렸지만 천만다행으로 진

입로 모퉁이를 돌아온 인물은 무시무시한 교수가 아니라 그 조수였다. 그는 가쁜 숨을 몰아쉬며 다가왔다.

"홈즈 선생님, 정말 죄송합니다. 사과드리고 싶었습니다."

"허허, 그럴 필요 없소. 이것도 다 일이니까 괜찮소."

"교수님이 저렇게 공격적인 성향을 드러내시는 건 처음 봅니다. 점점 더 불길한 모습을 보이시는군요. 이제는 따님과 제가 왜 그렇게 걱정하는지 이해하시겠지요? 하지만 교수님의 정신 상태는 아주 말짱합니다."

"말짱하고말고!"

홈즈가 말했다.

"내가 잘못 계산한 부분이 바로 그거요. 그분의 기억력은 내가 생각했던 것보다 훨씬 좋소. 그런데 가기 전에 프레스버리 양의 방 창문을 좀 볼 수 있을까요?"

베넷 씨는 앞장서서 관목 사이를 뚫고 들어갔고 눈앞에 집의 측면이 나타났다.

"저깁니다. 2층 왼쪽 창문."

"맙소사, 정말 접근하기 힘든 위치에 있는 것 같은데. 하지만 창문 밑으로 담쟁이덩굴이 퍼져 있고 발판으로 삼을 수 있을 만한 수도관이 있소."

"저라면 도저히 저걸 타고 올라갈 수 없을 겁니다."

베넷 씨가 말했다.

"십중팔구 그럴 거요. 정상적인 인간한테는 위험하기 짝이 없는 일이 분명하오."

"홈즈 선생님, 말씀드리고 싶은 게 하나 더 있습니다. 저한테 교수님과 연락을 주고받는 런던 사람의 주소가 있습니다. 교수님께서 오늘 아침에 편지를 쓰신 모양인데 제가 압지에 찍혀 있는 주소를 적어 왔지요. 신뢰받고 있는 비서로서 할 짓이 아니지만 다른 도리가 없잖습니까?"

홈즈는 주소를 흘끗 쳐다보고 주머니에 간수했다.

"도락이라……, 재미있는 이름이오. 슬라브족 계통인 것 같소. 이 사람은 중요한 연결 고리요. 베넷 씨, 우리는 오늘 오후에 런던으로 돌아갈 작정이오. 여기 남아 있을 이유가 없는 것 같소이다. 범죄를 저지른 일이 없기 때문에 교수를 체포할 수는 없고 정신병이라는 증거도 없기 때문에 감금할 수도 없소이다. 아직은 어떤 행동도 취할 수 없소."

"그럼 대체 우리는 어떻게 해야 하지요?"

"베넷 씨, 조금만 참으시오. 조만간 상황에 변화가 있을 거요. 내가 잘못 생각한 게 아니라면 다음 주 화요일이 고비가 될 거외다. 우린 반드시 그때 다시 올 거요. 그동안 베넷 씨의 처지가 고달프긴 할 거외다. 그리고 프레스버리 양이 런던 체류를 연장할 수……."

"그건 어렵지 않습니다."

"그럼 우리가 위험이 완전히 지나갔다고 보증할 때까지는 계속 런던에 있으라고 하시오. 그리고 그동안은 교수가 마음대로 하게 내버려두고 비위를 거스르지 마시오. 기분이 좋은 한 별 탈이 없을 거요."

"교수님이 나오셨습니다!"

베넷은 놀란 목소리로 속삭였다. 나뭇가지 사이로 키가 크고 꼿꼿한 인물이 현관문을 열고 나와 주위를 두리번거리는 모습이 보였다. 교수는 상체를 앞으로 내민 채 두 팔을 내려뜨리고 흔들면서 좌우를 두리번거렸다. 비서는 마지막으로 손을 한번 흔들고 나무 사이로 사라졌다. 곧 비서가 교수에게 달려가는 모습이 보였고 두 사람은 활기 있게, 아니 어쩌면 잔뜩 열을 내서 이야기를 나누며 집 안으로 들어갔다.

"내가 보기에 저 노신사는 정확하게 판단한 것 같네."

호텔을 향해 걷는 동안 홈즈가 말했다.

"잠깐 만났을 뿐이지만 나는 교수가 유난히 명석하고 논리적인 두뇌의 소유자라는 인상을 받았네. 물론 다혈질이지. 하지만 교수

입장에서는 탐정이 자기 뒤를 따라다니고 집안 식구가 그 일에 연루됐다는 의심이 들면 성깔을 부릴 수밖에 없을 거야. 저 베넷이라는 친구가 고초를 겪을 것 같구먼.”

홈즈는 가는 길에 우체국에 들러서 전보를 쳤다. 저녁때 답장이 도착했는데, 그는 그것을 내게 던져주었다.

커머셜로에 찾아가서 도락을 만났음. 유쾌한 보헤미아 노인. 대형 잡화상 운영.

— 머서

“머서는 자네 시대 이후의 인물일세.”

홈즈는 말했다.

“여러 가지 잡나한 일을 처리해 수는 쓸모 있는 요원이지. 교수와 그렇게 비밀스럽게 연락을 주고받는 사람이 누군지 알아볼 필요가 있었네. 도락이 보헤미안이라는 건 프라하 방문과 관계가 있지.”

“두 가지가 서로 관계있다니 다행이구먼. 여보게, 홈즈, 우린 지금 서로 아무 관계 없는 불가해한 사건들과 마주친 것 같네. 예를 들면, 주인에게 덤벼드는 개와 보헤미아 방문이 무슨 상관이고 또 한밤중에 복도를 기어가는 남자가 그것들과 무슨 상관이란 말인가? 날짜에 대한 문제는 더더구나 오리무중일세.”

홈즈는 빙글거리며 두 손을 마주 비볐다. 우리는 오래된 여관의 낡은 거실에서 그가 말한 그 유명한 포도주 병을 앞에 놓고 마주 앉아 있었다.

"자, 먼저 날짜 얘기를 해보세."

그는 손끝을 마주 대고 강의하는 선생과 같은 태도로 말했다.

"그 훌륭한 젊은이의 일지를 보면 7월 2일에 문제가 일어났고 그 다음부터는 아흐레 간격으로 계속해서 탈이 났다는 걸 알 수 있네. 내 기억에 예외는 단 한 번뿐일세. 마지막 발작이 일어난 건 9월 3일 금요일인데, 그 전의 발작이 8월 26일에 있었다는 걸 생각하면 역시 연속성이 유지되네. 이건 결코 우연의 일치라고 볼 수가 없는 것이지."

나는 동의할 수밖에 없었다.

"그럼, 교수가 아흐레 간격으로 독한 약물을 복용했다고 가정해 보기로 하세. 그 약은 부작용이 아주 심하긴 해도 결국 정상으로 돌아오네. 교수의 타고난 난폭성은 그 약 때문에 훨씬 심해졌네. 교수는 프라하에서 약을 복용하게 됐고 지금은 런던의 보헤미아 중개상한테서 약을 공급받고 있네. 어때, 모든 게 완벽하게 설명되지 않나, 왓슨!"

"하지만 개, 창가의 얼굴, 복도를 기어 다니는 남자는?"

"아서, 우린 이제 시작했네. 다음 주 화요일까지 무슨 돌발 사태가 벌어지진 않을 걸세. 그동안 우린 베넷이라는 친구와 긴밀하게 연락을 주고받으며 이 아름다운 마을의 갖가지 매력을 즐겨보자고."

아침에 베넷 씨가 살그머니 찾아와 최신 소식을 전해 주었다. 홈즈의 예상대로 그는 상당히 어려움을 겪고 있었다. 교수는 우리를 불러들인 책임이 비서에게 있다고 딱 잘라 말하지는 않았지만, 말투가 아주 퉁명스럽고 무례한 것이 자신에게 강한 불만을 느꼈던 게 분명하다고 했다. 하지만 오늘 아침에는 다시 안정을 찾아서 교실에 가득 찬 학생들을 상대로 여느 때와 다름없이 훌륭한 강의를 했다. 베넷이 말했다.

"기묘한 발작을 일으키는 점을 빼면 교수님은 제가 기억하는 한도 내에서 그 어느 때보다 정력적이고 기운이 넘치십니다. 두뇌도 훨씬 더 명석해졌고요. 하지만 교수님은 완전히 딴사람이 되셨습니다. 우리가 알고 있던 예전의 그분이 아니에요."

"앞으로 적어도 일주일간은 두려워할 게 없을 거요."

홈즈는 대답했다.

"나는 바쁜 사람이고 왓슨 박사는 환자를 돌봐야 하오. 다음 주 화요일 이 시간에 여기서 만나기로 합시다. 그때는 반드시 이곳에서 자초지종을 밝혀낼 수 있을 거요. 당신의 괴로움을 아주 끝내지는 못한다 해도 말이오. 그사이에는 무슨 일이 생기면 계속 기록해 놓으시오."

다음 며칠 동안 나는 친구의 얼굴을 못 봤지만 그다음 주 월요일 저녁에, 그는 다음 날 기차역에서 만나자는 짧은 편지를 보내 왔다. 캠퍼드까지 기차를 타고 가는 길에 홈즈는 그동안 별일 없었고 교수 집의 평화는 깨지지 않았으며 교수 자신의 행동은 완전히 정상이었다고 말해 주었다. 그날 저녁 체커스의 낡은 숙소로 찾아온 베넷 씨가 전해 준 이야기도 역시 그랬다.

"오늘 교수님의 런던 통신원한테서 우편물이 도착했습니다. 편지 한 통과 작은 소포가 왔는데, 둘 다 저한테 손대지 말라는 경고 표시로 우표 밑에 십자가 그려져 있었지요. 그 밖에는 아무 일도 없었습니다."

"그만하면 충분할 듯하오."

홈즈가 굳은 표정으로 말했다.

"자, 베넷 씨, 우린 오늘 밤 모종의 결말에 도달하게 될 것 같소. 내 추리가 옳다면 우린 문제를 마무리 지을 기회를 갖게 될 거요. 하지만 그렇게 하려면 교수를 면밀히 감시할 필요가 있소이다. 그러니 당신이 잠을 자지 말고 망을 좀 보았으면 하오. 교수가 방문 앞을 지나가는 소리가 들려도 중간에 막지 말고 되도록 조심스럽게 뒤를 따라가시오. 왓슨 박사와 나는 그 근처에 있겠소. 그런데 당신이 말한 작은 상자의 열쇠는 어디 있소?"

"교수님의 시곗줄에 매달려 있습니다."

"그 상자를 조사해 봐야겠소. 집 안에 신체 건장한 남자가 더 있소이까?"

"맥페일이라는 마부가 있습니다."

"마부가 자는 곳은 어디요?"

"마구간 위."

"그 사람이 필요할지도 모르겠소. 흠, 일이 어떻게 발전할 것인지를 알기 전까지는 더 이상 할 수 있는 일이 없소이다. 잘 가시오. 하지만 아침이 밝기 전에 다시 만나게 될 거요."

우리가 교수 집 현관문 맞은편의 관목 사이에 자리 잡은 것은 자정이 거의 다 돼서였다. 맑게 갠 밤이었지만 쌀쌀했으므로 우리는 따뜻한 외투를 입고 온 것을 기쁘게 여겼다. 산들바람이 불었고 구름이 빠른 속도로 하늘을 지나가며 수시로 반달을 가렸다. 마음속의 기대와 흥분, 그리고 우리의 시선을 사로잡은 이 기이한 사건이 종지부를 찍을 거라는 동지의 확신이 없었다면 그것은 음울한 불침번이 되었을 것이다.

"만약 9일 주기가 유효하다면 교수는 오늘 밤 상태가 최악일 걸세."

홈즈는 말했다.

"프라하 방문 뒤에 기이한 증상이 시작됐다는 것, 프라하의 누군가를 대리하는 런던의 보헤미아 중개인과 비밀리에 연락을 주고받는다는 것, 그리고 바로 오늘 중개인으로부터 소포가 도착했다는 것은 모두 한 가지 방향을 가리키고 있네. 교수가 어떤 약을 복용하고 무슨 이유로 그걸 복용하는지는 알 수 없지만, 그 약이 모종의 경로를 통해 프라하에서 반입된다는 건 틀림없는 사실일세. 교수는 맨 먼저 내 눈에 띈 9일 주기를 유지하라는 지시하에 약을 복용하고 있는 것일세. 하지만 정말 기이한 증상을 나타내고 있지. 자네 교수의 주먹 관절을 봤나?"

나는 못 봤다고 고백할 수밖에 없었다.

"나는 그렇게 두껍고 마디가 진 관절은 처음 보았네. 왓슨, 언제나 제일 먼저 손을 보게. 그다음에 옷소매, 바지 무릎, 그리고 신발을 보게나. 진화의 단계로 설명할 수밖에 없는 대단히 특이한 관절⋯⋯."

홈즈는 잠시 말을 멈추더니 갑자기 손으로 이마를 탁 쳤다.

"오, 왓슨, 왓슨, 나는 정말 바보였어! 말이 안 되는 것 같지만 그게 사실일 걸세. 모든 게 다 한 가지 방향을 가리키고 있네. 어떻게 그런 것들의 관련을 보지 못하고 넘어갔을까? 그 주먹 관절, 어떻게 그런 주먹 관절을 그냥 넘겨버릴 수 있었을까? 그리고 개! 그리고 담쟁이덩굴! 내가 꿈에 그리던 작은 농장으로 은퇴해야 할 때가 된 게야. 왓슨, 저길 좀 보게! 교수일세! 이제 우리 눈으로 직접 보게 될 걸세."

현관문이 슬그머니 열리더니 등잔 불빛을 등지고 키가 큰 프레스버리 교수의 모습이 드러났다. 실내복 차림이었다. 그는 문 앞에 두 발을 딛고 서 있었지만 지난번에 보았을 때처럼 두 팔을 늘어뜨린 채 상체를 앞으로 내밀고 있었다.

진입로 쪽으로 걸음을 옮겨놓기 시작한 교수의 몸에 야릇한 변화가 일어났다. 교수는 웅크리듯 자세를 낮추더니 두 손과 두 발을 땅에 짚고 움직였다. 그리고 힘과 정력이 넘쳐흐르는지 이따금씩 경중거리며 뜀박질을 했다. 그는 집의 전면을 따라 움직이다가 모퉁이를 돌았다. 교수가 시야에서 사라지자 베넷이 현관 밖으로 나와 살그머니 뒤를 쫓았다.

"왓슨, 가세! 어서!"

홈즈는 소리쳤고 우리는 가능한 한 살그머니 관목 숲을 헤치고 나가 집 측면이 시야에 들어오는 곳으로 자리를 옮겼다. 집은 반달의 은은한 빛에 잠겨 있었다. 교수가 담쟁이덩굴로 뒤덮인 벽 아래 웅크리고 있는 모습이 똑똑히 보였다.

우리가 지켜보는 가운데 교수는 놀랍도록 민첩하게 느닷없이 담쟁이덩굴을 타고 오르기 시작했다. 그는 손발을 이용해서 이 가지에서 저 가지로 펄펄 날아다녔는데 특별한 목적 없이 그저 자신이 가진 힘을 즐기기 위해 담쟁이덩굴을 타고 오르는 것이 분명했다. 실내복 자락이 양쪽으로 펄럭거렸고 달빛이 부서지는 담벼락의 커다란 검은 얼룩은 벽에 붙어 있는 거대한 박쥐 같았다. 하지만 곧 이런 유희에 싫증이 났는지 가지에서 가지를 타고 내려오더니 아까와 같은 자세로 몸을 웅크린 채, 아까와 같은 야릇한 모습으로 기어서 마구간 쪽으로 다가갔다. 개는 이제 밖에 나와서 미친 듯이 짖어대고 있었는데 주인의 모습이 보이자 더욱 흥분해서 어쩔 줄을 몰랐다.

개는 쇠사슬이 팽팽해질 정도로 잡아당기며 미친 듯이 날뛰었다. 교수는 일부러 개의 코앞에 쪼그리고 앉아 온갖 방법을 다 써서 개를 자극하기 시작했다. 먼저 길바닥에서 자갈을 한 줌 집어다가 개의 면상을 향해 집어던졌고 막대기를 주워서 꾹꾹 찌르는가 하면, 딱 벌린 주둥이에서 겨우 몇 센티미터 안 떨어진 곳에서 손가락을 튕기는 등, 그렇지 않아도 이미 길길이 날뛰고 있는 짐승의 화를 돋우기 위해 별의별 짓을 다 했다. 나는 홈즈와 함께 수많은 모험을 겪었지만 이 냉정하고 한결같이 근엄한 인물이 개구리처럼 땅바닥에 바짝 붙어 뒷발로 일어서서 사납게 으르렁거리는 개를 계산된 잔인성으로, 온갖 독창적인 방법을 다 동원해서 괴롭히는 것보다 엽기적인 광경은 본 적이 없었다.

그런데 순식간에 일이 벌어졌다! 사슬이 끊어진 것이 아니라 개 목걸이가 벗겨진 것이다. 사실 그 목걸이는 목이 굵은 뉴펀들랜드 종의 개한테 맞는 것이었다. 쇠사슬이 '철그렁' 떨어지는 소리가 나 더니 다음 순간 개와 사람이 한데 엉켜 바닥에서 뒹굴었다. 개는 흥 분이 극에 달해 으르렁거렸고 사람은 야릇한 고성으로 비명을 질렀 다. 교수의 생명이 경각에 달한 순간이었다. 무지막지한 짐승은 사

람의 목덜미에 송곳니를 깊이 박아 넣었고, 우리가 달려들어 둘을 떼어놓았을 때쯤 교수는 이미 정신을 잃고 있었다. 우리가 개한테 접근하는 것은 위험천만한 일이었지만 베넷의 목소리와 모습을 보자 커다란 울프하운드는 곧 진정되었다. 한바탕 야단법석을 떠는 통에 놀라 깬 마부가 마구간 위의 방에서 잠이 덜 깬 얼굴을 내밀었다.

"내 그럴 줄 알았소."

마부 맥페일은 설레설레 고개를 저으며 말했다.

"전에도 교수님이 그러시는 걸 본 적이 있다우. 개가 언제고 덤벼들 줄 알았다니까."

개를 묶어놓고 우리는 교수를 방으로 옮겼다. 의대를 나온 베넷의 도움을 받아 나는 교수의 찢어진 목을 붕대로 싸맸다. 날카로운 이빨이 경동맥 바로 앞까지 파고들어 출혈이 심했다. 반 시간 뒤 위험한 고비는 지나갔고 나는 환자에게 모르핀을 주사했다. 교수는 깊은 잠에 빠졌다. 그제야 우리는 서로의 얼굴을 쳐다보며 의견을 나눌 수 있었다.

"일급 외과의를 모셔 오는 게 좋을 것 같네."

나는 말했다.

"제발, 그건 안 됩니다!"

베넷이 소리쳤다.

"지금 이 불명예스러운 사실을 아는 것은 이 집 식구들뿐입니다. 우리들은 상관없습니다. 하지만 소문이 이 집 담을 넘어가면 걷잡을 수 없이 번질 겁니다. 대학에서 교수님의 위치와 유럽 전역에 떨친 명성, 따님의 감정을 배려해 주십시오.”

“그렇군.”

홈즈가 말했다.

“나는 이 사건을 우리 선에서 마무리할 수 있을 뿐 아니라 우리한테 재량권이 있기 때문에 재발을 방지하는 것도 가능하다고 생각하오. 베넷 씨, 그 시곗줄에서 열쇠를 떼내시오. 맥페일은 환자를 지키고 무슨 일이 있으면 우리에게 알려주게. 교수의 비밀 상자에 뭐가 들어 있는지 봅시다.”

상자 속에 든 것은 많지는 않았으나 충분했다. 빈 약병 하나, 거의 가득 찬 약병 또 하나, 피하 주사기 하나, 외국인의 읽기 힘든 글씨체로 쓰인 편지 몇 통. 편지 봉투에 그려진 표시로 보아 그것이 비서의 일상적인 업무 수행을 가로막은 바로 그 편지들이라는 것이 분명했는데, 발신지는 모두 커머셜로였고 ‘A. 도락’이라는 서명이 있었다. 봉투 속에 든 것은 프레스버리 교수에게 새 약을 보냈음을 알리는 송장이나 돈을 받았다는 영수증 따위였다. 하지만 교육받은 사람의 필체로 쓰어 있는 다른 봉투가 있었는데, 그것은 오스트리아 우표에 프라하 소인이 찍혀 있었다.

“우리가 찾던 게 여기 있군!”

홈즈는 봉투를 뜯으며 소리쳤다.

존경하는 동료 교수께

영광스럽게도 귀하가 이곳을 찾아주신 다음부터 소생은 귀하의 증례에 대해 깊이 생각해 보았습니다. 물론 귀하께서 시술을 받아야 할 특별한 사유가 있는 것은 사실이지만, 그럼에도 소생의 연구 결과를 통해 일정한 위험이 따른다는 사실이 드러났으므로 주의를 드리지 않을 수 없습니다.

유인원의 혈청(사람이나 척추동물의 피가 응고되었을 때 혈병과 분리되는 노란빛을 띤 투명한 액체 — 옮긴이)이 더 나았을지도 모르겠습니다. 전에 설명드린 대로 소생은 검은 얼굴 랑구르 원숭이의 혈청을 입수할 수 있었던 관계로 그것을 사용했습니다. 물론, 랑구르 원숭이는 기어 다니고 나무를 타지요. 반면에 유인원은 직립 보행을 하고 모든 면에서 인간과 유사합니다.

소생에게 시술받은 사실이 드러나지 않도록 각별히 조심해 주실 것을 당부드립니다. 영국에 고객이 한 분 더 계시는데, 두 분 모두 도락을 통해 약을 공급하고 있습니다.

매주 상태를 보고해 주십시오.

—H. 로웬스타인

로웬스타인! 그 이름을 보자 어느 신문 기사가 단편적으로 떠올랐다. 그것은 모종의 비밀스러운 방법으로 불로장생의 비약을 만들어낸다는 어느 수상쩍은 과학자에 대한 기사였다. 프라하의 로웬스타인! 그는 놀라운 정력 혈청을 만든 장본인이었지만 그 성분을 밝히기를 거부한 까닭에 동업자들에게 배척당했다. 나는 기억나는 대로 간단하게 설명했다. 베넷은 서가에서 동물학 편람을 내렸다. 그가 낭독한 내용은 다음과 같았다.

"'랑구르 원숭이, 히말라야 산기슭에 사는 검은 얼굴 원숭이. 나무 타는 원숭이 중에서 가장 체구가 크고 사람에 가깝다.' 이 밑에 자세한 설명이 실려 있습니다. 홈즈 선생님, 정말 감사합니다. 우리가 악의 근원을 파헤친 것이 분명합니다."

"물론 진짜 악의 근원은 나이에 걸맞지 않은 사랑이오. 그 때문에 다혈질의 교수는 젊어지는 것만이 소원을 이룰 수 있는 길이라고 생각했던 거요. 하지만 사람이 자연을 거스르려고 하면 응분의 대가를 받게 되오. 아무리 훌륭한 사람이라도 운명의 정도(正道)를 버리면 짐승으로 전락하게 마련이외다."

홈즈는 약병을 손에 든 채 그 속의 투명한 액체를 바라보며 잠시 생각에 잠겼다.

"이 로웬스타인이라는 사람한테 편지를 보내서, 해로운 약을 유통시킨 범죄적 행위에 대해 책임을 묻겠다고 하면 더 이상 문제를 일으키지 않을 거요. 하지만 같은 일이 재발할 수도 있소이다. 다른 사람이 더 나은 방법을 찾아낼 수도 있고 말이오. 위험은 항상 있소. 그것은 인간성에 대한 진짜 위험이오. 왓슨, 생각해 보게, 물질적이고 호색적인 세속의 인간들은 모두 그 무가치한 생명을 연장할 걸세. 하지만 정신적인 이들은 더 높은 무엇인가를 향한 부름, 즉 죽음을 피하지 않겠지. 가장 형편없는 자들만이 살아남을 걸세. 그럼 이 가엾은 세계는 어떤 쓰레기장이 될까?"

갑자기 몽상가는 사라지고 행동하는 인간 홈즈가 자리를 박차고 일어섰다.

"베넷 씨, 더 이상 할 말이 없을 것 같소이다. 이제는 여러 가지 사건들이 일정한 맥락 속에서 쉽게 설명될 거요. 물론, 개는 당신보다 훨씬 빨리 변화를 감지했소. 개는 그걸 냄새로 알아챘을 거요. 로이가 덤벼든 상대는 교수가 아니라 원숭이였소. 로이를 못살게 군 것이 원숭이였던 것처럼 말이오. 원숭이에게 나무를 타는 것은 즐거운 일이기 때문에 교수는 순전히 재미 삼아 숙녀의 창문 앞까지 가게 됐을 거요. 왓슨, 런던으로 가는 새벽 기차가 있네. 하지만 그 전에 체커스에 들러서 차를 한잔할 시간은 있을 걸세."

사자의 갈기

내가 은퇴한 뒤에 게다가 바로 내 집 앞에서, 오랫동안 탐정 노릇을 하며 겪은 어느 사건 못지않게 난해하고 기이한 일이 벌어졌다는 것은 정말 놀라운 일이다. 사건이 일어난 것은 내가 서섹스의 작은 집에 칩거한 다음이었는데, 그때 나는 음울한 런던에서 오랜 세월을 보내며 그토록 그리워했던 자연의 품에 안겨 마음 편하게 살고 있었다. 이 시기에 나의 오랜 친구 왓슨은 거의 만나지 못했다. 그의 얼굴을 보는 것은 어쩌다 그가 주말에 한 번씩 내려올 때뿐이었다. 그래서 나 자신이 기록자 노릇을 할 수밖에 없게 되었다. 아! 왓슨이 곁에 있었다면 사건에 대해, 그리고 내가 온갖 난관을 극복하고 결국 승리를 거둔 일에 대해 얼마나 기가 막히게 그려냈을까! 하지만 나는 소박하게 이야기할 수밖에 없다. 사자 갈기의 수수께끼를 풀기 위해 어려운 길을 한 발짝씩 나갔던 일을 내 입으로 설명해야 하는 것이다.

우리 집은 영국 해협이 한눈에 들어오는 고원의 남쪽 사면에 자리 잡고 있다. 이곳의 해안선은 온통 백악 절벽으로 이루어져 있는데 바닷가로 내려가기 위해선 경사가 심하고 미끄러운, 길고 구불거리는 외줄기 오솔길을 타고 내려가는 수밖에 없다. 절벽 아래는 만조 때라도 항상 100미터가량 자갈밭이 드러나 있다. 하지만 여기저기 바닥이 우묵하게 패어 있는데, 이런 곳은 밀물이 들 때마다 물을 새로 채운 훌륭한 수영장이 된다. 이 멋진 해안선은 양쪽 방향으로 몇 킬로미터씩 거침없이 뻗어 있고 오직 한 군데에서 작은 만을 이루고, 여기에 풀워스 마을이 자리 잡고 있다.

우리 집은 쓸쓸하다. 집은 나와 늙은 가정부 차지이고 마당에는 내가 치는 꿀벌뿐이다. 하지만 800미터쯤 떨어진 곳에 헤럴드 스택허스트의 유명한 사립 학교 '게이블스'가 자리 잡고 있는데, 이 학교는 커다란 건물에 다양한 직업을 준비하는 기십 명의 젊은이와 몇몇 교사 들을 수용하고 있다. 스택허스트는 젊었을 때 조정 선수로 이름을 떨쳤고 두루 아는 게 많은 뛰어난 학자였다. 나는 이 해안에 정착한 그날부터 그와 친하게 지냈는데, 초대받지 않아도 저녁때 서로의 집에 들를 수 있을 정도로 허물없이 지내는 사람은 오직 그뿐이었다.

1907년 7월 말, 강풍이 불어왔다. 해협을 따라 불어온 거센 바람은 파도를 몰아다 절벽 밑에 부려놓았고, 그 바람에 조류가 바뀔 때쯤 바닷가에는 얕은 석호 하나가 생겨났다. 그날 아침 바람은 잠잠

했고 대자연은 막 목욕을 마친 것처럼 싱그러웠다. 너무도 상쾌한 날이라 일이 손에 잡히지 않았으므로 나는 조반을 들기 전에 신선한 공기를 마시러 산책을 나갔다. 바닷가로 내려가는 절벽의 가파른 오솔길을 따라 걷고 있는데 뒤에서 누가 소리를 질러서 돌아보니 헤럴드 스택허스트가 기분 좋게 인사하며 손을 흔들고 있었다.

"홈즈! 정말 상쾌한 아침일세! 예서 자네를 만날 줄 알았네."

"수영하러 가는 길이군."

"자네 추리가 또 나오는군."

그는 껄껄 웃으며 불룩한 주머니를 톡톡 쳤다.

"그렇다네. 맥퍼슨은 일찌감치 나섰으니까 아래로 내려가면 만날 수 있을 걸세."

피츠로이 맥퍼슨은 과학 교사인데, 늘씬하고 꼿꼿한 청년으로 류머티즘 열을 앓은 후유증으로 심장병이 생기는 바람에 생활에 어려움을 겪게 되었다. 하지만 타고난 운동선수였고 심장에 지나치게 부담을 주지 않는 모든 경기에서 두각을 나타냈다. 여름철과 겨울철에는 수영을 하러 다녔는데, 나도 수영을 좋아했으므로 바닷가에서 자주 그와 어울렸다.

바로 그때 맥퍼슨이 나타났다. 벼랑길 위로 먼저 머리가 보였고 그다음에 온몸이 다 올라왔다. 그는 술 취한 사람처럼 비틀거리고 있었다. 그런데 갑자기 두 손을 번쩍 들더니 끔찍한 비명을 지르며 쓰러졌다. 스택허스트와 나는 50미터 정도를 뛰어가서 엎어진 맥퍼슨 선생을 바로 돌려 뉘었다. 그는 죽어가고 있는 것이 분명했다. 움

푹 팬 흐릿한 눈과 무섭게 검푸른 두 뺨이 다른 것을 의미할 수는 없었다. 마지막으로 얼굴에 생명의 빛이 반짝 돌아왔는데, 무슨 경고를 하려는 듯 기를 쓰고 두세 마디 말을 내뱉었다. 혀가 꼬인 듯 발음이 불분명했지만 입술 새로 터져 나온 마지막 부르짖음은 똑똑히 들렸다. '사자 갈기.' 그것은 정말 종잡을 수 없는 생뚱맞은 말이었지만 아무리 생각해 봐도 다른 의미로 해석할 수는 없었다. 그러더니 맥퍼슨은 두 팔을 허공으로 들어 올렸다가 모로 쓰러졌다. 죽은 것이다.

내 친구는 갑작스러운 일을 당하고 공포에 질려 꼼짝 못했지만 나는 당연히 온몸의 감각을 바짝 곤두세웠다. 그리고 그래야 할 필요가 있었는데, 이것이 심상치 않은 사건이라는 증거가 신속하게 드러났기 때문이다. 죽은 교사는 바지 위에 달랑 버버리 외투를 걸치고 끈을 매지 않은 운동화를 신고 있었다. 넘어질 때 외투가 벗겨져 맨어깨와 몸통이 드러나 있었는데 우리는 그의 몸을 쳐다보고 기겁했다. 가느다란 철사 회초리로 심하게 매질을 당한 것처럼 등판이 온통 검붉은 줄로 뒤덮여 있었다. 이런 형벌을 가하는 데 사용한 도구는 낭창낭창하게 휘어지는 것이 분명했다. 왜냐하면 벌겋게 부르튼 긴 매 자국이 두 어깨와 양쪽 갈비뼈의 곡선을 휘감고 있었기 때문이다. 고통에 못 이겨 얼마나 아랫입술을 깨물었는지 턱으로 핏방울이 뚝뚝 듣고 있었다. 일그러진 얼굴은 지독한 고통을 표현하고 있었다.

나는 시신 곁에 무릎을 꿇고 있었고 스택허스트는 옆에 서 있었는데 문득 그림자가 다가왔다. 고개를 들어보니 이안 머독이 바로 옆에 서 있었다. 머독은 수학 교사인데, 키가 크고 얼굴이 검고 호리호리한 사람으로, 말수가 적고 성격이 차가워서 친구도 별로 없을 정도였다. 그는 보통 사람의 생활과는 무관한 무리수와 원뿔 곡선 기하학의 추상적 영역에서 사는 사람 같았다. 학생들은 그를 괴짜라고 생각했고 비웃곤 했다. 그러나 그에게는 이상하게 기이한 피가 흐르고 있어서, 석탄처럼 검은 눈과 가무잡잡한 얼굴뿐 아니라 오로지 광폭하다고밖에 표현할 수 없는, 이따금씩 성질을 사납게 폭발시키는 모습에서 그것을 알 수 있었다. 한번은 맥퍼슨의 작은 강아지가 귀찮게 군다는 이유로 강아지를 집어 들고 창문 너머로 패대기친 적도 있었다. 머독이 능력이 뛰어난 교사가 아니었다면 해고 사유가 되고도 남을 만한 행동이었다. 우리 앞에 나타난 사람은 그토록 이상하고 복잡한 인물이었다. 개 사건을 생각하면 죽은 사내에게 큰 동정심을 못 느낄 것 같았지만 이안 머독은 눈앞에 펼쳐진 광경에 정말 큰 충격을 받은 듯했다.

“가엾은 친구 같으니! 어떻게 할까요? 제가 뭘 도와드릴까요?”

“당신이 이 사람과 같이 있었소? 무슨 일이 있었는지 말해 줄 수 있소?”

“아닙니다, 저는 오늘 아침에 늦었습니다. 해변에는 아예 나오지도 못했지요. 저는 지금 학교에서 오는 길입니다. 어떻게 할까요?”

“풀워스의 경찰서로 달려가시오. 당장 신고하시오.”

머독은 두말 없이 전속력으로 달려갔고 나는 눈앞의 사건을 해결하기 위해 나섰지만 스택허스트는 멍하니 시신 곁에 남아 있었다. 맨 먼저 해야 할 일은 당연히 바닷가에 누가 있는지 확인하는 것이었다. 벼랑 꼭대기에서는 해안의 전경이 한눈에 들어왔다. 하지만 멀리서 풀워스 마을을 향해 가고 있는 검은 그림자 두셋을 빼면 바닷가에는 개미 새끼 한 마리 없었다. 이 부분에 대해서 충분히 확인했으므로 나는 천천히 백악 벼랑에 난 오솔길을 내려갔다. 백악에는 점토인지 부드러운 이회토(泥灰土)인지가 섞여 있어서 똑같은 발자국이 양쪽 방향으로 찍혀 있는 것이 여기저기 보였다. 아침에 이 길을 통해 바닷가에 내려간 사람은 오직 맥퍼슨뿐인 것이다. 한 곳에서는 쫙 펴진 손자국이 위를 향해 찍혀 있는 게 보였다. 이것은 가엾은 맥퍼슨이 올라오다가 넘어졌다는 걸 의미했다. 둥그렇게 눌린 자국도 있었는데 그것은 그가 힘을 잃고 바닥에 무릎 꿇은 적이 여러 차례 있었다는 뜻이다. 오솔길 맨 밑에는 썰물과 함께 만들어진 작은 석호가 있었다. 그 옆에서 옷을 벗었는지 바위 위에 수건이 놓여 있었다. 마른 수건은 차곡차곡 접혀 있었다. 결국 물에 들어가지는 않은 것이다. 나는 단단한 자갈밭을 살피고 다녔는데 모래가 약간 드러난 곳에 운동화 자국과 맨발 자국이 찍혀 있는 것이 두어 군데 보였다. 맨발 자국이 있다는 것은 맥퍼슨이 수영할 준비를 완전히 끝냈다는 뜻이지만 수건 상태로 볼 때 실제로 물에 들어가지는 않았던 듯했다.

여기서 문제는 명확해졌다. 그것은 과거에 접한 어느 사건 못지않게 기이했다. 죽은 사내는 바닷가에 기껏해야 15분가량 있었다.

스택허스트가 학교에서 뒤따라왔기 때문에 그 점에 대해서는 의문의 여지가 없었다. 맨발 자국에서 알 수 있듯이 그는 수영을 하러 와서 옷을 벗었다. 그런데 갑자기 허겁지겁 옷을 도로 주워 입고(단추도 채우지 않고 흐트러진 매무새로) 수영도 않고서, 아니 어찌 됐건 몸의 물기도 닦지 않고 돌아간 것이다. 그런데 중간에 갑자기 돌아간 이유는 야만적이고 비인간적으로 채찍질을 당했기 때문이었다. 맥퍼슨은 고통에 못 이겨 입술을 깨물었고 기어서 도망치다가 죽을 정도로 고문당했다. 대체 누가 이런 무지막지한 짓거리를 했을까? 벼랑 아래쪽에 크고 작은 동굴이 뚫려 있는 건 사실이지만 낮게 떠오른 태양이 동굴 안 깊숙이까지 비추고 있기 때문에 숨을 곳은 없었다. 그럼 바닷가 저쪽에 있는 사람들은? 범행과 관련짓기에 그들은 너무 멀리 떨어져 있는 것 같았고 게다가 맥퍼슨이 헤엄치려고 했던 넓은 석호가 그 사이를 가로막은 채 벼랑 바로 아래까지 찰랑거리고 있었다. 바다 위에는 별로 멀지 않은 곳에 고기잡이 배가 두세 척 떠 있었다. 배 임자들은 시간 날 때 만나볼 수 있었다. 조사해야 할 도로가 몇 개 있었지만 뚜렷한 성과를 가져다줄 만한 건 없었다.

　마침내 시신 있는 곳으로 돌아갔을 때는 일단의 사람들이 모여서 웅성거리고 있었다. 스택허스트는 물론 아직 거기 있었고 이안 머독이 마을 경관 앤더슨과 함께 막 도착한 참이었다. 경관은 적갈색 콧수염을 기른 거구의 사내였는데, 행동은 느려도 건실하기 짝이 없는, 육중하고 과묵한 겉모습 뒤에 상식과 분별을 갖춘 서섹스 사람이었다. 그는 우리가 하는 말을 일일이 기록하며 전후 사정을 경청하더니 나를 한쪽으로 끌어당겼다.

"홈즈 선생님, 어떻게 하면 좋을지 조언을 좀 해주십시오. 제힘으로 처리하기에는 벅찬 일입니다. 만약 제가 일을 잘못 처리하면 나중에 본서에서 한마디 들을 겁니다."

나는 당장 상관을 부르고 의사한테도 연락하라고 했다. 또 아무것도 옮기지 말고, 그 사람들이 올 때까지는 되도록 다른 사람의 발자국이 남지 않도록 하라고 조언했다. 그사이에 나는 죽은 사람의 주머니를 뒤졌다. 손수건, 큰 칼, 접을 수 있는 자그마한 명함 지갑이 나왔다. 이 명함 지갑에 종이 한 장이 비뚜름하게 꽂혀 있기에 그것을 펴서 경관에게 건네주었다. 거기에는 흘려쓴 여자 글씨로 다음과 같이 쓰여 있었다.

꼭 갈게요.

—모드

시간과 장소에 대한 얘기는 없었지만, 그것은 연인들의 밀회 약속 같았다. 경관은 편지를 다시 명함 지갑에 집어넣고 다른 물건과 함께 버버리 외투 주머니에 도로 넣었다. 나는 더 이상 살펴볼 것이 없었기 때문에 아침 식사를 하러 집으로 돌아갔다. 물론, 그 전에 벼랑 아래쪽을 철저히 수색하라고 당부하는 것을 잊지 않았다.

스택허스트는 한두 시간 뒤에 우리 집에 들러서 시신을 학교로 옮겼고 거기서 검시가 이루어질 예정이라는 얘기를 전해 주었다. 그는 아주 중대하고 구체적인 소식을 가져왔다. 내가 예상했던 대로 벼랑 아래쪽의 작은 동굴들에서는 아무것도 나오지 않았다. 하지만 그는 맥퍼슨의 책상에 있는 서류를 살펴보았는데 그중에 풀워스의 모드 벨라미 양과 주고받은 연애 편지가 몇 통 있었다고 했다. 명함 지갑 속의 편지를 보낸 장본인을 확인한 것이다.

"경찰이 편지를 가지고 있네."

스택허스트는 설명했다.

"그래서 여기 가져올 수 없었지. 둘 사이가 심각한 관계라는 것은 틀림없네. 그렇지만 그걸 끔찍한 사건과 관련지어야 할 이유는 없다고 보네. 정말로 숙녀가 맥퍼슨과 만날 약속을 했다는 걸 빼면 말일세."

"하지만 두 님녀가 너나없이 다 가는 수영장에서 만나기로 했을 리는 없네."

나는 한마디 거들었다.

"맥퍼슨이 바닷가에 혼자 있던 건 순전히 우연일세."

그는 말했다.

"우연이었다고?"

스택허스트는 이맛살을 찌푸린 채 생각에 잠겨 있다가 말했다.

"이안 머독이 아이들을 붙잡고 있었지. 아침 식사 전에 무슨 대수 문제를 풀어야 한다고 고집을 부렸다더군. 가엾은 친구, 이런 일이 있을 줄은 몰랐겠지."

"하지만 나는 두 사람이 친구가 아니라고 알고 있는데."

"한때는 그랬지. 하지만 요 1년간 머독과 맥퍼슨은 아주 친하게 지냈다네. 머독이 천성적으로 정이 많은 성격은 아니거든."

"그건 나도 알고 있네. 그런데 자네는 개를 학대한 일 때문에 싸움이 났다고 했던 것 같은데."

"두 사람은 깨끗이 화해했지."

"그래도 약간의 원망은 남지 않았을까."

"천만의 말씀, 분명히 말하지만 둘은 진짜 친하게 지냈다네."

"흠, 그럼 여자 문제를 살펴봐야겠군. 자네 그 여성에 대해서 좀 아나?"

"벨라미 양을 모르는 사람은 없지. 이 일대에서는 제일 예쁜 아가씨이니까. 홈즈, 그 아가씬 정말 어디 가도 이목을 끌 만한 미인이라네. 나는 맥퍼슨이 벨라미 양한테 반했다는 건 알고 있었지만 그런 연애 편지를 주고받을 만큼 가까워진 줄은 몰랐어."

"도대체 어떤 아가씬데?"

"풀워스의 모든 선박과 탈의실을 소유하고 있는 톰 벨라미의 딸일세. 처음에는 어부로 출발했지만 지금은 상당한 재력가가 됐지. 영감은 아들 윌리엄을 데리고 사업을 하고 있네."

"우리 풀워스에 가서 그 집 사람들이나 만나볼까?"

"무슨 핑계로?"

"오, 핑계를 찾는 거야 쉽지. 어쨌든 가엾은 청년이 제 몸을 그렇게 무지막지하게 채찍질한 건 아니니까. 정말 채찍으로 그런 상처를 입었다면, 그 채찍의 손잡이를 쥐고 있던 건 다른 사람이었네. 그런데 이 한적한 고장에서 그가 교제했던 사람들의 범위는 뻔하지 않은가. 모든 방향을 다 뒤져보면 틀림없이 동기를 찾아낼 수 있을 걸세. 그다음에는 범인을 잡는 거지.”

좀 전에 목격한 비극으로 심사가 울적해지지만 않았어도 백리향 향기 진동하는 고원을 따라 걷는 일은 상쾌하기 그지없었을 것이다. 풀워스 마을은 만을 둘러싼 반원형의 오목한 대지에 자리 잡고 있다. 고풍스러운 촌락 뒤편의 언덕 위에 현대적인 저택 몇 채가 자리 잡고 있었다. 스택허스트는 그중 한 집으로 나를 안내했다.

“벨라미는 자기 집에 ‘헤이븐’이란 이름을 붙였네. 점판암 지붕에 모퉁이마다 탑을 세운 집일세. 맨주먹으로 시작한 사람치고 그리 나쁘진 않은……, 아니, 저길 좀 보게!”

헤이븐 저택의 대문이 열리더니 한 사내가 나왔다. 키가 크고 비쩍 마른 몸에 머리가 부스스한 그는 다름 아닌 수학 교사 이안 머독이었다. 잠시 후 우리는 길에서 정면으로 마주쳤다.

“여보게!”

스택허스트가 말했다. 사내는 고개를 까딱하더니 야릇한 검은 눈으로 우리를 곁눈질하곤 그냥 지나치려고 했지만 교장이 그를 덥석 붙잡았다.

“자네, 여기서 뭘 하고 있었나?”

머독은 얼굴이 붉어지도록 화를 냈다.

“교장 선생님, 저는 선생님의 지붕 밑에서 사는 부하 직원입니다.

하지만 제 사생활에 대해 설명할 의무는 없다고 봅니다."

그동안 있었던 일 때문에 스택허스트는 신경이 날카로울 대로 날카로워져 있었다. 그렇지만 않았으면 그는 참았을 것이다. 이제 그는 자제력을 잃고 말았다.

"머독 선생, 이런 상황에서 정말 무례하게 대답하시는군."

"교장 선생님의 질문에 대해서도 똑같은 얘기를 할 수 있을 겁니다."

"내가 자네의 불손한 태도를 보고도 참은 게 벌써 한두 번이 아닐세. 하지만 이번이 마지막일세. 미안하지만 가능한 한 빨리 다른 자리를 알아보기 바라네."

"그렇지 않아도 그럴 작정이었습니다. 이 학교를 살 만한 곳으로 느끼게 해준 단 한 사람을 오늘 잃었으니까요."

머독은 성큼성큼 가버렸고 스택허스트는 붉으락푸르락한 얼굴로 그의 뒷모습을 노려보았다.

"어떻게 저럴 수가 있지? 괘씸한 인간 같으니라고."

그는 소리쳤다.

두 사람이 옥신각신하는 걸 지켜보는 동안 맨 먼저 떠오른 생각은, 이안 머독 선생이 범행 현장에서 달아날 기회를 잡게 되었다는 것이었다. 마음속에 자리 잡고 있던 막연한 의구심이 이제 구체적인 형태를 갖추기 시작했다. 벨라미 집 사람들을 만나보면 문제가 좀 더 분명해질 것이다. 스택허스트가 감정을 추스른 뒤에 우리는 같이 그 집으로 갔다.

벨라미 씨는 불꽃같이 새빨간 턱수염을 기른 중년의 사내였다. 그는 무척 화가 난 듯했는데 얼굴이 머리털처럼 금세 빨개졌다.

"그만두시오, 나는 자세한 얘기를 듣고 싶지 않소. 맥퍼슨 선생이 모드한테 관심이 있었다니, 여기 있는 내 아들도……."

그는 거실 구석에 앉아 있는 음침한 얼굴에 몸이 탄탄한 청년을 가리켰다.

"나처럼 그걸 모욕이라고 생각하오. 그렇소, '결혼'이란 말은 들어본 적도 없고 저희들끼리 편지를 주고받고 만나고 어쩌고 했던 것 같지만 우리 부자는 찬성할 수 없소이다. 그 애한테는 어미가 없어서 그 애의 보호자는 우리뿐이오. 우린 절대로……."

하지만 당사자가 나타나면서 아버지의 말은 중단되었다. 벨라미 양이 세상 어디에 데려다 놓아도 주위를 환하게 밝혀줄 미인이라는 것은 부정할 수 없는 사실이었다. 그토록 희귀한 아름다움을 지닌 꽃이 이런 뿌리, 이런 환경에서 자라났으리라고 누가 상상이나 할 수 있었겠는가? 나는 여자들한테 끌리는 일이 거의 없는데, 그것은 내 경우에는 항상 두뇌가 가슴을 지배하기 때문이었다. 하지만 벨라미 양의 깎은 듯이 완벽한 얼굴과 고원 지방의 상쾌함을 다 품은 듯 발그레한 볼을 보자, 젊은이치고 그녀 앞에서 마음이 흔들리지 않을 사람은 없으리라는 걸 깨달았다. 바로 이 같은 여성이 방문을 열고 들어와 눈을 동그랗게 뜨고 격한 얼굴로 헤럴드 스택허스트 앞에 서 있었다. 그녀가 말했다.

"전 피츠로이가 죽었다는 걸 알고 있어요. 걱정 마시고 자세한 애기를 해주세요."

"그쪽에서 다른 신사가 와서 우리한테 소식을 전해 주었소."

아버지가 설명했다.

"내 동생이 그런 문제에 휩쓸려야 할 까닭이 없습니다."

젊은이가 험상궂게 말했다.

누이동생은 오빠를 향해 날카로운 시선을 던졌다.

"윌리엄, 이건 내 일이야. 미안하지만 내 방식대로 처리하게 해줘. 얘기를 들어보니 그이가 누군가에게 살해당한 게 분명해. 범인을 밝혀내는 일을 돕는 것만이 이 세상에 없는 사람을 위해 내가 할 수 있는 최소한의 일이야."

그녀는 조용히 집중한 채 내 친구의 짧은 설명에 귀 기울였는데, 그걸 보고 나는 그녀가 대단한 미인일 뿐 아니라 굳센 성격의 소유자라는 걸 깨달았다. 모드 벨라미는 가장 완벽하고 비범한 여성으로 언제까지나 기억에 남아 있을 것이다. 그녀는 내 얼굴을 알고 있었는지 얘기가 끝나자 나를 향해 돌아섰다.

"홈즈 선생님, 그들에게 정의의 심판을 내려주세요. 그들이 누구이든, 저는 성심껏 당신을 돕겠습니다."

그녀는 말하면서 반항적인 시선으로 아버지와 오빠를 흘끗 쳐다보았다.

"감사합니다."

나는 말했다.

"나는 이런 문제에서 여성의 직관을 높이 평가합니다. 그런데 아가씨는 '그들'이라는 표현을 썼습니다. 그럼 범인이 하나가 아니라고 생각하시는 겁니까?"

"저는 맥퍼슨 씨가 용감하고 강한 사람이라는 걸 알고 있습니다. 범인이 하나였다면 그분에게 그렇게 무지막지한 짓을 할 수 없었을 거예요."

"따로 뵙고 얘기할 수 없을까요?"

"모드, 내가 말했잖느냐! 그런 일에 끼어들지 말라고."

아버지가 화를 내며 소리쳤다.

벨라미 양은 어쩔 수 없다는 듯 나를 쳐다보았다.

"어떻게 할까요?"

"세상이 곧 사실을 다 알게 될 테니 이 자리에서 얘기해도 무방할 겁니다. 아가씨와 단둘이 얘기하면 좋겠지만 아버님께서 허락하지 않으시니 할 수 없군요. 하지만 부친께서두 신중을 기하셔야 합니다."

그리고 나는 죽은 사람의 주머니에서 나온 쪽지에 대해 말했다.

"그것은 나중에 법정에 제출될 것이 분명합니다. 괜찮으시다면 그 편지에 대해 설명해 주겠습니까?"

"숨겨야 할 이유가 없습니다."

그녀는 대답했다.

"우린 결혼을 약속했지만 약혼 사실을 비밀에 부친 건 그 사람의 숙부 때문이었어요. 오래 사시지 못할 거라는 무척 연로하신 분인데, 피츠로이가 당신 뜻에 어긋나는 결혼을 하면 유산을 물려주지

않을 거라고 했지요. 그 밖에 다른 이유는 없었습니다."

"우리한테 말을 하지 그랬느냐."

벨라미 씨가 투덜거렸다.

"아버지가 조금만 호감을 보여주셨다면 말했을 거예요."

"난 내 딸이 신분이 다른 남자하고 교제하는 걸 반대한다."

"우리가 솔직히 말을 못 한 건 그 사람에 대한 아버지의 편견 때문이었어요. 그 편지는……."

그녀는 드레스에서 꼬깃꼬깃 접힌 쪽지를 꺼냈다.

"이것에 대한 답장이었지요."

내 사랑

화요일 날, 해가 지자마자 바닷가의 그곳으로 나와줘요. 내가 나갈 수 있는 시간은 그때뿐이오.

—F. M.

"오늘이 화요일이에요. 우리는 오늘 저녁에 만날 예정이었어요."

나는 쪽지를 뒤집어보았다.

"이건 우편으로 온 게 아닙니다. 이걸 어떻게 전달받았지요?"

"그 질문에는 대답하지 않겠어요. 그건 선생님께서 조사하시는 문제와 정말 아무 상관 없으니까요. 하지만 관계있는 문제라면 기꺼이 대답하겠어요."

그녀는 약속을 충실하게 이행했지만 조사에 도움이 될 만한 얘기는 전혀 없었다. 그녀는 약혼자에게 원한을 품을 만한 사람은 없지만, 자신에게 열렬히 구애했던 남자들이 몇 명 있었다는 사실은 인정했다.

"이안 머독이 그런 구애자들 중의 하나였는지 물어봐도 될까요?"

그녀는 얼굴이 상기된 채 어쩔 줄 모르는 것 같았다.

"그렇다는 생각이 들던 때가 있었어요. 하지만 그분이 피츠로이와 저와의 관계를 알고 난 다음에는 완전히 달라졌습니다."

머독이라는 이상한 사내의 주변에 드리워진 그림자가 다시 짙어지는 것 같았다. 그의 기록을 조사해 봐야겠다. 방도 몰래 뒤져봐야겠다. 스택허스트는 자진해서 협조할 것이 분명하다. 그의 마음에도 의심이 부글부글 괴는 것 같으니까. 우리는 헤이븐 저택에서 돌아오면서 이 뒤엉킨 실타래의 실마리를 손에 넣었기를 희망했다.

일주일이 지났다. 심리가 열렸지만 사건은 여전히 오리무중이었고 증거 미비로 심리는 연기되었다. 스택허스트는 머독 선생에 대해 은밀히 조사했고 그의 방도 슬그머니 뒤져보았지만 뾰족한 결과는 없었다. 나는 나대로 사건을 완전히 재검토하고 현장에도 다시 가봤지만 아무런 결론을 내리지 못했다. 나의 연대기를 읽어본 독자들은, 나를 이렇게 궁지로 몰아넣은 사건은 없었다는 사실을 알 것이다. 아무리 상상력을 발휘해도 해결책이 떠오르지 않았다. 그런데 개 사건이 생긴 것이다.

처음으로 나에게 소식을 전해 준 사람은 우리 집 가정부였다. 그런 사람들은 시골 마을의 소식을 야릇한 무선 통신, 즉 입소문을 통해 수집한다.

"선생님, 정말 슬픈 얘기를 들었어요. 맥퍼슨 선생의 개 말이에요."

어느 날 저녁 가정부가 말했다.

나는 그런 대화를 즐기지 않지만 이때만큼은 귀가 솔깃했다.

"맥퍼슨 선생의 개가 어쨌다는 거요?"

"죽었답니다. 주인을 그리워하다가 죽었대요."

"그 얘기는 누구한테 들었소?"

"웬걸요, 모두들 그 얘기를 하고 있는데요. 개가 얼마나 충격을 받았는지 일주일 동안 아무것도 안 먹었대요. 그런데 오늘 두 학생이 바닷가에서 개가 죽어 있는 걸 발견했답니다. 그런데 그게 주인이 죽은 바로 그 자리였대요."

"주인이 죽은 그 자리라."

그 말이 머릿속에 선명히 아로새겨졌나. 심상하게 넘겨버릴 일이 아니라는 느낌이 모락모락 피어올랐다. 개가 주인을 따라 죽는 것은 아름답고 충성스러운 기질 탓이다. 하지만 '바로 그 자리'라니! 하필이면 왜 그 외로운 바닷가에서 죽었을까? 혹시 개도 어떤 불타는 복수심에 희생된 것은 아닐까? 혹시……, 그랬다, 느낌은 희미했다. 하지만 무엇인가가 마음속에서 걷잡을 수 없이 커지고 있었다. 나는 당장 게이블스로 달려갔다. 스택허스트는 서재에 있었다. 그는 내 요청에 따라 개를 발견한 두 학생, 서드베리와 블라운트를 불러주었다.

"예, 개는 수영장 가장자리에 누워 있었습니다."

한 학생이 말했다.

"죽은 주인의 냄새를 따라간 것이 분명합니다."

나는 홀의 깔개 위에 눕혀진 에어데일 테리어종의 충성스러운 작은 개를 보았다. 사체는 뻣뻣하게 굳어 있었고 두 눈은 튀어나왔고 사지는 뒤틀려 있었다. 온몸에 고통의 흔적이 역력했다.

나는 게이블스에서 바닷가 수영장까지 걸어갔다. 해는 지고 거대한 절벽 그림자가 납판처럼 둔하게 반짝이는 바닷물 위로 시커멓게 드리워져 있었다. 바닷가에 사람 그림자는 없었고, 끼룩거리며 머리 위를 선회하는 바닷새 두 마리를 빼면 생명의 자취가 없었다. 희미한 빛 속에서 모래 위에 찍힌 작은 개의 발자국이 어렴풋이 보였다. 주인이 수건을 올려놓았던 바로 그 바위 옆이었다. 나는 한참 동안 서서 깊은 생각에 잠겼고 그동안 주위의 그림자는 더욱 짙어졌다. 마음속에서 이런저런 생각이 들끓었다. 악몽을 꾸는 느낌이었다. 내가 찾아 헤매는 대단히 중요한 무엇인가가 여기 있다는 걸 알고 있는데, 그것이 잡힐 듯 말 듯하면서도 영 잡히지 않는 그런 기분이었다. 그날 저녁, 죽음의 자리에 홀로 서 있을 때 내가 느낀 감정은 바로 이랬다. 그러다 결국 돌아서서 천천히 집을 향해 걷기 시작했다.

마침내 그것이 온 것은 막 벼랑 위로 올라섰을 때였다. 그토록 열심히 붙잡으려고 했지만 잡히지 않았던 것이 마치 섬광처럼 떠올랐다. 독자 여러분은 알고 있을 테고 왓슨도 썼을지 모르겠지만 나는 엄청난 양의 기이한 지식을 엄밀한 체계 없이 머릿속에 담아두고 있다. 그래도 이러한 지식은 내가 하는 일에 매우 유용하다. 내 마음은 온갖 꾸러미가 빼곡히 들어찬 골방과 같은데, 안에 든 것이 너무 많아서 나는 거기 있는 게 무엇인지에 대해 막연한 기억밖에 못 할 수도 있다. 나는 이 사건과 관련된 뭔가가 있다는 사실을 알고 있었다. 그것이 뭔지는 아직도 막연하지만 적어도 그것을 명확히 밝혀 내는 방법을 알고 있었다. 그건 터무니없고 믿기 힘들지만 그래도 가능하긴 했다. 나는 그걸 끝까지 확인해 볼 생각이었다.

나의 작은 집에는 책으로 가득한 큰 다락방이 있다. 나는 곧장 그 방으로 뛰어 들어가 한 시간 동안 책 더미를 샅샅이 뒤졌다. 그리고 마침내 초콜릿색과 은색으로 장정한 작은 책 한 권을 들고 나왔다. 나는 기억 속에 희미하게 남아 있는 그 장을 찾아서 책을 열심히 뒤졌다. 그랬다, 그것은 정말 불가능해 보이는 얘기였지만 그게 정말 그런지 확인하기 전까지는 편히 쉴 수 없었다. 나는 내일 할 일에 대한 부푼 기대를 안고 밤늦게야 잠자리에 들었다.

하지만 일을 시작하기도 전에 성가신 훼방꾼을 만났다. 일찌감치 일어나 차를 마시는 둥 마는 둥 하고 막 바닷가로 나가려는데 서섹스 경찰대의 바들 경위가 찾아왔다. 그는 사려 깊은 눈을 가진 우직하고 건실하며 둔한 사내였는데, 이제 그 눈에 아주 근심스러운 표정을 담고 나를 바라보고 있었다.

"저는 선생님께서 경험이 풍부하시다는 걸 알고 있습니다. 물론 저는 개인 자격으로 찾아왔고 시간을 오래 끌진 않겠습니다. 저는 이 맥퍼슨 사건에서 상당한 어려움을 겪고 있습니다. 문제는 체포할 것인가, 말 것인가입니다."

"이안 머독 선생 말이오?"

"그렇습니다. 생각해 보면 머독 말고는 떠오르는 사람이 없습니다. 사실 그건 이 외진 마을의 장점인데, 우리는 용의자를 아주 작은 범위까지 좁힐 수 있습니다. 머독이 안 했다면 누가 그랬겠습니까?"

"머독 선생의 범행을 입증하는 증거가 있소?"

바들 경위는 나와 똑같은 고랑에서 이삭을 주웠다. 문제는 머독의 성격과 그의 주변에 드리워져 있는 듯한 수수께끼의 그림자였다. 예전의 개 사건에서 드러난 것처럼 그는 다혈질이었다. 그리고 과거에 맥퍼슨과 싸운 적이 있고 벨라미 양에게 관심을 가졌다는 이유로 맥퍼슨을 미워했을지도 몰랐다. 경위는 내가 했던 것과 똑같은 생각을 하고 있었으나, 머독이 떠날 채비를 하고 있다는 사실을 빼면 새로운 건 없었다.

"이런 혐의점이 있는데도 도망치게 놔둔다면 제 입장이 어떻게 되겠습니까?"

억세고 느릿한 사내는 무척 고민하고 있었다.

"생각해 보시오."

나는 말했다.

"당신의 주장에는 중대한 결함이 여러 곳 있소. 머독 선생은 사건이 일어난 당일 아침의 알리바이를 충분히 증명할 수 있소이다. 그는 다른 교사들과 계속 같이 있다가 맥퍼슨이 절벽 위로 올라온 지 몇 분 뒤에 등 뒤에서 나타났소. 그리고 머독 혼자 힘으로는 자신과 대등한 힘을 가진 남자에게 그런 상처를 입힐 수 없다는 사실을 명심하시오. 마지막으로 그런 상처를 입힌 도구의 문제가 있소."

"무슨 회초리나 낭창낭창한 채찍이 아니었을까요?"

"상처를 살펴보셨소?"

"보았습니다. 의사도 보았지요."

"그런데 나는 확대경으로 아주 자세히 살펴보았소. 그건 상당히 특이한 상처였소."

"어땠습니까?"

나는 책상 앞으로 걸어가서 확대 사진을 꺼냈다.

"그런 사건에서 나는 이런 방법을 쓴다오."

나는 설명했다.

"홈즈 선생님, 일을 아주 철저하게 하시는군요."

"그렇지 않았다면 나는 지금과 같은 위치에 오르지 못했을 거요. 자, 오른쪽 어깨를 휘감은 이 부르튼 상처를 살펴보시오. 뭔가 이상한 점이 보이지 않소?"

"잘 모르겠는데요."

"부르튼 정도가 고르지 않소. 여기에 피가 맺힌 점이 있고, 또 여기도 있소. 이 밑의 부르튼 자국에도 비슷한 모양이 나타나오. 이게 무슨 뜻이오?"

"잘 모르겠는데요. 선생님께선?"

"알 것도 같고 모를 것도 같소. 조만간 말할 수 있게 될 거요. 어떻게 이런 상처가 생겼는지 알게 된다면 범인은 잡은 거나 진배없소."

형사는 입을 열었다.

"물론, 터무니없는 생각이긴 하지만 벌겋게 달군 철망으로 등을 내리친 것 같습니다. 여기 심하게 부르튼 점들은 그물코가 교차하는 지점을 나타내지요."

"정말 기발한 생각이오. 아니면 작고 단단한 매듭이 있는 빳빳한 아홉 가닥 채찍을 쓴 것 같지 않소?"

"이럴 수가, 홈즈 선생님, 정답을 대신 것 같습니다."

"바들 경위, 아니면 뭔가 전혀 다른 원인이 있었을지도 모르오. 하지만 머독 선생은 용의점이 너무 약해서 체포할 수 없소이다. 게다가 죽어가는 사람이 마지막으로 남긴 말이 있소. '사자 갈기(Lion Mane)' 말이오."

"혹시 이안이라는 이름이 라이언으로……."

"그렇소, 나도 그런 생각을 했소. 만약 두 번째 단어가 머독과 조금이라도 비슷했다면……, 하지만 그렇지 않았소. 맥퍼슨은 거의 비명을 지르다시피 했소. 나는 '메인(Mane)'이라는 말을 똑똑히 들었소."

"홈즈 선생님, 뭔가 생각나는 게 있으십니까?"

"그런지도 모르오. 하지만 좀 더 구체적인 증거를 잡기 전까지는 말하고 싶지 않소."

"그러면 언제쯤 얘기를 들을 수 있을까요?"

"한 시간 뒤……, 어쩌면 그보다 더 빨리."

경위는 턱을 문지르며 반신반의하는 눈으로 나를 쳐다보았다.

"홈즈 선생님, 선생님의 마음속을 들여다볼 수 있다면 얼마나 좋겠습니까. 고기잡이 배들을 의심하고 계신가 보군요."

"천만에. 그 배들은 너무 멀리 떨어져 있었소."

"흠, 그렇다면 벨라미하고 그 덩치 좋은 아들입니까? 벨라미 부자는 맥퍼슨 선생한테 감정이 썩 좋지는 않았지요. 부자가 선생한테 본때를 보여준 걸까요?"

"당찮은 얘기. 경위가 아무리 넘겨짚어도 때가 되기 전까지는 말하지 않겠소."

나는 빙그레 웃으며 말했다.

"자, 경위, 우리는 각자 할 일이 있소. 이따가 점심때 날 찾아오면……."

우리의 대화는 여기서 중단되고 말았는데, 그것이 사건 해결의 시작이었다.

현관문이 활짝 열리고 복도에서 허둥대는 빌소리가 들리더니 이안 머독이 비틀거리며 방으로 들어와 뼈마디가 불거진 손으로 가구를 붙잡고 몸을 지탱했다. 창백한 얼굴에 머리는 산발하고 매무새는 흐트러져 있었다.

"브랜디! 브랜디!"

그는 헐떡거리며 말하고 신음 소리를 내며 소파 위로 쓰러졌다.

머독은 혼자가 아니었다. 스택허스트가 모자도 안 쓰고 숨이 턱에 닿아서 부하 직원만큼이나 망연자실한 얼굴로 따라 들어왔다.

"그래! 브랜디!"

스택허스트가 외쳤다.

"이 친구는 지금 생명이 위태롭네. 이 친구를 간신히 여기까지 끌고 왔어. 오는 길에 두 번이나 의식을 잃었네."

큰 잔으로 반 잔의 독주는 놀라운 효과를 발휘했다. 머독은 한 팔로 짚고 몸을 일으키더니 옷자락을 들치고 어깨를 드러냈다.

"제발, 오일, 마약, 모르핀!"

그는 소리쳤다.

"이 지옥 같은 고통을 덜어줄 수 있는 거라면 무엇이든!"

경위와 나는 눈앞에 드러난 상처를 보고 외마디 소리를 질렀다. 머독 선생의 어깨에는 피츠로이 맥퍼슨의 죽음의 징표가 되었던 벌겋게 부풀어 오른 야릇한 그물 무늬 상처가 똑같이 나 있었다.

통증은 국소적인 것이 아니었고 견디기 힘들 정도로 심했는데 한

번은 호흡을 멈추더니 얼굴이 새카매졌다. 그러다가 숨을 몰아쉬며 손으로 가슴을 두드리는데, 이마에는 구슬 같은 땀방울이 송골송골 맺혔다. 금방이라도 숨이 멎을 것 같았다. 머독은 목구멍 속으로 브랜디를 쏟아부었고 한 모금 마실 때마다 생명력을 되찾았다. 거즈에 샐러드 오일을 적셔서 대주자 이상한 상처에서 느껴지는 통증은 완화되는 듯했다. 마침내 그는 쿠션에 털썩 머리를 올려놓았다. 지칠 대로 지친 자연이 최후의 생명 창고에서 안식처를 찾은 것이다. 반은 잠이 들고 반은 기절한 상태였지만 적어도 통증은 완화되었다.

머독에게 질문하는 것은 불가능했지만 그의 상태가 나아졌다는 게 확인되자 스택허스트는 나를 향해 얼굴을 돌렸다.

"맙소사! 홈즈, 이게 어찌 된 노릇인가? 응?"

그는 소리쳤다.

"이 사람을 어디서 발견했지?"

"바닷가에서. 가엾은 맥퍼슨이 최후를 맞은 바로 그곳에서 말일세. 이 친구 심장이 맥퍼슨만큼 약했다면 지금 이 자리에 없었을 걸세. 이 친구를 여기로 데리고 오는 동안 이제 죽었나 보다 하는 생각이 들었던 게 한두 번이 아니었으니까. 학교까지는 너무 멀고, 그래서 자네 집으로 왔네."

"이 사람을 바닷가에서 만났다고?"

"비명 소리가 들렸을 때 나는 벼랑 위를 걷고 있었네. 이 친구는 물가에서 술 취한 사람 모양으로 비틀거리고 있었지. 나는 뛰어 내려가서 옷을 대충 걸쳐주고 데리고 올라왔네. 제발, 홈즈, 자네가 가진 모든 힘을 다 발휘해 주게. 이곳에서 그 저주받을 자를 찾아내는 일에 수고를 아끼지 말게. 더 이상은 이렇게 못 살겠네. 세계적인 명성을 지닌 자네가 우리를 위해서는 아무것도 할 수 없나?"

"스택허스트, 난 할 수 있네. 자, 같이 가세나! 그리고 경위, 당신도 같이 갑시다! 그 살인자를 당신 손에 넘겨줄 수 있는지 봅시다."

정신을 잃은 사내는 가정부에게 맡기고 우리 셋은 죽음의 석호를 향해 내려갔다. 자갈밭에는 머독이 벗어놓은 옷가지와 수건 따위가 나뒹굴고 있었다. 나는 천천히 석호 가장자리를 따라 걸었고 동료들은 일렬종대로 내 뒤를 따랐다. 호는 대개 아주 얕았지만 벼랑 밑으로 바닥이 1미터 정도 움푹 팬 곳이 있었다. 그곳은 수정처럼 맑고 투명한 아름다운 녹색 소(沼)를 이루고 있기 때문에 수영하는 사람들은 자연스럽게 그곳으로 향했다. 벼랑을 따라 크고 작은 바위가 소 위로 돌출해 있었다. 나는 그 바위를 따라 걸으며 밑의 물웅덩이를 자세히 들여다보았다. 수심이 가장 깊고 잔잔한 곳에 왔을 때 내가 찾고 있던 것이 눈에 띄었다. 나는 의기양양하게 소리쳤다.

"키아네아다! 키아네아! 사자 갈기다!"

나는 소리 질렀다.

내가 손가락으로 가리킨 야릇한 물체는 정말 사자 갈기에서 떼낸 헝클어진 털 뭉치 같았다. 그것은 수면에서 90센티미터쯤 밑에 있는 암반에 올라앉아 있었는데, 물결치듯 흔들거리는 노란 털 사이로 은빛이 희끗희끗한, 기이한 털투성이 생물이었다. 그것은 느리고 묵직하게 수축과 팽창을 반복했다.

“바로 저것이 원흉일세. 오늘이 네 마지막 날이다!”

나는 소리쳤다.

“스택허스트! 날 도와주게! 저 살인자를 영원히 끝장내자고!”

바로 위의 바위에 커다란 돌이 있었는데, 우리는 힘을 합쳐 이 돌을 물 속으로 밀어넣었다. 돌은 엄청난 물보라를 튀기며 물속에 첨벙 빠졌다. 물결이 잦아든 뒤에 물속을 들여다보자 돌은 바로 밑에 얌전히 떨어져 있었다. 노란 막이 팔락거리는 것으로 보아 목표물은 돌 밑에 깔린 모양이었다. 기름기 섞인 걸쭉한 거품이 돌 밑에서 스며 나와 수면 위로 천천히 솟아오르며 물을 더럽혔다. 경위가 소리쳤다.

“도대체 영문을 알 수가 없군요! 홈즈 선생님, 저게 뭡니까? 저는 이 지방에서 태어나고 자랐지만 저런 물건은 처음 봤습니다. 서섹스에 원래 저런 종자는 없습니다.”

“서섹스를 위해서는 다행한 일이오. 저건 남서쪽에서 불어온 강풍에 떠밀려 여기까지 왔을 거요. 두 분 다 우리 집으로 갑시다. 바다에서 똑같은 재난을 만나 구사일생으로 목숨을 건진 사람의 끔찍한 경험을 소개해 주리다.”

서재로 돌아가보니 머독은 일어나 앉을 수 있을 정도로 회복되어 있었다. 하지만 아직 머릿속은 멍했고 이따금씩 발작적인 통증에 시달렸다. 그는 자신도 무슨 일이 있었는지는 모르고, 그저 갑자기 심한 통증이 몰려와서 사력을 다해 물 밖으로 나왔을 뿐이라는 얘기를 띄엄띄엄 늘어놓았다.

"영원히 어둠에 묻힐 뻔한 일을 최초로 밝혀준 책이 바로 이거요."
나는 작은 책을 꺼내놓으며 말했다.

"이것은 유명한 관찰자, J. G. 우드가 쓴 『야외에서』라는 책이오.
우드 자신은 이 맹독성 해파리를 만났다가 죽을 뻔했고, 그래서 아
주 자세하게 설명했소. 그 사악한 바다 생물의 정식 이름은 키아네
아 카필라타, 한번 쏘이면 코브라한테 물렸을 때만큼이나 위험하고
통증은 훨씬 심하다오. 자, 내가 간단하게 발췌해서 읽어보리다.

　　수영을 하다 황갈색 막에 촉수가 있는 둥그런 덩어리를 발견했을
때, 이것이 은빛 종이에 아주 큰 사자 갈기를 붙여놓은 것처럼 보일
때는 극히 조심해야 한다. 왜냐하면 이것은 맹독을 품은 키아네아 카
필라타이기 때문이다.

이 맹독성 해파리를 만나면 어떻게 되는지 좀 더 자세히 알아볼
까요? 우드는 켄트 해안으로 수영하러 갔다가 이 녀석을 만났던 일
에 대해 말하고 있소. 그는 이 해파리가 눈에 안 보이는 섬유를 15미
터 거리까지 쏘아대고 그 반경 내에 있는 사람은 극히 위험해진다
는 사실을 발견했소. 멀리서도 이 해파리가 우드에게 미친 영향은
거의 치명적이었소.

　　무수히 많은 섬유로 인해 피부에 벌건 줄이 생겼는데, 자세히 살펴
보니 이것은 미세한 점이나 농포(膿疱)로 이루어져 있고, 이 점 하나하

나가 새빨갛게 달군 바늘로 신경을 콕콕 쑤시는 것처럼 무척 아팠다.

그의 설명에 따르면, 상처의 통증은 몸의 다른 부위에서 느껴지는 격렬한 통증에 비하면 아무것도 아니라오.

가슴으로 통증이 뻗칠 때 나는 총에 맞은 사람처럼 픽 쓰러졌다. 맥박이 멈췄고, 그랬다가 심장이 밖으로 튀어나올 것처럼 예닐곱 번 쿵쿵 뛰었다.

우드는 비좁은 수영장 물이 아니라 거친 바다에서 쏘였는데도 거의 죽을 뻔했소. 그는 나중에 자기 얼굴이 너무나 하얗게 질리고 쭈글쭈글해져서 거의 알아보기 힘들 정도였다고 했소. 그 사람도 브랜디를 한 병 가까이 들이켰는데 그 덕분에 목숨을 구한 것 같다오. 경위, 책 여기 있소. 이걸 읽어보면 가엾은 맥퍼슨이 죽게 된 내막이 충분히 이해될 거요.”

“그리고 덤으로 저도 혐의를 벗겠군요.”

머독이 삐딱한 미소를 지으며 덧붙였다.

“바들 경위, 그리고 홈즈 선생님, 나는 여러분을 원망하지 않습니다. 나한테 의심이 쏠리는 건 당연했으니까요. 나는 체포될 뻔하다가 가엾은 내 친구와 같은 운명을 맞은 덕분에 혐의를 벗은 것 같군요.”

“머독 선생, 그렇지 않소. 나는 이미 단서를 잡았고 원래 계획했던 대로 집에서 일찍 출발했다면, 당신은 그렇게 끔찍한 경험을 하지 않았을 거요."

"그런데 홈즈 선생님, 대체 어떻게 아셨습니까?"

"나는 닥치는 대로 책을 읽는 사람인데 이상하게 사소한 것에 대한 기억력이 좋은 편이오. '사자 갈기'라는 한마디가 내 마음을 떠나지 않았소. 나는 그 단어를 어딘가, 엉뚱한 문맥 속에서 읽은 적이 있었소이다. 아까 보았다시피, 사자 갈기란 그 해파리의 생김새를 잘 표현해 주는 말이오. 맥퍼슨은 그게 물에 떠 있는 모습을 본 게 틀림없소. 그리고 그 말은 자신의 목숨을 앗아 간 바다 생물에 대해 경고하기 위해 그가 입 밖에 낼 수 있었던 단 한마디였소."

"그러면 적어도 내 결백은 증명됐군요."

머독은 천천히 몸을 일으키며 말했다.

"나는 여러분의 수사 방향을 알고 있기 때문에 한두 가지 해명할 게 있습니다. 내가 벨라미 양을 사랑한 건 사실이지만, 숙녀가 내 친구 맥퍼슨을 선택한 그날부터 단 한 가지 소망은 그녀가 행복해지는 것이었습니다. 나는 뒤로 물러서서 두 사람의 다리 역할을 하는 데 만족했지요. 나는 두 사람의 사정을 알고 있었기 때문에 둘의 편지 심부름도 자주 했습니다. 그리고 벨라미 양은 내게 소중한 존재였기 때문에, 나는 친구가 죽었을 때 다른 사람이 앞질러 충격적인 소식을 몰인정하게 전하는 일이 없도록 부랴부랴 그녀에게 달려갔던 겁니다. 그리고 숙녀가 여러분에게 내 얘기를 하지 않은 것은 괜한 오해를 받고 내가 고초를 겪지나 않을까 하는 우려 때문이었지요. 하지만 허락해 주신다면 나는 학교로 돌아가겠습니다. 지금은 내 침대가 무척 그리우니까요."

스택허스트는 머독에게 손을 내밀었다.

"우리 모두 신경이 곤두서 있었네. 머독, 지나간 일에 대해서는 너그럽게 이해하게. 앞으로 서로에 대해 좀 더 잘 알게 될 걸세."

두 사람은 자못 다정하게 팔을 끼고 떠났다. 경위는 소의 눈망울을 닮은 눈을 끔뻑이며 말없이 나를 쳐다보았다.

"해내셨군요!"

그는 마침내 소리쳤다.

"저는 선생님에 대한 얘기를 많이 듣긴 했지만 믿지는 않았습니다. 정말 대단하십니다!"

나는 고개를 저을 수밖에 없었다. 그런 칭찬을 받아들이는 것은 나의 내직 기준을 낮추는 셈이 될 것이나.

"나는 처음에 무척 둔했소. 욕 먹어도 쌀 정도로 말이오. 시신이 물속에서 발견됐다면 제대로 감을 잡았을 거요. 길을 잘못 든 건 죽은 사람의 수건 때문이었소. 그 가엾은 친구는 몸을 닦을 엄두도 내지 못했는데, 나는 그 친구가 물속에 들어가지 않았다고 지레짐작한 거요. 그러니 수중 생물한테 공격당했다는 생각이 어떻게 떠오르겠소? 그래서 엉뚱한 길로 접어들었소. 허허, 이보시오, 경위, 나는 간도 크게 경찰에 몸담고 있는 신사들을 놀려먹은 적이 많았는데 키아네아 카필라타가 런던 경찰국을 대신해서 나한테 멋지게 복수한 것 같구려."

베일 쓴 하숙인

셜록 홈즈가 23년간 활발하게 활동했고 내가 17년간 옆에서 조력하며 그의 활동을 기록했다는 사실을 감안할 때, 내가 쓸 수 있는 자료가 엄청나다는 것은 자명한 사실이다. 문제는 항상, 무엇을 선택하느냐였다. 서가에는 기록철이 연도별로 즐비하게 꽂혀 있고 상자마다 서류가 그득하다. 그것은 범죄뿐 아니라 빅토리아 후기 사교계 및 정치인의 추문을 연구하는 이들에게는 더할 나위 없는 보고(寶庫)가 될 것이다. 그런데 후자에 관해서 가족의 명예나 유명한 조상들의 평판에 누가 미치지 않게 해달라는 부탁 편지를 보낸 이들은 마음 푹 놓으시기 바란다. 내 친구 특유의 신중함과 높은 직업 윤리는 여전하여 이 회고담을 선택하는 데 중요한 기준이 되고 있으니 비밀이 드러날 리 만무하다. 하지만 최근에 그런 서류를 입수하여 파기하려고 했던 일련의 시도에 대해 나는 강한 어조로 비난하는 바이다. 그러한 불법 행위의 배후는 다 알고 있다. 만약 그런 짓을 되풀이할 경우에는 셜록 홈즈의 이름으로 해당 정치인, 등대, 훈련된 가마우지에 대한 모든 얘기를 대중 앞에 공표하겠다는 걸 못 박아둔다. 이 글을 읽는 독자 중에서 적어도 한 사람은 이게 무슨 말인지 알 것이다.

그 모든 사건이 홈즈에게, 내가 이 회고록에서 밝히려고 애써온 직관과 관찰 능력을 겸한 그의 특출한 재능을 발휘할 기회가 되었으리라고 생각하는 것은 온당치 않다. 때로 그는 열매를 따기 위해 무진장 노력해야 했고 때로는 쉽사리 과실이 품 안으로 떨어지기도 했다. 하지만 가장 끔찍한 비극 중에는 그에게 재능을 발휘할 기회조차 주지 않았던 사건도 많았는데, 내가 지금 말하고자 하는 사건이 바로 그런 것이다. 나는 이름과 지명은 약간 바꾸겠지만 사실은 그대로 둔다.

1896년 말 어느 아침, 나는 홈즈에게 와달라는 급한 전갈을 받았다. 가보니 그는 담배 연기 자욱한 방에서 나이가 꽤 든 수더분한 하숙집 안주인 같은 여성과 함께 앉아 있었다.

"이쪽은 사우스 브릭스턴의 메릴로 부인일세."

내 친구는 부인을 손짓하며 말했다.

"왓슨, 메릴로 부인은 담배를 싫어하지 않으시니까 그 지저분한 습관에 탐닉하고 싶거든 마음대로 하게. 메릴로 부인이 흥미로운 이야기를 하셨는데 앞으로 자네가 필요할 것 같았네."

"내가 할 수 있는 건 무엇이든……."

"메릴로 부인, 론더 부인에 관한 일이라면 저는 증인을 세우고 싶습니다. 우리가 가기 전에 그 점을 이해시켜 주시기 바랍니다."

"아유, 감사합니다, 홈즈 선생님."

손님이 말했다.

"론더 부인은 선생님을 꼭 만나고 싶어 해요. 안 가시면 교구 사람들이 다 선생님을 쫓아다닐 거예요."

"그러면 오후에 일찌감치 가겠습니다. 출발하기 전에 우리가 사실 관계를 정확히 파악하고 있는지 확인해야겠군요. 우리가 사실을 복습하면 왓슨 박사가 상황을 이해하는 데 도움이 될 겁니다. 부인은 론더 부인이 7년째 하숙하고 있는데 얼굴을 본 건 딱 한 번뿐이라고 하셨습니다."

"차라리 안 볼걸 그랬어요!"

메릴로 부인이 말했다.

"얼굴에 끔찍한 흉터가 있다고 하셨지요."

"아유, 홈즈 선생님, 그건 도저히 얼굴이라고 할 수도 없어요. 그 정도라니까요. 한번은 그 여자가 2층에서 창문 밖을 엿보고 있는데, 우유 배달부가 그 모습을 언뜻 보고는 양철통을 떨어뜨리는 바람에 우유를 앞마당에 죄다 엎지른 적도 있답니다. 그런 얼굴이에요. 나는 우연히 그 여자 모르게 한 번 본 적이 있는데 그 여자는 얼른 눈치채고 베일을 내리더니 이렇게 말하더군요. '메릴로 부인, 제가 왜 베일을 걷지 않는지 이제 아시겠군요.'"

"론더 부인의 과거에 대해 조금이라도 아십니까?"

"몰라요."

"처음에 올 때 신원 증명서를 가져왔나요?"

"아니요. 하지만 현금을 가져왔지요, 그것도 아주 많이. 세 달 치 집세를 선불로 치렀고 계약 조건에 대해서도 군말이 없었어요. 요즘 같은 시절에 나같이 없는 여자가 어떻게 그런 기회를 퇴짜놓겠우."

"부인의 하숙집을 선택한 이유를 뭐라고 하던가요?"

"우리 집은 도로에서 한참 들어가 있어서 다른 집보다는 훨씬 한갓져요. 그리고 또 우리 집에선 독신자만 받고 나도 홀몸이지요. 내 생각에 그 여자는 다른 집에도 가봤다가 우리 집만 한 데가 없다는 걸 알았을 거예요. 그 여자는 조용히 숨어 살고 싶어 하고, 그렇게 살기 위해서는 돈을 아끼지 않아요."

"론더 부인은 7년 동안 우연히 얼굴을 한 번 보여준 걸 빼면 한 빈도 얼굴을 드러낸 적이 없다고 하셨지요? 정말 놀라운 이야깁니다. 정말 놀라워요. 부인이 조사해 보려고 하시는 것도 당연합니다."

"난 조사해 보고 싶은 생각 없어요, 홈즈 선생님. 나는 집세만 받으면 그걸로 끝이에요. 세상에 그 여자만큼 조용하고 골치 썩이지 않는 하숙인이 어디 있다고요."

"그렇다면 왜 나를 찾아오신 겁니까?"

"홈즈 선생님, 그 여자 건강 때문이에요. 그 여자는 점점 쇠약해 지는 것 같아요. 또 무슨 끔찍한 기억이 있는 모양인지, 무슨 잠꼬대라도 하는 것처럼 '살인이야! 살인이야!' 하고 소리를 지른답니다. 한번은 이렇게 소리 지르는 걸 들은 적이 있어요. '이 잔인한 짐승! 이 악마!' 한밤중에 그랬는데 온 집 안이 들썩거릴 정도여서 나는 소름이 쫙 끼쳤답니다. 그래서 아침에 그 여자한테 올라가서 한마디 했지요. '론더 부인, 마음에 걸리는 게 있으면 목사님을 부르세요. 경찰을 부르든지. 둘 중 하나는 도움이 될 거예요.' '제발, 경찰은 안 돼요!' 그 여자는 말했어요. '그리고 목사님이 과거를 바꿔놓을 수는 없잖아요. 하지만 내가 죽기 전에 누군가에게 사실을 털어놓으면 마음이 편해지긴 할 거예요.' 그래서 내가 그랬어요. '경찰이 싫다면 신문에 나오는 그 탐정 양반은 어때요.' 그러자 그 여자는 구세주라도 만난 것처럼 달려들더라고요. '바로 그 사람이에요. 왜 진작 그 생각을 못 했을까. 메릴로 부인, 그분을 꼭 데려와주세요. 만약 그분이 안 오시려고 하면 내가 론더 맹수 쇼의 론더 부인이라고 전해 주세요. 그리고 압바스 파르바라는 이름을 대세요.' 여기 그 여자가 이름을 적어줬어요, '압바스 파르바.' '그분이 내가 생각하는 그런 분이라면 꼭 오실 거예요.'"

"물론 가겠습니다."

홈즈가 말했다.

"좋습니다, 메릴로 부인. 저는 왓슨 박사와 긴히 할 얘기가 있습니다. 점심때까지는 얘기가 끝날 겁니다. 세시경에 브릭스턴의 댁으로 찾아뵙지요."

손님이 뒤뚱거리며(다른 표현으로는 메릴로 부인이 걷는 모습을 형용할 수 없다.) 방을 나가자마자 셜록 홈즈는 맹렬한 기세로 구석에 쌓여 있는 케케묵은 책 더미에 덤벼들었다. 몇 분간 책장이 휙휙 넘어

가는 소리가 들리더니 원하는 것을 손에 넣은 듯 만족스러운 함성
이 터져 나왔다. 무척 흥분한 그는 일어설 생각을 하지 않고 부처나
된 것처럼 다리를 꼬고 앉았다. 사방에 두꺼운 책들이 뒹굴었고 그
는 한쪽 무릎 위에 책을 펼쳐놓고 있었다.

"왓슨, 그 당시에 나는 그 사건에 대해 깊은 우려를 품고 있었네.
내가 여기 메모해 놓은 걸 보게. 솔직히 말해서 나는 그 사건의 수
수께끼를 밝혀내지 못했지. 하지만 검시관이 실수했다고 확신하고
있었네. 자네 압바스 파르바 사건을 기억하나?"

"아니, 전혀 생각 안 나는데."

"하지만 그때 자네는 나랑 같이 있었네. 하지만 나 자신의 인상도
아주 피상적이었지. 왜냐하면 판단 근거가 전혀 없었고 어느 쪽에
서도 내 도움을 원하지 않았거든. 자네, 이 서류를 읽어보겠나?"

"자네가 요점을 설명해 주면 안 될까?"

"그거야 아주 쉽지. 얘기를 듣다 보면 자네도 기억이 날 걸세. 몰
론 론더는 유명한 사람이었네. 그는 당대 최고의 흥행사 웜벨, 생어
와 어깨를 나란히 한 사람이었어. 하지만 술독에 빠졌고 엄청난 비
극이 일어났던 당시에는, 자신은 물론 그의 서커스도 내리막길을
걷고 있었네. 그 끔찍한 사건이 일어났던 날 밤, 서커스단은 버크셔
의 작은 마을 압바스 파르바에서 머물렀네. 윔블던을 향해 가는 중
이었는데, 그곳에선 공연이 아니라 그저 야영을 했지. 거긴 아주 작
은 마을이라 판을 벌여봤자 수지가 안 맞았을 테니까.

그 서커스단에는 북아프리카산의 멋진 사자가 있었네. 이름이

'사하라 왕'이었는데, 론더 부부는 사자 우리에 들어가서 쇼를 하곤 했네. 자, 이 공연 사진을 좀 보게. 보다시피 론더는 거구의 돼지 같은 남자이고 그의 아내는 천사 같은 여성이었네. 당시 법정에서는 사자가 위험한 징후를 보였지만 항상 그랬듯이 그냥 무시해 버리고 말았다는 진술이 나오기도 했지. 워낙 익숙하다 보니 별로 주의하지 않은 걸세.

사자한테는 밤에 론더 부부가 먹이를 주는 게 관례였다네. 어떤 때는 둘 중 한 사람이 갔고 어떤 때는 부부가 같이 갔지만, 먹이 주는 일을 다른 사람한테 맡기는 법은 없었다지. 왜냐하면 부부는 직접 먹이를 주면 사자가 자신들을 은인으로 알고 절대로 해치지 않을 거라고 믿었으니까. 그런데 7년 전 바로 그날 밤, 두 사람은 같이 먹이를 주러 갔다가 아주 끔찍한 일을 당했는데 내막은 여태껏 밝혀지지 않았네.

자정 무렵, 맹수의 포효와 여자의 비명 소리에 단원들은 잠을 깼네. 마부와 일꾼 들이 천막에서 뛰쳐나와 등불을 들고 쫓아갔지. 눈앞에는 처참한 광경이 펼쳐져 있었네. 론더는 우리에서 10미터쯤 떨어진 곳에 쓰러져 있었는데 뒤통수가 박살이 났고 발톱으로 머리 가죽을 깊이 할퀸 자국이 나 있었네. 론더 부인은 우리 문 근처에 똑바로 누워 있었는데 사자가 부인의 몸을 타고 앉아 포효하고 있었지. 야수는 부인의 얼굴을 갈기갈기 찢어놓아서 도저히 살 수 있을 것 같지 않았다네. 괴력의 사나이 레오나도와 광대 그릭스를 필두로 서기스 단원들은 장대로 사자를 몰았고, 사자가 우리 속으로 뛰어들자마자 문을 잠갔네. 사자가 어떻게 밖으로 나왔는지는 수수께끼일세. 부부가 사자 우리 안으로 들어가려고 했는데 문이 열리는 순간 맹수가 뛰쳐나와 덮쳤다고 추측하고 있지. 흥미로운 증언이 하나 있는데, 상처 입은 부인을 포장마차로 옮길 때 그녀는 무의식 상태에서 '비겁자! 비겁자!'라고 끊임없이 소리를 질렀다더군. 부인이 증언할 수 있을 만큼 회복된 것은 6개월이 지난 뒤였는데, 정당한 절차에 따라 심리가 열렸지만 결국 사고사라는 판결이 났지."

"그런데 자네는 다른 가능성이 있다고 생각하는 건가?"

나는 말했다.

"그렇다고 볼 수 있지. 그때 버크셔 경찰대의 젊은 에드먼스는 한 두 가지 점에 대해서 의문을 느끼고 있었네. 아주 똑똑한 친구였지! 나중에 앨러하바드로 전출되었는데, 내가 그 문제에 대해 알게 된 건 그 친구 덕분이었네. 나를 찾아와서 파이프를 피우며 그 얘기를 했거든."

"비쩍 마른 그 노랑머리 말이지?"

"바로 그 친구일세. 나는 자네가 금세 기억해 낼 줄 알았어."

"그런데 어떤 점에 의문을 느꼈는데?"

"음, 우리 둘 다 같은 생각을 했네. 사건을 재구성하는 건 정말 쉬운 일이 아니었지. 우선 사자의 관점에서 볼까? 사자는 우리에서 풀려났네. 어떤 행동을 할까? 사자는 대여섯 걸음 달려와서 론더를 덮치네. 론더는 도망치려고 하지만 사자가 뒤에서 공격했어. 그건 뒤통수에 발톱 자국이 난 걸 보면 알 수 있지. 그런 다음에 사자는 달아나는 대신에 우리 앞에 서 있던 여자를 향해 돌아서네. 그리고 여자를 쓰러뜨리고 얼굴을 물어뜯지. 그런데 부인이 현장에서 '비겁자'라고 소리 지른 건 남편이 어떤 식으로든 자신을 구하지 않고 보고만 있었다는 것을 의미하는 것 같거든. 그런데 그 불쌍한 친구가 아내를 구하기 위해 어떤 일을 할 수 있었겠나? 어때, 뭐가 문젠지 알겠지?"

"아무렴."

"그것만이 아닐세. 곰곰이 생각하니까 이제 기억나는군. 그때 사자가 포효하고 여자가 비명 지를 때 한 남자의 공포에 찬 고함 소리가 같이 들렸다는 증언이 있었네."

"그 론더라는 친구가 틀림없구먼."

"글쎄, 머리가 그 지경으로 깨졌는데 입 밖으로 소리를 낼 수 있었을까? 그런데 적어도 두 명의 증인이 여자와 남자의 비명 소리가 같이 들렸다는 얘기를 했거든."

"그때까지는 자고 있던 사람들이 다 일어나서 아우성을 치고 있었을 거야. 앞에서 지적한 문제에 대해서는 답을 찾을 수 있을 것 같은데."

"듣던 중 반가운 얘기로군. 어디 말해 보게."

"사자가 밖으로 나왔을 때, 부부는 우리에서 9미터쯤 떨어진 곳에 같이 있었네. 남자는 돌아섰다가 뒤에서 공격당했지. 여자는 사자 우리 안으로 들어가서 문을 잠그려고 했네. 피할 수 있는 곳은 거기밖엔 없었으니까. 여자는 우리를 향해 달려갔지만 바로 그 앞까지 갔을 때 맹수가 뒤에서 덮쳤네. 여자는 사자에게 등을 보여 맹수를 자극했던 남편에 대해 무척 화가 났지. 사람이 돌아서지만 않았어도 사자는 겁을 먹었을지 모르거든. 그래서 여자는 '비겁자'라고 소리친 걸세."

"왓슨! 정말 빛나는 상상력일세! 하지만 자네가 내놓은 다이아몬드에는 한 가지 흠이 있네."

"흠이라니, 여보게, 그게 뭔가?"

"두 사람 다 사자 우리에서 열 걸음 떨어진 곳에 있었다면 사자는 어떻게 밖으로 나왔을까?"

"부부에게 원한을 품은 누군가가 사자를 풀어놓은 게 아닐까?"

"그럼 우리 안에서 부부와 같이 장난치고 묘기를 부렸던 사자가 두 사람을 잔인하게 공격한 이유는 뭐지?"

"두 사람을 해칠 생각으로 우리 문을 열어준 자가 사자를 자극할 만한 짓을 했겠지."

홈즈는 생각에 잠긴 눈으로 잠시 동안 가만히 앉아 있었다.

"흠, 왓슨, 자네의 가설과 부합하는 사실이 있긴 하네. 론더한테는 적이 많았다네. 에드먼스의 말에 따르면 그는 술에 취하면 망나니가 됐다고 하지. 미친 듯이 날뛰면서 말리는 사람들은 누구든 가리지 않고 욕을 퍼붓고 채찍을 휘둘렀다네. 아까 다녀간 하숙집 아주머니가 밤에 들었다는 괴물 운운하는 아우성은 부인이 죽은 남편을 두고 한 얘기가 아닐까. 하지만 사실을 전부 파악하기 전까지는 아무리 골머리를 썩여봤자 헛수고지. 왓슨, 찬장에 차게 식힌 자고새 고기와 몬트라셰가 한 병 있네. 힘을 내서 다녀오려면 뭘 좀 먹어둬야지."

우리가 이륜마차를 타고 가서 메릴로 부인의 집 앞에서 내렸을 때, 뚱뚱한 하숙집 안주인은 초라하지만 조용한 하숙집 현관문을 활짝 열고 나와 있었다. 부인의 유일한 관심사는 소중한 하숙 손님을 잃지 않는 것뿐이었는데, 우릴 2층으로 안내하기 전에 행여 불미스러운 결과를 낳을 수 있는 말이나 행동은 하지 말아달라고 신신당부했다. 그래서 우리는 부인을 안심시킨 뒤에, 부인의 뒤를 따라 카펫을 되는대로 깔아놓은 직선형 계단을 올라가 수수께끼의 하숙인이 기거하는 방으로 들어갔다.

예상대로였다. 비좁은 방은 방 주인이 바깥출입을 안 한 탓에 곰 팡내가 났고 환기를 안 시켜 답답했다. 짐승을 우리에 가두었던 그 녀는 무슨 인과응보인지 이제는 자신이 우리 속에 갇힌 짐승이 된 것 같았다. 지금 그녀는 어두운 방구석의 부서진 안락의자에 앉아 있었다. 여러 해 동안 방에서만 지낸 탓에 몸매가 망가지긴 했지만 한때는 무척 아름다웠던 듯 여전히 풍만하고 육감적이었다. 얼굴은 두꺼운 검은 베일로 가리고 있었는데, 베일은 입술 바로 위에서 끝 나 완벽한 입술 선과 턱의 섬세한 곡선이 드러나 있었다. 나는 그녀 가 보기 드문 미인이었을 거라고 확신했다. 목소리도 낭랑한 게 정 말 듣기 좋았다.

"홈즈 선생님, 제 이름을 들어보셨을 거예요. 제 이름을 대면 오 실 거라고 생각했지요."

"그렇습니다, 마담. 하지만 제가 부인의 사건에 관심이 있었다는 걸 어떻게 아셨는지 모르겠군요."

"건강을 회복한 뒤에 그곳 형사인 에드먼스 씨한테 조사를 받는 과정에서 알게 됐답니다. 그분에게 거짓말을 한 게 마음에 걸리는 군요. 아마 진실을 말하는 편이 현명했을지도 모르겠어요."

"일반적으로는 진실을 말하는 편이 현명합니다. 그런데 그 사람 한테 왜 거짓말을 하셨습니까?"

"왜냐하면 누군가의 운명이 제 말에 달려 있었으니까요. 저는 그 남자가 지켜줄 가치가 없는 인간이라는 걸 알고 있었지만 그래도 파멸시키고 싶은 생각은 없었어요. 우리는 그토록 가까운……, 그토록 가까운 사이였으니까요!"

"그렇다면 이제는 상황이 달라진 겁니까?"

"예, 선생님. 제가 말한 그 사람은 죽었어요."

"그렇다면 지금 경찰에 사실을 털어놓지 않는 이유는 뭡니까?"

"왜냐하면 배려해야 할 사람이 더 있으니까요. 그건 바로 저예요. 경찰 조사를 받게 되면 과거의 일이 다 드러나면서 추문이 퍼질 텐데 그걸 견딜 수가 없어요. 저는 살날이 오래 남지 않은 사람이고 그저 조용히 죽기만을 바라고 있습니다. 하지만 저의 끔찍한 얘기를 들어줄 수 있는 사려 깊은 한 사람이 필요했지요. 그래야 제가 세상을 뜨더라도 모든 진실이 밝혀질 테니까요."

"마담, 과찬의 말씀이십니다. 그렇지만 책임감이 느껴지는군요. 사건을 경찰에 알리지 않겠다고 약속하진 않겠습니다. 그건 부인의 말씀을 듣고 나서 판단할 문제니까요."

"홈즈 선생님, 저도 그러리라고 짐작하고 있었습니다. 저는 지난 몇 년간 선생님의 활약상에 대한 책을 탐독했기 때문에, 선생님의 성격과 방법을 너무도 잘 알고 있습니다. 저의 운명이 남겨준 유일한 즐거움은 독서이고 세속적인 기쁨에 대해서 마음을 비운 지 오래입니다. 하지만 어쨌든 선생님께서 제가 겪은 비극을 활용할 수 있게 해드릴 기회를 놓치지는 않겠습니다. 얘기를 다 하면 속이 후련해질 거예요."

"제 친구와 저는 기쁜 마음으로 경청하겠습니다."

여인은 일어서서 책상 서랍에서 한 남자의 사진을 꺼냈다. 그는 직업 곡예사임에 틀림없는 몸매가 정말 근사한 사내였는데, 우람한 가슴 근육 위로 굵은 팔을 낀 채 숱이 많은 콧수염 아래 숱한 여자들을 정복한 남자 특유의 자부심 가득한 미소를 짓고 있었다.

"그 사람이 레오나도예요."

여인은 말했다.

"증언을 했던 역사(力士) 레오나도?"

"맞아요. 그리고 이 사람은……, 이 사람은 제 남편이고요."

그것은 추한 얼굴이었다. 인간 돼지라고나 할까, 아니면 인간 멧돼지라고나 할까, 그 얼굴엔 무서운 야수성이 드러나 있었다. 천한 입을 보면 음식을 우적우적 씹는 모습과 분노에 못 이겨 게거품을 무는 모습이 상상됐고 독기 서린 작은 눈을 보면 악의 어린 시선으로 세상을 노려보는 모습이 연상됐다. 악당, 난폭자, 야수……, 턱살이 축 처진 얼굴에 쓰여 있는 말들은 이랬다.

"신사 여러분, 이 두 장의 사진을 보면 사연을 이해하는 데 도움이 될 거예요. 저는 톱밥 위에서 자라면서 열 살이 되기 전부터 굴렁쇠를 통과하는 재주를 부렸던 불쌍한 서커스단의 소녀였습니다. 제가 여인이 되자 이 남자는 저를 사랑했지요, 그런 욕정도 사랑이라고 부를 수 있다면 말입니다. 저는 운이 없었던지 그의 아내가 됐어요. 그날부터 제 인생은 지옥이었고 그 인간은 저를 고문하는 악마가 됐답니다. 단원 중에서는 그의 소행을 모르는 사람이 없었어요. 그 인간은 저를 버리고 다른 여자들과 놀아났습니다. 제가 불평

하면 묶어놓고 채찍질을 했지요. 모두들 저를 동정하고 그를 혐오했지만, 어쩌겠어요? 모두들 하나같이 그를 두려워했으니까요. 남편은 언제나 끔찍했지만 술에 취하면 말할 수 없이 난폭해졌습니다. 그가 폭행죄와 짐승을 학대한 죄로 법정에 불려간 게 한두 번이 아니었지만, 돈이 많았기 때문에 벌금형 따위는 아무것도 아니었어요. 좋은 사람들은 모두 떠났고 서커스는 점점 내리막길을 걸었지요. 그나마 공연의 명맥을 유지하고 있었던 건 레오나도와 저, 그리고 작은 광대 지미 그릭스였어요. 가엾은 지미, 즐거운 일이라곤 없었지만 어떻게든 곡마단을 살리려고 최선을 다했답니다.

그러다가 레오나도가 제 인생 속으로 점점 깊이 들어왔습니다. 사진을 보셨으니 아실 거예요. 지금은 그 빛나는 육체에 숨어 있는 비열한 정신을 알고 있지만, 제 남편에 비하면 그는 가브리엘 천사처럼 보였지요. 레오나도는 제 처지를 동정해서 저를 여러모로 도와주었고 그러다가 우리의 감정은 사랑으로 발전했지요. 그것은 정말 깊고도 열정적인, 제가 꿈꿔 왔지만 감히 바라지는 못했던 그런 사랑이었답니다. 남편은 우리 관계를 의심했어요. 하지만 그가 걸핏하면 폭력을 휘두르긴 해도 강한 자 앞에서는 약한 비겁자였던 것 같아요. 레오나도는 그에게 단 한 명의 두려운 상대였지요. 남편은 전보다 더 심하게 저를 괴롭히는 방법으로 복수했습니다. 어느 날 밤에는 제 비명 소리를 듣고 레오나도가 우리 부부의 포장마차로 달려왔는데 그날 정말 무슨 일이 날 뻔했지요. 애인과 저는 이대로 살 수 없다는 걸 깨달았습니다. 남편은 같이 살 수 있는 사람이 아니었어요. 우리는 남편을 없애기 위한 계획을 짰지요.

레오나도는 영리하고 교활했어요. 일을 꾸민 건 그 사람이었지요. 제가 그를 비난하려고 그러는 건 아닙니다. 저는 그와 모든 행동을 같이할 각오가 되어 있었으니까요. 하지만 저는 죽었다 깨어나도 그런 꾀를 내지는 못했을 거예요. 레오나도는 곤봉을 만들고 간특하게도 거기에 긴 쇠못 다섯 개를 끝이 나오도록 박아 넣는 요령을 부렸지요. 마치 사자의 발톱 모양으로 말이에요. 그걸로 남편을 죽인 다음에 사자를 풀어놓아 남편이 사자한테 당한 것처럼 꾸밀 생각이었어요.

항상 하던 대로 남편과 같이 사자한테 밥을 주러 내려간 것은 칠흑같이 깜깜한 밤중이었습니다. 우리는 들통에 날고기를 담아 갔어요. 레오나도는 사자 우리로 가는 길목의 큰 포장마차 뒤에서 기다리고 있었지요. 레오나도의 행동이 너무 느렸기 때문에 우리는 그가 곤봉을 휘두르기 전에 그 앞을 지나고 말았습니다. 하지만 그는 살금살금 뒤따라와서 남편의 뒤통수를 곤봉으로 내리쳤고 퍽 소리가 났습니다. 그 소리를 듣고 제 마음은 기쁨으로 두근거렸지요. 저는 얼른 앞으로 뛰어가서 큰 사자 우리의 문고리를 벗겼습니다.

다음 순간 무서운 일이 생겼습니다. 두 분은 그런 짐승이 인간의 피 냄새를 얼마나 빨리 맡는지, 또 그러면 얼마나 흥분하는지 아실 거예요. 사자는 본능적으로 인간이 죽었다는 걸 느낀 모양이었습니다. 빗장을 열자마자 사자가 뛰어나와서 순식간에 저를 덮쳤습니다. 레오나도는 저를 구할 수 있었어요. 그가 달려와서 곤봉을 휘둘렀

다면 사자는 물러섰을지도 몰라요. 하지만 그 사내는 용기를 잃었습니다. 그가 공포에 질려 아우성치는 소리가 들리는가 했는데 돌아서서 달아나는 모습이 보였습니다. 바로 그 순간 사자 이빨이 제 얼굴을 파고들었지요. 저는 벌써 그놈의 뜨겁고 냄새 나는 숨결에 마비되어 있었기 때문에 고통은 거의 느끼지 못했습니다. 저는 두 손으로 피가 뚝뚝 떨어지는 김이 나는 커다란 턱을 밀치면서 살려달라고 비명을 질렀습니다. 사람들이 천막에서 뛰쳐나오는 소리가 들렸고 남자들이 달려온 기억이 어렴풋이 납니다. 레오나도, 그릭스, 그리고 다른 사람들이 사자의 발톱 밑에서 저를 끌어냈어요. 홈즈 선생님, 제 기억은 그것으로 끝입니다. 지루한 여러 달을 저는 무의식 상태로 지냈지요. 마침내 의식이 돌아와서 거울에 제 모습을 비춰보았을 때 저는 사자를 저주하고 또 저주했습니다! 놈은 제 아름나움이 아니라 제 목숨을 가져가야 했던 거예요. 홈즈 선생님, 저한테는 단 한 가지 소원밖에 없었고 그 소원대로 살만 한 논도 있었습니다. 저는 이 흉한 얼굴을 아무도 보지 못하게 가리고 아는 사람들이 결코 찾아내지 못할 곳에 가서 살고 싶은 마음밖에 없었습니다. 제가 할 수 있는 일은 그뿐이었고, 또 저는 그렇게 해왔지요. 죽을 자리를 찾아 구멍 속으로 기어든 상처 입은 가엾은 짐승……, 그것이 바로 유지니아 론더의 최후입니다."

불행한 여인이 이야기를 마친 뒤에 우리는 잠시 묵묵히 앉아 있었다. 그러다가 홈즈는 긴 팔을 뻗어 좀처럼 드러내지 않는 동정심을 보여주며 그녀의 손을 토닥거려 주었다.

"가엾어라! 가엾어라! 사람의 운명이란 정말 이해하기 힘든 법입니다. 앞으로 어떤 보상이 없다면 세상은 잔인한 농담에 지나지 않을 겁니다. 그런데 그 레오나도라는 사람은 어떻게 됐습니까?"

"저는 두 번 다시 그 사람을 만난 적도, 그 사람한테 연락을 받은 적도 없습니다. 마음속으로 그를 그토록 원망한 건 제 잘못인지도 모르겠어요. 그는 사자가 물어뜯다 남겨놓은 저 같은 것보다는 차라리 우리가 전국을 돌아다니며 전시했던 괴물을 사랑했을 테니까요. 하지만 여자의 사랑은 그리 쉽게 잊히는 법이 아니랍니다. 그 사람은 저를 맹수의 발톱 아래 버려두었고 제가 가장 힘들 때 저를 버렸지만 제 손으로 그를 교수대로 보낼 수는 없었습니다. 저야 어떻게 되든 상관없었지요. 제 인생 자체보다 더 끔찍한 게 어디 있겠습니까? 하지만 저는 남편을 죽인 레오나도를 감싸주었지요."

"그런데 지금 그가 죽었다고요?"

"지난달에 마게이트 근처에서 수영하다가 익사했습니다. 신문에서 그의 사망 기사를 봤어요."

"그런데 그는 부인의 이야기에서 가장 기이하고 독창적인 부분인 다섯 개의 쇠못이 달린 곤봉을 어떻게 했습니까?"

"홈즈 선생님, 그건 저도 몰라요. 야영장 옆에, 바닥에 물이 고인 백악 갱이 있었지요. 아마 그 깊은 녹색 물웅덩이 속으로……."

"알겠습니다. 지금은 별 의미가 없는 얘기지요. 사건은 종결됐으니까요."

"그래요, 사건은 끝났어요."

여인이 말했다.

우리는 가려고 일어섰지만 홈즈는 여인의 목소리에서 뭔가 심상치 않은 느낌을 받은 듯했다. 그는 여인을 향해 재빨리 돌아섰다.

"사람의 목숨은 하늘이 내린 겁니다. 스스로 목숨을 끊으려고 하지 마십시오."

"제가 살아봤자 무슨 소용이 있겠어요?"

"어떻게 그런 말씀을 하십니까? 고통을 인내한 부인의 사례는 그 자체가 이 참을성 없는 세상에서 무엇보다 소중한 교훈이 됩니다."

여인의 대답은 사뭇 끔찍한 것이었다. 그녀는 베일을 걷고 불빛 속으로 나섰다.

"이 얼굴을 견딜 수 있겠어요?"

처참한 몰골이었다. 어떤 말로도 얼굴은 뜯겨 나가고 윤곽만 남아 있는 그 모습을 형용할 수 없으리라. 그 끔찍한 폐허에서 이쪽을 응시하고 있는 생생하고 아름다운 두 개의 갈색 눈 때문에 그것은 더욱 처참해 보였다. 홈즈는 동정심과 항의의 표시로 손을 들어 올렸고 우리는 같이 방을 나갔다.

이틀 뒤, 내 친구 집을 찾아갔을 때 그는 자랑스럽게 벽난로 선반 위의 자그마한 푸른 약병을 가리켰다. 나는 약병을 집어 들었다. 거기에는 빨간 독극물 표시가 붙어 있었다. 뚜껑을 열자 기분 좋은 아몬드 향이 코를 찔렀다.

"청산가리?"

나는 물었다.

"바로 그걸세. 우편으로 왔지. '저를 유혹하던 것을 보냅니다. 선생님의 충고에 따르겠습니다.' 간단한 쪽지와 함께 말일세. 왓슨, 그걸 보낸 용감한 여인이 누군지 짐작할 수 있지?"

셜록 홈즈는 구부정한 자세로 한동안 저배율 현미경을 들여다보고 있었다. 그러더니 허리를 쭉 펴고 의기양양한 시선으로 나를 돌아보았다.

"왓슨, 이건 아교일세. 틀림없이 이건 아교야. 자네도 여기 와서 현미경을 한번 들여다보게!"

나는 접안렌즈에 눈을 갖다 대고 초점을 맞췄다.

"그 솜털은 트위드 상의에서 빠진 실일세. 불규칙한 회색 덩어리는 먼지야. 왼쪽에 있는 건 비듬. 가운데의 갈색 얼룩은 분명히 아교일세."

"좋아."

나는 웃으며 말했다.

"자네 말을 그냥 믿기로 하지. 그런데 이게 무슨 사건하고 관계

있는 거지?”

“그건 아주 훌륭한 증거일세.”

그는 대꾸했다.

“자네도 기억하겠지만 세인트팽크라스 사건에서, 죽은 경관 옆에서 모자가 하나 발견됐거든. 피의자는 그 모자가 자기 게 아니라고 극구 말하고 있네. 그런데 그는 매일 아교를 취급하는 그림틀 제작자거든.”

“자네가 그 사건도 맡았나?”

“아닐세. 런던 경찰국의 머리베일이라는 친구한테 조사해 달라는 부탁을 받았지. 내가 위조 화폐 제조범의 옷소매 솔기에서 아연과 구리 부스러기를 찾아낸 다음부터 그쪽에서는 현미경의 중요성에 눈을 떴다네.”

그는 초조한 듯 시계를 들여다보았다.

"의뢰인이 찾아오기로 했는데, 늦는군. 그런데 왓슨, 자네는 경마에 대해서 좀 아나?"

"그래야 마땅하지. 나는 부상 군인 연금의 절반가량을 경마에 쏟아붓고 있으니까."

"그럼 자네가 나의 『경마 안내서』가 돼줘야겠구먼. 혹시 로버트 노버턴 경이라는 이름 들어봤나? 어때, 뭐 생각나는 거라도?"

"응, 아는 게 좀 있네. 그는 지금 쇼스콤관에서 살고 있네. 내 여름 별장이 옛날에 그 근처에 있었기 때문에 거기에 대해선 잘 알아. 노버턴은 하마터면 감옥에 갈 뻔한 적도 있어."

"왜?"

"뉴마켓 히스에서 커존가의 유명한 고리 대금업자, 샘 브루어를 말채찍으로 때린 적이 있거든. 사람을 반송장으로 만들어놨지."

"아, 듣고 보니 참 흥미로운 사람이구먼! 그런 식으로 멋대로 구는 일이 많은가?"

"응, 그 사람은 위험천만한 인물로 호가 났네. 영국에서는 둘째가라면 서러워할 저돌적인 기수이고. 몇 년 전에는 장애물 경마 대회인 그랜드 내셔널에서 2등을 한 적도 있지. 그 사람은 시대를 잘못 타고난 인물 중의 하나일세. 섭정기(1811-1820년)였다면 멋쟁이였을 거야. 권투 선수에 육상 선수, 무모한 경마 도박사 또 아름다운 숙녀들의 연인이기도 하고, 게다가 도무지 헤어날 길이 없을 만큼 빚에 몰려 있는 게 분명하니까."

"왓슨! 좋았네! 아주 간단명료한 설명이군. 어떤 사람인지 알 것 같아. 자, 이제는 쇼스콤관(館)에 대해서 좀 설명해 주겠나?"

"내가 아는 건 그 저택이 쇼스콤 영지 한가운데 있고 그 옆에는 유명한 쇼스콤 종마 사육장과 마방이 있다는 것 정도일세."

"그리고 마방의 수석 조마사는 존 메이슨이지."

홈즈는 말했다.

"왓슨, 내가 그 정도까지 안다고 해서 놀란 얼굴을 할 필요는 없네. 내가 들고 있는 이 편지가 바로 그 사람한테서 온 거니까. 하지만 쇼스콤에 대해 좀 더 알아봤으면 좋겠군. 나는 아주 풍부한 광맥을 만난 것 같거든."

"또 쇼스콤 스패니얼이 있네."

나는 말했다.

"개 박람회에 가면 항상 그 얘기를 듣게 되지. 영국에서 가장 우수한 종자일세. 쇼스콤관의 숙녀는 쇼스콤 스패니얼에 대해 긍지가 대단하다네."

"로버트 노버턴 경의 부인이로군!"

"로버트 경은 총각일세. 그의 장래성을 생각하면 차라리 독신으로 사는 게 낫지. 그 사람은 지금 과부가 된 누이, 비어트리스 펠더 부인과 함께 살고 있네."

"누나가 동생 집에 얹혀산다는 거지?"

"그게 아닐세. 그곳은 고인이 되신 부인의 남편 제임스 경의 소유였네. 노버턴은 아무 권리가 없어. 영지의 소유권은 펠더 부인 생전까지고 부인이 세상을 뜨면 시동생에게 귀속되지. 부인 생전에는 매년 임차료 수입을 받아서 쓸 수 있네.”

“그런데 그 임차료 수입이라는 걸 동생 로버트가 다 쓰겠구먼?”

“그렇게 볼 수 있지. 그런 망나니가 누이를 편안하게 해줄 리 만무하니까. 내가 듣기로는 부인이 동생을 끔찍이 위한다는군. 그런데 쇼스콤에 무슨 문제가 생겼나?”

“아, 내가 알고 싶은 게 바로 그 점일세. 그런데 그 얘기를 해줄 수 있는 사람이 온 것 같군.”

방문이 열리며 키가 크고 얼굴을 깨끗이 면도한 사내가 급사의 안내를 받아 들어왔다. 엄격하고 단호한 표정은 말이나 소년 들을 다루는 사람한테만 볼 수 있는 것이었는데, 존 메이슨 씨는 말뿐 아니라 소년들도 휘하에 많이 거느리고 있었고 그런 일에 적임자로 보였다. 그는 냉정하고 침착한 태도로 고개를 숙여 보이고 홈즈가 손짓한 의자에 앉았다.

“홈즈 선생님, 제가 보낸 편지 받으셨습니까?”

“그렇소, 하지만 자세한 얘기가 없더군요.”

“대단히 민감한 사안이라서 편지에 자세히 쓸 수가 없었습니다. 그리고 너무 복잡하기도 하고요. 그 얘기는 직접 만나뵙고 드릴 수밖에 없었습니다.”

“좋소, 그럼 말씀하시오.”

“홈즈 선생님, 제 생각에는 저의 주인이신 로버트 경이 미친 것 같습니다.”

홈즈는 눈을 둥그렇게 떴다.

"여기는 할리가(런던의 일류 의사들이 모여 있는 동네 — 옮긴이)가 아니라 베이커가요. 하지만 왜 그렇게 생각하시오?"

"예, 사람이 이상한 행동을 한두 가지 하면 거기엔 어떤 까닭이 있다고 볼 수도 있습니다. 하지만 모든 행동이 이상하면 의아하게 생각할 수밖에 없지요. 저는 쇼스콤 프린스와 더비 경마 대회 때문에 주인의 머리가 이상해졌다고 생각합니다."

"쇼스콤 프린스가 댁에서 훈련시키는 말이오?"

"홈즈 선생님, 프린스는 영국 최고의 경주마입니다. 세상에서 그 사실을 가장 잘 아는 사람은 바로 접니다. 이제 선생께 솔직히 털어 놓지요. 저는 선생께서 명예를 아는 신사분이라는 것과 제가 하는 말이 밖으로 새어 나가지 않으리라는 걸 잘 알고 있습니다. 로버트 경은 더비 경마 대회에서 꼭 우승해야 합니다. 빚에 몰려 옴짝달싹 못할 지경이라 이번이 마지막 기회지요. 주인은 있는 대로 돈을 긁어모으고 빌려서 몽땅 프린스에게 걸었습니다. 그리고 배당률도 아주 높습니다! 프린스한테 처음에 걸었을 때는 거의 100배에 가까웠지만 지금도 건 돈의 40배 정도를 배당받을 수 있습니다."

"하지만 그런 명마가 어떻게 그렇게 배당률이 좋을 수가 있소?"

"일반인은 프린스가 얼마나 좋은 말인지 모르고 있습니다. 로버트 경은 경주마를 염탐하러 온 치들을 아주 교활하게 속여 넘겼지요. 프린스의 배다른 말이 전력 질주하는 걸 보여준 겁니다. 외양으로는 둘을 구별하기 힘들지만 갤럽으로 달릴 때 두 말은 1펄롱에

2마신(馬身) 정도의 차이가 납니다. 로버트 경의 머릿속에는 오로지 말과 경마뿐입니다. 경마에 인생을 걸었지요. 경마 대회가 끝날 때까지는 유대인 고리 대금업자들도 참아줄 겁니다. 하지만 프린스가 우승하지 못하는 날엔 경의 인생도 끝장입니다.”

“정말 필사적으로 도박을 하는 것 같긴 한데, 그런데 미쳤다는 건 무슨 얘기요?”

“그건 주인을 그냥 보기만 해도 알 수 있습니다. 도대체 밤에 잠을 자는 것 같지가 않습니다. 스물네 시간을 마구간에 붙어 있지요. 눈이 꼭 미친 사람처럼 번들거립니다. 지나치게 신경을 혹사시키고 있는 겁니다. 게다가 비어트리스 부인에 대한 행동 말입니다!”

“아! 그게 어떻기에?”

“오누이는 항상 아주 친하게 지내셨습니다. 두 분 다 취미가 같은데, 부인은 동생 못지않게 말을 아끼셨지요. 부인은 매일 같은 시간에 말을 보러 마차를 타고 내려오곤 하셨습니다. 여러 말 중에서 프린스를 유독 아끼셨지요. 프린스는 아침마다 자갈 위에 마차 바퀴 구르는 소리가 들리면 귀를 쫑긋 세우곤 했습니다. 그리고 각설탕을 받아먹기 위해 마차로 달려가곤 했지요. 그런데 이제는 그 모든 것이 다 끝났습니다.”

“왜?”

“글쎄요, 부인께선 말에 대한 관심이 아주 사라진 것 같습니다. 지금 일주일째 마구간 옆을 마차로 지나다니면서도 ‘안녕’ 하는 인사 한마디 없으시니까요!”

"당신은 오누이가 싸웠다고 생각하는 거요?"

"싸워도 아주 대판 싸워서 불구대천의 원수가 된 겁니다. 그렇지 않고서야 주인께서 누님이 친자식처럼 아끼는 애완견 스패니얼을 남한테 줘버릴 까닭이 없지 않습니까? 주인은 며칠 전에 5킬로미터 떨어진 곳에 있는 크렌달의 그린 드래곤 주인인 반즈 영감에게 개를 줘버렸습니다."

"그것참 이상한 일이구려."

"이상하고말고요. 부인은 심장이 약한 데다 수종증을 앓고 계시니까 동생과 같이 다니지 못하실 수도 있습니다. 하지만 주인은 저녁마다 누님 방에 놀러 가서 두 시간씩 있다 나오곤 했지요. 그건 당연한 일이었습니다. 부인이 동생을 끔찍이 위하셨으니까요. 하지만 그건 다 끝난 일입니다. 주인은 누님 근처에 얼씬도 하지 않습니다. 그리고 부인은 그게 마음에 사무치나 봅니다. 시무룩해서 말도 없이 술만 드시니까요. 홈즈 선생님……, 부인은 요즘 붕어처럼 술을 드십니다."

"이번에 싸우기 전에도 그렇게 술을 드셨소?"

"예, 한 잔씩 드셨지요. 하지만 요즘은 하룻저녁에 한 병을 다 드시는 일도 있습니다. 집사 스티븐즈가 귀띔해 주더군요. 홈즈 선생님, 모든 게 다 변했고 뭔가 구린내를 풍기는 일이 있습니다. 게다가 주인이 한밤중에 낡은 예배당의 지하실로 내려가는 이유는 뭘까요? 그리고 거기서 만나는 사내는 도대체 어떤 자일까요?"

홈즈는 두 손을 마주 비볐다.

"메이슨 씨, 계속하시오. 얘기를 들어보니 점입가경이로군."

"주인이 거기로 가는 걸 본 사람은 집사였습니다. 비가 억수같이 퍼붓는 밤 열두시에 말입니다. 그 얘기를 듣고 다음 날 밤에 저는 자지 않고 지키고 앉아 있었지요. 아니나 다를까, 주인이 집을 빠져 나가는 게 보였습니다. 스티븐즈와 저는 같이 뒤를 밟았지만 주인 한테 걸리는 날에는 경을 칠 게 뻔했기 때문에 아주 조심스러웠지 요. 주인은 일단 발동이 걸리면 무지막지하게 주먹을 휘두르는데, 상대를 가리지 않습니다. 그래서 우리는 너무 가까이 붙지 않으려 고 조심했지만 그래도 주인의 뒷모습을 놓치지는 않았습니다. 주인 이 찾아간 곳은 귀신 나오는 지하 납골당이었고, 거기에선 한 남자 가 주인을 기다리고 있었습니다."

"귀신 나오는 지하 납골당이라니 그게 뭐요?"

"예, 영지에는 폐허가 된 오래된 교회가 한 채 있습니다. 하도 오 래돼서 그 교회가 언제 세워졌는지 아는 사람이 아무도 없을 정도 지요. 그런데 교회 밑에는 지하실이 있는데, 사람들은 그곳을 그런 흉흉한 이름으로 부릅니다. 낮에도 어둡고 습기 차고 사람이 다니 지 않는 곳인데, 하물며 한밤중에 그곳에 접근할 만큼 간이 큰 사람 은 그 일대에는 거의 없을 겁니다. 하지만 주인은 두려움이 없는 분 입니다. 평생 아무것도 겁내지 않고 살았지요. 하지만 한밤중에 거 기서 무슨 일을 하는 걸까요?"

"잠깐!"

홈즈는 말했다.

"당신은 한 사람이 더 있었다고 했소. 그는 마구간 일꾼이거나 집에서 일하는 하인 중의 하나였을 거요! 그가 누군지 확인하고 물어보면 되지 않소?"

"그는 제가 아는 사람이 아니었습니다."

"그걸 어떻게 아시오?"

"제 눈으로 봤으니까요. 두 번째 날 밤이었습니다. 로버트 경은 우리가 숨어 있는 곳을 지나갔습니다. 저와 스티븐즈는 두 마리 토끼처럼 덤불 속에 숨어서 벌벌 떨고 있었지요. 그날 밤은 달이 꽤 밝았으니까요. 그런데 다른 사람이 뒤쪽에서 움직이는 소리가 들렸습니다. 그 사람을 두려워할 이유는 없었지요. 그래서 로버트 경이 시야에서 사라졌을 때 우린 일어서서 달빛 속에서 산책하는 체하다가 우연인 것처럼 아무렇지도 않게 그에게 다가갔습니다. '안녕하시오, 그런데 누구신가?' 제가 말했습니다. 그는 우리가 다가오는 소리를 듣지 못한 것 같더군요. 꼭 지옥문에서 나오는 악마를 본 것 같은 얼굴로 우리를 돌아보았으니까요. 그러더니 '악!' 하고 소리 지르고 어둠 속에서 죽을힘을 다해 도망치고 말았습니다. 참 잘도 뛰더군요! 그거 하나는 분명합니다. 하지만 순식간에 시야를 벗어나는 바람에 그가 누군지, 어떤 일을 하는지는 알아내지 못했습니다."

"하지만 달빛 속에서 얼굴은 분명히 보았지요?"

"예, 그 누런 얼굴을 똑똑히 보았습니다. 아주 천하게 생겨먹었더군요. 그런 자가 로버트 경하고 무슨 관계가 있는 걸까요?"

홈즈는 잠시 생각에 잠겼다.

"비어트리스 팰더 부인의 시중을 드는 사람은 누구요?"

그는 마침내 물었다.

"캐리 에번스라는 시녀입니다. 5년째 부인을 곁에서 모시고 있습니다."

"물론, 충실한 하녀겠지요?"

메이슨 씨는 마땅찮은 기색으로 자세를 고쳤다.

"그렇긴 합니다만……."

그는 마침내 대꾸했다.

"하지만 누구한테 충실한지는 말씀드리지 않겠습니다."

"아!"

홈즈가 말했다.

"집안의 치부를 드러낼 순 없습니다."

"메이슨 씨, 무슨 말인지 잘 알겠소. 뻔한 일 아니오? 아까 왔슨 박사한테 로버트 경에 대한 얘기를 들었는데, 경은 주변에 있는 여자들을 가만히 놔둘 사람이 아닌 것 같으니 말이오. 오누이가 그것 때문에 다퉜을 가능성은 없소?"

"글쎄요, 소문이 돈 지는 한참 됐습니다."

"하지만 부인은 그걸 모르고 있었을 수도 있소. 그런데 갑자기 그 사실을 알게 됐다고 가정합시다. 부인은 그 여자를 내보내고 싶었을 거요. 동생은 그걸 두고 보지 않을 거고. 심장이 약하고 거동하기 힘든 병자는 당신의 의지를 관철시킬 방법이 없소. 미운 시녀는 계속 부인 곁에 붙어 있소. 부인은 일절 말을 안 하고 시무룩하게 술을 마시는 쪽을 택하오. 그러자 로버트 경은 화가 나서 누나의 애완견 스패니얼을 남에게 줘버리오. 어때, 모든 게 다 설명되지 않소?"

"글쎄요, 그렇다고 볼 수 있지요. 거기까지는 말입니다."

"옳은 얘기요! 거기까지는. 하지만 그 모든 일이 야밤에 다 쓰러져가는 교회 지하실을 찾는 행동과 무슨 관계가 있을까? 그 부분은 아직 설명이 안 됐소."

"그렇습니다. 그리고 이상한 일이 더 있습니다. 로버트 경은 도대체 무엇 때문에 시체를 파내고 싶어 하는 걸까요?"

홈즈는 깜짝 놀라 자세를 고쳤다.

"그걸 안 게 바로 어제였습니다. 선생님께 편지를 쓴 다음이었지요. 어제 로버트 경은 런던으로 출타하셨고, 그래서 스티븐즈와 저는 같이 지하실로 내려갔습니다. 모든 게 다 그대로였지만 한쪽 구석에 유해 일부가 놓여 있었습니다."

"물론 경찰에 신고는 하셨겠지?"

손님은 으스스하게 웃었다.

"허, 선생님, 경찰에서는 별로 관심을 보이지 않을 겁니다. 그건 오래된 유골의 머리와 뼈 몇 조각에 지나지 않았으니까요. 한 1000년 쯤 된 건지도 모릅니다. 하지만 전에는 그 자리에 없었지요. 저나 스티븐즈나 그 부분에 대해서는 장담할 수 있습니다. 유골은 구석에 버려진 채 판자로 덮여 있었는데 그곳에는 원래 아무것도 없었습니다."

"그걸 어떻게 했소?"

"어떻게 하긴요, 그냥 놔두고 왔지요."

"잘했소. 어제 로버트 경이 외출했다고 했는데, 돌아왔소?"

"오늘 오실 겁니다."

"로버트 경이 누나의 개를 남한테 준 건 언제였소?"

"바로 일주일 전 오늘이었습니다. 녀석은 오래된 우물집 밖에서 낑낑대고 있었는데 로버트 경은 그날 아침에 기분이 무척 언짢았지요. 주인이 그 녀석을 집어 드는 걸 보고 저는 녀석이 이제 죽은 목숨이라고 생각했습니다. 그런데 주인은 그 녀석을 기수 샌디 베인에게 주더니, 다시는 이놈을 보고 싶지 않다며 그린 드래곤의 반즈 영감에게 갖다주라고 일렀습니다."

홈즈는 묵묵히 생각에 잠겼다. 그는 제일 오래되고 제일 지저분한 파이프를 피우고 있었다.

"메이슨 씨, 나는 아직도 당신이 나한테 원하는 게 뭔지 잘 모르겠소."

그는 마침내 입을 열었다.

"문제를 좀 더 명확하게 해줄 수는 없소이까?"

"홈즈 선생님, 이 얘기를 들으면 문제가 좀 더 명확해질 겁니다."

그는 주머니에서 종이로 싼 것을 꺼내 조심스럽게 풀어헤쳤다. 검게 탄 뼛조각이 드러났다.

홈즈는 흥미롭게 관찰했다.

"이건 어디서 났소?"

"저택의 지하실에는 중앙 난방로가 있습니다. 비어트리스 부인의 방 바로 아래 위치하고 있지요. 한동안 난방로의 불을 꺼놓았는데 로버트 경께서 춥다고 하시는 바람에 다시 불을 지폈습니다. 난방로를 관리하는 일은 하비라고, 제 밑에 있는 녀석이 맡고 있지요. 그런데 오늘 아침에 그 친구가 난방로의 재를 긁어내다가 발견했다며 이걸 들고 저를 찾아왔습니다. 왠지 꺼림칙해 보인다면서요."

"내가 보기에도 그렇소. 왓슨, 자네는 어떻게 생각하나?"

홈즈는 말했다.

그것은 새까만 숯이 되어 있었지만 해부학적인 형태는 의문의 여지가 없었다.

"그건 인간 대퇴골의 상부 관절구일세."

"옳은 얘길세!"

홈즈는 아주 심각한 얼굴이 되었다.

"그 친구가 난방로에서 일하는 건 언제요?"

"저녁마다 불을 지펴놓고 나옵니다."

"그럼 밤사이에 다른 사람이 거기 갈 수 있었겠군요?"

"예."

"밖에서도 들어갈 수 있소?"

"밖으로 나 있는 문이 하나 있습니다. 또 다른 문은 계단을 거쳐 비어트리스 부인의 방이 있는 복도로 나가는 문입니다."

"메이슨 씨, 이건 예삿일이 아니오. 뭔지 알 수 없지만 구린내가 진동하고 있소. 로버트 경이 지난밤에 집에 없었다고 했지요?"

"예."

"그럼, 유골을 태운 자가 누구인지는 몰라도 경은 아니었소."

"그건 사실입니다."

"아까 말한 여관의 이름이 뭐라고 했지요?"

"그린 드래곤."

"버크셔 지역에서 낚시는 잘되오?"

정직한 조교사의 얼굴에 떠오른 표정을 보니 그렇잖아도 골치 아픈 인생에 미치광이가 하나 더 뛰어들었다고 생각하는 게 분명했다.

"글쎄요, 하천에선 송어가 잡히고 홀 저수지에선 농어가 난다는 얘기를 듣긴 했습니다."

"그 정도면 됐소. 왓슨과 나는 유명한 낚시꾼이라오. 왓슨, 안 그런가? 앞으로 우릴 만나려면 그린 드래곤으로 찾아오시오. 우린 오늘 밤 안으로 기기 도착할 거요. 말할 것도 없이 당신을 만나볼 필요가 있겠지만, 당신은 우리한테 편지로 연락하면 되고, 우리는 필요하면 당신을 찾아가겠소. 사건에 대해 좀 더 조사해 본 뒤에 심사숙고해서 의견을 전하리다."

그래서 화창한 5월 저녁에 홈즈와 나는 단둘이서 기차 일등실에 몸을 싣고 세워달라고 해야 서는 간이역 쇼스콤을 향해 출발했다. 우리는 머리 위의 선반에 미리 준비해 온 낚싯대, 릴, 바구니 따위를 잔뜩 얹어놓았다. 쇼스콤 역에 도착해서 마차를 타고 잠깐 달려가자 구식 여관이 나왔다. 운동을 즐기는 여관 주인 조사이어 반즈는 이 일대 물고기의 씨를 말리려는 우리의 계획에 전폭적인 지지를 보냈다.

"홀 저수지에 가서 농어를 잡는 건 어떻겠소?"

홈즈가 말했다.

여관 주인은 얼굴을 찌푸렸다.

"그건 안 될 겁니다. 두 분은 낚시를 끝내기도 전에 저수지 물에 빠지는 신세가 될지도 모릅니다."

"그건 어째서 그렇소?"

"로버트 경 때문이지요. 그분은 경주마 염탐꾼들을 무척 경계하십니다. 낯선 사람 둘이 마방 근처에 나타나면 반드시 쫓아와서 덜미를 잡을 겁니다. 로버트 경은 물불을 가리지 않는 성격이지요. 암요."

"난 그분이 더비 경마 대회에 경주마를 출주시킨다는 얘기를 들었소만."

"예, 참 좋은 말입지요. 그분은 우리가 가진 돈을 몽땅 빌리고 당신 돈도 있는 대로 긁어모아서 마권을 사는 데 쓸어 넣었습니다. 그런데……."

그는 생각에 잠긴 눈으로 우릴 바라보았다.

"두 분께서 이번 경마 대회에 돈을 걸지는 않으셨겠지요?"

"천만에. 우리는 그저 신선한 버크셔 공기를 마시고 싶어 달려온 지친 런던 시민일 뿐이오."

"좋습니다. 그럼 제대로 찾아오신 겁니다. 신선한 공기라면 잔뜩 있으니까요. 하지만 로버트 경에 대해 제가 한 말씀을 유념하십시오. 그분은 말보다 주먹이 앞서는 분입니다. 영지에는 절대로 접근하지 마십시오."

"반즈 씨, 걱정 마시오! 꼭 시키는 대로 하겠소. 그런데 아까 홀에서 낑낑거리던 개가 아주 멋진 스패니얼 같던데."

"그렇습니다. 순종 쇼스콤 스패니얼이지요. 영국에서는 으뜸가는 족보를 가진 개입니다."

"나도 개를 좋아하는 사람이오."

홈즈는 말했다.

"실례되는 질문일지 모르겠지만 저런 명견은 값이 얼마나 하오?"

"그건 잘 모르겠습니다. 저 개를 주신 분이 바로 로버트 경이니까요. 저놈을 끈으로 묶어놓은 이유가 바로 그겁니다. 풀어놓으면 순식간에 저택으로 달아날 겁니다."

여관 주인이 곁을 떠나자 홈즈가 말했다.

"왓슨, 우리는 여러 장의 카드를 손에 쥐게 되었네. 쉬운 게임은 아니지만 하루 이틀 안으로 길이 보일 걸세. 그런데 로버트 경은 아직도 런던에 있다고 했지. 오늘 밤에는 폭행당할 염려 없이 성스러운 납골당에 들어갈 수 있을 걸세. 미리 확인해 두고 싶은 부분이 한두 가지 있거든."

"홈즈, 벌써 무슨 가설을 세운 건가?"

"왓슨, 가설은 이것 하나뿐일세. 일주일쯤 전에 쇼스콤 저택 사람들의 생활에 엄청난 변화를 가져온 사건이 생겼다는 것이지. 그건 과연 어떤 사건일까? 우린 그 이후에 생긴 일들을 보고 그것이 어떤 건지 추측해 볼 수 있을 따름이네. 그 사건의 결과는 묘하게 뒤엉켜서 나타난 것 같아. 하지만 차라리 그런 게 낫다네. 아무 특징도 없이 조용하기만 한 사건이야말로 가망 없으니까.

우리가 가진 정보를 분석해 볼까? 동생은 가깝게 지내던 병든 누나를 더 이상 찾아가지 않네. 애완견은 남한테 줘버렸지. 왓슨, 누나의 개 말일세! 그 얘기를 듣고 뭐 생각나는 것 없나?"

"동생이 심술궂다는 것 말고는 없는데."

"흠, 그럴 수도 있겠지. 아니면……, 그래, 다른 가능성이 있어. 자, 오누이의 불화가 시작된 때부터 상황을 분석해 보기로 하세. 진짜 그런 불화가 있는지는 잘 모르겠지만 말이야. 부인은 방에만 틀어박힌 채 평소의 습관을 바꿨네. 물론 시녀와 함께 마차를 타고 외출하는 일은 계속하고 있지만, 마구간 앞에서 마차를 세우고 애마를 불러 인사하는 일은 그만뒀지. 그리고 그만 술꾼이 돼버렸네. 이 정도면 상황이 설명되지?"

"지하실에서의 일은 빼고."

"그건 전혀 다른 차원의 일일세. 별개의 사건이 두 가지가 있으니까 헷갈리지 말게. 사건 A는 비어트리스 부인과 관련된 건데 어쩐지 불길한 예감이 드는군. 그렇지 않은가?"

"나로서는 뭐가 뭔지 도무지 이해가 안 되네."

"좋아, 그럼 로버트 경과 관련된 사건 B를 들여다보기로 하지. 로버트 경은 사활을 걸고 더비에서 우승하려고 발버둥 치고 있네. 빚 때문에 유대인 고리 대금업자들의 수중에 떨어져서 어느 때라도 재산은 경매에 넘어가고 마방은 채권자들에게 압류될 수 있으니까.

그처럼 대담한 사람이 궁지에 몰려 있는 걸세. 수입은 누님 재산에서 나오는 것뿐이지. 누님의 시녀는 꼭두각시처럼 그의 손에서 놀아나고 있고. 여기까지는 분명하지 않은가?"

"하지만 지하실은?"

"아, 그래, 지하실! 여보게, 좀 흉측한 가정이지만, 그저 논증을 위한 거라 생각하고 로버트 경이 누나를 살해했다고 가정해 보세."

"여보게, 어떻게 그런 일이 있을 수 있겠나."

"왓슨, 가능성은 있네. 로버트 경이 명망 높은 가문 출신인 건 사실일세. 하지만 독수리 무리에도 이따금씩 까마귀가 섞여 있는 법이지. 그러니까 잠시 그렇게 가정하고 추론해 보자고. 로버트 경은 돈 한 푼 없이 해외로 달아날 수는 없었네. 그런데 한밑천 거머쥘 수 있는 방법은 쇼스콤 프린스를 데리고 하는 도박을 성사시키는 길뿐이었지. 그러려면 영지를 계속 지키고 있어야 하고, 또 영지를 지키려면 부인의 시신을 치우고 부인 역할을 대신해 줄 만한 사람을 찾아야 하네. 시녀를 정부로 두고 있는 상황에서 그건 불가능한 일이 아닐세. 경은 부인의 시신을 인적이 드문 교회 지하실에 옮겨놓았다가 밤중에 쥐도 새도 모르게 난방로에서 태워버리고 우리가 이미 본 것 같은 그런 증거물을 남겼을 수도 있지. 왓슨, 자네 생각은 어떤가?"

"흠, 맨 처음의 그 터무니없는 가정만 빼면 전부 가능한 얘기야."

"왓슨, 그 문제를 밝혀내기 위해서 우린 내일 작은 실험을 해볼 수 있을 걸세. 그동안에는 계속 낚시꾼 행세를 해야 하니까, 주인을 초대해서 주인이 내놓은 포도주를 마시면서 뱀장어와 황어 무리에 대해 격조 높은 담화라도 나누는 게 좋겠네. 그렇게 하는 게 주인의 환심을 사는 가장 빠른 길일 거야. 그러다가 이 지역에서 떠도는 쓸모 있는 소문을 얻어들을 수 있을지도 모르거든."

아침에 홈즈는 송어 새끼를 잡기 위해 꼭 필요한 찜낚시를 빼놓고 왔다는 사실을 발견했고, 그 핑계로 우리는 하루 치의 낚시질을 면제받았다. 열한시경에 우리는 주인의 허락을 얻어 검은 스패니얼을 데리고 산책을 나갔다.

"바로 여기일세."

두 짝의 높다란 철문 앞에 이르렀을 때 홈즈가 말했다. 철문 양쪽에는 가문의 문장에 나오는 그리핀(그리스 신화에 나오는, 독수리의 머리와 날개에 사자의 몸통을 가진 괴수—옮긴이)이 버티고 서 있었다.

"반즈 씨 말에 따르면, 노부인은 정오경에 마차를 타고 드라이브를 하네. 철문이 열리는 동안 마차는 속도를 늦춰야 하지. 여보게, 마차가 철문을 통과해서 다시 속도를 높이기 전에 자네가 마부를 붙잡고 아무 질문이나 해주게. 나에 대해선 신경 쓰지 말고. 이 감탕나무 덤불 속에 숨어서 나대로 할 일이 있으니까."

오래 기다릴 필요는 없었다. 15분 만에 덮개가 없는 크고 노란 사륜마차 한 대가 긴 진입로를 내려오는 모습이 보였다. 발을 높이 들고 걷는 훌륭한 회색 말 두 필이 마차를 끌고 있었다. 홈즈는 개를 데리고 덤불 뒤에 웅크리고 앉았다. 나는 태연히 단장을 흔들며 큰길에 서 있었다. 수위가 달려 나왔고 대문이 활짝 열렸다.

마차는 속도를 크게 줄였기 때문에, 나는 마차에 탄 사람들을 자세히 살펴볼 수 있었다. 왼쪽에는 황갈색 머리에 얼굴이 붉고 뻔뻔스러운 눈매의 젊은 여자가 앉아 있었다. 오른쪽에는 등이 굽은 노인이 앉아 있는데 병자처럼 얼굴과 어깨를 숄로 잔뜩 감싸고 있었다. 말들이 큰길로 진입하기 전에 나는 권위 있게 손을 들었고 마부는 마차를 세웠다. 나는 로버트 경이 쇼스콤관에 계시는지 물었다.

바로 그 순간 홈즈가 뛰어 나오며 스패니얼을 풀어주었다. 개는 반갑게 짖으며 마차를 향해 달려가 발판 위로 뛰어올랐다. 그러나 기분 좋게 꼬리를 흔들던 개는 금세 태도가 돌변했다. 개는 화가 난 듯 컹컹 짖으며 그 위의 검정 치마를 덥석 물었다.

"출발! 출발!"

거친 목소리가 터져 나왔다. 마부는 냅다 채찍을 휘둘렀고 우리는 길 한복판에 망연히 서 있었다.

"자, 왓슨, 이제 됐네."

홈즈는 흥분한 스패니얼의 목줄을 잡아당기며 말했다.

"이 녀석은 마차에 탄 사람이 주인인 줄 알고 달려갔다가 낯선 사람이라는 걸 알아차린 거야. 개는 실수하는 법이 없지."

"그런데 목소리가 남자 목소리였어!"

나는 소리쳤다.

"바로 그걸세! 왓슨, 우리는 카드 한 장을 더 확보했네. 그래도 게임은 신중하게 할 필요가 있어."

그날은 내 친구에게 더 이상 계획이 없는 듯했고 우리는 실제로

하천에 낚싯대를 드리웠다. 덕분에 저녁 식탁에는 송어 요리가 올랐다. 홈즈가 활동을 재개할 의향을 보인 것은 저녁 식사를 마친 뒤였다. 우리는 다시 영지 정문으로 가는 아침의 그 길로 접어들었다. 정문 근처에서 키가 크고 시커먼 사람이 우릴 기다리고 있었다. 알고 보니 그는 런던에서 사귄 조교사, 존 메이슨 씨였다.

"신사 여러분, 안녕하십니까. 홈즈 선생님, 선생님께서 보낸 편지를 받았습니다. 로버트 경은 아직 안 오셨지만 오늘 밤 안으로 돌아오실 겁니다."

"그 교회는 저택에서 얼마나 떨어져 있소?"

홈즈가 물었다.

"400미터는 족히 될 겁니다."

"그렇다면 로버트 경에 대해선 신경 쓰지 않아도 되겠구려."

"홈즈 선생님, 저는 그럴 수 없습니다. 주인은 집에 오자마자 저를 불러서 쇼스콤 프린스 소식을 물을 겁니다."

"알겠소! 메이슨 씨, 그렇다면 우리끼리 알아서 하겠소. 지하 납골당까지만 안내해 주고 당신은 그냥 가시오."

달도 없는 칠흑같이 어두운 밤이었지만 메이슨은 앞장서서 목초지를 걸어갔다. 눈앞에 시커먼 형체가 불쑥 나타났는데 그것이 바로 오래된 예배당이었다. 우리는 한때 정문으로 쓰였던 허물어진 틈새로 들어갔고, 안내인은 여기저기 쌓인 돌무더기 사이에서 비척거리며 건물 모퉁이를 향해 걸었다. 그곳에 지하실로 통하는 가파른 계단이 나 있었다. 메이슨은 성냥을 켜서 지하실의 음산한 광경을 비추었다. 그곳은 퀴퀴한 냄새가 풍기는 무시무시한 장소였다. 거칠게 다듬은 돌을 쌓은 오래된 벽은 허물어지고 있었고 여기저기에 납관과 석관 들이 그늘에 잠긴 머리 위의 둥근 천장까지 무더기로 쌓여 있었다. 홈즈가 각등에 불을 켜자, 샛노란빛의 터널이 으스스한 풍경을 비췄다. 관에 붙은 이름표들이 불빛을 반사했고 그중 많은 이름표들이 오래된 가문의 상징인 그리핀과 보관으로 장식되어 있었다. 죽음의 문전까지 가문의 명예를 받들고 간 것이다.

"메이슨 씨, 지난번에 무슨 뼈 얘기를 하셨는데 가기 전에 그 뼈를 좀 보여주시겠소?"

"여기 이 구석에 있습니다."

조교사는 지하실을 성큼성큼 걸어갔지만 각등으로 그곳을 비추자 망연자실해서 걸음을 멈췄다. 그가 말했다.

"없어졌습니다."

"그럴 줄 알았소."

홈즈는 킬킬거리며 말했다.

"유골을 태운 재가 아직도 그 아궁이 속에 남아 있을지 모르오."

"하지만 도대체 무엇 때문에 1000년 전에 죽은 사람의 뼈를 태우는 겁니까?"

존 메이슨이 물었다.

"우리는 바로 그걸 알아내려고 여기 왔소."

홈즈가 말했다.

"조사하는 데 시간이 좀 걸릴 수도 있지만 당신을 붙들어둘 필요는 없소이다. 우린 오늘 밤 안으로 해답을 찾아낼 거요."

　존 메이슨이 떠난 뒤에 홈즈는 아주 조심스럽게 관을 조사하는 일에 착수했다. 중앙의 색슨족의 것으로 보이는 아주 오래된 관에서, 노르만족 휴고가와 오도가의 수많은 관을 거쳐 18세기의 윌리엄 팰더 경 및 데니스 팰더 경의 관까지 있었다. 홈즈가 지하실 입구에 똑바로 세워져 있는 납관 앞에 이른 것은 한 시간 이상이 흐른 뒤였다. 친구의 만족스러운 탄성과 바쁘지만 일사불란한 동작을 보고 나는 그가 목적을 달성했다는 사실을 알았다. 그는 확대경을 들고 묵직한 뚜껑의 가장자리를 면밀히 조사했다. 그러더니 주머니에서 짧막한 끌과 쇠 지렛대를 꺼내 틈새로 밀어넣고 뚜껑을 들어 올리기 시작했다. 관 뚜껑은 두어 개의 꺽쇠만으로 고정되어 있는 것 같았다. 뚜껑이 삐걱거리며 조금씩 물러나다가 뒤로 확 젖혀지며 관 속에 든 것이 드러나려는 순간, 전혀 예상치 못한 훼방꾼이 나타났다.

　누군가 머리 위를 걷고 있었다. 목적 의식이 확고할 뿐 아니라 자신이 걷는 곳을 잘 알고 있는 사람 특유의 단호하고 빠른 걸음이었다. 불빛이 계단을 내려오더니 잠시 후 고딕식 아치 밑에 각등을 손에 쥔 사내가 모습을 드러냈다. 그는 무섭게 생긴 거구의 사내였고 태도가 흉포했다. 손에는 커다란 마구간용 각등을 들고 있었는데, 숱이 많은 콧수염을 기른 단단한 얼굴과 분노로 이글거리는 눈이 불빛에 드러났다. 그는 지하실 구석구석을 쏘아보다가 마침내 내 친구와 나를 발견하고 잡아먹을 듯이 노려보았다.

"네놈들은 뭐냐?"

사내는 뇌성벽력 같은 고함을 질렀다.

"내 사유지에서 뭘 하는 거지?"

홈즈가 아무 대답도 하지 않자 그는 두어 발짝 앞으로 나서며 들고 온 묵직한 단장을 치켜들었다. 그가 소리쳤다.

"내 말이 안 들리나? 너희들은 누구냐? 여기서 뭘 하고 있지?"

단장이 공중에서 부르르 떨었다.

하지만 홈즈는 움츠러들기는커녕 앞으로 나섰다.

"로버트 경, 나도 경에게 묻고 싶은 게 있습니다."

그는 엄격한 말투로 말했다.

"이건 뭐지요? 이게 왜 여기 와 있는 겁니까?"

그는 돌아서서 뒤에 있는 관 뚜껑을 열어젖혔다. 각등의 불빛 아래, 머리에서 발끝까지 천으로 친친 동여맨 시신이 드러났다. 온통 코와 턱뿐인 마녀처럼 무서운 얼굴이 맨 위에 얹혀 있었다. 변색된 채 허물어지고 있는 얼굴에서 멍하고 흐릿한 눈이 이쪽을 내다보고 있었다.

준남작은 외마디 소리를 지르며 비틀비틀 물러서다가 석관에 몸을 기댔다.

"어떻게 알았지?"

그는 소리 질렀다. 그러더니 다시 흉포한 태도를 약간 회복했다.

"그게 너하고 무슨 상관이냐?"

"나는 셜록 홈즈라는 사람이오."

내 친구가 말했다.

"내 이름을 들어본 적이 있을 겁니다. 어떤 사건에서든, 내가 할 일은 모든 선량한 시민들의 본분과 마찬가지로 법을 지키는 것입니다. 내가 보기에 경은 대답해야 할 게 한두 가지가 아닌 것 같습니다."

로버트 경은 활활 타는 눈으로 노려보았으나 홈즈의 조용한 목소리와 냉정하고 차분한 태도가 효과를 발휘했다.

"좋소이다, 홈즈 선생. 나도 정황이 내게 불리해 보인다는 것은 인정하겠소. 하지만 어쩔 수가 없었소."

"나도 그렇게 생각하고 싶지만 경은 경찰 앞에서 해명해야 할 겁니다."

로버트 경은 넓은 어깨를 들썩했다.

"흠, 꼭 그렇게 해야 한다면 할 수 없지. 어쨌든 우리 집으로 올라 갑시다. 어찌된 사정인지 선생이 직접 판단해 보시오."

15분 뒤, 우리는 유리 진열장 안에 반짝반짝 윤이 나는 총신이 줄 지어 놓여 있는 것으로 보아 오래된 저택의 총기실인 듯한 방에 들어가 있었다. 로버트 경은 편안하게 꾸며진 방에 우리 둘만 남겨두고 자리를 떴다. 그리고 두 사람을 데리고 돌아왔다. 하나는 마차에 타고 있던 혈색 좋은 젊은 여자였고, 다른 하나는 고약하게 엉큼한 태도에 쥐새끼 같은 얼굴을 한 키 작은 사내였다. 방금 벌어진 일에 대해 아직 설명을 듣지 못했는지 두 사람은 우릴 보고 당황한 기색이 역력했다.

“이쪽은 놀렛 부부요.”

로버트 경은 두 사람을 손짓하며 말했다.

“놀렛 부인의 처녀 적 성은 에번스, 여러 해 동안 우리 누님의 시녀로 일해 왔소. 내가 두 사람을 여기 데려온 것은, 내가 처한 상황을 솔직하게 설명하는 것이 가장 좋은데, 세상에서 내 말이 사실이라는 걸 증명해 줄 수 있는 사람은 이 둘뿐이기 때문이오.”

“주인님, 꼭 이럴 필요가 있을까요? 지금 어떤 행동을 하고 계신지 생각해 보셨어요?”

여자가 외쳤다.

“저한테는 어떤 책임도 없습니다.”

남편 되는 이가 말했다.

로버트 경은 경멸이 담긴 시선으로 남자를 바라보았다.

“책임은 내가 다 지겠네. 자, 홈즈 선생, 있는 그대로 사실을 털어놓을 테니 들어보시오.

선생은 내 신상에 대해 상당히 자세히 조사했을 거요. 그렇지 않다면 이런 일이 생기지도 않았을 테니까 말이오. 이미 알고 계시겠지만, 나는 더비 경마 대회에 숨은 우승 후보인 경주마 한 필을 출주시키려고 하는데 녀석의 우승 여부에 모든 게 달려 있소이다. 내 말이 이긴다면 모든 게 쉬워질 거요. 하지만 진다면……, 휴, 그 생각은 하고 싶지도 않소!”

“경의 처지는 잘 알고 있습니다.”

홈즈는 말했다.

"나는 누님 되시는 비어트리스 부인에게 모든 걸 의지하고 있소이다. 하지만 영지에 대한 누님의 권리가 누님의 생전까지만이라는 것은 잘 알려진 사실이오. 나는 유대인 고리 대금업자들에게 단단히 덜미를 잡힌 상태요. 누님께서 돌아가시기라도 하는 날엔 채권자들이 굶주린 이리 떼처럼 내 소유물에 달려들 거라는 사실을 잘 알고 있었소이다. 나는 모든 걸 다 빼앗길 거요. 마구간, 말……, 모든 걸 다 말이오. 홈즈 선생, 그런데 누님께서는 바로 일주일 전에 돌아가셨소."

"그런데 그 사실을 아무한테도 알리지 않으셨군요!"

"내가 달리 어떻게 할 수 있었겠소? 나는 빈털터리가 될 게 뻔했소. 하지만 3주일만 연기할 수 있다면 만사형통일 거요. 여기 이 사람, 누님 시녀의 남편은 배우요. 우리는, 아니 나는 이 사람이 잠시 동안 누님 행세를 할 수 있을 거라고 생각했소이다. 매일 마차를 타고 나갔다 오기만 하면 되는 거였소. 시녀 말고 다른 사람은 누님 방에 들어갈 이유가 없기 때문에 그건 어렵지 않은 일이었소. 누님은 지병인 수종증으로 돌아가셨소이다."

"그건 검시관이 판단할 문제입니다."

"주치의는 누님께서 몇 달간 생명을 위협하는 위험한 증상으로 고통 받으셨다는 사실을 확인해 줄 거요."

"좋습니다, 그래서 어떻게 했습니까?"

"시신을 계속 방에 놔둘 수는 없었소. 돌아가신 그다음 날 밤에 놀렛과 나는 지금은 사용하지 않는 낡은 우물집에 시신을 옮겨놓

왔소. 하지만 누님의 애견 스패니얼이 뒤따라와서 우물집 문밖에서 쉬지 않고 짖어대는 걸 보고 좀 더 안전한 장소가 필요하다고 생각했소. 나는 개를 남한테 줘버리고 시신을 교회 지하실로 모셔 갔소. 그렇지만 홈즈 선생, 그렇게 하면서 무례하거나 불경한 행동을 한 적은 없소이다. 나는 망자에게 잘못한 것은 없다고 생각하오."

"로버트 경, 내가 보기에 경의 행동은 변명의 여지가 없습니다."

준남작은 성급하게 고개를 저어댔다.

"남한테 설교하는 건 쉬운 일이오. 하지만 선생이 나와 같은 처지였다면 생각이 달랐을 거요. 모든 희망과 모든 계획이 마지막 순간에 산산조각 나려고 하는데 어떻게 그저 바라보고만 있겠소. 성스러운 곳에 누워 계시는 매형의 조상님 중 한 분의 관에 누님을 임시로 눕혀드린다면, 그곳이 그렇게 어울리지 않는 안식처라고 생각되지는 않았소. 우린 관을 하나 열어서 그 속에 든 유골을 꺼내고 선생도 이미 본 것처럼 누님을 그 자리에 눕혀드렸소. 관에서 꺼낸 오래된 유골은 지하실 바닥에 그냥 방치해 둘 수가 없었소. 놀렛과 나는 그걸 가져왔고, 놀렛이 밤중에 중앙 난방로에 내려가 불에 태웠소. 홈즈 선생, 이제 할 말은 다 끝났소. 선생이 어떻게 그 사실을 눈치채서 내 입을 열게 만들었는지는 잘 모르겠지만 말이오."

홈즈는 잠시 동안 생각에 잠겨 있었다. 그가 마침내 말했다.

"로버트 경, 경의 이야기엔 한 가지 틀린 부분이 있습니다. 경은 마권을 샀고, 그래서 희망은 미래에 있지만, 그것은 채권자들에게 재산을 압류당한 상태에서도 유효할 것입니다."

"말은 내 재산의 일부요. 그자들이 무엇 때문에 나의 도박에 신경 쓰겠소? 그들은 프린스를 아예 출주시키지 않을지도 모르오. 내게 가장 많은 돈을 빌려준 채권자는 불운하게도 샘 브루어라는 야비한 자인데 뉴마켓 히스에서 나한테 말채찍으로 맞은 적이 있어서 속으로 앙심을 품고 있소이다. 그런 자가 나를 구해 주려고 하겠소?"

홈즈는 일어서며 말했다.

"로버트 경, 물론 이 사건은 경찰에 넘길 수밖에 없습니다. 내 의무는 사실을 밝혀내는 것이고, 나는 이 선에서 손을 뗄 수밖에 없습니다. 경의 행동의 도덕성이나 품위에 대해서는 의견을 밝히지 않겠습니다. 왓슨, 자정이 다 돼가네. 이제 우리의 소박한 거처로 돌아가야 할 것 같구먼."

로버트 경의 소행에 비하면 이 기이한 에피소드가 행복한 결말을 맺게 되었다는 짓은 지금 모르는 사람이 없다. 쇼스콤 프린스는 더비 경마 대회에서 우승했고 운동을 즐기는 주인은 총 8만 파운드의 배당금을 받았다. 채권자들은 경마가 끝날 때까지 채권 추심을 보류한 덕분에 빌려준 돈 전액에 이자까지 덧붙여 회수했다. 로버트 경도 상당한 금액을 남겨 지위에 걸맞은 생활을 할 수 있을 만큼 재기했다. 경찰과 검시관은 경의 행동을 관대하게 눈감아 주었고 노부인의 사망 신고를 미룬 일에 대해서는 가볍게 질책하는 선에서 사건을 마무리했다. 운 좋은 마주(馬主)는 별다른 타격 없이 기이한 사건을 끝냈고, 이제는 그 사건의 그늘에서도 벗어나 명예로운 노년을 보내게 될 듯하다.

그날 아침 셜록 홈즈는 유난히 울적하고 철학적인 기분이었다. 그의 기민하고 실용적인 정신은 그런 반응을 일으키기 쉬웠다.

"그 사람 봤나?"

홈즈는 물었다.

"방금 나간 노인 말인가?"

"맞아."

"응, 집에 들어오다가 마주쳤네."

"그 영감을 보니 어떤 느낌이 들던가?"

"슬프고 공허하고 낙담한 사람 같더군."

"왓슨, 옳은 얘기야. 슬프고 공허하지. 하지만 인생이란 원래 슬프고 공허한 것 아닌가? 그 영감의 인생이 모든 삶의 축도(縮圖)가 아닐까? 우리는 손을 뻗어서 닥치는 대로 움켜잡지. 하지만 마지막에 두 손에 남아 있는 것은 무엇일까? 그림자. 아니 그림자보다 더 나쁜 것……, 비참함."

"의뢰인인가?"

"응, 그렇게 볼 수 있을 걸세. 런던 경찰국에서 영감을 이리로 보내주었네. 의사들이 이따금씩 불치병 환자를 돌팔이 의사한테 보내는 것처럼 말이야. 그들은 더 이상 손쓸 방법이 없고 환자에게 무슨 일이 생기든 현재 상태보다 더 나쁠 건 없다고 주장하지."

"무슨 문젠데 그래?"

홈즈는 탁자 위에서 좀 지저분한 명함을 집어 들었다.

"조사이어 앰벌리. 자기 말에 따르면, 미술 재료 제조사인 브릭폴 앤 앰벌리사의 부사장이었다는군. 그림물감 상자를 찾아보면 그런 회사 이름을 볼 수 있을 걸세. 영감은 한밑천 모아서 예순한 살의 나이에 은퇴했네. 그리고 루이셤에 집을 사서 쉼 없이 맷돌을 돌리던 생활을 끝내고 평화로운 노년을 즐기려고 했지. 누구나 영감의 미래가 상당히 안정돼 있다고 생각할 걸세."

"그거야 사실이지."

홈즈는 봉투 뒷면에 끼적거려 놓은 메모를 흘끗 쳐다보았다.

"왓슨, 영감은 1896년에 은퇴했네. 그리고 1897년에 스무 살 연하의 여성과 결혼했지. 사진이 실물보다 나은 게 아니라면 미인일세. 상당한 재산, 마누라, 그리고 여가……, 영감의 앞에는 탄탄대로가 뻗어 있는 것 같았지. 그런데 자네도 보았다시피 영감은 2년 만에 기가 꺾인 비참한 몰골로 돌아다니게 됐네."

"무슨 일이 있었기에?"

"왓슨, 흔해 빠진 얘길세. 배신한 친구와 바람난 마누라. 앰벌리 영감의 유일한 취미는 체스였던 모양이네. 그런데 영감이 사는 루이셤에서 그리 멀지 않은 곳에 체스를 두는 젊은 의사가 살고 있었지. 나는 여기에 그의 이름을 적어두었네. '레이 어니스트 선생.' 어니스트는 앰벌리 영감 집에 자주 출입했고 자연스럽게 부부와 친해졌네. 그런데 우리 불운한 의뢰인의 내면이 얼마나 빛나는지는 모르지만 외적인 매력은 별로 없는 사람일세. 의사와 앰벌리 부인은 지난주에 같이 도망치고 말았네. 두 사람의 행방은 아직 알아내지 못했지. 게다가 그 부정한 여인은 보따리를 싸면서 영감이 저축한 돈이 거의 다 들어 있는 서류 상자를 가져가버렸네. 우리가 그 여자를 찾아낼 수 있을까? 돈도 되찾고? 흔해 빠진 사건이지만 조사이어 앰벌리한테는 생사가 걸린 문제일세."

"자넨 이제 어떻게 할 건가?"

"여보게, 지금 당장의 문제는 내가 아니라 자네가 어떻게 할 것인가 일세. 자네가 인심 좋게 내 역할을 대신해 줄 수 있다면 말이지. 자네도 알다시피 나는 지금 두 콥트교(이집트를 중심으로 하는 원시 기독교 일파 ― 옮긴이) 장로 사건에 매달려 있는데 오늘이 고비가 될 것 같거든. 그래서 루이셤에 갈 시간이 없는데, 이 사건은 현장에서 증거를 수집하는 것이 상당히 중요할 것 같단 말일세. 영감은 나한테 와달라고 끈질기게 졸랐지만 나는 어렵다고 설명했네. 그래서 지금 영감은 내 대리인을 맞을 마음의 준비가 되어 있지."

“가고말고.”

나는 시원스레 대꾸했다.

“솔직히 말해서 내가 얼마나 도움이 될지는 모르겠지만 최선을 다하겠네.”

그래서 어느 여름 오후에 나는 루이셤을 향해 출발했지만, 내가 맡은 사건이 일주일 이내에 영국 전역을 발칵 뒤집어놓을 줄은 꿈에도 몰랐다.

나는 저녁 늦게 베이커가로 돌아가서 내가 한 일에 대해 보고했다. 홈즈는 푹신한 의자에 여윈 몸을 파묻고 앉아 있었다. 파이프에서는 독한 담배 연기가 모락모락 피어올랐고, 그는 꼭 조는 사람처럼 게으르게 눈을 감고 있었지만 내가 말을 잠깐 멈추거나 뭔가 미심쩍은 대목이 나오면 쌍날의 검처럼 날카롭게 빛나는 회색 눈을 반쯤 뜨고 탐색하는 듯한 시선으로 나를 응시했다.

“조사이어 앰벌리의 집은 헤이븐 저택이라고 하네.”

나는 설명했다.

“홈즈, 자네도 그 집을 보면 상당히 흥미가 동할 걸세. 그 집은 꼭 미천한 무리 속으로 떨어진 인색한 귀족 같은 인상을 주더군. 자네도 그 지역에 대해선 좀 알고 있을 걸세. 단조로운 벽돌 건물이 늘어선 거리하며 지루한 교외의 도로들 말일세. 그 한가운데에 오래된 집이 고색창연한 문화와 안락함으로 이루어진 작은 섬처럼 자리 잡고 있더군. 햇볕에 달궈진 높은 담은 얼룩덜룩한 지의류로 뒤덮여 있고 맨 위에는 이끼가 자라고 있어서 마치……”

"왓슨, 시는 그만 읊조리게."

홈즈는 매정하게 말허리를 잘랐다.

"나는 높은 벽돌담이라고 알아들었네."

"바로 그걸세. 나는 길거리에서 담배를 피우는 어느 놈팡이한테 물어보고 나서야 그 집이 헤이븐 저택이라는 걸 알았네. 내가 굳이 그 놈팡이 얘기를 하는 데에는 그럴 만한 이유가 있지. 그는 얼굴이 시커먼 키다리였는데 콧수염을 잔뜩 길러서 어떻게 보면 꼭 군인처럼 보이는 사내였네. 내 물음에 고갯짓으로 그 집을 가리켜 보이고는 묘하게 살피는 듯한 눈으로 나를 쳐다보았는데 잠시 후에 그 얼굴을 다시 보게 됐지.

대문 안에 들어서자마자 앰벌리 씨가 진입로를 내려오는 게 보였네. 나는 오늘 아침에 그 노인을 언뜻 보았을 때도 상당히 묘한 느낌을 받았지만, 환한 햇볕 속에서 보니까 훨씬 비정상적으로 보이더군."

"영감 얼굴은 나도 자세히 봤지만 자네는 어떤 인상을 받았는지 궁금하구먼."

홈즈가 말했다.

"말 그대로 근심에 짓눌린 사람 같았네. 등은 무거운 짐을 진 사람처럼 구부정했지. 하지만 첫인상과는 달리 아주 약골은 아니더군. 어깨하고 가슴이 거인처럼 떡 벌어졌으니 말이야. 하지만 몸통은 점점 가늘어져서 다리는 두 개의 물렛가락 같았네."

"왼쪽 신발은 쭈글쭈글하고 오른쪽 신발은 매끈하지."

"그건 못 봤네."

"그래, 못 봤겠지. 나는 영감이 의족을 했다는 걸 눈치챘지. 얘기 계속하게."

"나는 낡은 밀짚모자 밑으로 뱀처럼 구불구불 흘러내린 반백의 머리와 굵은 주름살이 팬 사납고 열띤 얼굴을 보고 깜짝 놀랐네."

"훌륭하군. 영감이 뭐라고 하던가?"

"앰벌리 씨는 괴로운 이야기를 털어놓기 시작했네. 우리는 진입로를 같이 걸어갔는데 물론 나는 주위를 유심히 살폈지. 그렇게 형편없이 방치된 곳은 처음 봤네. 정원은 완전히 잡초밭이 되어 있더군. 얼마나 무관심하게 버려뒀는지 초목은 인공미를 완전히 잃어버리고 자연 상태로 돌아가 있었네. 도대체 집 안의 주부가 어떤 여자였기에 그런 상태를 견딜 수 있었는지 모르겠더구먼. 물론, 집도 똑같이 난장판이었지만 가엾은 노인네는 그런 상태를 의식하고 좀 고쳐보려고 노력하는 것 같았네. 홀 중앙에 커다란 녹색 페인트 통이 놓여 있고 노인은 왼손에 큼직한 붓을 들고 있었으니까 말일세. 벽에 페인트를 칠하는 중이었네.

노인은 나를 음침한 서재로 안내했고 우리는 긴 대화를 나눴네. 자네가 오지 않았다고 무척 실망하더구먼. '물론 나처럼 보잘것없는 사람이, 더구나 엄청난 재정적 손실을 입은 마당에 셜록 홈즈 선생 같은 유명 인사의 관심을 독차지할 수 있다고 생각하진 않았소이다.' 노인은 이렇게 말했네.

나는 돈 문제는 거론된 적도 없다고 노인을 안심시켜 주었지. '그러시겠지요. 홈즈 선생에게 예술은 그 자체가 목적이니까요. 하지만 범죄의 예술적인 측면을 놓고 보더라도 여기에서 뭔가 배울 만한 게 있을 거외다. 그리고 인간성 말이오, 왓슨 박사, 그 배은망덕함이라니! 내가 언제 아내의 부탁을 한 번이라도 거절한 적이 있는 줄 아시오? 나처럼 온갖 응석을 다 받아준 서방이 또 어디 있겠소? 그리고 그 젊은 놈……, 나는 그놈을 아들처럼 대해 주었소. 놈은 우리 집을 제집처럼 드나들었소. 그런데 그 연놈들이 나를 어떻게 대접했는지 보시오! 허, 왓슨 박사, 정말 무서운, 무서운 세상이오!'

노인은 한 시간 이상 같은 얘기를 쉬지 않고 되풀이했네. 두 사람이 간통했다고 철석같이 믿는 것 같더군. 그 집에는 낮에 왔다가 저녁 여섯시에 퇴근하는 일하는 여자 하나를 빼면 부부가 단둘이서 살고 있었네. 두 남녀가 도망친 날 저녁에 앰벌리 노인은 아내를 기쁘게 해주려고 헤이마켓 극장 2층의 원형 관람석 표 두 장을 사놨다네. 그런데 마지막 순간에 부인이 두통을 호소하며 가지 않겠다고 하는 바람에 노인이 혼자 갔다더구먼. 그 점에 대해서는 의문의 여지가 없어 보였네. 노인이 쓰지 못한 부인 표를 꺼내서 보여주기까지 했으니까.”

“정말 놀라운 이야기일세.”

홈즈는 사건에 점점 흥미를 느끼는 것 같았다.

“왓슨, 계속하게. 자네 얘기를 들어보니 정말 재미있구먼. 그런데 표를 직접 봤나? 물론 좌석 번호를 기억해 놓지는 않았겠지?”

“이번만큼은 기억하고 있네.”

나는 자랑스럽게 대답했다.

“옛날에 학교 다닐 때 내 번호하고 똑같았거든. 31번, 그래서 머릿속에 쏙 들어왔지.”

“왓슨, 정말 잘했네! 그럼 그 영감의 좌석 번호는 30번 아니면 32번이었겠군.”

“그렇지.”

나는 약간 어안이 벙벙해서 대답했다.

“그리고 B열일세.”

“정말 마음에 꼭 드는군. 또 무슨 얘길 하던가?”

“나한테 금고실을 보여줬네. 은행에 있는 것과 똑같이 생겼더군. 철문에 철제 덧문까지 달려 있는데 노인 말마따나 완벽한 도난 방지 시설 같았네. 하지만 부인이 열쇠를 복제해 두었던 모양이더군. 그래서 남자와 같이 도망칠 때 7000파운드 상당의 현금과 유가 증권을 가져갔다네.”

“유가 증권! 그걸 어떻게 처분하려고?”

“노인은 경찰에 주식 목록을 제출했다며 두 사람에게 그게 무용지물이 되기를 바란다고 하더군. 아무튼 자정쯤에 극장에서 돌아와 보니 집 안은 난장판이고 문과 창문은 활짝 열려 있고 두 남녀는 도망치고 없었다고 했네. 편지나 무슨 얘기 같은 것도 없었고, 그다음에 아무 소식도 듣지 못했다지. 노인은 곧장 경찰에 신고했네.”

홈즈는 잠시 동안 생각에 잠겼다.

“자네는 영감이 페인트칠을 하고 있었다고 했지. 어디에 페인트를 칠하던가?”

“음, 복도에 페인트를 칠하고 있었네. 하지만 방문과 방금 말한 금고실의 나무 벽에는 벌써 페인트칠이 돼 있더군.”

“그런 상황에서 페인트칠이라니 뭔가 이상하다는 생각이 안 드나?”

“‘사람은 아픔을 잊기 위해서는 뭔가를 해야 하오.’ 노인은 그렇게 설명했네. 물론, 괴상한 행동이긴 하지만 그 노인부터가 아주 괴상한 사람이 분명하이. 내 앞에서 부인의 사진을 찢더군. 미친 듯이 화를 내며 박박 찢어버렸네. 그러면서 이렇게 소리소리 질렀네. ‘이 몹쓸 여자의 얼굴은 다시 보고 싶지 않소.’”

“왓슨, 그 밖에는?”

“응, 그렇게 말하니까 한 가지 생각나는 게 있군. 나는 블랙히스

역으로 마차를 타고 가서 거기서 기차를 잡아탔네. 기차가 막 떠나려고 하는데 어떤 사내가 내가 탄 다음 칸으로 잽싸게 뛰어오르는 게 보였지. 홈즈, 자네도 내가 사람 얼굴을 상당히 잘 기억한다는 걸 알 거야. 그는 내가 헤이븐 저택이 어딘지 물어봤던 거리의 그 시커먼 키다리가 틀림없었네. 나는 런던교에서 그를 한 번 더 봤지만 인파 속에서 그만 놓치고 말았지. 하지만 그자는 내 뒤를 따라온 게 분명하네."

"그건 틀림없을 걸세!"

홈즈가 말했다.

"얼굴이 시커멓고 콧수염을 잔뜩 기른 키다리라고 했는데 혹시 회색 선글라스를 끼지 않았나?"

"홈즈, 자네는 마술사처럼 말하는군. 내가 말하지는 않았지만 그자는 회색 선글라스를 끼고 있었어."

"그리고 프리메이슨의 넥타이핀을 꼽고 있었지?"

"홈즈!"

"여보게, 알고 보면 그건 아무것도 아닐세. 하지만 실제적인 문제로 들어가보기로 하지. 솔직히 말해서 처음에 이 사건은 내가 나설 필요가 없을 만큼 단순해 보였지만 급속도로 전혀 다른 양상을 드러내고 있네. 자네는 임무 수행 과정에서 중요한 것을 다 놓쳤지만 우연히 자네 눈에 띈 것들조차 예사롭지 않게 보이는군."

"내가 무얼 놓쳤는데?"

"여보게, 기분 나쁘게 생각하지는 말게. 내가 무심한 사람이라는 건 자네도 알지 않나. 누가 갔어도 자네보다 잘하지는 못했을 거야. 물론 자네보다 못할 사람도 꽤 있겠지. 하지만 자네가 핵심적인 요소를 몇 가지 놓쳤다는 건 분명하이. 앰벌리라는 영감과 그 아내에 대한 동네 사람들의 의견은 어떠한가? 이건 아주 중요하네. 또 어니스트 선생은? 의사 선생이 방탕한 바람둥이 같은 사람이었는지? 왓슨, 자네가 타고난 좋은 성격을 이용한다면 모든 여자들이 자네를 도우려고 팔을 걷어붙이고 나설 걸세. 우체국 아가씨나 채소 장수 마누라는 어떤가? 나는 자네가 블루 앵커의 새파란 아가씨한테 아무것도 아닌 부드러운 말을 속삭여주고 답례로 쓸 만한 얘기를 얻어듣는 모습을 상상할 수 있네. 그런데 자네는 이런 일을 전혀 하지 않았어.”

“그런 일은 앞으로도 할 수 있네.”

“네가 벌써 했네. 전화와 런던 경찰국 덕분에 항상 이 방에서 나가지 않고도 핵심적인 정보를 수집할 수 있지. 내가 수집한 정보에 따르면 영감이 자네한테 한 이야기는 사실일세. 앰벌리는 그곳에서 소문난 구두쇠일 뿐만 아니라 부인에게 모질고 가혹하게 굴었기로 유명한 노인네라네. 자택 금고실에 거액의 돈을 보관했다는 것도 틀림없는 사실일세. 어니스트라는 미혼의 젊은 의사가 영감과 체스를 둔 것도 사실이고 아마 그의 마누라와도 놀아났을 걸세. 모든 게 다 아귀가 맞기 때문에 사람들은 더 이상 얘기할 게 없다고 생각하겠지. 하지만! 하지만……!”

“어디에 문제가 있는데?”

"내 상상 속일 거야, 아마도. 자, 그 얘기는 그만하세. 음악이라는 옆문을 통해 이 지루한 일상의 세계를 벗어나보세나. 오늘 밤에 카리나가 앨버트 홀에서 노래를 부르는데, 우리에겐 정장으로 갈아입고 가서 만찬을 들고 즐길 시간이 있네."

나는 아침에 일찌감치 일어났지만 토스트 부스러기와 달걀 껍데기 두 개를 보니 내 친구는 여느 때처럼 나보다 더 빨리 일어난 것이 분명했다. 식탁 위에는 휘갈겨 쓴 쪽지가 놓여 있었다.

왓슨에게

조사이어 앰벌리 노인 사건과 관련해서 내가 연락을 취해야 할 곳이 두어 곳 있네. 그렇게 한 뒤에 우린 사건을 해결할 수 있을 걸세……. 아닐 수도 있지만. 오늘 세시경에 집에 있어주면 좋겠는데 내 부탁을 들어줄 수 있겠지?

—S. H.

온종일 홈즈는 집에 그림자도 비치지 않았지만, 자신이 말한 시간에 골똘히 생각에 잠긴 심각하고 냉정한 얼굴로 돌아왔다. 나는 그런 때는 그를 그냥 내버려두는 게 낫다는 걸 알고 있었다.

"앰벌리가 여기 다녀갔나?"

"아니."

"아! 여기 올 줄 알았는데."

홈즈는 실망할 필요가 없었다. 얼마 안 되어 노인이 강퍅한 얼굴에 무척 근심스럽고 당황한 표정을 짓고 찾아왔기 때문이다.

"홈즈 선생, 나한테 전보가 한 통 날아왔소. 그런데 무슨 말인지 당최 알아먹을 수가 없소이다."

노인은 전보를 건네주었고 홈즈는 큰 소리로 낭독했다.

당장 와주시기 바람. 귀하가 최근에 입은 손실에 대한 정보를 제공하겠음.

— 엘먼, 목사관.

"리틀 펄링턴에서 두시 10분에 전송되었군."

홈즈가 말했다.

"리틀 펄링턴은 에섹스에 있는 지역 같은데 프린턴에서 멀지 않을 겁니다. 물론 당장 출발하는 게 좋겠습니다. 이 전보는 책임 있는 인사한테 온 것이 분명하니까요. 그곳의 교구 목사가 보낸 것 아닙니까. 내 성직자 인명부가 어디 있지? 그래, 여기 나오는군. 'J. C. 엘먼, 문학 석사, 리틀 펄링턴과 무스무어의 목회자.' 왓슨, 기차 시간을 보게."

"리버풀가에서 다섯시 20분에 한 대 있군."

"좋아. 자네가 노인을 모시고 같이 가게. 무슨 도움이나 조언이 필요할지도 모르니까. 이 사건은 중대한 국면을 맞게 된 것 같네."

하지만 의뢰인은 별로 내키는 않는 모양이었다.

"홈즈 선생, 그건 정말 어리석은 일이오. 목사가 이 사건에 대해 뭘 알겠소? 거기 가는 건 시간 낭비고 돈 낭비요."

"아무것도 모르면서 앰벌리 씨에게 전보를 쳤을 리는 없습니다. 당장 가겠다고 답신을 보내십시오."

"난 갈 생각이 없소이다."

홈즈는 아주 엄격한 표정을 지었다.

"앰벌리 씨, 이렇게 명백한 단서가 떠올랐는데도 그걸 조사하는 걸 거부하신다면 나는 물론이고 경찰까지 아주 좋지 않은 인상을 받게 될 겁니다. 우리는 당신이 사건 조사에 별로 열의가 없다고 생각할 겁니다."

의뢰인은 펄쩍 뛰었다.

"아니, 선생이 그런 식으로 생각한다면 물론 가겠소. 잘은 모르겠지만 그 목사라는 사람이 뭘 알 것 같지 않아서 그랬던 거요. 하지만 선생 생각이 그렇다면……."

"예, 내 생각은 그렇습니다."

홈즈는 정색을 하고 대답했고, 그래서 우리는 길을 떠났다. 홈즈는 우리가 방을 나가기 전에 나를 한쪽 구석으로 데려가서 조언을 한마디 했는데 이번 일을 무척 중요하게 여기는 모양이었다.

"무슨 일이 있더라도 반드시 영감과 동행하게. 영감이 딴 곳으로 새거나 집으로 돌아가면 가까운 전화 교환국으로 달려가서 '도주'라는 한마디를 하게. 나는 자네가 여기로 전화하면 당장 내가 있는 곳으로 기별이 오도록 조치해 놓겠네."

리틀 펄링턴은 지선(支線)에 있기 때문에 찾아가기 쉬운 곳은 아니다. 그 여행의 추억은 전혀 아름답지 않은데, 날씨는 무덥고 기차는 느리고 동행인은 입이 한 발은 나와서 비꼬는 투로 거기 가봤자 소용없다는 얘기를 이따금씩 툭툭 던질 뿐 내내 입을 다물고 있었기 때문이다. 드디어 우리는 작은 역에 도착했는데, 목사관까지는 거기서 마차를 타고 3킬로미터를 더 들어가야 했다. 체격이 크고 근엄하고 조금 살찐 목사가 서재에서 우리를 맞아들였다. 그의 앞에는 우리가 보낸 전보가 놓여 있었다. 목사가 물었다.

"자, 신사 여러분, 내가 무얼 도와드렸으면 좋겠소?"

"우리는 목사님의 전보를 받고 왔습니다."

나는 설명했다.

"내가 전보를 보냈다고! 난 그런 적 없소."

"목사님께서 조사이어 앰벌리 씨한테 이분의 부인과 돈에 대해서 보낸 전보 말입니다."

"그게 무슨 장난인지 모르겠지만 아주 수상쩍은 일이오."

목사는 벌컥 화를 내며 말했다.

"나는 선생이 말한 신사는 알지도 못하고 누구한테 전보를 보낸 적도 없소이다."

의뢰인과 나는 어안이 벙벙해서 얼굴을 마주 보았다.

"무슨 착오가 있었나 봅니다. 목사관이 두 개인 모양이지요? 여기 전보를 가져왔습니다. '엘먼'이라는 서명이 돼 있고 주소는 '목사관'이라고 적혀 있습니다."

"선생, 여기에 목사관은 하나뿐이고 목사도 하나요. 이 전보는 괘씸한 조작이고 누가 이걸 보냈는지는 경찰에서 조사하게 될 거요. 나는 더 이상 이런 대화를 계속하고 싶은 생각이 없소이다."

그래서 앰벌리 씨와 나는 영국에서 제일 궁벽한 것 같은 마을 길로 나오게 되었다. 우리는 전신국을 찾아갔지만 문이 닫혀 있었다. 하지만 레일웨이 암스 상점에 전화가 한 대 있어서 홈즈와 연락을 취할 수 있었다. 나는 놀라운 여행 결과에 대해 보고했다.

"정말 이상한 일이군!"

친구의 목소리가 아득히 멀게 들렸다.

"정말 놀라운 일이야! 왓슨, 오늘 밤에는 돌아오는 기차가 없는데 이를 어쩌지. 나도 모르게 자네를 악몽 같은 시골 여인숙으로 몰아넣게 됐구먼. 하지만 여보게, 항상 자연이라는 게 있지 않나. 또 조사이어 앰벌리도 있지. 자넨 그 둘하고 아주 친해질 수 있겠구먼."

홈즈가 수화기를 내려놓으며 낄낄거리는 소리가 들렸다.

동행인이 구두쇠로 소문난 데에는 그럴 만한 까닭이 있다는 것이 점차 분명해졌다. 노인은 여행 경비 문제를 놓고 툴툴거리면서 삼등실을 타자고 주장하더니 이제는 숙박비가 너무 비싸다고 한바탕 소란을 피웠다. 다음 날 아침, 드디어 런던에 도착했을 때 나는 노인 못지않게 심사가 꼬여 있었다.

"가는 길에 베이커가에 들르는 게 좋을 겁니다. 홈즈 선생이 새로운 지시를 할지도 모르니까요."

"그게 지난번 것보다는 나아야 할 거요."

앰벌리는 심술궂은 얼굴로 말했다. 그래도 노인은 나와 동행했다. 나는 홈즈에게 도착 시간을 전보로 알려놓았지만 집에 가보니 루이섬에서 우릴 기다린다는 메모가 남아 있었다. 우리는 그걸 보고 깜짝 놀랐지만 의뢰인의 집에 도착했을 때는 더욱 놀랐다. 거실에는 홈즈 혼자뿐이 아니었던 것이다. 엄격한 인상에 무표정한 사내가 옆에 앉아 있었다. 시커먼 낯빛에 회색 안경, 넥타이에는 큼직한 프리메이슨 핀이 꽂혀 있었다.

"조사이어 앰벌리 씨, 이쪽은 내 친구 바커 씨입니다."

홈즈가 말했다.

"이 친구도 당신 사건에 관심이 많습니다. 우리는 그동안 독자적으로 활동했지만 당신한테 묻고 싶은 건 똑같습니다!"

앰벌리 씨는 몸을 도사리고 앉아 있었다. 노인은 위험이 다가오는 걸 느끼고 있었다. 긴장한 눈매와 부들부들 떠는 안면 근육을 보면 그건 분명했다.

"홈즈 선생, 묻고 싶은 게 뭐요?"

"알고 싶은 건 하납니다. 시신 두 구를 어떻게 했습니까?"

노인은 목쉰 비명을 지르며 벌떡 일어섰다. 그리고 뼈마디가 불거진 손으로 허공을 긁으며 입을 딱 벌렸다. 순간적으로 그는 무시무시한 맹금류처럼 보였다. 우리는 찰나의 순간에 조사이어 앰벌리의 본모습, 육체만큼이나 뒤틀린 영혼을 가진 흉측한 악마를 보았다. 노인은 도로 의자에 주저앉으며 터져 나오는 기침을 틀어막으려는 것처럼 손으로 입을 막았다. 홈즈는 비호같이 달려가서 노인의 얼굴을 붙잡고 아래로 눌렀다. 숨이 막혀 벌어진 입술 사이로 하얀 알약이 툭 떨어졌다.

"조사이어 앰벌리, 지름길은 없다. 품위와 질서를 지켜야지. 바커, 그건 어떻게 됐나?"

"문 앞에 마차를 대기시켜 두었네."

과묵한 친구가 말했다.

"경찰서까지는 겨우 몇백 미터밖에 안 되네. 우리 둘이 같이 가도록 하지. 왓슨, 자네는 여기서 기다리게. 반 시간 안에 돌아오겠네."

어깨가 떡 벌어진 늙은 물감 제조업자는 사자 같은 완력의 소유자였지만 거친 사내를 다루는 데 이골이 난 두 사람 앞에서는 맥을 못 췄다. 노인은 몸부림치고 비비 꼬며 대기 중인 마차를 향해 끌려갔고 나는 혼자 남아 불길한 집을 지켰다. 하지만 홈즈는 30분이 채 되기 전에 똑똑해 보이는 젊은 경위와 함께 돌아왔다.

"일 처리는 바커한테 맡겨놓고 왔네."

홈즈는 말했다.

"왓슨, 자네는 바커를 처음 봤을 거야. 서리 해안에서 그는 나의 호적수일세. 자네가 얼굴이 시커먼 키다리 얘기를 했을 때 나는 그가 누군지 금방 짐작할 수 있었지. 그는 몇몇 사건을 훌륭하게 해결한 적이 있다네. 경위, 그렇지 않나?"

"몇 번 간섭한 적이 있는 건 분명합니다."

경위는 무뚝뚝하게 대답했다.

"그 친구의 방식이 나만큼이나 변칙적인 것은 틀림없네. 그런데 그 변칙성이 유용할 때가 꽤 있거든. 예를 들면, 경위 자네가 앰벌리에게 정해진 규칙대로, 당신이 한 말은 당신에게 불리한 증거로 사용될 수 있다고 골백번 경고해도 그 악당의 자백을 끌어내지는 못했을 걸세."

"그랬겠지요. 하지만 홈즈 선생님, 그래도 우리는 결국 목적을 달성합니다. 경찰이 이 사건에 대해 아무 생각이 없었고 결국 범인 체포에 실패했을 거라고 상상하지는 마십시오. 죄송하지만 우리는 선생님께서 중간에 끼어들어 경찰이 쓸 수 없는 방법을 동원해서 공을 가로챌 때 정말 속이 쓰립니다."

"매키넌, 그런 가로채기는 없을 걸세. 분명히 말해 두지만 나는 이제부터 발을 빼겠네. 그리고 바커에 대해서 말하자면, 그는 나한테 사건의 진상을 얘기 들은 것 빼고는 전혀 한 일이 없다네."

경위는 굉장히 안심한 눈치였다.

"홈즈 선생님, 정말 관대하시군요. 선생님이야 칭찬을 받든 비난을 받든 별 상관이 없으시겠지만, 신문에서 질문 공세를 퍼붓기 시작하면 우리 경찰한테는 완전히 다른 문제가 되지요."

"그렇겠지. 하지만 어쨌거나 질문 공세를 받게 될 게 분명하다면 대답을 준비해 놓는 게 좋겠군. 예를 들면, 똑똑하고 패기 넘치는 젊은 기자가 의혹을 품게 된 경위와 진실을 깨닫게 된 결정적 계기가 정확히 무엇이었느냐고 묻는다면 자네는 뭐라고 대답할 텐가?"

경위는 당황한 듯했다.

"홈즈 선생님, 우린 아직 진실을 파악하지는 못한 것 같습니다. 선생님께선, 용의자가 세 명의 증인이 보는 앞에서 자살을 기도해서 자신이 아내와 그 정부를 살해했다는 걸 사실상 자백했다고 하셨습니다. 다른 사실은 파악하지 못하셨습니까?"

"가택 수색은 어떻게 됐나?"

"경관 셋이 수색 중입니다."

"그렇다면 곧 결정적인 증거를 잡아내겠군. 시신은 멀리 있지 않을 걸세. 지하실과 정원을 뒤져보게. 그럴듯한 장소를 파본다면 시간이 오래 걸리지 않을 거야. 이 집은 수도관보다 더 오래된 집일세.

어딘가에 쓰지 않는 우물이 있을 걸세. 그 속을 찾아보게."

"하지만 그걸 어떻게 아셨고, 또 이게 도대체 어떻게 된 사건입니까?"

"먼저 사건 경위부터 말해 줌세. 그다음에 자네는 물론이고 처음부터 끝까지 귀중한 역할을 한 인내심 강한 내 친구가 응당 들어야 할 설명을 해주지. 하지만 먼저 그 영감의 정신 상태에 대한 내 입장부터 밝히겠네. 영감은 아주 보기 드문 정신 상태를 보이고 있네. 내가 보기엔 교수대보다는 브로드무어 수용소(버크셔에 있는 정신장애 범죄자 수용소 ─ 옮긴이)로 보내야 마땅하다고 생각될 정도야. 영감은 현대를 사는 영국인이라기보다는 중세 이탈리아인의 기질에 훨씬 가까운 극단적인 정신 상태를 보이고 있네. 그는 지독한 구두쇠였는데 하도 인색하게 굴어서 부인을 비참하게 만들었고, 그래서 부인은 어떤 협잡꾼한테라도 달려갈 준비가 되어 있었지. 그런데 체스를 두는 의사가 나타난 걸세. 앰벌리는 체스를 잘 뒀는데, 왓슨, 그건 교활한 정신의 징표가 아닐까? 구두쇠들이 다 그렇지만 영감은 질투가 심했는데 그의 경우에 질투심은 광란으로까지 발전했네. 사실인지 아닌지는 모르겠지만 영감은 간통을 의심했네. 그래서 복수하기로 결심하고 악마적인 교활함을 발휘해서 계획을 세웠지. 이리 와보게!"

홈즈는 앞장서서 그 집에서 살아본 사람처럼 거침없이 복도를 지나 금고실의 활짝 열린 문 앞에 섰다.

"헉! 페인트 냄새가 지독하군!"

경위가 외쳤다.

"이게 우리의 첫 번째 단서였지."

홈즈가 말했다.

"자네는 그 점에 대해 왓슨 박사의 관찰력에 감사해야 하네. 비록 적절한 추리를 끌어내는 데에는 실패했지만 말이야. 내가 처음으로 이상한 낌새를 알아챈 게 바로 이 부분이었지. 영감이 하필 이런 때에 집 안을 강한 냄새로 채우려고 했던 이유가 뭘까? 분명히 다른 냄새를 감추고 싶어서 그랬을 걸세. 그건 남의 의혹을 불러일으킬 만한 범죄와 관련된 냄새였겠지. 그러자 바로 여기 있는 철문과 철제 덧문이 달린 밀폐된 방이 생각났네. 두 가지 사실을 합쳐보게, 무엇을 가리키는가? 나는 이 집을 직접 살펴봐야 결론을 내릴 수 있었네. 그런데 이 사건이 예사롭지 않다는 것은 진작부터 간파하고 있었지. 왜냐하면 왓슨 박사의 날카로운 안목 덕택에 헤이마켓 극장 매표소의 입장 현황표를 살펴보게 됐고, 그날 밤 2층 원형 관람석 B열의 30번과 32번이 공석이었다는 걸 확인했으니까. 그렇다면 앰벌리는 극장에 가지 않은 셈이 되고 알리바이는 성립되지 않네. 영감이 눈치 빠른 내 친구한테 아내를 위해 샀다는 극장표의 번호를 보여준 것은 분명히 악수(惡手)였지. 이제 문제는 어떻게 이 집을 조사할 것인가였네. 나는 상상할 수 있는 가장 외진 마을로 요원을 보내 용의자를 그곳으로 초대하도록 했지. 도저히 그날 밤 안으로 돌아올 수 없는 시간을 택해서 말일세. 나는 혹시라도 어긋나는 일이 없도록 왓슨 박사를 딸려 보냈네. 그 선량한 목사님의 이름은 물론 내 성직자 인명부에서 취했지. 내 말이 이해되나?"

"정말 탁월하십니다."

경위는 경외심이 가득한 목소리로 말했다.

"방해받을 염려가 없었기 때문에 나는 이 집에 침입하기로 했네. 내가 다른 직업을 선택해야 한다면 가장 유력하게 꼽히는 장기가 도둑질이거든. 나는 또 내가 전면에 나설 필요가 있다고 확신하고 있었네. 내가 발견한 걸 잘 살펴보게. 저기 벽 아래쪽을 따라 가스 배관이 지나가는 게 보이지? 좋아. 배관은 모서리에서 위로 올라가고 저 귀퉁이에 꼭지가 달려 있네. 보다시피 가스관은 계속 이어져 금고실 안으로 들어가 천장 한가운데로 올라가서 끝나네. 가스 배관은 벽토와 장식으로 교묘하게 위장돼 있지. 그런데 배관 끝은 그대로 열려 있거든. 언제든지 바깥에서 꼭지를 돌리면 방 안은 가스로 가득 차게 되네. 금고실 문과 철제 덧문을 잠그고 꼭지를 최대한 열어놓으면 저 작은 방에 갇힌 사람은 2분도 안 돼서 의식을 잃어버릴 걸세. 영감이 어떤 흉악한 수단을 써서 두 사람을 저 방으로 유인했는지는 모르겠지만 일단 저 안에 들어간 뒤에는 속수무책이었을 걸세."

경위는 흥미로운 듯 가스관을 자세히 살피고 말했다.

"경관 하나가 가스 냄새가 난다는 얘길 했습니다. 하지만 물론, 그때 창문과 문은 활짝 열려 있었고 이미 페인트칠을 시작한 뒤였지요. 앰벌리 씨 얘기로는 그 전날부터 페인트 작업을 시작했다고 했습니다. 홈즈 선생님, 그런데 그다음에 어떻게 됐습니까?"

　"음, 그다음에는
나도 전혀 예상하지 못한 돌발
사태가 벌어졌지. 이른 새벽에 식기실 창문을 타 넘고 있는데 누군
가 내 목덜미를 잡아채더니 이렇게 말하더군. '이 못된 녀석, 여기서
무얼 하는 거냐?' 나는 간신히 고개를 돌렸는데 내 친구이자 경쟁
자인 바커의 색안경 낀 눈과 딱 마주쳤지 뭔가. 요상한 조우에 우리
둘은 웃음을 금치 못했지. 알고 보니 그 친구는 레이 어니스트 선생
가족의 의뢰로 사건 조사에 뛰어들었는데 나처럼 살인 사건이 벌어

426

졌다는 결론을 내리고 있었네. 바커는 며칠 동안 이 집을 감시하다가 이 집에 찾아온 왓슨 박사를 보고 수상한 인물로 점찍었다네. 그래도 왓슨을 체포할 수는 없었지만 내가 식기실 창문을 타 넘는 걸 보고 현행범으로 붙잡으려고 했던 거지. 물론, 나는 그 친구한테 자초지종을 털어놓았고 우리는 함께 조사를 계속했네."

"왜 그분입니까? 왜 우릴 부르지 않으셨지요?"

"왜냐하면 나는 마음속으로 계획을 다 세워놓고 있었으니까. 그리고 결과적으로 사건은 해결됐네. 아무리 봐도 자네들이 내 계획에 동조할 것 같지가 않았어."

경위는 빙그레 웃었다.

"글쎄요, 아마도 그랬겠지요. 홈즈 선생님, 선생님께서는 이제부터 사건에서 발을 빼고 조사 결과를 전부 우리한테 넘겨주겠다고 하셨습니다."

"물론이지. 나는 항상 그렇게 해왔네."

"경찰의 이름으로 선생님께 감사드립니다. 선생님 말씀대로 사건은 명확하게 규명된 것 같고 시신을 찾는 데에는 별 어려움이 없을 것 같습니다."

"내가 자네한테 움직일 수 없는 증거를 보여주지."

홈즈는 말했다.

"앰벌리는 그걸 못 본 것이 분명하네. 경위, 항상 다른 사람의 입장에 서서 내가 그 사람이라면 어떻게 했을까를 생각하게. 그럼 좋은 결과가 나올 걸세. 상상력이 좀 필요하지만 보상이 따르는 일이지. 자, 이제부터 자네가 이 작은 방에 갇혀서 살 시간이 2분밖에 안 남았지만 문밖에서 자네를 비웃고 있을 악마한테 복수하고 싶다고 가정해 보세. 자넨 어떻게 하겠나?”

“메시지를 남기겠습니다.”

“바로 그걸세. 자네는 사람들한테 자네가 죽게 된 경위를 말해 주고 싶을 걸세. 종이에 글을 써봤자 소용없겠지. 발각당할 테니까. 하지만 벽에 글씨를 써놓는다면 누군가의 눈에 띌지도 모르네. 자, 여길 보게! 벽면 아래쪽에 지워지지 않는 자주색 연필로 갈겨쓴 글씨가 있네. ‘우리는 ㅅ…….’ 저것뿐일세.”

“선생님은 저 글에 대해 어떻게 생각하십니까?”

“글쎄, 글이 쓰여 있는 곳은 바닥에서 겨우 30센티미터 위일세. 그 가엾은 친구가 바닥에 쓰러져 죽어가면서 쓴 글이지. 끝까지 다 쓰기 전에 의식을 잃었을 거야.”

“‘우리는 살해당했다.’라고 쓰려고 한 겁니다.”

“나도 그렇게 생각했네. 시신에서 지워지지 않는 연필이 나온다면…….”

“저희가 찾아보겠습니다. 안심하셔도 좋습니다. 그런데 유가 증권은? 분명히 그걸 도둑맞은 사실은 없습니다. 그런데 노인은 주식을 소유하고 있었거든요. 우린 그 점을 확인했습니다.”

“어딘가 안전한 곳에 감춰두었을 걸세. 마누라가 외간남자와 도망친 사건이 잊힐 때쯤 갑자기 찾아낸 것처럼 하려고 했겠지. 아마 죄 많은 남녀가 마음을 고쳐먹고 훔쳐 간 물건을 돌려보냈다고 하거나, 아니면 중간에 버렸다고 떠들어대려고 했을 걸세."

"정말 모든 의문을 남김없이 풀어주시는군요."

경위는 말했다.

"그런데 노인이 왜 경찰을 찾아오지 않고 선생님을 찾아갔는지 정말 이해가 안 됩니다."

"지나치게 자만했던 거지!"

홈즈는 대답했다.

"영감은 자기가 너무 잘나고 똑똑해서 자길 건드릴 사람은 아무도 없을 거라고 생각했네. 혹시라도 의심스럽게 생각하는 이웃사촌이 있으면 이렇게 말해 줄 수 있었지. '내가 어떻게 했는지 봐라. 경찰에 신고했을 뿐 아니라 심지어 셜록 홈즈한테도 찾아갔다.'"

경위는 껄껄 웃었다.

"홈즈 선생님, 그 '심지어'는 용서해 드리겠습니다. 이렇게 멋지게 사건을 해결하는 건 처음 봤으니까요."

이틀 뒤 내 친구가 격주로 발행되는 《노스 서리 옵저버》를 내게 던져주었다. '헤이븐 저택의 공포'에서 시작하여 '눈부신 성과를 올린 경찰 수사'로 끝나는 현란한 제목 아래 사건의 전모를 최초로 밝히는 장문의 기사가 실려 있었다. 맨 마지막 구절은 기사의 논조를 잘 대변해 주는데, 그것은 다음과 같다.

매키넌 경위가 페인트 냄새를 맡고 그것이 어떤 다른 냄새, 예를 들면 가스 냄새를 은폐하기 위한 것이라고 본 예리한 통찰력, 또한 금고실이 죽음의 방이 되었다는 사실을 밝혀낸 대담한 추리, 그리고 연이은 조사를 통해 개집으로 교묘하게 위장해 놓은 쓰지 않는 우물 속에서 시신을 발굴해 낸 일은 우리 경찰 수사진의 지혜를 드러내는 실례로서 범죄사에 길이 남을 것이다.

"그래그래, 매키넌은 참 좋은 친구야."
홈즈는 너그럽게 웃으며 말했다.
"왓슨, 그 사건을 문서철에 잘 끼워놓게. 언젠가는 진실이 밝혀질 테니까."

*『셜록 홈즈 전집』에 실려 있는 모든 작품, 총60편의 발표명은 다음과 같다. ( )안은 발표 연도.

셜록 홈즈 전집 1

주홍색 연구(*A Study in Scarlet*, 1887)

셜록 홈즈 전집 2

네 사람의 서명(*The Sign of Four*, 1890)

셜록 홈즈 전집 3

바스커빌 가문의 개(*The Hound of the Baskervilles*, 1901-1902)

셜록 홈즈 전집 4

공포의 계곡(*The Valley of Fear*, 1914-1915)

셜록 홈즈 전집 5

: 셜록 홈즈의 모험(The Adventures of Sherlock Holmes)

보헤미아 왕국 스캔들(*A Scandal in Bohemia*, 1891)

빨간 머리 연맹(*The Red-headed League*, 1891)

신랑의 정체(*A Case of Identity*, 1891)

보스콤 계곡 사건(*The Boscombe Valley Mystery*, 1891)

다섯 개의 오렌지 씨앗(*The Five Orange Pips*, 1891)

입술 삐뚤어진 사나이(*The Man with the Twisted Lip*, 1891)

푸른 카벙클(*The Adventure of the Blue Carbuncle*, 1892)

얼룩 띠의 비밀(*The Adventure of the Speckled Band*, 1892)

어느 기술자의 엄지손가락(*The Adventure of the Engineer's Thumb*, 1892)

귀족 독신남(*The Adventure of the Noble Bachelor*, 1892)

녹주석 보관(*The Adventure of the Beryl Coronet*, 1892)

너도밤나무 집(*The Adventure of the Copper Beeches*, 1892)

셜록 홈즈 전집 6

: 셜록 홈즈의 회상록(Memoirs of Sherlock Holmes)

실버 블레이즈(*Silver Blaze*, 1892)

노란 얼굴(*The Yellow Face*, 1893)

증권 거래소 직원(*The Stock-broker's Clerk*, 1893)

글로리아 스콧호(*The "Gloria Scott"*, 1893)

머즈그레이브 전례문(*The Musgrave Ritual*, 1893)

라이기트의 수수께끼(*The Reigate Puzzle*, 1893)

꼽추 사내(*The Crooked Man*, 1893)

장기 입원 환자(*The Resident Patient*, 1893)

그리스어 통역관(*The Greek Interpreter*, 1893)

해군 조약문(*The Naval Treaty*, 1893)

마지막 사건(*The Final Problem*, 1893)

셜록 홈즈 전집 7

: 셜록 홈즈의 귀환(The Return of Sherlock Holmes)

빈집의 모험(*The Adventure of the Empty House*, 1903)

노우드의 건축업자(*The Adventure of the Norwood Builder*, 1903)

춤추는 사람 그림(*The Adventure of the Dancing Men*, 1903)

자전거 타는 사람(*The Adventure of the Solitary Cyclist*, 1903)

프라이어리 학교(*The Adventure of the Priory School*, 1904)

블랙 피터(*The Adventure of Black Peter*, 1904)

찰스 오거스터스 밀버턴(*The Adventure of Charles Augustus Milverton*, 1904)

여섯 점의 나폴레옹상(*The Adventure of the Six Napoleons*, 1904)

세 학생(*The Adventure of the Three Students*, 1904)

금테 코안경(*The Adventure of the Golden Pince-Nez*, 1904)

실종된 스리쿼터백(*The Adventure of the Missing Three-Quarter*, 1904)

애비 그레인지 저택(*The Adventure of the Abbey Grange*, 1904)

두 번째 얼룩(*The Adventure of the Second Stain*, 1904)

셜록 홈즈 전집 8

: 홈즈의 마지막 인사(His Last Bow)

등나무 집(*The Adventure of Wisteria Lodge*, 1908)

소포 상자(*The Adventure of the Cardboard Box*, 1893)

붉은 원(*The Adventure of the Red Circle*, 1911)

브루스파팅턴호 설계도(*The Adventure of the Bruce-Partington Plans*, 1908)

빈사의 탐정(*The Adventure of the Dying Detective*, 1913)

프랜시스 카팍스 여사의 실종(*The Disappearance of Lady Frances Carfax*, 1911)

악마의 발(*The Adventure of the Devil's Foot*, 1910)

마지막 인사(*His Last Bow*, 1917)

셜록 홈즈 전집 9

: 셜록 홈즈의 사건집(The Case Book of Sherlock Holmes)

거물급 의뢰인(*The Adventure of the Illustrious Client*, 1924)

탈색된 병사(*The Adventure of the Blanched Soldier*, 1926)

마자랭의 다이아몬드(*The Adventure of the Mazarin Stone*, 1921)

세 박공 집(*The Adventure of the Three Gables*, 1926)

서섹스의 흡혈귀(*The Adventure of the Sussex Vampire*, 1924)

세 명의 개리뎁(*The Adventure of the Three Garridebs*, 1924)

토르교 사건(*The Problem of Thor Bridge*, 1922)

기어 다니는 남자(*The Adventure of the Creeping Man*, 1923)

사자의 갈기(*The Adventure of the Lion's Mane*, 1926)

베일 쓴 하숙인(*The Adventure of the Veiled Lodger*, 1927)

쇼스콤관(*The Adventure of Shoscombe Old Place*, 1927)

은퇴한 물감 제조업자(*The Adventure of the Retired Colourman*, 1926)

셜록 홈즈를 가리켜 '천의 얼굴을 가진 탐정'이라고 한다. 축약과 각색을 거친 어린이용 셜록 홈즈를 읽고 자란 이들의 기억 속에서, 홈즈는 그저 '추리의 대가, 변장의 귀재'일 뿐이지만 원작 속의 셜록 홈즈는 상상 이상으로 복잡한 캐릭터를 가진 문제 많은 인물이었다. 도일의 셜록 홈즈 시리즈를 경건하게 성전(聖典, the Canon)이라고 부르는 홈즈교도(미국의 홈즈 팬들은 셜로키언(Sherlockian)을, 영국의 홈즈 팬들은 홈지언(Holmsian)을 자처한다.)들이 맹활약 중인 인터넷 홈즈 사이트에서는 '셜록 홈즈의 성 정체성 — 홈즈는 게이였나?', '홈즈는 자폐증 환자였을까?', '홈즈가 손가락으로 탁자를 두드리는 이유는?', '왓슨은 바람둥이인가?', '왓슨은 다중 인격 장애였나?' 등의 기상천외한 주제를 놓고 끊임없이 논쟁이 벌어지고 있고, 홈즈와 왓슨을 풍자하는, 누구 머리에서 나왔는지 모를 배꼽 잡는 우스갯소리가 지칠 줄 모르고 업데이트되고 있다. 인터넷 쇼핑몰에서는 홈즈의 유명한 사냥꾼 모자(이것은 원작에는 나오지 않지만 시드니 파젯의 그림을 통해 홈즈의 이미지로 굳어졌다.), 이 책 표지에도 나와 있는 아래로 휘어진 파이프(이것 역시 원작에는 없지만 셜록 홈즈 이야기를 최초로 무대에 올린 미국의 연극 배우 윌리엄 질렛(William Gillette)이 자신의 잘생긴 얼굴이 가리지 않도록 신경 써서 고른 소품이었다.), 망토 달린 코트를 비롯한 갖가지 기념품이 불티나게 팔리고 있다. 셜록 홈즈 시리즈는 지금까지 211편의 영화로 제작되었는데, 그중에는 냉동 인간이 된 홈즈가 100년이 지난 뒤에 깨어나 범죄와 싸운다는, 홈즈교도들의 염원을 반영한 영화도 두 편 있다.

셜록 홈즈의 아버지 코난 도일(Conan Doyle)은 1859년 5월 22일 영국의 에든버러에서 태어났다. 그의 할아버지와 삼촌들은 성공한 화가였고, 아버지 찰스 도일(Charles Doyle) 또한 그림의 재능을 타고난 아마추어 화가였다. 그러나 하숙집 주인 딸과 결혼하여 일곱 자식을 둔 찰스 도일은 그림에 대한 꿈을 접고 시청 관리로 일하며 가족을 부양해야 했는데, 생계에 대한 책임과 이루지 못한 꿈 사이에서 괴로워하다가 급기야 심각한 우울증에 빠지게 되었고, 이는 알코올 중독에서 간질 발작이라는 최악의 상황으로 치달았다. 결국 그는 죽을 때까지 근 20년간을 정신 병원과 수용 시설에 갇혀 사는 비극을 겪게 된다. 코난 도일의 어머니 메리 도일(Mary Doyle)은 강인한 여성이었다. 그녀는 남편이 정신 병원에 수용된 다음부터 하숙을 치며 가족의 생활을 꾸려나갔을 뿐 아니라 용감한 기사들이 등장하는 아일랜드의 옛날이야기를 자주 들려줘서 자식들에게 어려운 생활을 이겨낼 수 있는 용기를 불어넣어주었다. 도일은 평생 동안 어머니와 가깝게 지내며 무슨 일이 있을 때마다 반드시 어머니에게 조언을 구했는데, 그에게 어머니는 정신적 지주나 다름없었다.

코난 도일이 회고한 것처럼 문학에 대한 그의 사랑과 이야기꾼으로서의 재능은 어머니로부터 물려받은 것이다. 그는 어렸을 때부터 글쓰기를 좋아했고 학교 다닐 때에는 급우들 사이에서 입심 좋은 이야기꾼으로 유명했다. 소년 코난 도일은 학기가 시작할 때 가상의 인물을 창조하여 학기 내내 방학에 들어가기 전까지 그 인물이 종횡무진으로 활약하는 재미있는 모험담을 꾸며서 친구들에게 들려주곤 했다. 그는 어려서부터 에드거 앨런 포(Edgar Allan Poe)와 에밀 가보리오(Emil Gaboriau)에게 심취했는데, 셜록 홈즈 시리즈는 이들 작품의 영향력 아래 쓰인 것이다.

도일은 1876년에 에든버러 의과 대학에 입학했다. 어려운 집안 사정 때문에 여름 방학 때면 병원에서 조수로 일하며 학비를 벌어야 했는데, 이때 대도시 빈민가에서 일한 경험은 작가로서의 상상력을 넓히는 데 중요한 구실을 했다. 3학년을 마친 뒤에는 선의(船醫) 자격으로 포경선 호프호에 타고 7개월간 북극해를 항해하기도 했다. 의사로서 별로 할 일이 없었던 그는 다른 선원들과 함께 고래잡이에 나섰다가 몇 번 죽을 고비를 넘기기도 했는데, 이때 작살 다루는 솜씨가 얼마나 일취월장했는지 선장이 다음 항해 때 선의 겸 작살잡이로 타면 급료를 두 배로 올려주겠다는 제안을 했을 정도였다. (도일은 만능 스포츠맨이었다. 그는 권투, 럭비, 크리켓, 당구를 즐겼고 자동차와 썰매 경주에 참가했으며 스키, 오토바이, 열기구까지 탔다.) 1881년에 의대를 졸업한 뒤 그는 다시 선의로 아프리카에 다녀왔고 이듬해 포츠머스에서 안과 의사로 개업했다. 1878년에서 1883년 사이에는 단편 소설 몇 편과 장편 두 편을 썼지만 별다른 주목을 받지 못했다. 1885년 자신이 돌보던 환자의 딸 루이즈 호킨스(Louise Hawkins)와 결혼한 그는 환자가 별로 없고 생활 형편은 나아질 기미가 없자 탐정 소설의 집필에 눈을 돌리게 되었다. 그의 나이 스물 여섯 살 때의 일이었다.

도일은 셜록 홈즈의 모델이 에든버러 의과 대학 시절의 교수 조셉 벨(Joseph Bell)이라고 항상 말했다. 깡마른 몸에 쏘는 듯한 회색 눈, 줍다란 매부리코가 셜록 홈즈의 이미지와 흡사한 벨 교수는 뛰어난 관찰력과 추리력으로 학생들을 놀래주던 괴짜였다. 헤럴드 존스(Harold Jones)는 「셜록 홈즈의 원형(*The Originals of Sherlock Holmes*)」이라는 글에서 벨 교수와 관련된 유명한 일화를 소개하는데, 그것을 읽고 나면 벨과 셜록 홈즈의 이미지가 자연스럽게 겹치는 것을 느낄 수 있다.

에든버러 의과 대학을 다니는 학생들 사이에서 조셉 벨은 유명했다. 벨 교수는 잠시도 방심하는 법이 없는데 그의 날카로운 눈을 피해 갈 수 있는 건 아무것도 없었다. 그는 환자와 학생들의 마음을, 책을 읽듯 술술 읽어냈고 진단은 거의 정확했다.

어느 날 벨 교수가 말했다.

"제군들, 이 잔에는 아주 독한 약물이 들어 있다. 맛은 무척 쓰고 냄새는 아주 지독하다. 하지만 나는 제군들이 이 약물의 맛과 냄새를 직접 느껴보기 바란다. 물론 나는 내가 하고 싶지 않은 일을 학생들에게 시키는 사람이 아니기 때문에, 잔을 돌리기 전에 먼저 맛을 보겠다."

벨 교수는 잔에 든 액체에 손가락을 넣었다가 입으로 가져갔다. 잔이 좌중을 한 순배 돌았다. 학생들은 인상을 쓴 채 교수의 모범을 따라 잔 속에 든 액체의 맛을 보았다. 잔은 다시 교수에게 돌아왔다.

벨 교수는 웃으며 말했다.

"제군들, 나는 제군들 중에서 평소에 내가 그토록 강조한 지각 능력을 발전시킨 사람이 없다는 데 대해 깊은 유감을 느낀다. 만약 여러분이 나를 세심하게 관찰했다면, 내가 집게손가락을 잔에 담갔지만 정작 입속에 넣은 것은 가운뎃손가락이라는 사실을 알아챘을 것이다."

당시 코난 도일은 벨 교수의 이러한 방법에 깊은 인상을 받았고, 이를 토대로 역사상 가장 유명한 탐정의 모습을 창조해 냈다. 작가는 논리와 과학적 방법론으로 무장하고 있지만 감정이 결핍된 탐정을 보완하기 위해, 자신과 비슷하게 생긴 왓슨 박사라는 인물을 만들어냈다. 왓슨은 홈즈에 비해 지적인 능력은 떨어지지만 건실하고 믿음직스럽고 용기 있는 인물로, 탐정의 모자라는 인간미를 보충하면서 그의 활약상을 기록하는 화자 역할까지 떠맡았다. 독자들은 눈으로 단서를 보면서도 그 의미를 깨닫지 못하는 보통 사람 왓슨을 통해 탐정의 초인적 활동을 편하게 지켜볼 수 있게 되었다. 이 위대한 탐정과 보통 화자의 짝을 처음 만들어낸 사람은 에드거 앨런 포였지만 코난 도일은 더욱 풍부한 성격과 에피소드를 덧붙여 원형을 능가하는 놀라운 캐릭터로 진화시켰다.

　1887년에 발간된 첫 번째 홈즈 이야기 「주홍색 연구」(도일은 단돈 25파운드에 원고를 넘겼다.)를 필두로, 1890년에는 「네 사람의 서명」이 나왔고, 1891년에는 나중에 『셜록 홈즈의 모험』으로 묶여 나온 단편들이 잡지 《스트랜드(Strand)》에 연재되었는데, 이 단편 시리즈는 폭발적인 인기를 모았다. 1892년에 그는 거액의 원고료를 받고 《스트랜드》에 다시 열두 편의 단편을 연재하기 시작했다. (이것은 1894년에 『셜록 홈즈의 회상록』이란 제목으로 출판된다.) 도일은 셜록 홈즈의 성공으로 부와 명성을 거머쥐었지만 자신이 창조해 낸 인물에 싫증을 느끼게 되었다. 그는 셜록 홈즈 이야기를 가리켜 '초보적 형태의 소설'이라고 했고, 자신이 틈틈이 발표한 역사 소설을 '좀 더 진지한 문학'이라며 무척 자랑스럽게 여겼다. 하지만 셜록 홈즈 때문에 자신의 역사 소설이 주목받지 못한다고 생각했던 그는(어머니에게 보낸 편지에서 '홈즈 때문에 내 마음이 더 나은 것에서 멀어지고 있습니다.'라고 썼다.) 홈즈를 죽이기로 작정했다. 그는 1883년에 아내와 함께 스위스에 갔다가 라이헨바흐 폭포를 둘러보고, 그곳이 위대한 탐정의 무덤으로 적당한 곳이라고 생각했다. 그리고 집에 돌아와 안도의 한숨을 쉬며 책상 앞에 앉아서 「마지막 사건」을 쓰기 시작했다.

홈즈의 죽음은 엄청난 반향을 불러일으켰다. 런던 시내에는 검은 상장을 단 사람들이 등장하고, 도일은 거리에 나갔다가 한 여성에게 우산대로 맞기까지 했다고 한다. 전설 같은 얘기지만 근거 없는 것이 아니었다. 엄청난 항의 편지가 쇄도했다. 독자들은 홈즈를 살려내라고 아우성쳤고 편집자들은 작가를 구슬렸고 출판업자들은 돈으로 매수하려고 했다. 심지어 그를 협박하는 이들도 있었다. 그러나 코난 도일은 요지부동이었다. 그는 한 친구에게 보낸 편지에 이렇게 썼다.

설령 그럴 생각이 있더라도, 앞으로 몇 년간은 그를 살려낼 수 없다네. 그건 내가 그를 과다 복용했기 때문일세. 나는 전에 거위 간 요리를 너무 많이 먹어서 지금은 그 이름을 듣기만 해도 속이 느글거리는데, 홈즈에 대한 내 감정이 꼭 그렇거든.

그로부터 8년간, 코난 도일은 홈즈 시리즈를 단 한 편도 발표하지 않았다. 1901년에 《스트랜드》에 「바스커빌 가문의 개」를 발표했지만, 그것은 셜록 홈즈의 '부활'이 아니라 '회상'이었다. 사건의 날짜를 라이헨바흐 폭포 사건 이전으로 교묘하게 조작했던 것이다. 그것은 유례없는 성공을 거두었다. 《스트랜드》의 발행 부수는 3만 부

이상 치솟았고 거리에는 잡지를 사려는 사람들의 줄이 길게 늘어섰
다. 대서양을 사이에 두고 영국과 미국, 양쪽의 독자들은 새로 나온
홈즈 이야기에 열렬한 환호를 보냈다. 도일은 무슨 일이 있어도 홈
즈를 살려내지 않겠다고 결심했지만 점점 마음이 약해지고 있었다.
마침내 그는 1903년에 홈즈가 살아 돌아온 「빈집의 모험」을 발표했
다. 1904년에는 『셜록 홈즈의 귀환』을, 1915년에는 『공포의 계곡』
을 연달아 펴냈다.

　1916년에 도일은 자신이 심령주의를 신봉한다고 선언했다. 심령
주의란 죽은 자와 산 자가 소통할 수 있다는 믿음에 기초한 것인데,
당시에 심령주의는 그리 드문 현상이 아니었다. 이때부터 그는 사
망하기 전까지 심령주의를 전파하기 위해 전 세계로 순회 강연을
다녔고, 수많은 책과 팸플릿을 저술했다. 관찰과 추리라는 과학적
방법을 신봉하는 냉소적 탐정을 창조해 낸 작가가, 영매(靈媒)를 통
해 저세상 사람들과 대화할 수 있다고 믿는 심령주의자가 되었다는
것은 기막힌 역설이었다. 그는 1917년에 『홈즈의 마지막 인사』를,
1927년에는 홈즈 연작의 대미를 장식하는 『셜록 홈즈의 사건집』을
발표했는데 마지막 작품집은 철두철미한 심령주의자의 것으로 보
아도 좋을 것이다. 말년에 자신이 쓴 소설보다는 심령주의에 기여
한 인물로 기억되고 싶다고 말했던 코난 도일은 순회 강연에서 누
적된 피로로 지병인 심장병이 악화되어 1930년에 사망했다.

　셜록 홈즈의 운명은 순탄치 않아서, 그를 지긋지긋하게 여긴 작

가의 손에 죽임을 당했다가 다시 부활하는 우여곡절을 겪었지만 당대의 대중을 사로잡았다. 사람들이 홈즈 이야기에 얼마나 목말라 했는지는, 작가 생전부터 모작(模作)과 패러디가 쏟아져 나왔다는 것만 봐도 알 수 있다. 작가 자신부터가 홈즈와 왓슨을 내세운 두 편의 패러디를 발표했는데, 마크 트웨인, 오 헨리 등 당대 최고의 소설가를 비롯해서 코난 도일의 아들까지 이 대열에 동참했다. 지금도 인터넷에는 수많은 유, 무명 작가의 모작과 패러디가 홍수를 이루고 있다. 퍼내고 퍼내도 마르지 않는 샘물처럼 홈즈와 왓슨이라는 두 캐릭터의 매력은 세월이 흘러도 바랠 줄 모르는 것이다.

코난 도일의 셜록 홈즈 시리즈가 온통 광채뿐인 것은 아니다. 이것은 불완전한 걸작이다. 40년에 걸쳐 쓰인 예순 편의 작품은 세부적인 내용에서 자질구레한 충돌을 일으키고 두 주인공의 성격 묘사마저 작품마다 조금씩 다르다. 오죽하면 초기 작품을 쓴 왓슨과 후기 작품을 쓴 왓슨이 동일 인물이 아니라는 작품의 진위 논쟁까지 나왔을까. 미국의 유명한 셜로키언 윌리엄 S. 베어링굴드(William S. Baring-Gould)는 1967년에 백과사전 두께의 셜록 홈즈 주석집을 냈는데, 홈즈의 전기까지 덧붙여놓은 이 책은 어떻게 보면 셜록 홈즈 연작의 오류의 집대성으로 보일 정도이다. 게다가 과거에 제국주의의 지배를 받은 경험이 있는 한국 독자의 입장에서는, 정의의 이름으로 범죄자를 응징하는 홈즈가 정작 영국의 식민지 지배라는 범죄 행위에 대해서는(당시 영국은 세계 각지에 식민지를 건설한 '해가 지지 않는 나라'였다.) 무감각한 것을 보면서, 홈즈 연작을 관통하는 애국

심과 정의로움이라는 코드가 사실은 대단히 편협하고 주관적인 것
이라는 의심을 품지 않을 수 없게 된다.

홈즈와 왓슨은 죄책감 없는 시대를 아무런 의문 없이 살아간 행
복한 사나이들이었다. 셜록 홈즈가 탄생한 지 100년도 더 지난 뒤
에 홈즈 시리즈가 완역되어 나와 모든 사람들의 예상을 뒤엎고 베
스트셀러의 대열에 진입한 것은, 전쟁과 환경 파괴, 기아라는 인류
의 미래를 몰랐던 19세기 영국의 그 동화적 행복감과 낙관주의에
감염되고 싶은 우리의 열망 때문이 아닐까.

우리 나라에도 셜록 홈즈의 마니아층이 두껍게 존재한다는 사실
을 알고 있었기 때문에 이 책을 번역하는 일은 무척 조심스러웠다.
틀린 곳을 찾아내 지적해 주신 독자들께 진심으로 감사드린다. 그
리고 황금가지 편집부 여러분께도 감사드린다. 여러분이 없었다면
이 책은 아직 세상에 나오지 못했을 것이다.

—— 백영미

옮긴이 | 백영미

서울대학교 간호학과를 졸업했으며, 현재 전문 번역가로 활동하고 있다. 옮긴책으로 『셜록 홈즈 마지막 날들』, 『황금 두루마리의 비밀』, 『죽음 너머의 세계는 존재하는가』, 『타이타닉의 수수께끼』, 『히말라야에서 만난 성자』, 『의식 혁명』 등이 있다.

셜록 홈즈 전집 9
셜록 홈즈의 사건집

1판 1쇄 펴냄 2002년 2월 5일
1판 52쇄 펴냄 2014년 12월 1일
2판 1쇄 펴냄 2015년 11월 6일
2판 17쇄 펴냄 2025년 8월 27일

지은이 | 아서 코난 도일
옮긴이 | 백영미
발행인 | 박근섭
편집인 | 김준혁
펴낸곳 | 황금가지

출판등록 | 2009. 10. 8 (제2009-000273호)
주소 | 06027 서울 강남구 도산대로 1길 62 강남출판문화센터 5층
전화 | 영업부 515-2000 **편집부** 3446-8774 **팩시밀리** 515-2007
홈페이지 | www.goldenbough.co.kr

도서 파본 등의 이유로 반송이 필요할 경우에는 구매처에서 교환하시고
출판사 교환이 필요할 경우에는 아래 주소로 반송 사유를 적어 도서와 함께 보내주세요.
06027 서울 강남구 도산대로 1길 62 강남출판문화센터 6층 민음인 마케팅부

한국어판 © 황금가지, 2002. Printed in Seoul, Korea
ISBN 978-89-8273-409-0 04840 (9권)
ISBN 978-89-8273-408-3 04840 (set)

㈜민음인은 민음사 출판 그룹의 자회사입니다.
황금가지는 ㈜민음인의 픽션 전문 출간 브랜드입니다.

셜록 홈즈 실크 하우스의 비밀

앤터니 호로비츠 | 이은선 옮김 | 400쪽

코난 도일 재단에서 공식 출간한 새로운 셜록 홈즈
100년 만에 처음으로 공개되는 홈즈의 미공개 사건

1890년 11월, 홈즈와 왓슨의 앞에 유복한 미술품 딜러 카스테어즈가 찾아온다. 미술품 매매 과정에서 미국 갱단에게 원한을 사게 된 카스테어즈는 최근 살아남은 단원이 복수를 위해 미국에서 이곳 런던까지 자신을 찾아왔다고 고백한다. 다음 날 카스테어즈의 집이 절도를 당하는 사건이 발생하고, 홈즈는 그 범인을 부랑아 특공대를 이용해서 찾아내지만, 그가 묵는 호텔로 가 보니 남자는 이미 단검에 찔려 죽어 있다. 한편 남자의 흔적을 찾아낸 아이 로스가 시체로 발견되고, 누나인 샐리 역시 사라진다. 샐리가 남긴 유일한 단서인 "실크 하우스"라는 말과, 자신에게 보내진 하얀 실크 리본의 단서를 쫓아 홈즈는 아편굴로 잠입하는데…….

이건 두말할 나위 없이 완벽한 셜록 홈즈다. — 《가디언》
독자들이 코난 도일에게 기대하는 것을 잘 알고 있는 영리한 작가. — 《인디펜던트》
호로비츠는 홈즈 세상을 정확하게 집어냈다. — 《타임스》